요조신사

요조신사

초판 1쇄 찍은 날 | 2012년 12월 24일
초판 1쇄 펴낸 날 | 2012년 12월 27일

지은이 | 김선민
펴낸이 | 예경원

편집 | 유경화

펴낸곳 | 예원북스
등록번호 | 제396-2012-000132호
등록일자 | 2012. 7. 25
YRN | 제1-0010호

주소 | 경기도 고양시 일산동구 무궁화로 8-28 삼성메르헨하우스 712호 (우) 410-837
전화 | 031-819-9431 팩스 | 031-817-9432
http://cafe.naver.com/yewonromance
E-mail | yewonbooks@naver.com

ⓒ 김선민, 2012

ISBN 978-89-98102-11-1 03810

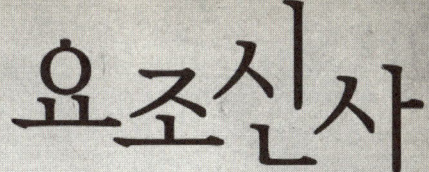

요조신사

Dessert cafe David

김선민 장편 소설 YEWONBOOKS ROMANCE STORY

Menu

YE
WON
BOOKS
예원북스

차례

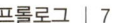

복작복작. 와글와글. 우당탕탕. 꺄르르륵.

본가는 하루도 조용할 날이 없다. 한 살 터울의 세 꼬마가 정신 없이 거실을 휘저으며 까불고 장난치고 그러다 싸우기도 하고 우는 일이 무한반복되는데, 오늘도 역시나 마찬가지였다.

세 녀석들 중 항상 억울한 입장이 되는 막내 놈이 오늘도 제 엄마 치맛자락을 붙들고 바닥에 주저앉아 콧물, 눈물을 줄줄 흘리며 알아듣지도 못할 옹알이로 하소연을 했다. 그 모습을 지켜보던 다른 꼬마들은 각자 자신의 편을 들어줄 만만한 상대를 물색했고, 이내 달려가 품에 안겨 나오지도 않는 눈물을 쥐어짜 내며 막내가 배신하게 된 과정을 감정적으로 호소하기에 이르렀다.

경진의 품을 파고든 건 둘째였다. 경진은 네가 지금 느끼고 있을 서러움에 대해 격하게 공감한다는 듯 아이의 머리통에 쪽 소리가 나도록 뽀뽀를 해주었고, 그 무렵 주방에서 한창 저녁 식사를 준비 중인 제 할머니를 선택한 큰놈이 의기양양하게 엉덩이를 씰룩이며 주방을 빠져나왔다. 경진의 엄마가 앞치마에 젖은 손을 닦으며 어떤 놈이 우리 장손 기죽였냐고 호통을 치자, 칭얼대던 막내와 둘째 놈은 언제 그랬냐는 듯 함죽이가 되어 딴청을 부리는 것으로 소동은 일단락되었다.

보통의 평범한 가정이라고 하기엔 경진의 본가 식구들은 제법 인원이 많은 편이다. 할아버지와 할머니는 1층에, 아버지와 어머니, 여동생 해진이 2층을 나눠 쓰고, 마당 건너편 별채에는 한 살 터울의 오빠 영진과 새언니 서온, 그리고 세 명의 조카가 지내고 있었다. 2년 전 경진이 분가하기 전에는 무려 열한 명의 대식구가 본가에서 다 같이 지냈다.

한 달 후면 막내 해진마저 본가를 떠나게 된다. 고작 스물넷밖에 안 먹은 어린 녀석이 급히 결혼을 하게 되었기 때문이다.

"언니, 언니! 나 결정했어!"

결혼 선물로 필요한 거 하나 사줄 테니 잘 생각해 보고 결정하라고 말한 지 5분 만에 해진이 몸을 배배 꼬며 다가왔다.

"한 번 뱉으면 절대로 주워 담을 수 없다. 신중히 골라."

오빠와 마주 앉아 바둑을 두고 계신 아버지의 어깨와 등을 주먹으로 톡톡 두들기고 있던 경진이 심드렁한 표정으로 말했지만 해진은 뭐가 그리도 신이 나는지 그저 좋아 싱글벙글이었다.

"차 사줘."

해진의 말에 경진뿐 아니라 검은 돌을 들고 있던 오빠와 턱을 괴고 바둑판을 내려다보고 계시던 아버지의 시선이 동시에 해진에게 향했다.

"으이그."

"쯧쯧."

두 남자가 혀를 끌끌 차며 고개를 가로저었지만 해진은 분위기 파악 못하고 연신 웃으며 경진에게 애교를 부렸다. 그런 해진을 가만히 지켜보고 있던 경진은 다시 생각해 봐도 어이가 없어서 아버지의 어깨를 두들기던 그 주먹으로 해진의 이마를 쥐어박았다.

"아! 왜 때려!"

"뭘 사달라고?"

"필요한 거 사준다며!"

"경제적으로 독립도 못해서 결혼하고서도 생활비 받아 쓴다는 녀석이, 뭘 사달라고?"

"아껴서 쓸 거야……."

"이게 입만 살아가지고 끝까지."

경진이 또 한 번 해진의 이마를 쥐어박았다.

"보험은 누가 내고? 기름 값은? 세금은?"

경진이 경제적인 문제들을 나열하며 몰아세우자 해진이 흠칫하며 조금 수그러든 기색으로 눈을 굴렸다.

"친정이랑 시댁이랑 왔다 갔다 하려면 차 필요하단 말야. 그럼 갓난쟁이 안고 기차 타고 버스 타고 다녀? 언니이이."

영악한 해진이가 작전을 바꿨다. 최대한 가여운 표정을 하고 입술을 삐죽였다. 그 모습에 제 언니가 가장 마음이 약해진다는 걸 너무도 잘 아는 여우였다.

"아빠가 너 한 달 생활비 150만 원씩 보내주려면 얼마나 힘드실지 감도 안 오지? 철 좀 들어라, 인마."

해진의 눈에서 닭똥 같은 굵은 눈물이 후드득 떨어졌다. 섭섭하
고 서운했던 모양이다. 하지만 어쩔 수 없었다. 온 가족의 사랑을
독차지하고 곱게 자라 세상 물정 모르고 저리 철없이 구는데, 언
니가 돼서 가만히 있을 순 없었다.

"나도 다 컸다 뭐!"

울먹이는 목소리로 해진이 빽 하고 소리를 지르자 방에 계시던
할머니까지 거실로 나오셨다.

"어이구, 우리 똥강아지가 워째 그려. 이루 와, 이루. 할미한테
와."

"할머니이. 이잉."

두 팔을 벌리며 할머니 품에 안겨 엉엉 우는 해진의 모습에, 경
진은 고개를 절레절레 흔들며 한숨을 내쉬었다. 솔직히 말하자면,
경진은 해진이 너무도 한심스러웠다. 저래서 어떻게 애를 낳고
한 가정을 꾸리고 살지 눈앞이 깜깜해서 밤에 잠도 안 오는데, 본
인은 천하태평 룰루랄라 결혼식만 손꼽아 기다리고 있었다. 인생
은 그리 만만한 게 아닌데.

"언니 혼내줘, 할머니! 어차피 해줄 거면 그냥 기분 좋게 해주면
되잖아! 생활비 언니가 대주는 것도 아니면서!"

"너 이리 와. 뭐가 어쩌고 어째?"

경진이 발끈하며 일어서자 해진이 더 큰 소리로 엉엉 울며 할머
니 품에 안겼다. 할머니는 이제 그만하라는 듯 눈짓을 했고, 아버
지 역시 눈을 끔벅거리며 고개를 끄덕였다. 하지만 경진은 울화통
이 터지기 일보 직전이었다.

"그러게 누가 사고 치래? 까불지 말고 몸 간수 잘하라니까 말도 안 듣고, 어린 게 겁도 없이 어디 애부터 덜컥……."

"경진아, 그만해."

해진이 바닥에 주저앉아 설움에 북받친 듯 목 놓아 울어버렸다. 하지 말았어야 될 말까지 해버린 것이다. 오빠가 말리지 않았더라면 더 아픈 말까지 뱉어버릴 뻔했다. 경진은 한 손으로 이마를 감싸며 입술을 질끈 깨물었다.

"해진이 저렇게 철없게 만든 건 백 프로 우리 가족 책임이야. 해진이 할매 될 때까지 계속 감쌀 거야?"

경진이 언성을 높이자 사방에 흩어져 있던 조카들이 놀란 얼굴을 하고 슬금슬금 다가와 경진의 앞에 옹기종기 모여들었다. 한 놈은 경진의 뒤에 업히듯 기댔고, 다른 한 놈은 맞은편에 쪼그려 앉았고, 막내는 오동통한 손가락 끝으로 경진의 볼을 쿡쿡 찌르며 간을 봤다. 어처구니가 없는 광경에 가장 먼저 웃음을 터뜨린 건 조카들보다도 더 어리광을 부리던 해진이었다.

"해진이 얼른 언니한테 사과해."

"싫어!"

"어허! 이 녀석이!"

아버지의 나지막한 경고에도 해진은 눈도 끔적하지 않았다. 여전히 분이 안 풀린 듯 원망 가득한 눈초리로 경진을 사납게 흘겨보았다.

"그러는 거 아녀. 몸가짐, 마음가짐을 항시 예쁘고 곱게 해야 뱃속의 애도 예쁘고 고와지는 겨."

할머니가 등을 토닥이며 달래자, 그제야 해진이 눈매를 부드럽게 풀었다.

"사줘."

"차는 절대 안 돼. 니들이 벌어서 사."

"그럼…… 냉장고 사줘, 신상으로. 제일 큰 거."

"집도 코딱지만 한데 제일 큰 거는 무슨."

잔뜩 심통이 난 해진이 또 한 번 입술을 씰룩이자 할머니와 아버지, 오빠가 그렇게 해주라는 듯 고개를 끄덕이고 눈을 끔벅이고 눈치를 줬다.

"알았어."

경진은 아까 쏴붙인 말도 있고, 냉장고 사주면 적어도 10년은 쓸 테니 그것도 괜찮겠다 싶어 냉장고로 낙찰을 봤다. 그제야 해진이 만족스러운 듯 빙긋 웃으며 어깨를 으쓱였다.

"나한테 잘해. 언니 시집갈 때 봉투 5만 원 하는 수가 있어."

무심결에 뱉은 해진의 그 말에 갑자기 집 안 분위기가 싸해졌다. 뭐, 별말을 한 것도 아닌데, 아무렇지 않은데 다들 얼어붙어버려 경진만 머쓱했다.

"아니, 왜들 그렇게 정색을 하고 그래. 나 시집갈 거야."

경진이 웃으며 말했지만 분위기는 더 어색해졌다. 해진이 울고불고 난리를 칠 때도 부엌 밖으로 나오지 않았던 어머니와 새언니까지 나와서 거실 동향을 파악했다.

"언니 시집…… 가, 갈 거래요."

온 식구들이 해진을 향해 왜 그런 쓸데없는 말을 꺼냈느냐는 듯 눈빛으로 꾸짖자 꼬박꼬박 말대답도 잘하던 해진이가 말을 더듬었다.

"나도 새언니처럼 애 셋 낳고 잘살 건데 다들 왜 이러시지?"

"그래야지 그럼. 우리 경진이도 얼른 시집가서 애 낳고 잘살아야지."

경진은 양반다리를 하고 앉아 자신을 올려다보고 있는 조카의 볼에 쪽 소리가 나도록 입을 맞춘 후 자리를 털고 일어났다.

"말 나온 김에 아가씨 선 볼래요? 나랑 가장 친한 후배 오빤데, 관광공사에서 근무하고 나이도 아가씨보다 딱 두 살 많은 서른넷. 키도 크고 인물도 훤칠하대요."

"오오! 딱이네, 딱! 언니, 바로 약속 잡고 만나봐!"

"그래, 한번 만나봐."

"부담 갖지 말고 일단 만나기만 해봐. 만나보고 별로면 어쩔 수 없는 거고."

"아이구, 우리 아범 올해 두 놈 시집보내려면 휘청하겠구만."

마치 짠 듯이 가족들이 한마디씩 말을 거들며 허허 웃었다. 경진은 이 민망하고 짠한 상황을 어떻게 헤쳐 나가면 좋을지 몰라 연신 바보처럼 웃기만 했다.

그때.

Rrrr.

구원의 전화가 걸려왔다.

경진은 휴대폰을 들고 황급히 자리를 피했다. 발신인은 친구 홍주. 평소 같았으면 이 시간에 걸려오는 홍주의 전화 따위는 가볍게 씹었겠지만 지금은 너무도 반가운 전화였다.

"여보세요?"

[주말인데 뭐 하냐? 또 집에 가 있냐?]

"어, 한 팀장. 주말인데 어쩐 일이야?"

[얘가 왜 이래? 뭐 잘못 먹었어?]

홍주가 뭐라고 하든 말든, 경진은 귀를 쫑긋 세우고 있는 가족들을 향해 난감하단 표정을 지었다.

"어어. 아냐, 바쁜 일 없어. 그래? 그럼 가봐야지."

[어딜 가? 여기 온다고? 진짜 올 거야?]

어머니는 밥이라도 먹고 가라고 했지만 경진은 어쩔 수 없단 얼굴로 손사래를 치며 소파 위에 얹어두었던 재킷과 가방을 집어 들었다.

"위치가 어디쯤이라고? 어어. 거기 알아. 그럼 지금 바로 갈게. 어, 그래."

통화를 마치고 부랴부랴 재킷에 팔을 꿰자 가족들의 얼굴엔 섭섭함이 가득했다.

"고모 가?"

"응. 고모 가봐야 돼."

"다시 올 거야?"

"아니. 고모 다음 주에 올게."

세 녀석이 쪼르르 다가와 바짓가랑이를 붙들었지만 어쩔 수 없었다.

"아가씨, 밥 다 됐는데……."

"가서 먹으면 돼요. 할머니, 아빠, 엄마, 저 가요. 오빠, 나 간다! 해진아, 언니 갈게, 애들 불러."

경진은 식구들의 인사를 뒤로하고 황급히 현관을 빠져나왔다. 서두르느라 구두도 왼쪽 오른쪽이 바뀌어 다시 고쳐 신어야만 했다.

"휴우."

한숨 돌린 경진은 어둑어둑해진 하늘을 올려다보며 길게 한숨을 내쉬었다. 하마터면 꼼짝없이 선 자리에 나가겠다고 대답할 뻔했다. 때 맞춰 걸려온 홍주의 전화를 받고 구출되어 얼마나 다행인지……. 이대로 집을 나서는 게 마음이 편하진 않지만 그를 먼 곳으로 떠나보낸 지 8년이 지난 지금까지도 마음이 채 아물지 못했기에 남자, 연애, 결혼, 이런 것들을 이야기하며 담담한 척을 하기가 힘겨웠다.

언제쯤이면 모든 것들이 가벼워질까…….

사실, 경진은 이미 방법을 알고 있다. 방법을 알기에, 머뭇거리고 있는 것이다.

독특한 구조의 건물이었다. 홍주의 말에 의하면, 검다고 하기엔 푸른빛이 도는 유리로 외벽을 감싼 비대칭 사다리꼴 모양의 이 건물은 디저트 카페라고 했다. 다 차려진 밥상을 두고 집을 빠져나와 홍주를 만난 경진이 배가 고프다고 하자, 홍주는 경진을 이곳으로 데려왔다. 늘 가던 닭갈비집에 가고 싶었는데…….

"흥흥. 흐흐흥! 하아, 좋다."

눈을 지그시 감은 홍주가 노골적으로 코를 킁킁대자 부끄러워진 경진이 홍주에게서 한 걸음 떨어지며 미친 사람이라도 본 듯한 눈으로 홍주의 전신을 훑었다.

"얘가 왜 이래?"

"야, 너도 눈 감고 나처럼 향기를 음미해 봐."

"사람들이 쳐다보잖아. 창피하게 왜 이래."

경진이 팔꿈치로 옆구리를 쿡쿡 찔렀지만 홍주는 끄떡없었다.

"어디서 훈내가 진동하지 않니?"

"뭐?"

"여기 말야, 내가 전에 말했던 섹시하고 미끈한 쿠킹 클래스 강사가 있는 곳이거든."

난 또 뭐라고…….

경진은 한심하단 눈으로 홍주를 보다가 앞장서서 건물 안으로 향했다.

"십 분 후에 그 강사가 직장인을 위한 커피 앤 쿠키 강좌를 연단다."

"고작 커피 앤 쿠키? 나 배고프다고."

"커피 앤 쿠키뿐이겠니? 눈 보신이 곧 마음 보신 몸보신이란다, 이 어리석은 중생아. 잔말 말고 따라와."

홍주는 잽싸게 경진의 팔에 팔짱을 끼며 도망가지 못하도록 단단히 옭아맨 후 매장 안으로 들어섰다. 이곳이 무척 익숙한 듯, 홍주는 헤매지 않고 단번에 2층으로 향하는 계단 쪽으로 걸음을 잡았다. 영문도 모른 채 끌려가는 경진은 식욕을 자극하는 달콤하고 고소한 빵 냄새에 예민하게 날이 서 있던 마음에 조금씩 평안이 깃들었다.

강좌 시작까지는 아직 시간이 남았다고 했는데, 2층은 발 디딜 틈 없이 사람들로 가득했다. 99%가 여성이었고, 나이 대를 구분하는 것이 무의미할 정도로 어린아이서부터 나이 지긋한 어르신들까지 전 세대가 모여 있었다.

"너 때문에 좋은 자리 놓쳤잖아. 어으."

"우와, 사람 엄청 많네. 야, 우리 그냥 가자."

"가만있어 봐."

있는 힘껏 잡아당겨도 홍주는 눈도 끔쩍하지 않았다. 오히려 더 센 힘으로 경진을 잡아당기며 조금 더 앞쪽 자리로 향했다.

"앉어, 앉어."

그 좁은 곳을 비집고 들어가 사람들의 따가운 눈총을 한 몸에 받으며 자리를 잡은 경진은 주린 배에서 꼬르륵대는 소리가 나자 홍주를 죽일 듯이 노려보았다.

"bonjour!"

그때, 저 멀리서 금발의 미남이 걸어나오며 사람들을 향해 반갑게 인사를 건넸다.

"봉주르!"

여기저기서 봉주르라고 외치며 금발의 미남에게 환한 미소를 날렸고, 홍주도 지지 않고 봉주르를 외쳤다. 혼자 보기 아까운 그 광경에, 경진은 터져 나오는 웃음을 참을 수가 없었다.

"안녕하세요."

금발의 미남 뒤로 또 한 명의 남자가 걸어나왔다.

"안녕하세요!"

아까 금발의 미남이 등장할 때보다도 더 큰 인사 소리가 2층을 가득 메웠다. 마치 톱스타라도 등장한 듯 휘파람과 환호성까지 더해졌다. 이런 상황에 적응하지 못하는 건 오직 경진뿐이었다. 옆을 보니 홍주는 거의 넋을 잃은 상태로 그 남자를 향해 손까지 흔들고 있었다.

뭐지? 신흥종교인가. 가관이네.

홍주를 바라보던 경진은 다시 고개를 돌려 그 남자를 바라보았다. 가만 보니, 이곳에 모인 여성들이 환호성을 내지를 만큼 잘생긴 남자이긴 했다. 옆에 선 금발의 미남보다 더 눈길을 사로잡을 만큼 웃는 모습이 매력적인, 이 카페의 이름인 다비드와 참 잘 어울리는 그런 남자였다.

"안녕하세요. 디저트 카페 다비드의 공동대표, 다비드입니다."

"푸흡. 다비드래."

다비드라니. 정말 이름이 다비드였어?

……그런데 이 싸한 기분은 뭐지?

움켜쥔 주먹으로 입술을 막고 피식 웃던 경진은 어디선가 날아든 살기에 주변을 둘러보니 독기 가득한 눈을 한 여성들이 자신을 노려보고 있었다.

작게 혼잣말로 했다고 생각했는데 다들 들었나 보다. 비웃은 건 아닌데.

"오늘도 우리 다비드의 파티쉐 브뤼노와 함께 쿠킹 클래스 시작해 보겠습니다. 지난주에 예고해 드린 대로, 이번 주에는 직장인들을 위한 쿠키 앤 커피 교실인데요. 일에 치여 항상 피곤하고 지쳐 있는 직장인들을 위해 브뤼노가 준비한 쿠키와 커피 레시피입니다. 한번 읽어보세요."

다비드란 남자는 들고 나온 두툼한 종이를 한 장 한 장 사람들에게 나눠 주기 시작했다. 이 많은 사람들에게 직접 다 나눠 주려면 시간이 꽤 걸릴 텐데도 남자는 일일이 눈을 맞추고 상냥하게 웃어주기까지 했다.

"저 파티쉐가 프랑스 사람인데, 다비드 사장이 직접 강연 내내 통역도 해주고 보조도 해주고 그래. 이 강좌에 왜 사람들로 미어터지는지 이제 좀 감이 오나?"

홍주가 이를 악다물고 나지막이 쏘아붙이자, 경진은 천천히 고개를 끄덕였다. 그리곤 남자를 가만히 지켜보았다. 다비드라는 그의 이름이 전혀 아깝지 않을 만큼, 스크린을 막 찢고 나온 듯한 미남 배우의 느낌이 물씬 나는 남자. 지나치게 다정하고 상냥해 보이는 저 남자……

"선수네, 선수."

여자들 혼을 쏙 빼놓고 정신 못 차리게 만드는 선수.

다비드를 처음 본 경진이 내린 결론이었다.

01. 그 여자, 이경진

한 살 한 살 나이가 들어갈수록 친구들과 만나는 일이 점점 뜸해지곤 한다. 각자가 연애 중일 때는 말할 것도 없고, 일에 치이고 생활에 치이다 보면 그럴 수밖에 없다고 생각하긴 하지만, 마음이 답답하거나 누군가와 얘길 하고 싶을 때 가장 먼저 생각나는 게 오래된 친구들뿐이라 가끔씩 그들의 빈자리가 엄청 크게 다가올 때가 있다.

경진에게도 그런 친구들이 있다. 음악을 하는 친구 정재희, 오지랖 넓은 연예부 기자 최홍주, 잘나가는 성형외과 의사 백범, 이렇게 세 명뿐이긴 하지만.

공교롭게도 경진 포함 네 사람 모두 동시에 연애 휴식기를 갖고 있는 중인지라 최근에는 모이는 횟수가 많이 늘었다. 대학교 1학년 때 만나 무려 12년이 흐른 지금까지도 만남이 유지되고 있는 이유는 둥글게 둥글게 잘 맞아떨어진 네 사람의 각기 다른 성격 덕이다.

그리고 네 사람 모두 짝수 달에 생일이 있다. 대학을 졸업하고 각자의 생계가 생긴 후로 만나기가 쉽지 않자, 네 사람은 생일이 있는 달뿐 아니라 1년 중 6번의 짝수 달 마지막 주 토요일에 모임을 갖자고 약속을 했다. 모임은 모임인데, 일종의 계모임이다. 매달 회비를 모아 1년에 한 번씩 여행을 가고, 모임 날 먼저 약속을 깨거나 미루면 두 달 치 회비를 벌금으로 무는 등의 규칙도 생겼다. 그렇게 강제로 금전적으로라도 단단히 묶어두지 않으면 얼굴 보기가 어려웠다.

오늘 계모임의 마지막 코스는 경진의 집이었다. 출렁이는 전세값에 떠밀려 이 집으로 이사 온 지 일주일째. 집들이 겸 계모임 겸 겸사겸사해서 모인 참이다. 그런데 오늘 재희가 참석하지 않아 재희가 낸 벌금으로 세 사람은 거하게 포식을 하고 집에서 간단히 맥주를 마셨다.

"해진이 결혼 준비는 잘돼가?"

범이의 물음에 땅콩 껍질을 벗기던 경진이 나지막이 한숨을 내쉬었다.

"말도 마. 걔가 나보고 뭐 사달라고 한 줄 알아? 차를 사달랜다."

"어머머. 걔가 단단히 미쳤구나?"

홍주의 호들갑에 경진은 고개를 끄덕이며 또 한 번 깊은 한숨을 쉬었다.

"짤짤이 고생을 해봐야 되는데, 엄마, 아빠가 그걸 가만히 보고

만 있을 분들이 아니잖아."

"신랑은 학생이라고 그랬나?"

"어. 사진과 학생. 군대 다녀와서 아직도 3학년."

"어흐! 내 동생 년이었으면 패 죽여 버렸을 건데!"

경진을 대신해서 홍주가 두 주먹을 불끈 쥐고 흥분해 주었다. 경진은 그런 홍주를 보며 피식 웃고 말았다.

24년 전만 해도 경진이네 집은 동네에서 가장 크고 멋진 집을 가졌었다. 별채가 딸린 2층짜리 벽돌집에 과실나무가 수그루나 되는 널찍한 정원, 집 뒤의 텃밭까지, 온 동네 사람들이 부러워하는 그런 집이었다. 아버지는 사진관을 운영하셨고 어머니는 비디오 대여점을 하셨는데, 그사이 세상이 변하면서 어머니는 가게를 닫으셨고, 아버지는 버티고 있단 표현이 적절할 정도로 이젠 많이 힘들어졌다. 해진이는 경진의 집이 가장 넉넉하고 풍족했던 그즈음에 새벽기도 다녀오시던 할머니가 대문 앞에 버리고 간 포대에 싸인 아이를 발견한 후부터 업둥이로 경진의 가족이 되었다.

사리분별을 할 줄 아는 나이가 되었을 무렵, 해진은 자신이 업둥이란 사실을 알게 되었다. 그러면 안 되는데, 식구들은 모든 사실을 알게 된 해진이가 혹시나 엇나가거나 마음의 상처를 입지 않을까 하는 조바심에 너무 오냐오냐 대하며 떠받들기에 이르렀다. 그럴수록 더 바로잡아 줬어야 했는데, 주변 사람들 모두 그렇게 충고를 해줬는데도 그 충고를 따르기가 쉽지 않았다. 해진이의 버르장머리를 버려놓은 건 결국 가족들이었기에 어디다 변명을 할 수도 없었다. 책임은 온전히 가족의 몫이었다.

"그래도 네 제부 자리가 바른 사람 같아서 그나마 다행이지."

"차 서방네 형편이 워낙 어려워서……. 장학금이라도 받으니 학교 다니지, 안 그랬음 진작 때려치웠을 거라고 하더라."

차 서방은 해진이가 인턴으로 일하고 있던 광고 회사에 방학을 맞아 실습을 나왔다가 눈이 맞아버렸다. 눈이 맞은 것까진 좋았는데, 혈기 왕성할 때라 그런지 지나치게 뜨거운 밤을 보내다가 그만……. 콘돔 하나 그거 몇 푼이나 한다고 그걸 안 써서 이 사단을 냈냐고 경진은 해진과 차 서방을 불러 앉혀놓고 꾸지람을 하기도 했었다. 하지만 이미 물은 엎질러졌고, 지나 버린 일을 탓해봤자 내 속만 뒤집어지고, 그저 앞으로 둘이 잘살면 되는 거다 싶어 참고 또 참는 중이다.

그나마 차 서방이 어른스럽고 진중해서 철없는 해진이를 잘 컨트롤하는 듯했다. 처음 결혼을 허락받겠다고 인사 왔을 때, 집에서 생계를 도와줄 형편이 안 되니 학교를 그만두고 취직해서 해진이와 아이를 먹여 살리겠다고 했는데 그걸 아버지가 말리셨다. 재능 있는 친구가 당장 먹고사는 문제 때문에 먼 미래를 놓치면 되겠냐고. 많이는 못해줘도 학교 마치고 자리 잡을 때까지 생활비는 대주겠다고 말이다.

그런 아버지의 의견에 경진은 결사반대했다. 둘이서 알아서 먹고살게 내버려 두라고. 어디까지 뒤치다꺼리해 줄 거냐고. 하지만 아버지는 결정을 뒤집지 않으셨다. 본인처럼 작가가 되고 싶었지만 결국 조그만 동네 구석에서 사진관 꾸리다가 늙어버리지 말았으면 좋겠다고, 그나마 내가 여유 있을 때 어린 두 놈 자리 잡게 해주면 좋지 않냐고 말하시며 허허 웃으셨다.

말이 좋아 한 달에 150만 원이지, 경진이 알기론 이것저것 떼고 아버지 앞으로 떨어지는 순수익에서 150만 원마저 떼버리면 아버지의 생활비도 빠듯하지 싶었다. 그렇게 되면 결국 담뱃값 아끼고, 소주 값 아껴 평생을 모은 그 통장에서 돈이 샐 게 뻔했기에 경진은 끝까지 반대를 했다. 하지만 경진이 간과했던, 자식을 걱정하는 부모의 마음이란 것을 틀린 말 하나 없는 경진의 의견은 끝내 꺾지 못했다.

"참나, 그 울보가 언제 이렇게 커가지고 시집을 간다고……."

"그러게 말이다."

바닥에 앉아 소파에 등을 기대고 있던 경진은 결국 바닥에 누웠다. 그러자 TV 시청에 집중하고 있던 범이가 쿠션 하나를 툭 던져주었다.

"우리 경진이도 얼른 시집가야지?"

"후훗. 너나 가, 너나."

소파에 앉아 테이블 위에 다리를 올려놓고 있던 홍주의 두 발을 경진이 툭 차버렸다.

"난 지금도 미치도록 가고 싶거든? 남자나 소개시켜 주면서 가라고 해. 난 남자 집안, 재력, 외모, 자차 소유 여부 이런 거 하나도 안 따져! 중요한 건 오직 하나! 바람기만 없으면 돼."

너무 오래된 이야기라 까마득하기만 한 그 시절, 커플이었던 범이와 홍주가 헤어진 이유는 범이의 외도였다. 딱 한 번 귀여운 신입생에게 한눈을 팔았다가 졸지에 바람기 줄줄 흐르는 천하의 몹쓸 놈이 되어버린 범이가 기가 막히다는 듯 코웃음을 쳤지만 홍주에겐 남자의 바람기는 언제나 결별 사유 1순위였다.

"그거 지금 나 들으라고 하는 소리 같은데?"

"그런 인간 말종들은 바람피우다 걸려서 귓방맹이 한 대 처맞고 돌아가신 증조할머니랑 아웅다웅하다 돌아와 봐야 정신 차리지."

범이가 헛기침을 하며 머쓱한 표정을 지었지만 홍주는 그런 범이를 여전히 바람이나 피우고 다니는 한심한 놈을 보듯이 째하게 노려보았다.

"우리 병원 윤 선생은 어때?"

"죽을래?"

범이의 제안에 홍주가 싸늘한 표정으로 눈을 흘겼고, 그런 두 사람의 모습을 구경하던 경진은 배를 움켜쥐고 키득거렸다.

"표정이 왜 그래? 우리 윤 선생 순정파야! 혹시, 너 윤 선생이 살쪄서 그러는 거야? 뚱뚱한 남자는 긁지 않은 복권이란 걸 모르시나?"

"뚱뚱한 게 문제가 아니라 네 동료라서 싫은 거야. 너한테 바람기 옮았을까 봐."

"내가 무슨 바람을 피웠다고…… 그리고! 바람기가 무슨 전염병 바이러스냐? 옮게? 저런 무식한……."

"뭐? 무식? 저 자식이 진짜!"

두 사람이 아웅다웅하는 모습은 언제 봐도 참 흐뭇한 광경이었다.

"경진아, 넌 어떤 남자가 좋아?"

갑자기 불똥이 경진에게로 튀었다. 홍주의 공격을 피해보려고 범이가 맥을 끊었지만 적절하지 못한 질문에 홍주가 눈치를 주었다. 범이도 그제야 아차 싶었는지 눈썹을 찡그렸다.

난 괜찮은데 다들 왜 그러지?

경진은 아무렇지 않은 듯 웃으며 어깨를 으쓱였다.

"난 친절한 사람이 좋아. 어딜 가든 인사 잘하고, 예의 바르고, 미움받지 않는 사람."

앞모습과 뒷모습이 다른 사람은 싫었다. 나에게만 좋은 사람, 다른 사람에게는 불친절하고 못되게 구는 사람은 보통 사람들이 말하는 모든 것을 갖춘 완소남이라고 할지라도 싫었다. 상대방의 인격과 마음을 존중할 줄 아는 사람. 그것은 비단 남자가 아니라도 어떠한 사람과 인연을 맺을 때 경진이 가장 중요하게 생각하는 부분이었다. 365일 늘 사람을 만나고, 사람을 상대해야 하는 직업이라 별의별 사람을 다 만나고, 치이고, 스트레스를 받고 하다 보니 자연스레 그렇게 되었다.

"친절한 사람이 되는 건 부모의 양육에 의해서뿐만 아니라 유전자의 영향도 받는 것으로 연구 결과가 나왔어. 특정 호르몬 수용체가 어떤 종류인지에 따라 사람의 성향이 달라질 수도 있다는 거지. 옥시토신과 바소프레신은 뇌 가운데 위치한 뇌하수체에서 분비되는 호르몬인데, 그게 친밀감과 배려심을 불러일으키는 역할을 한다고 알려져 있거든? 그래서……."

"야, 됐고. 그냥 비 오는 날 우산 씌워주면 뿅 가게 돼 있어."

홍주가 간만에 의료인 같아 보였던 범이의 말을 싹둑 자르며 치고 들어오자, 범이는 체념한 듯 고개를 절레절레 저으며 홍주에게 또 한 번 무식한 인간이라고 말했다. 홍주는 범이가 그러거나 말거나 콧방귀를 뀌곤 테이블 위에 쌓아둔 경진의 파일을 뒤적였다.

"너 요즘 바쁘지? J미디어가 이해리 본부장 취임하고 나서 곧장 새 영화 들어간단 얘긴 들었는데."

"그것도 그렇고, 내년부터 드라마 제작 시작하잖아. 정신없다."

경진의 직업은 캐스팅 디렉터. 국내 최고의 미디어 그룹이라고 손꼽히는 J미디어의 수석 캐스팅 디렉터이다. GBS에서 3년간 캐스팅 디렉터로 일했던 경진은 6년 전 J미디어에 스카우트되어 이쪽 분야에서는 최고의 대우를 받고 있었다.

감독이나 작가 등의 제작진들이 배우들과 미팅하기 전에 제작진 측에서 원하는 주조연급 배우들을 직접 만나 시놉시스를 설명해 주고 일정을 조율하는 일인데, 경진의 작업이 끝나면 그 후에 제작진이 해당 배우를 만나 세부적인 사항을 조율하게 된다. J미디어에서 제작하는 영화와 드라마에 출연하는 모든 주조연급 배우의 캐스팅은 경진의 눈에서부터 시작되는 것이다.

시놉시스를 가장 먼저 받아본 후 어울리는 배우를 찾아 제작진에게 제안을 하는 역할. 적재적소에 배우를 배치하기 위해서 경진은 늘 배우를 찾고, 배우를 만나고, 배우의 다른 작품들도 찾아봐야 한다. 하루 온종일 사람을 만나러 다니기도 하고, 원하는 배우를 찾기 위해 연극, 뮤지컬, 영화, 드라마, 광고, 뮤직비디오, 가요 프로 등 분야를 가리지 않고 모든 미디어 컨텐츠를 봐야 한다. 거기다 J미디어 내 매니지먼트에서 배우를 영입하는 일까지 거의 전담하다시피 하고 있었다.

"이 친구는 못 보던 얼굴이네. 신인도 많이 들어가?"

"신인이야 주연 배우 결정되면 그쪽 회사에서 알아서 끼워 넣으니까. 근데 요즘 애들은 얼굴이 다 똑같이 생겨서 좀 이상하드라. 라미네이트에, 양악에…… 발음이나 대사도 어색하고, 얼굴에 뭘 그렇게 많이 집어넣었는지 표정도 이상해."

"그게 다 닥터 백 탓 아니겠어?"

홍주의 지적에 범이가 어이가 없는 듯 벌어진 입을 다물지 못했다.

"내가 틀린 말 했나? 너네 병원에서 다 똑같이 고쳐 대니까 길거리를 다녀도 다 똑같이 생긴 언니들이 수두룩하잖아."

"우리 병원이 무슨 거푸집이냐? 다 똑같이 찍어내게? 하여간 말하는 거 보면 참 없던 정도 뚝뚝 떨어진다니까."

또 한바탕이 시작되려나 싶었는데, 어쩐 일인지 홍주가 귀를 후비적거리며 테라스가 있는 쪽으로 가버렸다. 경진은 범이에게 너도 이제 그만하라는 듯 눈짓을 하고 홍주의 뒤를 따라 테라스로 나갔다. 테라스 난간에 기댄 홍주는 호기심 가득한 눈으로 동네 이곳저곳을 훑어보았다.

"회사랑 좀 멀긴 해도 전에 살던 동네보단 아기자기하고 깔끔하니 훨 낫다."

"그건 그래."

이 집의 단점은 회사와 거리가 있다는 것과 크기가 조금 작다는 것 정도. 그러나 홍주의 말대로 지내기엔 지난번 집보다 나은 점이 많았다. 집이 작으니 청소도 할 만하고, 주택가라서 세탁소나 슈퍼, 음식점 같은 것이 많고, 일단 주변이 조용했다. 전에 살던 곳은 밤에도 시끌벅적 휘황찬란이라 밤잠 많은 경진은 적응하는 데 꽤 오랜 시간이 걸렸었다.

"경진아, 너 안 외롭냐?"

"갑자기 뭔 소리야."

홍주의 뜬금없는 소리에 애가 많이 취한 건가 싶어 경진은 헛웃음을 터뜨렸다.

"너 사는 거 너무 재미없어 보여 걱정돼서 하는 말이야. 사람도 좀 만나고……."

"내가 하루 종일 만나고 다니는 게 사람이거든?"

"내 말은 그게 아니잖아. 남자 만나라고. 연애도 하고."

진지한 척하기는.

경진은 눈매를 가늘게 뜨며 홍주를 노려보았다.

"내가 알아서 할게."

"알아서 한다고 한 지 벌써 8년째야."

"아이 진짜, 비싼 밥 먹고 얘가 왜 이래?"

경진의 타박에도 홍주는 여전히 진지한 눈을 하고 자신을 지그시 바라보았다.

"보자……. 얼굴도 반반하고, 눈도 똘망똘망하고, 운동 열심히 해서 몸매도 훌륭하고! 내가 남자였으면 너 당장 꼬드겼을 건데……. 너 대체 왜 그러냐?"

"내가 뭘."

"남자들이 백날 꼬드기면 뭐 해. 안 넘어가려고 발악을 하고 있는데."

답답한 듯 한숨을 내쉬는 홍주를 보고 있으려니 웃음이 참아지질 않았다.

"개나 고양이를 키워보는 건 어때?"

"나랑 살면 걔들이 외로울걸?"

"그래도 집에 들어오면 누가 반겨주는 맛이 쏠쏠해."

한 달 전부터 홍주는 어미 잃은 새끼 길고양이를 기르고 있었다. 가끔 홍주의 집에 놀러 가거나 홍주의 SNS를 보다가 온통 고양이 얘기만 가득한 걸 보면서 가끔씩 나도 키워보면 어떨까? 하는 생각을 하긴 했었다. 하지만 늘 거기까지였다.

"뭐니 뭐니 해도 남자를 키우는 게 제일인데."

"으이그. 후훗."

턱을 괴고 간만에 밤하늘을 올려다보던 경진은 항상 예고도 없이 문득 떠올라 머릿속과 가슴속을 헤집어놓는 그 사람 때문에 코끝이 찡해져 괜히 마른세수를 하며 희게 웃어버렸다.

초저녁잠 많은 경진을 위해 홍주와 범이는 일찌감치 집으로 돌아갔다. 뭐, 집으로 돌아갔는지 둘이 어디로 샜는지는 알 수 없지만.

열 시가 되기도 전에 침대에 누운 경진은 휴대폰으로 맞춰둔 알람을 다시 한 번 확인하고 눈을 감았다. 눈을 감은 채 '졸리다. 졸리다. 피곤하다. 잠이 쏟아진다.' 하며 주문을 외웠다. 그렇게 5분쯤 지나면 잠이 들어 알람소리에 새벽 5시가 되어서 일어나야 하는데, 오늘은 이상하게 쉽게 잠이 오지 않았다. 옆으로 돌아누워 휴대폰으로 게임을 하고, 인터넷 기사 열 몇 개를 읽어도 정신이 말똥말똥했다.

결국 경진은 자리를 털고 일어나 주방으로 향했다. 시원한 사과주스를 한 잔 마실까, 따뜻한 우유 한 잔을 마실까 잠시 고민하다가 경진은 우유를 선택했다. 컵에 우유를 따라 전자레인지에 넣어 타이머를 맞추고 식탁 의자에 잠시 앉은 경진의 눈에 며칠 전에 던져 두었던 쿠키가 들어왔다.

 디저트 카페 〈다비드〉에 홍주에게 억지로 끌려갔던 그날, 강좌
가 끝난 후 참석한 모든 사람들에게 아기 주먹만 한 쿠키 두 개와
커피 한 잔씩이 돌아갔다. 강연 내내 경진이 배가 고프다고 투덜
거리자, 강연 끝나면 쿠키도 나눠 주고 저 두 남자가 참석해 준 모
든 사람들과 일일이 눈을 맞추며 악수를 해주니 조금만 참으라고
타이르던 홍주는 결국 금발의 미남하고만 악수를 하고 경진의 손
에 이끌려 눈물을 머금은 채 단골 닭갈비집으로 향해야 했다. 홍
주는 식사 내내 입을 쭉 내민 채 경진을 원망했지만 식욕이 우선
이었던 경진은 어쩔 수가 없었다. 닭갈비 2인분에 라면사리, 치즈
사리를 얹어 볶음밥까지 야무지게 챙겨 먹은 후, 만족스럽게 집에
오다가 디저트로 하나는 먹어버렸고, 하나는 생각 없이 식탁 어딘
가에 던져 두었는데 오늘에서야 눈에 띈 것이다.

 포장지를 뜯으려던 경진은 쿠키를 앞뒤로 돌려보며 만지작거리
기만 했다. 만질 때마다 바스락 소리와 함께 미세하게나마 고소한
향기가 살살 퍼졌다. 하지만 경진은 먹어치우지 않았다. 그냥……
계속 만져 보고 코를 킁킁대며 냄새만 맡았다.

 혼자만의 착각일 수도 있지만, 그날 경진은 다비드란 남자와 수
차례 시선이 닿았다. 물론 뚫어져라 응시한 건 아니고 스치듯 마
주친 것인데, 그마저도 확신할 순 없었다. 그 수많은 수강생들 중
자신이 눈에 확 띌 리도 없을뿐더러, 그날 참석했던 수강생 중 가
장 수업에 임하는 마음가짐이 불량했기에 더더욱 그럴 일은 없을
것이었다.

 하지만 마음 한구석에서는 혹시나 하는 상상력이 발휘되는 건

어쩔 수 없었다. 긴 시간은 아니었지만 가깝지도 멀지도 않은 거리를 두고, 누가 봐도 백이면 백 멋지다고 입을 모을 만한 남자와 마주 보고 있는데 전혀 관심이 가지 않는다는 건 100퍼센트 거짓말이니까.

유려한 불어 실력을 가진 남자. 모든 사람에게 상냥하던 남자. 가만히 있어도 잘생겼는데 웃으니 백만 배쯤 더 잘생겨 보였던 남자.

잘생긴 남자라면 수백, 수천 명을 보아왔고 마주 앉아 이야길 나눈 것도 수백, 수천 번인데…… 이런 느낌은 아니었단 말이지.

뭔가, 뭔가 묘해.

"흐음."

쿠키를 가만히 응시하던 경진은 다시 쿠키를 식탁 구석에 툭 던져 두고 전자레인지에서 따뜻하게 데워진 우유를 꺼냈다. 그리곤 머리를 세차게 흔든 후 단숨에 우유를 비웠다.

오전 5시 30분.

다비드의 하루는 조금 빨리 시작된다. 별다른 일정이 없는 한 15분 거리인 매장까지 늘 걸어서 출근을 하는 다비드는 오늘도 한적한 새벽길을 걸으며 흥얼흥얼 콧노래를 불렀다.

"어?"

언제나 다비드 혼자 독차지를 하곤 했던 고요한 길 위에 요 며칠 동행이 생겼다. 그 동행자는 일주일째 하루도 빠짐없이 위아래 모두 검은색인 트레이닝복을 입고 가볍게 조깅을 했다.

그녀를 처음 본 건 지금으로부터 정확히 일주일 하고도 하루 전, 그녀가 맞은편 빌라에 이사를 오면서부터였다. 다비드의 유일한 낙인 홈쇼핑 시청 중 시끌벅적한 소음에 뒤 베란다를 통해 밖을 내다보니 젊은 여자 혼자서 씩씩하게 이삿짐을 나르고 있었다. 물론 큰 짐은 이삿짐센터 직원들이 체계적으로 운반을 했지만, 자잘한 박스들은 마치 보물이라도 되는 듯 품에 꼭 끌어안고 조심조심 옮겼다. 한참을 서서 그 광경을 구경했고, 그 다음날 다비드는 그 여자를 다시 한 번 길에서 만날 수 있었다. 그녀는 마치 복싱선수라도 되는 듯 진지하게 조깅을 했고, 그 다음날에도, 그 다음날에도 같은 시간에, 같은 길을 달렸다.

다비드는 본의 아니게 그녀의 뒤를 따라 걷게 되었다. 콩콩거리며 뛸 때마다 묶은 머리칼이 좌우로 치렁거리는 모습을 보며 출근하는 날이 계속되었다. 그 모습을 보며 어느 날부턴가 고개를 갸웃거리며 박자를 맞추고 있는 제 자신을 발견했다.

엊그제는 그녀가 쿠킹 클래스를 찾았다. 다비드는 그녀를 단번에 알아봤지만, 그녀는 자신을 알아보지 못한 듯했다. 심지어 제 이름을 소개하는데 피식 웃기까지 했다. 뭐, 그런 일을 한두 번 겪은 것이 아니기에 그다지 언짢은 건 아니었지만 자꾸만 그녀에게 시선이 가는 건 어쩔 수 없었다. 혹시나 지루해지진 않는지 궁금했고, 어떠한 반응을 하는지 눈길이 갔다. 얼굴 한가득 당장 이곳을 박차고 나가고 싶은 마음이 고스란히 드러났기에 더더욱 눈치를 보게 되었다.

결국 그녀는 수업이 끝나기가 무섭게 함께 온 친구의 손을 붙잡고 매장을 빠져나가 버렸다. 맞은편 빌라에 사는 이웃이라고, 아침에 산책하는 거 봤단 이야길 하면서 오늘 수업 어땠냐고 묻고 싶었는데 모두 물 건너가 버린 것이다.

다비드는 좀 더 속도를 내어 걷기 시작했다. 저만치 앞서서 달리는 그녀를 따라잡기엔 턱도 없는 속도였지만 그래도 조금씩 꾸준히 거리를 좁혔다. 그런 다비드의 사정 따윈 알 리 없는 그녀가 갑자기 제자리에서 콩콩 뛰더니 전력질주를 하기 시작했고, 결국 다비드는 평소 걷던 속도로 천천히 걸었다.

만일 내일 또다시 그녀와 마주치게 된다면 꼭 인사를 나누고 싶었다. 상쾌한 하루의 시작을 위해……

잘난 사람은 어디서든 빛이 나는구나.

연기를 뒤집어쓰고도 뭐가 그리 좋은지 연신 웃으며 바비큐를 구워대는 남자 다비드를 보고 있자니, 송곳은 주머니에 넣어놔도 튀어나오게 마련이라던 사람들의 말이 제대로 피부에 와 닿았다.

평소와 다름없이 배우 소속사와 미팅하고 퇴근을 하던 중에 받은 전화 한 통으로 경진은 다비드와 강제로 재회하게 되었다. 갑작스러운 이해리 본부장의 집들이 초대에 난감했으나 거절할 수 없는 자리라서 지친 몸을 이끌고 집들이에 참석했는데, 저쪽 구석에서 다비드가 바비큐를 굽고 있었다. 그 모습이 어찌나 우스웠는지, 경진은 다비드가 눈에 띌 때마다 피식피식 웃고 말았다.

그는 아무래도 선수가 확실한 듯했다. 여자들이 좋아하는 옷차림, 머리 모양, 향기 등등 모든 것을 꿰뚫고 있었다. 여자 둘 이상이 모인 곳에서는 어김없이 '저 남자 진짜 멋있지 않아?'라는 주제로 대화가 진행되었고, 심지어 남자 둘 이상이 모인 곳에서도 '저 남자 백 프로 게이야.' 하는 질투 어린 비아냥거림이 끊이지 않았다.

그러다 문득, 경진은 자신이 다비드를 관찰하는 것에 열중하고 있었다는 것을 깨달았다. 그런 쓸데없는 것에 정신을 쏟느라 접시 위에 놓인 요리를 포크로 뒤적거리기만 했던 제 자신이 한심해서 경진은 본격적으로 식사에 열중했다.

"이 실장님!"

J미디어 영화사업본부 내에서 남자 못지않은 우렁찬 목소리로 유명한 제작팀의 라인 피디 정 피디가 큰 소리로 경진을 부르자 삼삼오오 모여 이야기를 나누던 사람들의 시선이 일제히 경진에게로 향했다. 머쓱해진 경진은 계속 식사하시라는 듯 손짓을 하며 신이 나서 달려오는 정 피디를 향해 애써 환하게 웃었다.

"어, 정 피디, 오랜만이야."

"실장님 왜 이렇게 얼굴 보기가 힘들어요!"

넌 현장에 있고 난 외근을 많이 하니까 못 보는 게 당연한 거지…… 라고 말해주고 싶었지만 경진은 그냥 웃음으로 때웠다. 사실 정 피디는 경진이 회사에서 말을 트고 지내는 몇 안 되는 사람 중 한 명이었다. 특유의 친화력과 수다스러움이 아니었다면 아마 경진은 정 피디와 친해질 일이 퇴사하는 그날까지 없었을지도 모른다.

경진도 흘러 다니는 풍월을 주워 들은 바 있다. 이경진 실장, J미디어 내에서 가장 친해지기 어려운 사람. 겉으로는 웃어도 속은 알 수 없는 사람. 뭐, 그렇게까지 거하게 표현할 정도로 미스터리

한 사람은 아닌데, 사람들의 의견은 대부분 그러했다.

"요리 맛있죠? 저분이 직접 다 한 거래요. 이름이 뭐라더라……
앙드레였나? 다니엘이었나?"

"다비드."

"아, 맞아, 다비드. 어, 근데 실장님은 어떻게 알았어요?"

"지난주에 친구랑 카페 갔다가 우연히 알게 됐어."

"오올. 아무튼 저분이 본부장님 남편이랑 같이 동업을 하는 분
인데요, 지금 여자친구도 없고 게이도 아니래요."

정 피디는 뭔가 굉장한 고급 정보를 너에게만 특별히 준다는 듯
이 음흉하게 웃어 보였다. 그래서 뭐 어쩌라고? 소리가 목구멍까
지 넘어왔지만, 경진은 또 한 번 웃어버렸다.

"어, 그래, 그렇구나."

경진은 옆으로 고개를 돌려 힐끔 그를 보았다. 곁을 지나치는
사람을 그냥 두지 못하고 계속 말을 걸고 웃어주고 있었다. 다시
고개를 돌리려던 그 순간, 시선이 딱 마주치고 말았다.

어쩌지. 아니, 어쩌긴 뭘 어째. 저 남자랑 눈 마주친다고 뭐 큰
일이라도 나나?

침을 꼴깍 삼킨 경진은 태연하게 웃으며 살짝 고개를 끄덕여 눈
인사를 하고 고개를 돌려 정 피디를 바라보았다. 그런데 그가 자
신을 향해 걸어오는 게 아닌가.

"안녕하세요."

"예, 안녕하세요."

이보다 더 어색할 순 없었다. 경진은 괜히 손끝으로 입술을 닦
으며 불쑥 내민 그 남자의 악수에 응했다. 그사이 정 피디는 잔망

스럽게 웃으며 저 멀리 떠나 버렸고, 그 남자와 단둘이 마주 보고 선 민망한 상황이 연출되고 말았다.

그는 무척이나 반가운 사람을 만나기라도 한 듯 활짝 미소를 지었다.

"요리는 입에 맞으신가요?"

"아, 예. 맛있게 먹었어요. 요, 요리를 무척 잘하시네요."

빌어먹을. 왜 말은 더듬고 난리야.

볼이 화끈 달아오른 경진은 이대로 저 밑 땅속으로 꺼져 버렸으면 싶었다.

"다행이네요. 샴페인 한 잔 드릴까요?"

"아뇨. 제가 금주 중이라."

"금주?"

그가 고개를 갸웃거리며 되물었다.

혹시 못 믿는 건가? 속으로 웬 내숭, 이런 생각을 한 건가?

"안 마신 지 몇 년 됐어요."

"아, 금주."

그제야 이해했다는 듯 그가 웃으며 고개를 끄덕였다.

설마, 금주를 못 알아들은 건 아니겠지?

"아! 제 소개가 늦었네요. 다비드라고 합니다."

자기 입으로 직접 다비드라고 하니 거참, 어깨가 부르르 떨릴 만큼 간지럽네.

경진은 최대한 예의를 지키며 미소를 지었다.

"전 이경진이라고 합니다. 본부장님 회사에서 일해요."

"저 그거 한 장 주세요. 그거, 이름이랑 연락처 적힌……."

"아, 명함이요? 잠시만요."

설마…… 명함도 모르는 건가? 이 남자, 백치…… 미도 있네? 역시, 신이 이 남자에게만 몰빵한 건 아니구나.

"저 이경진 씨 본 적 있어요."

"네?"

"얼마 전에 이사 오셨죠?"

"……네."

"아침 5시 반에 조깅하고."

"어떻게 아셨어요?"

"저는 그 시간에 출근하거든요. 저는 일주일 내내 경진 씨 봤는데, 경진 씨는 저 못 보셨어요?"

"아, 그러셨구나. 하하."

그래서 날 반가워해 줬던 거구나. 그나저나, 어떻게 저런 사람이 눈에 안 띌 수가 있지?

멋쩍게 웃던 경진은 핸드백 안에서 명함 한 장을 꺼내 그에게 건넸다.

"근데 저, 하나만 물어봐도 될까요?"

"얼마든지요."

지난 일주일간 궁금함에 잠 못 들게 했던 그것.

"진짜로 이름이 다비드예요?"

"네, 다비드예요. 풀 네임은 다비드 고메 아를렌. 제가 프랑스에서 오래 살았거든요."

그는 이름뿐 아니라 성까지 프랑스인 같았다. 더 캐묻는 건 실례일 것 같아 경진은 충분한 대답이었다는 듯 고개를 끄덕였다.

"태경이도 처음엔 제 이름이 다비드라고 하니까 비웃더라고요. 근데 다비드란 이름이 프랑스에선 무척 흔한 이름이라서……."

그의 부가 설명에 살짝 찔렸지만 경진은 태연하게 웃으며 당신의 마음 충분히 이해한다는 듯 연신 고개를 주억거렸다. 사실 이름에 관해서라면 경진 또한 여성스럽지 못한 이름 때문에 어렸을 적엔 이름 바꿔달라고 떼를 쓰는 일이 부지기수였기에 이름에 얽힌 고충은 누구보다 잘 알고 있었다.

"한국말을 9년째 배우고 있긴 한데, 선생님이 너무 부실해서 많이 어설퍼요. 저 바보 아니니까 오해하지 마세요."

"아, 예."

금주를 못 알아듣고, 명함이라고 단번에 말하지 못했던 게 한국말이 서툴러 그런 것이라면…… 이 남자는 정녕 신이 몰빵을 한건가? 저 정도면 세상 살 맛 나겠네.

"오늘 덕분에 맛있게 잘 먹었어요."

"감사합니다. 앞으로 길에서 마주치면 인사해요, 우리."

경진은 깨끗이 다 비운 접시를 테이블 위에 올려두고 그에게 살짝 고개를 숙여 인사한 뒤 서둘러 걸음을 옮겼다.

확실히 뭔가 묘한 사람이었다. 부담스럽진 않지만 편하진 않고, 눈을 뗄 수 없는 건 아니지만 자꾸 시선이 가는, 좀 더 이야기를 나눠보고 싶은 사람이랄까.

누군가에 대한 호기심…… 낯설면서도 즐거운 이 관심이 언제까지 계속될진 모르겠지만, 분명한 건 그와 우연히 길에서 마주치게 된다면 생각보다 꽤 반가울 것 같았다.

02. 그 남자, 다비드

　어느 날부터, 경진은 혼자 있을 때보다 사람들 틈에 섞여 있는 것을 좋아하게 되었다. 혼자 있을 때엔 한없이 나른해져 늪 한가운데에 선 사람처럼 점점 더 바닥으로 가라앉는데, 사람들과 함께 어울릴 때면 억지로라도 밝게 행동하고 의식적으로 말을 많이 하려 한다거나 많이 웃게 되다 보니 자연스레 기분도 좋아지고 하루를 버티게 하는 활력도 생기기 때문이었다.

　한때는 세상으로부터 자신을 격리시키고 가두어 살던 때가 있었다. 스물넷…… 지금 생각해 보면 가장 예뻤던 그 무렵 예고도 없이 들이닥친, 감당하기엔 너무도 무거웠던 슬픔에 짓눌려 대인기피 증상까지도 생겼었지만 이젠 달라졌다. 생살을 도려내는 것보다 더 큰 마음의 고통을 이겨내고 일상생활을 건조하게 만드는 불필요한 생각들이 많아지는 게 싫어 이 악물고 사람들 틈에 끼어

들었다.

집들이 참석 후 집으로 돌아가는 길. 솔직히 그곳에 가기 전까지만 해도 피곤하기도 하고 귀찮기도 했지만, 많은 사람들 틈에 끼어 있다가 나와보니 조금은 정신이 맑아진 것 같았다. 나도 그들과 다르지 않게 같은 시간을 함께 숨 쉬며 웃고 떠들면서 살아가고 있구나, 하는 안도감 같은 것도 느꼈다.

상사의 초대를 거절할 수 없어서 마지못해 간 자리였지만, 결과적으로는 경진에게 활력을 준 즐거운 자리가 되었다. 개인적으로 인사할 일이 생길 거라고 전혀 예상치도 못했던 그 남자와 인사를 주고받은 것도, 한 동네에 사는 이웃이란 것을 알게 된 것 모두 다음 곗날 친구들과 나눌 재밌는 얘깃거리가 되었다.

밤이 되니 걸을 만했다. 더위를 무진장 타는 경진에게 끈적이는 여름은 매일이 지옥이지만, 한낮에도 지금만 같다면 1년 내내 여름이라고 해도 참을 수 있을 것 같았다. 배도 적당히 부르고 오랜만에 만난 말간 밤하늘이 기분 좋게 만들었다.

횡단보도 앞에 서서 신호기 바뀌길 기다리던 경진은 시원한 사이다 생각에 편의점으로 향했다. 작은 병에 든 사이다 한 병을 사가지고 나온 경진은 자신의 집이 있는 빌라촌으로 가기 위해 길을 건너려고 다시 횡단보도 앞에 섰다. 그러던 중, 제 앞을 쌩 하고 지나치는 배달 오토바이를 쫓아 무심코 고개를 돌리다가 편의점 옆에 있던 애견센터를 보고 말았다.

경진은 마치 뭔가에 홀리기라도 한 사람처럼 그쪽으로 슬금슬금 다가갔다. 그곳에는 사람들의 발길을 잡아 세우기에 충분한 예쁜 강아지들이 주인을 기다리고 있었다.

경진은 손에 쥐고 있던 휴대폰으로 시간을 확인했다. 밤 9시, 간판불은 꺼져 있었지만 애견센터는 아직 영업 중이었다.

손으로 톡톡 유리창을 치니 녀석들이 신이 난 듯 앞발을 들고 콩콩 뛰기 시작했다. 밥을 준 것도 아니고, 놀아준 것도 아닌데, 내가 뭐라고 저렇게 좋아하는 걸까. 그저 사람이라서? 자신들을 데려가 줄 수도 있는 사람이란 걸 저 어린 새끼 동물들도 본능적으로 알게 된 건가?

그 녀석들을 좀 더 가까이에서 보고 싶었던 경진은 애견센터 안으로 들어갔다. 동물은 무조건 집 밖에서 키워야 사람과 동물 모두 행복한 것이라고 평생을 믿어왔기에, 용감하게 애견센터를 박차고 들어와 놓고도 녀석들을 향해 시원스레 걷지 못하고 쭈뼛거렸다.

"저기, 새끼 고양이가 먹는 간식 있어요?"

마감을 하려던 차에 방문한 손님이 그다지 반갑지 않았는지, 마뜩찮단 표정을 한 직원을 안심시키기 위해 경진은 일단 이 애견센터의 방문 목적이 홍주가 키우는 고양이의 간식 마련이란 설정을 했다. 경진의 물음에 직원은 들고 있던 빗자루를 내려놓고 여러 가지 간식들을 추천해 주며 설명을 더 해줬지만, 그런 말들이 경진의 귀에 들어올 리 만무했다. 경진의 시선은 여전히 강아지들 쪽에 머물렀고, 적당한 순간에 '그걸로 주세요.' 라고 말한 덕에 직원은 하얀 비닐 봉투에 간식거리를 담았다. 그사이 경진은 아크릴로 만든 강아지들 보관실로 다가갔다.

각기 다른 종의 여섯 마리가 오글오글 모여 있었다. 대부분 발랄한 성격인 듯했고, 덩치는 주먹 두 개를 붙여놓은 정도쯤 될까.

저렇게 작은 녀석들이 어떻게 종종거리고 돌아다니며 사람들을 유혹하는 건지 신기할 따름이었다.

그때 희한하게도 경진의 눈을 사로잡은 건, 작은 녀석들이 아니라 구석에 웅크리고 누워 있는 조금 덩치가 큰 놈이었다. 축 늘어진 두 귀와 금발의 구불구불한 털이 무척 매력적인…… 비글, 슈나우저와 함께 3대 지랄견으로 꼽히는 코카 스파니엘이었다.

"죄송하지만 만지시면 안 돼요."

"아, 네."

녀석을 향해 막 손을 내미는 순간 직원이 저지를 했고, 멋쩍어진 경진은 하는 수 없이 고개를 최대한 길게 쭉 빼 내밀고 그 녀석을 관찰했다. 만지지 못하게 하는 직원의 마음도 어느 정도 이해할 수 있었다. 나 같은 사람들이 어디 한두 명이었을까. 얘들도 감정이란 게 있는 생명들인데, 살 것처럼 만지고 안아줘서 괜히 쓸데없이 애들 가슴 설레게 만들어놓고, 혹시나 날 데려가 주지 않을까 하는 기대를 하며 마음을 열어줄 무렵 돌아서 버리는 사람들이 얼마나 많았을까. 그래서 저 녀석들이 신댁빈기 위해 더욱더 필사적으로 애를 쓰는가 보다.

녀석들을 두고 골라둔 간식을 계산하러 가려는데, 도무지 발이 안 떨어졌다. 시선을 거둘 수가 없었다. 며칠 전 홍주에게 개나 고양이를 키워보는 건 어떠냐는 제안을 받은 게 화근이었다. 집에 돌아오면 가장 먼저 나와 반겨주는 재미가 쏠쏠하다던 그 말이 자꾸만 상상을 하게 만들었다. 지금의 선택으로 저 녀석의 인생이 결정된다는 것과 눈을 감는 그날까지 함께해야 한다는 것에 대한 부담감은 충분히 감당해 낼 수 있을 것 같았다. 평소에는 절대로 만나볼 수 없었던 마음속의 긍정의 신이 '넌 충분히 해낼 수 있다'며 응원을 해댔기 때문이다.

"얘…… 제가 데려갈 거예요."

사실, 직원의 눈빛에 약간의 오기도 발동했다. 반려견 입양이라는 중차대한 결정을 내리고 얼떨떨해하며 품에 녀석을 안은 경진은, 건넨 카드가 한도 부족이라고 직원이 말하자 그제야 정신이 번쩍 들었다. 엊그제 혜진이 결혼 선물로 냉장고를 할부로 긁어버린 바람에 한도가 부족해진 모양이다. 경진은 하는 수 없이 지갑에서 가지고 있던 현금을 싹 다 긁어 내놨다. 비상금으로 찔러 넣어놨던 10만 원짜리 수표 한 장, 기념으로 가지고 있던 5만 원짜리 신권과 만 원짜리 몇 장을 꺼내고 부족한 금액을 카드로 다시 긁어보니 다행히도 그것만큼은 한도가 남아 있었는지 결제가 되었다.

서른을 넘어 저지른 일들 중 가장 충동적인 일이었다. 무려 한 생명을 책임지기로 마음먹다니. 거기다 월급날까진 열흘이나 남은 상황에서 전 재산까지 탈탈 털었으니 간만에 마이너스 통장에서 인출해야 하는 상황까지 벌어졌다. 카드를 하나 더 만들지 않겠냐는 친절한 판매원의 제안을 왜 그리도 정중히 거절했을까.

정신을 차리고 애견센터를 나섰을 땐 한쪽 어깨에는 강아지가 먹을 사료와 덤으로 끼워준 간식, 플라스틱 빨간 밥그릇, 직원이 이건 꼭 필요하다고 말하던 배변용 패드와 영양제, 발톱 깎이, 애견 샴푸 등이 가득 담긴 엄청난 크기의 가방이 메어져 있었고 다른 한 팔에는 오들오들 떨고 있는 강아지가 안겨 있었다.

경진은 저도 모르게 피식 웃고 말았다. 녀석은 그런 경진을 조금은 불안한 시선으로 물끄러미 올려다보았다.

"잘살아보자."

말귀를 알아들었을 리는 없지만, 녀석이 턱을 할짝할짝 핥았다. 그런 녀석을 가만히 보고 있자니 코끝이 찡해져서 견딜 수가 없었다. 물론 어깨가 빠질 것 같아서이기도 했지만, 경진은 녀석을 품 안에 꼭 끌어안고 재빨리 횡단보도를 건너 집을 향해 달렸다.

집에 도착하자마자 녀석을 바닥에 내려놓고 더듬더듬 손을 뻗어 조명을 켰다. 그놈은 내려놓기가 무섭게 쏜살같이 어디론가 달려갔고, 경진은 낑낑대며 짊어지고 온 녀석의 살림을 식탁 위에 하나둘 늘어놓기 시작했다. 갑자기 벌어진 이 상황이 너무 기가 막혀서 경진은 또 한 번 웃어버렸다.

"야! 이리 와! 거기 가면 안 돼!"

구석에서 웅크리고 있던, 왠지 모르게 어딘가 짠했던 강아지는 더 이상 없었다. 귀를 펄럭이며 정신없이 이 방 저 방을 전력질주하고 있었다. 그런 녀석의 반전 매력에 당황한 건 경진이었다. 경진은 부랴부랴 옷을 갈아입으며 혹시나 어디 부딪혀서 다치진 않을까 걱정되어 고개를 쭉 내밀고 녀석의 동태를 살폈다. 그때, 녀석이 방으로 밀고 들어와 벗어둔 스타킹을 물고 나가더니 미친 듯이 고개를 좌우로 흔들었다. 정말 딱 미친놈 같았다.

"이리 내놔!"

그러다 문득, 경진은 자신이 지금 얘랑 대화를 시도하고 있다는 사실에 어이가 없어서 두 손으로 얼굴을 감싸 쥐었다. 더 웃긴 건, 말을 알아들었는지 물고 있던 스타킹을 고이 내려놓는 녀석의 행동이었다. 스타킹을 회수해서 옷 방으로 가져가자 뒤를 졸졸 따라 왔다. 보면 볼수록 신통방통한 녀석이었다.

"으으."

칭찬을 하기가 무섭게 결국 사고를 쳤다. 빨래를 하려고 쌓아둔 옷 위에 올라가 시원하게 오줌을 싸버린 것이다. 그 순간 다행히도 배변 훈련하는 요령을 가르쳐 준 직원의 말이 떠올랐다.

"에휴, 내가 무슨 일을 저지른 거야. 내 몸 하나도 제대로 건사 못하면서."

배변용 패드 묶음을 뜯어 테라스에 패드 한 장을 깐 경진은 녀석의 소변이 묻은 휴지를 그 위에 톡톡 두들기며 '앞으로 여기다 싸야 돼. 알았지?' 하며 다정하게 가르쳐 주었다. 그러자 녀석이 곁에 다가와 엉덩이를 바닥에 붙이고 앉은 채로 꼬리를 살랑살랑 흔들었다.

"좋냐?"

경진은 녀석을 안고 테라스에 놓아둔 흔들의자에 앉아 앞뒤로 의자를 흔들었다. 가만히 얼굴을 뜯어보니 무척이나 귀여운 녀석이었다. 매력적이었다. 어딘가 모르게 처연하면서도 초롱초롱한 눈망울이 아주 유혹적이었다.

"이름을 지어줘야 되는데……. 어?"

그때, 건너편 빌라 주차장에서 낯익은 한 남자가 차 조수석에서 내리는 게 보였다. 운전을 한 대리운전 기사에게 허리를 굽혀 공손히 인사를 하고 차 키를 건네받은 그는 다름 아닌 다비드였다. 아마도 이제야 집들이가 끝난 모양이다.

괜히 반가웠다. 뭐, 특별히 아는 사이도 아니고 가까운 사이도 아니면서 말이다.

이렇게 가까이 살고 있었는데 왜 몰랐을까. 이사 온 지 무려 일주일이나 지났는데. 내가 이 의자에 앉아서 창문을 열고 바깥 구경을 몇 번이나 했는데. 홍주가 이 사실을 알면 집 바꾸잔 소릴 할 듯했다.

경진은 다시 강아지를 바라보았다. 방금까지 미친 듯이 뛰어다녀 놓고는 이제 와서 얌전한 척 새치름하게 눈을 뜨고 눈꺼풀을 끔벅이고 있었다.

"야, 너 다비드 할래?"

경진의 제안에 녀석이 두 눈을 초롱초롱하게 빛냈다.

"좋아. 넌 이제부터 다비드야. 쭈쭈쭈."

썩 나쁘진 않은 모양이다. 어쩌면 꽤 마음에 들었는지도 모르겠다. 녀석은 턱을 핥기 시작했고, 할짝할짝 핥던 녀석은 어느새 열과 성을 다해 또 한 번 미친 듯이 턱에 구멍을 낼 기세로 정신없이 핥아댔다. 녀석의 입에서 나는 고소한 보리차 냄새에 웃음을 참을 수 없었던 경진은 토실토실한 엉덩이를 톡톡 두들겨 주었다. 그러자 녀석이 시원했던지 뒷다리를 쭉 뻗으며 더 열정적으로 턱을 핥았다.

어딘가 매력적인 것이 그와 닮은 듯했다. 앞으로 그를 좀 더 닮았으면 하는 바람을 담아 지은 이름 다비드. 부디 그 명성에 누가 되지 않길 바라는 마음을 담아 경진은 오동통한 다비드의 허벅지를 꼭꼭 만져 주었다.

늘 혼자 다니던 아침 산책길에 동행이 생겼다. 동행자는 겁을

먹은 건지, 걸을 기분이 아닌 건지 도통 발을 떼지 않아 같은 자리
에 벌써 10분째 벌을 서고 있었다.

목줄을 슬쩍 잡아당겨 보았지만 녀석의 고집도 만만치가 않았
다. 끄떡도 안 한다. 아니, 집에서는 그렇게 미친놈처럼 뛰어다니
더니 멍석을 깔아주니 내숭이야.

"너, 나랑 살기로 했으면 운동은 필수야. 절대 피해갈 수 없다
고. 고집 피우지 말고 얼른 일어나."

여전히 요지부동이었다. 자꾸만 불쌍한 눈을 하고 끙끙 앓는 소
리만 냈다.

"안녕하세요."

그때, 뒤에서 귀에 익은 음성이 건너왔다. 순간 머릿속을 스쳐
지나가는 한 남자, 이 동네에서 지금 이 시간에 나에게 아는 척을
할 사람은 단 한 사람뿐이었다. 경진은 너무 놀란 것 같아 보일까
봐 일부러 천천히 고개를 돌려 보았다. 역시나 그였다. 긴 다리로
휘적휘적 시원스레 걸어오던 다비드는 시선이 닿자 환한 미소를
지으며 좀 더 빠르게 걸으며 다가왔다. 새하얀 셔츠에 다리 라인
이 더 도드라져 보이는 블랙 팬츠 차림의 그는 오늘도 역시 선수
다운 면모를 보였다.

"안녕하세요."

"운동 나오셨나 봐요?"

"네. 다비드 씨는 출근하시는 거예요?"

경진의 물음에 고개를 끄덕여 답을 대신한 다비드가 곁에 쪼그
려 앉아 녀석의 턱을 손끝으로 살살 만져 주었다. 그러자 배알도
없는 그 녀석이 발랑 배를 뒤집어서 까 보여주었다.

이러라고 멋진 이름 그렇게 지어준 거 아닌데, 지조 없이 왜 이러지? 부끄럽게.

"어제부로 저랑 같이 살기로 한 녀석이에요."

"귀엽네요. 이름이 뭐예요?"

"예? 이름요? 어…… 이제 지어주려고요."

그는 고개를 끄덕이며 녀석의 발도 조물조물 만져 주고, 미간에서부터 코끝까지 내려오는 곡선을 길고 가는 손가락으로 반복해서 쓰다듬어 주었다. 그러자 녀석은 더할 나위 없이 행복한 표정을 지으며 내 모든 걸 당신에게 맡기겠다는 듯한 눈을 하고 그를 바라보았다.

그래, 이왕 이렇게 된 거 제대로 인사드리렴. 이분이 너의 롤모델인 다비드 님이시다.

"첫 외출이면 얘한테도 여유를 주세요. 갑자기 너무 넓은 세상을 봐서 어리둥절할 거예요."

"아, 그렇겠네요."

"앞으론 얘가 경진 씨를 끌고 다닐걸요? 산책도 자주 시켜주시고 같이 여행도 가고 그러세요. 이 아이들은 주인이 보여주는 세상이 전부니까요."

내가 보여주는 세상이 이 아이들에게는 전부라는 그 말이 이상하게 가슴에 콕 박혀 버렸다. 사람의 시점이 아닌 동물의 시점에서 말을 하는 그가 진실돼 보여 조금은 멋져 보이기도 했다.

"다비드 씨도 강아지 키워요?"

"태경이가 강아지를 기르거든요. 셋이서 같이 오래 살았어요. 아, 강아지라고 하기엔 덩치가 좀 큽니다."

그가 크기를 가늠할 수 있게 손으로 모양을 잡아주다가 그 강아지 얼굴이 떠올랐는지 옅게 웃었다. 그의 표정을 지켜보고 있던 경진도 덩달아 웃어버렸다.

"말썽 잘 부리게 생겼어요."

"이렇게 작은 애가 말썽을요?"

"두 눈에 장난기가 가득하잖아요. 봐요."

그가 주춤거리며 더 다가왔다. 그 바람에 한 뼘 정도의 간격을 두고 가깝게 마주 앉아버렸다. 경진은 애써 무심한 척하며 강아지의 눈을 바라보았다. 내 눈엔 그냥 말똥말똥하기만 한 눈인데.

"아직은 어리니까 너무 혼내지 말아요."

"배변 훈련이 가장 걱정이에요."

"아직 아기라서 똥이나 오줌 아무 데나 쌌다고 혼내면 '아, 내가 똥을 싸면 혼나는구나.' 하고 참는 애들도 있대요. 어쩌다가 패드 위에 싸면 막막 칭찬해 줘요. 간식도 주고."

"네, 그럴게요."

그런데 그의 입에서 똥과 오줌 소리가 나오니 기분이 좀 묘했다. 외국에서 오래 살았다더니, 그래서 그런지 몰라도 어딘가 모르게 한국어도 조금 서툰 듯하고.

그때, 저 멀리에서부터 차가 느린 속도로 다가왔다. 길을 비켜 주기 위해 일어서려는데, 먼저 일어난 다비드가 손을 내밀었다. 호의는 고맙지만 낯선 이의 손을 덥석 잡기가 좀 그랬던 경진은 괜찮다는 말을 대신해 고개를 살짝 끄덕였다. 그러자 그 역시 손을 거두며 머쓱한 듯 슬쩍 웃어 보였다.

숨 막히도록 어색해질 수도 있는 그 순간, 고맙게도 녀석이 걸기 시작했다. 아무래도 천재견인 듯했다. 경진은 녀석을 인도 안쪽에서 걷게 했고, 그는 자연스레 인도 바깥쪽에서 걸었다.

"문수의 비밀, 알아요?"

"그게 뭐예요?"

"루시드 폴이라는 가수가 부른 노랜데, 한번 들어봐요. 재밌어요."

"아, 그래요?"

경진은 주머니에서 휴대폰을 꺼내 메모장에 가수의 이름과 제목을 적어 넣었다.

"그 가수가 키우는 강아지가 노래의 주인공이에요."

"멋지다. 자기 강아지를 위해서 노래도 만들고."

혹시나 길에 떨어진 거 아무거나 주워 먹기라도 할까 봐 걱정스러웠던 경진은 강아지에게서 눈을 떼지 못했다. 그 무렵, 볼이 타들어갈 듯이 뜨거운 기분이 들어 옆을 보니 그가 얼굴을 빤히 쳐다보고 있었다. 잽싸게 고개를 돌리긴 했지만 놀란 가슴은 여전히 쿵쾅쿵쾅 시끄럽게 뛰어댔다.

외국에서 오래 살아서 그런가? 아이컨텍을 좋아하시는 분인가 보다.

그때 인도 옆 자전거 도로로 자전거 한 대가 휭 하니 지나가자 놀란 녀석이 갑자기 팔짝거리며 뛰었고, 그 바람에 경진은 줄이 발에 꼬여 휘청거렸다. 다행히도 곁에 서 있던 그가 팔을 잡아당겨 주어 넘어져 구르는 대참사는 면할 수 있었다.

"괜찮아요?"

"고맙습니다."

경진은 희게 웃으며 뒷목을 긁적였다.

"저 때문에 지체하신 거 아니에요?"

"지체?"

"아, 지각이요. 출근 늦어지는 거 아닌가 해서."

"아니…… 예, 쪼끔."

이런 솔직한 사람을 봤나.

경진이 웃자 그도 민망했던지 따라 웃었다.

"얼른 가보세요."

"운동 잘하세요."

그가 달리듯 걸으며 손을 흔들었고, 경진은 그를 향해 고개를 끄덕이며 인사를 건넸다. 그런데 그때 한참을 가던 그가 갑자기 뒤를 돌아보았다.

"똥 싼다고 많이 혼내면 안 돼요!"

"네."

물론 걱정이 돼서 말해준 것이겠지만, 경진은 그가 똥이라는 말을 할 때마다 웃음이 나서 참을 수가 없었다. 경진은 그에게 다시 한 번 고개를 끄덕여 인사했고, 그는 그제야 조금 마음이 놓였는지 달리기 시작했다.

경진은 오늘 마음 굳게 먹고, 인내심을 가지고 다비드의 배변 훈련을 완벽히 끝내 버리겠다고 다짐했다. 그런 주인의 다짐 따위를 알 리 없는 녀석은 이제 줄과 산책에 적응을 마치고 빨리 가자며 채근했다. 경진은 서서히 걷는 속도를 높이다가 녀석이 신이 나서 방방 뛰자 더욱 빠르게 달렸다.

태경을 처음 만난 건 9년 전, 프랑스를 떠나 미국으로 대학 진학을 한 다비드가 뉴욕에서 결혼생활을 하고 있던 큰누나네 집에서 곁방살이를 했고, 바로 앞집에 태경이 이사를 오게 되면서부터였다. 생각보다 꽤나 질긴 인연이었던 두 사람은 그 낯선 땅에서 긴 시간 동안 함께 우여곡절을 겪으며 어른이 되었고, 때론 형제처럼 때론 친구처럼 서로에게 가장 큰 힘이 되어주었다.

결국 다비드는 1년 전, 떠난 후로 단 한 번도 밟아본 적 없는 한국 땅에 32년 만에 돌아와 디저트 카페 〈다비드〉를 열게 되었다. 물론 태경의 제안이 있었기에 이루어진 일들이었다. 10년 전만 하더라도 자신이 사업을 한다거나 한국에 돌아온다거나 하는 일은 상상조차 해본 적이 없었다. 프랑스의 유명 파티쉐였던 아버지와 미슐랭 가이드지에서 별 두 개를 받은 레스토랑을 운영하던 어머니 덕에 꼬마 적부터 요리 분야를 자주 접하고 자연스레 관심을 갖긴 했지만 업으로 삼게 될 거라곤 가족들 중 그 누구도 예상치 못했었다.

다비드에게 한국이란 나라는, 자신이 태어난 나라 그 이상의 의미도 그 이하의 의미도 없는 전 세계 수많은 나라들 중 하나일 뿐이었다. 백일도 되기 전에 수원역 여자 화장실에 버려졌고, 정 씨 성을 가진 원장이 운영하던 위탁센터에 맡겨져 한 달을 지내다가 지금 부모님의 아들이 되었다. 그래서 다비드의 한국 이름은 성수원. 그 이름만큼이나 다비드는 이 나라가 각별하거나 애틋하거나 그립거나 하지 않았다. 다비드에겐 한국에 관한 것들은 의미 자체가 없었다. 한국인이라고 말한 적도 없었다. 그저 프랑스인 다비드일 뿐이었다.

그래서 이 나라에 오기로 결정하는 일이 어렵지 않았다. 9년 전처음 만나 오늘 날까지 수많은 일들을 함께 겪으면서도 서로를 다독이며 꿋꿋이 성장해 왔던 태경과 함께이기에 걱정 같은 건 하지않았다.

〈다비드〉의 하루를 여는 건 다비드였다. 가장 먼저 출근해서 매일 사용하는 20여 개에 가까운 오븐을 켜두고 오늘 생산할 제품들이 발효 중인 도우콘을 확인하는 것을 시작으로, 새벽 6시부터 삼삼오오 출근하는 직원들을 맞이하는 일 모두 다비드의 몫이었다. 공동대표이긴 하지만 경영 컨설턴트 일도 겸하고 있는 태경이기에, 다비드는 디저트 카페 〈다비드〉의 실질적인 경영자였고, 〈다비드〉에서 생산되는 모든 제품을 깐깐하게 관리하는 베이커이자 파티쉐였다.

그런 다비드가 오전 내내 정신없이 매장과 주방, 2층 카페까지 휘젓고 나서 테라스 테이블에 나가 따뜻한 커피 한 잔을 마실 때쯤이면 태경이 출근을 하고, 각 팀의 팀장급들이 사무실에 모여 간단한 조회를 한다. 생산팀, 카페팀, 서비스팀, 경호팀, 이렇게 체계적으로 분류된 〈다비드〉의 총직원은 오십여 명. 상상을 초월하는 일 매출을 보유한 〈다비드〉는 빵집이라고 하기보단 작은 기업에 가까웠다.

조회를 마치고 나면 금세 점심시간이 돌아오고, 다비드는 태경과 점심식사를 한 후 오후 시간은 자신의 사무실에서 개인적인 시간을 보낸다. 하지만 겨우 찾아오는 여유를 만끽할 새도 없이 매장에 불려 나가기 일쑤였다. 잘생긴 사장님 얼굴 한 번 보자고 직원들에게 짓궂은 농담을 하는 손님들이 워낙 많기 때문이었다.

다행히도 오늘은 매장에서의 호출 빈도수가 적었다. 아무래도 주말이다 보니 가족 단위로 매장을 찾은 고객들이 많아서인 듯했다. 다비드는 오늘도 책상 위에 고이 모셔둔 명함 한 장에서 눈을 떼지 못하고 바보처럼 배시시 웃으며 바라보았다.

그 여자, 이경진.

다비드는 그녀의 명함에 적힌 한글을 몽땅 노트에 적기 시작했다. 그러다 실성한 사람처럼 또 웃었고, 유리에 비친 제 모습에 놀라 표정 관리하길 반복했다.

그 여자가 태경의 집들이에 나타났다. 괜히 반가웠다. 마치 절친한 동네 주민을 만난 것 같은 친근함에 저도 모르게 덥석 말을 걸고 말았다. 안타깝게도 그녀는 단 한 번도 자신을 보지 못했는지 기억을 하지 못해 난처해했다.

바보 같아 보였을까? 아니면 불쾌했을까? 접근한 거라고 오해를 했으면 어쩌지.

하지만 다비드의 고민은 그리 오래가지 않았다. 어차피 나나 그녀나 이사 온 지 얼마 되지 않아 적적한데, 가끔 길에서 마주치면 인사라도 하고 지내면 덜 삭막하고 재미있을 것 같다고 생각했다.

"뭐 해?"

태경은 노크를 하면서 동시에 문을 열고 고개를 빼끔 내밀었다. 그렇게 할 거면 노크하지 말라고 한마디 하려던 다비드는 일단 명함을 챙겨 서랍에 넣어두고 일어섰다.

"마실 거 갖다줄까?"

"누굴 식충이로 아나. 그냥 와봤어, 보고 싶어서."

표정 하나 변하지 않고 느끼한 소리를 해대는 태경을 향해 다비드도 지지 않고 말간 미소를 날렸다. 그러자 태경이 먼저 질색을 하며 어깨를 부르르 떨었다.

"어제 수고 많이 했다고 해리가 오늘 저녁 산대. 괜찮지?"

"오늘 저녁?"

"덤으로 소개팅도 시켜준대. 엄청 이쁘대."

태경이 목소리를 한껏 줄여 속삭이듯 말하자 다비드는 고개를 절레절레 저으며 코웃음을 쳤다.

"오늘 과외 있는 날이야. 다음에 사달라고 전해줘."

"하루 빼먹으면 되지. 그거 다녀도 늘지도 않던데. 그냥 내가 가르쳐 줄게."

"너한테 배우느니 차라리 독학을 할게."

다비드를 한국어 바보로 만들어 버린 장본인이 바로 엉터리 한국어 선생님 함태경이었다. 덕분에 다비드는 허우대는 멀쩡한데 어딘가 살짝 모자라 보이는 사람이 되어버렸고, 충격을 받은 다비드는 지난달부터 본격적으로 한국어 과외를 시작했다. 정식으로.

그동안 저 인간 때문에 바보 취급당한 거 생각하면 울분이 끓어오르지만 이미 물은 엎질러졌으니 방법은 하나. 이제부터라도 제대로 된 교육을 받는 것이었다.

어쩐지 여자가 안 생기더라니.

한국에 온 지 1년째, 그동안 수많은 소개팅을 해왔으나 연애로 발전된 적은 단 한 번도 없었다. 석 달 전 소개팅에서 상대방에게 들었던 '백치미'에 대해 태경에게 묻자 무작정 엄청 좋은 말이라고 설명해 준 태경 덕에 자신은 백치미 있는 남자라며 당당히 말하고 다니기도 했었다. 터치 한 번으로 모든 것이 해결되는 최첨단 시대를 살고 있으면서 태경에게만 의지했던 지난날을 생각해 보면, 어쩌면 자신이 정말 좀 모자란 인간인가 싶기도 했다.

"어학당을 다녀보면 어떨까 생각 중이야."

"뭐, 그것도 나쁘진 않겠다. 친구들도 사귀고. 그럼 해리한테는 다시 약속 잡는다고 말할게. 언제가 괜찮아?"

"오늘내일은 과외 있어서 난 월요일이 좋은데."

"알았어! 해리랑 상의해 볼게."

태경이 순순히 사무실을 나서자, 다비드는 소파에 자리를 잡고 앉아 TV를 틀었다. 그리곤 능숙하게 홈쇼핑 채널을 맞췄다.

[여러분! 이것 좀 보세요! 고기가 얼마나 두껍냐면요, 이이이렇게 두꺼워요. 오호호호! 그리고 치즈돈가스! 치즈가 어머머머머, 어머어어! 치즈가 계속 늘어져요. 이걸 어떡하면 좋아!]

다비드가 가장 믿고 보는 채널의 홈쇼핑에서는 돈가스 방송이 한창 진행되고 있었다. 호스트의 맛깔스러운 진행과 절로 입안에 침이 고이게 만드는 화면 속 돈가스 모습에 다비드는 빠른 속도로 빠져들기 시작했고, 어느새 휴대폰을 손에 들었다.

"흐음."

그래도 한 번은 참아보는 습관 정도는 들인 다비드였다. 고작 홈쇼핑 방송인데도 다비드는 한국시리즈 7차전 마지막 승부라도 보는 듯 리모컨을 손에 꽉 움켜쥐고 TV에서 눈을 떼지 못했다. 그때, 기름에서 갓 튀겨낸 돈가스를 꺼내 칼로 슥슥 잘라 소스를 뿌리는 장면이 화면을 가득 채웠고, 결국 다비드는 자동주문전화로 전화를 걸고 말았다.

오늘도 다비드는 돈가스 24인분 플러스 치즈돈가스 12인분을 결제해 버렸다. 이 중 삼분의 일은 태경의 집으로 보내질 것이고, 삼분의 일은 태경의 아버지 댁으로, 나머지 삼분의 일은 다비드의 초대형 냉동실로 직행할 것이다.

통화를 마친 다비드는 그제야 만족스러운 표정으로 편안히 홈쇼핑을 시청했다.

03. 별거 아니에요

경진에게 토요일은 평일과 별다를 것 없는 일주일 중 하루일 뿐
이다. 회사에 출근을 하지 않는다고 해서 집에서 마냥 쉬진 않았
다. 아침 일찍 영화 두 편을 연달아 보고 나면 얼추 3시쯤에 시작
하는 연극 시간이 되어 대학로엔 가고, 저녁 공연 전에 비는 시간
에는 카페에 들어가 노트북으로 미처 보지 못한 드라마를 다시보
기하고, 다시 연극을 보거나 뮤지컬을 보고 집에 돌아오곤 한다.
혹시라도 원석을 지나치진 않을까, 내가 눈여겨보지 못하는 사이
다른 디렉터가 발견하면 어쩌나 싶어 경진은 쉴 수가 없었다. 티
켓 예매 사이트에 들러 언제, 어떤 공연이 올라가는지, 새로운 개
봉작은 어떤 작품들이 있는지, 거기에 어느 배우가 출연을 하고
혹시나 못 보던 배우가 출연을 하는 건 아닌지 끊임없이 체크하고
극단이나 기획사를 통해 만나보길 반복한다. 집과 사무실의 책상

위엔 시사회나 공연 초대장이 산더미지만 몸뚱이가 하나인 이상 한계에 부딪히게 마련이다.

일주일 내내 온갖 컨텐츠에 파묻혀 지내는 경진이지만, 오랜만에 오늘은 세 조카의 고모로 돌아왔다. 할머니와 할아버지가 주로가 계시는 시골집에서 오늘 고추와 옥수수 수확이 있는지라 아버지와 오빠 내외는 그곳으로 내려갔고, 엄마와 여동생 해진이 조카세 놈을 데리고 집으로 쳐들어온 것이다. 조카들이 하도 고모가 보고 싶다고 해서 무작정 데려왔다는 그럴싸한 핑계를 가지고 말이다. 아마도 아이들이 경진의 말은 잘 듣기 때문에 이곳으로 왔을 것이다.

"그냥 나보고 집으로 오라고 하지."

"큰고모 껌딱지들이 고모 집에 가고 싶다고 그러잖아."

엄마의 말에 강아지 다비드와 놀던 세 녀석이 배시시 웃어댔다. 경진은 그 모습을 보며 고개를 절레절레 흔들었다. 건강하게 잘 자라라는 뜻을 담은 첫째 도담이, 두 번째라는 뜻의 두온이, 집 안으로 가득 들어온 햇빛이란 뜻의 막내 든해, 이렇게 디근 삼 형제가 경진을 늘 웃게 만드는 녀석들이다. 월급 지출 중 가장 많은 지분을 차지하는 것이 녀석들에게 사주는 간식거리와 옷이고, 회사나 집의 책상 위는 말할 것도 없고 휴대폰과 지갑에는 온통 녀석들의 사진이 가득해서 어떤 사람들은 이 녀석들의 엄마냐고 물을 정도였다. 고맙게도 고모의 그런 마음을 아는지 녀석들은 경진을 무척이나 잘 따르고 좋아했다.

"근데 웬 강아지야, 언니? 외로우면 남자를 들여야지."

"넌 어쩜 홍주랑 토씨 하나 안 틀리고 똑같은 소릴 하냐? 으이그."

2년 전 독립을 선언했을 때 가족들은 모두 한목소리로 걱정을 했다. 애가 결국 평생 혼자 살기로 결심을 했구나, 싶었던 모양이다. 사실, 그래서 독립을 결정했던 건 아니었다. 나이 서른이 되고 나니 좀 더 자유롭고 싶은 마음이 컸다. 늘 안쓰럽게 바라보는 가족들에게 좋은 소식을 전하지 못하는 미안한 마음도 컸고…….

"아참! 언니이이!"

해진이 갑자기 손뼉을 치더니 착 달라붙었다.

"왜, 또? 너 그럴 때마다 무섭다."

"아잉, 왜긴. 냉장고 고마워. 지인짜 크더라. 언니 최고!"

해진이 양손 엄지를 모두 치켜세우며 눈웃음을 쳤다. 경진은 얄미운 해진의 이마에 제 이마를 콩 하고 박치기를 했지만, 그래도 좋다고 연신 웃어댔다. 좋기도 하겠지. 현관문까지 떼가며 집에 넣어준 냉장고니 오죽 좋을까.

"살림은 이제 거의 다 들어갔지?"

"응. 커튼도 다 달았고 화분도 몇 개 갖다 놨어. 구경시켜 줄까?"

"됐어. 또 뭐 사달라고 하려고 그러지?"

"내가 무슨 언니 등에 빨대 꽂아서 피만 쪽쪽 빨아 먹는 진드기인 줄 아냐?"

해진이가 뾰로통한 입술을 쭉 빼고 씰룩였다. 경진은 그런 해진이가 귀여워서 입술을 꼬집었다.

"애가 애를 낳아서 기르게 생겼으니…… 내가 요즘 너 땜에 심란해서 밤에 잠이 안 와."

"걱정 마! 나 잘할 수 있어!"

두 주먹을 불끈 쥐고 입술을 야무지게 다문 모습에 경진은 그저 웃음만 났다.

"정기검진은 잘 받고 있지? 애기는 잘 자라고 있대?"

"어. 심장도 힘차게 뛰고 있고, 사이즈도 정상이래. 신기하지?"

해진이 경진의 손을 덥석 잡아 제 납작한 배 위에 올려놓는데, 별것 아닌 그 행동에 경진은 코끝이 찡해졌다. 뭐라고 콕 집어서 표현할 수 없는 이상한 감정이 마음속에 차올랐다.

"배가 하나도 안 불렀네?"

"아직은 작으니까. 이만하대."

엄지 끝으로 검지 둘째 마디까지 짚어 내밀어 보이자 괜히 울컥해진 경진은 자리를 벗어나며 자신의 뺨을 톡톡 두들겼다.

"언니, 나 오늘 여기서 자고 가도 돼?"

"넓은 집 두고 왜 여기서 자. 저녁 먹고 집으로 가."

"치이."

그 말을 들은 건지, 여기는 우리 집이 아니라 절대로 뛰면 안 된다는 할머니의 엄명을 받잡고 얌전히 놀고 있던 디근 삼 형제가 경진의 주변에 오글오글 모여들었다. 두 놈은 손을 잡고 이리저리 흔들어대고, 한 놈은 가랑이 사이로 들어와 발등을 깔고 앉아 다리를 붙들며 말간 눈으로 바라보았다.

"고모, 나도 자고 갈래."

"고모 나도."

"모모."

아놔, 이것들이.

그 광경을 지켜보던 해진은 만족스러운 미소를 지었고, 챙겨온 반찬 꾸러미를 냉장고에 넣던 엄마도 옅게 웃었다.

"알았어. 자고 가. 거실에 이불 펴고 다 같이 자야지 뭐."

경진의 허락에 신이 난 둘째와 막내가 깡충깡충 뛰어대자 똘똘한 첫째가 두 녀석을 저지시켰다. 고모 집에서 자고 가기 위해서는 뭐든 하는 우리 귀여운 디근 삼 형제.

"오늘 고모 말 잘 듣고 얌전히 굴면 내일 놀이동산 데려가 준다!"

"우와!"

"고모, 사파리도!"

"좋아!"

기분이다 싶어 고개를 끄덕이자, 신이 난 아이들이 개다리 춤을 추고 한바탕 난리가 났다. 그 모습에 해진이는 배꼽을 잡고 데굴데굴 구르며 웃기 바빴다.

귀여운 것들을 남겨두고 경진은 식탁으로 향했다. 어느새 냉장고 정리를 마친 엄마는 주방 베란다에서 청소기를 꺼내 들고 있었다.

"어어, 청소하지 마. 내가 할게."

"알았어. 방만 빼놓고 할게."

"아냐. 하지 마. 나 청소 엄청 잘해. 이거 두고 가서 TV 보고 있어. 포도 씻어서 갖다줄게."

청소기를 빼앗아 도로 주방 베란다에 내놓자 엄마는 그제야 못이기는 척 손을 닦고 거실로 향했다. 죄송하고 미안한 마음에 나지막이 한숨을 쉰 경진은 냉장고에서 포도 두 송이를 꺼내 물로 씻었다. 사랑스러운 삼 형제가 가장 좋아하는 과일, 포도. 녀석들 온다는 전화를 받고 집 앞 슈퍼로 달려가 포도부터 사둔 경진이었다.

포도를 씻어서 가져다주니 아이들이 참새처럼 한곳에 모여 조막만 한 손가락으로 알맹이를 똑똑 따 먹었다. 아직 알맹이를 삼키지 못하는 두 살배기 막내는 해진의 손바닥에 알맹이는 뱉어내고 껍질만 쪽쪽 빨아 먹고 있었다. 보고만 있어도 배가 부른 그 광경을 뒤로하고, 경진은 노트북을 챙겨서 테라스로 나갔다.

후텁지근한 여름 바람이 그리 불쾌하지만은 않은 초저녁. 시계를 보니 일곱 시 반이 지났는데도 완전히 해가 지지 않았다. 친구 재희가 이사 선물로 사준 흔들의자에 앉아 양반다리를 한 경진은 허벅지 위에 노트북을 올려놓고 의자 옆에 놓인 작은 테이블 위에 얼음이 가득 담긴 아이스티 잔을 내려놓았다.

경진에겐 몇 가지 집착하는 것들이 있었다. 그중 하나가 자신의 물건을 다른 사람이 만지거나 자리를 바꿔두는 것을 싫어하는 것이었다. 자신의 놓아둔 그 자리에 있어야 하는 쓸데없는 고집이었다. 포괄적으로 보자면, 변화를 싫어하는 것에서부터 시작된 똥고집 같다. 노래도 듣던 노래만 듣고, 식당도 늘 다니던 식당만 간다. 심지어는 앉는 자리도 늘 앉던 자리를 고집한다. 경진은 오늘도 늘 듣던 노래를 반복재생 설정을 해두고 귀에 이어폰을 꽂았다.

늘 방문하는 예매 사이트에 접속해 두고 잠시 길 위를 바라보았다. 주말이라 그런지 평소보다는 이웃 주민들이 좀 더 많이 눈에 띄었다. 젊은 직장인들이 많이 거주하는 주거지역이라 그런지 40

대 미만의 젊은 사람들이 대부분이었고, 여름이라 다들 가벼운 옷 차림이었다.

그들 중 단연 시선을 확 사로잡는 늘씬한 여자들이 한참을 걷다가 뒤를 돌아보며 마치 뭐 마려운 사람처럼 발을 동동 구르고 있었다. 설마 하는 마음에 그 여자들의 시선이 닿은 곳을 바라보니, 아니나 다를까, 다비드 그 남자가 걷고 있었다. 무슨 책인지는 모르겠지만, 손에 책 몇 권을 쥐고 앞뒤로 씩씩하게 흔들며 긴 다리로 성큼성큼 빠르게 걸었다.

참 저 남자도 잘생겨서 피곤하겠다. 어딜 가나 사람들의 시선을 받는다는 게 보통 일은 아닌데.

그는 맞은편 빌라 건물 안으로 들어갔고, 계단을 오르는지 계단등이 차례로 착착 켜지는 게 보였다. 굳이 지켜볼 필요가 없음에도 불구하고, 경진은 자신도 모르게 그 모습을 계속해서 보고 있었다. 잠시 후, 2층에 위치한 집 안 곳곳에 불이 켜졌다. 꼭 그 사람 집이 아닐 수도 있겠다고 생각할 무렵, 창문을 활짝 여는 그의 모습이 보였다.

이렇게 스토커가 되는 거구나.

경진은 제 자신이 우스워서 고개를 힘차게 저었다. 그리고 정신 차리는 의미에서 시원한 아이스티를 벌컥벌컥 들이켠 후 다시 모니터로 시선을 옮겼다.

일주일에 두 번, 하루에 한 시간 반씩 다비드는 한국어 과외를 받고 있었다. 강남에서 가장 유명하다는 한국어 학원 강사님께 정식으로 한국어를 배운 지 벌써 두 달째. 태경을 통해 지난 9년간

습득했던 한국어로 인해 웃지 못할 일들을 워낙 많이 겪은 터라 다비드는 그 어느 때보다 학구열을 불태우는 중이었다.

오늘도 역시 집에 오는 길 내내 배웠던 것을 복습했다. 남들이 보면 약간 미친 게 아닐까 싶을 정도로 계속해서 주절주절거렸다.

"필요하다, 불필요하다. 편하다, 불편하다. 강하다, 약하다. 멀다, 가깝다. 평범하다, 특별하다. 착하다, 안 착하다. 아프다, 안 아프다."

반대되는 표현들이 일관성이 없어서 헷갈렸다. 앞에 '불'이나 '안', '비'를 붙이면 다 반대가 되는 것 같다가도 꼭 그렇지만은 않고. 자신만의 규칙을 찾아 암기를 하던 다비드에게 장애물이 생겼다.

태경이 제멋대로 가르쳐 주긴 했지만, 그래도 지난 9년의 시간이 헛되진 않았다. 다른 학생들보다 단연 진도가 빨라 선생님께 곧잘 칭찬을 받았기 때문이다.

"나이를 먹다, 밥을 먹다, 애를 먹다……."

이중적인 의미를 가진 형용사가 너무나 많고, 거기에 존댓말이란 경우의 수까지 합해지니 암기해야 할 것들이 상상을 초월했다.

"가보세요. 해보세요. 잘 보세요. ……으, 헷갈려."

다비드가 받는 수업은 문법과 어휘 위주의 수업이었다. 한국인의 담화 습관에 맞춰 문어와 구어를 구분하고, 속담과 사자성어, 관용 표현도 배우고, 틈틈이 한국의 예절과 문화도 배우는 중이다. 매 수업 때마다 숙제를 받는데, 오늘의 숙제는 드라마나 영화를 보고 그 안에서 인상 깊었던 문장 열 가지를 적은 후 그 문장에서 받은 느낌을 작성하는 것이었다. 지금 다비드의 머릿속에는 온

통 일찌감치 숙제를 해놔야겠다는 생각뿐이었다.

평소보다 빠른 걸음으로 한참을 걷던 다비드는 무심코 고개를 들었다가 테라스에 나와 앉은 경진을 발견했다. 긴 머리를 위로 틀어 올리고 머리띠로 앞머리까지 뒤로 몽땅 넘긴 모습이었다. 의자에 앉아 뭔가에 시선이 고정되어 있었다.

"눈에 자주 띄네, 이경진 씨."

멈춰 선 다비드는 천천히 뒷걸음질을 했다. 조금 더 멀리 떨어지니 경진의 전체적인 모습이 보였다.

내가 지금 뭐 하는 거지.

다비드는 피식 웃으며 고개를 저었고, 다시 힘차게 걸었다.

마지막으로 늦잠을 자본 게 언제였더라.

모두가 잠든 이른 새벽에 어김없이 일어난 경진은 옷을 챙겨 입고 현관에 나가 운동화를 신다가 문득 떠오른 생각에 눈은 이리저리 굴렸다. 맞벌이하는 부모님을 대신해 할머니 손에서 자란 덕에 경진은 늘 일찍 일어나고 일찍 잠을 잤다. 창피한 얘기지만, 경진은 초등학교 입학할 때까지 할머니 가슴을 주무르다가 잠을 자곤 했다. 지금 생각해 봐도 만지기엔 엄마 가슴이 나았을 텐데 왜 굳이 할머니 가슴을 선호했는지는 이유를 알 수가 없었다. 그냥 할머니한테서 나는 살 냄새를 좋아했던 것 같다.

어제 내내 애들이랑 놀아주느라 뻗어버린 강아지 다비드를 오늘은 두고 나가려 했는데, 부스럭대는 소리를 들었는지 다비드가 벌떡 일어나 현관으로 달려와 저도 데려가 달라는 듯이 꼬리를 흔들었다. 하는 수 없이 다비드에게 옷을 입힌 경진은 줄을 매서 데리고 집을 나왔다.

빌라 공동현관을 벗어난 경진은 제자리에서 콩콩 뛰며 가볍게 몸을 풀고 팔을 머리 위로 길게 늘여 좌우로 쭉쭉 뻗은 후 본격적으로 걷기 시작했다. 어제 무척 피곤했는지 다비드는 새벽에 두 번이나 묽은 변을 본데다가 밥도 제대로 먹지 않아 경진은 걱정스러웠다. 그래도 같이 걷겠다고 나온 다비드가 기특하기도 하고 고맙기도 해서 경진은 평소보다 좀 더 느리게 걸었다.

"안녕하세요."

혹시 오늘도 또 마주치지 않을까, 하는 생각이 들던 차에 반가운 목소리가 들렸다. 돌아보니 역시나 다비드였다. 고개를 숙여 인사를 건네자 그가 가까이 다가왔다. 오늘도 역시 그는 멋지게 차려입고 완벽한 미모를 뽐냈다. 뭐, 사실 다른 남자들도 흔히 입은 평범한 블랙 팬츠에 화이트 셔츠지만 그가 입으면 뭔가 남달라 보였다.

저 남자는 붓지 않는 체질인 건가. 이 시간에도 저렇게 멀쩡한 얼굴이라니.

"일요일에도 출근하시나 봐요."

"네, 연중휴무라서요."

"아…… 연중무휴요?"

괜히 꼬집어냈나?

경진의 지적에 아차 싶었는지 그가 눈썹을 구기며 눈을 질끈 감았다. 그 모습마저도 어찌나 매력적인지…….

"괜찮아요. 저도 가끔 그런 실수 하는데요 뭐."

"창피하네요."

그가 커다란 손으로 이마를 감싸 쥐며 고개를 떨궜다.

어허, 이 남자 끼 부리는 것 좀 보게?

"근데, 강아지가 오늘 좀 기운이 없어 보이는데요?"

"그쵸? 어제 조카들이랑 너무 심하게 놀아서 그런가 봐요. 밥도 잘 안 먹고……."

그는 바닥에 쪼그려 앉아 녀석을 이리저리 살펴보았다. 코끝도 만져 보고, 배도 만져 보고, 귀도 만져 보고, 눈과 항문도 살폈다.

"열이 좀 있는 것 같은데, 똥은 잘 쌌어요?"

"약간 설사같이 묽게 쌌어요. 어디 아픈 걸까요?"

"동물병원 가보는 게 좋을 것 같아요. 아직 아기라서 조심해야 하거든요."

"애견센터에서 예방접종 마쳤다고 했는데."

그는 녀석을 품 안에 안고 등을 토닥여 주었다. 새까매진 녀석의 발이 그의 새하얀 셔츠를 더럽힐까 봐 걱정스러웠지만, 그는 그런 것쯤은 아무 상관 없다는 듯 녀석을 따뜻하게 안아주었다.

"펫샵에서 강아지 팔 때 며칠 동안은 건강하라고 면역강화제란 주사를 놓기도 하거든요. 분양되고 나서 아프면 반품하러 오니까……. 엄마젖 끊은 지 얼마 안 된 어린애들이라 약발 떨어지면 그럴 수 있어요. 관리 잘해줘야 돼요."

볼 때마다 느끼는 거지만, 이 남자 동물에게까지 참 다정한 사람이구나 싶었다. 범의 말대로, 이 남자는 유전자 자체에 친절함이 가득 담긴 듯했다.

"고마워요."

"아니에요."

"제가 강아지를 처음 길러봐서 모르는 게 정말 많거든요."

"그렇게 하나씩 배워가면 돼요. 잘할 수 있어요."

그가 환히 웃으며 격려해 주었다. 그의 품에서 빠져나온 녀석은 세상에서 가장 순진한 눈을 하고 그를 말똥말똥 올려다보았고, 그는 자신과 녀석에게 차례로 손을 흔들며 출근길을 서둘렀다.

경진은 그런 그의 뒷모습을 한참 동안 지켜보았다. 얼른 걷자고 녀석이 재촉을 해도 경진은 그곳에 선 채로 그가 새끼손톱보다 작게 보일 때까지 계속 바라보았다.

그가 사람들의 시선을 사로잡는 이유는, 어쩌면 잘난 얼굴이나 늘씬한 몸매 때문만은 아닐지도 모른다는 생각이 들었다. 그의 얼굴에는 그의 마음까지도 고스란히 묻어났다. 상대방을 향해 무심코 지어 보이는 표정에서도 따뜻함이 묻어났고, 입가에 머문 옅은 미소에서도 다정함과 상냥함이 배어났다.

남자 대 여자가 아니라, 사람 대 사람으로 보기에도 그는 참 멋진 사람이었다. 닮고 싶을 만큼 말이다.

일요일은 한 주 중 다비드의 퇴근 시간이 가장 빠른 날이다. 일찌감치 집에 돌아온 다비드는 호두파이가 먹고 싶다는 태경 때문에 얼마 전 홈쇼핑으로 구매해 둔 호두를 넣고 파이를 구운 참이었다.

경진에게도 선물할 생각에 두 개를 더 구웠다. 하지만 막상 그녀에게 가져다주려니 혹시나 이상하게 생각하진 않을까, 조금 망설여졌다. 나눠 먹는 것에 익숙한 건 자기뿐일 수도 있으니까.

하지만 다비드는 깊게 고민하지 않고 커다란 쟁반에 호두파이 두 개를 담아 집을 나섰다. 어제 경진이 앉아 있었던 테라스를 떠올리며 맞은편 빌라 2층까지 올라간 다비드의 고민은 이제부터 시작이었다. 2층에 사는 것은 확실했지만 자신의 빌라와는 달리 이 빌라는 한 층에 두 집이 있었기 때문이다. 밖에서 볼 땐 어느 쪽인지 쉽게 알 것 같았는데, 들어와서 보니 헷갈렸다. 마주 보고 있는 두 집의 현관문을 번갈아가며 바라보던 다비드는 자신의 감을 믿고 왼쪽을 선택했다. 살짝 떨리긴 했지만 다비드는 주저하지 않고 초인종을 눌렀다.

띵동.

문이 열릴 때까지 기다리는 그 짧은 순간이 숨 막히게 길게 느껴질 무렵, 띠리릭 소리와 함께 문이 열렸다. 그런데 당황스럽게도 문을 열고 나온 건 모르는 얼굴의 여자였다.

"어, 여기 이경진 씨 댁 아닌가요?"

"……언니!"

위아래로 한참을 훑어보던 여자는 시선은 고정한 채 큰 소리로 언니를 외쳤다. 다행히도 그 여자의 뒤로 경진이 나타났고, 뒤이어 더 많은 사람들이 등장했다. 그들은 궁금증 가득한 초롱초롱한 눈으로 자신을 지켜보고 서 있었다.

"이거 지금 막 구운 건데 드셔보라고…… 조카들이 있다고 하기에 좋아할 것 같아서요."

"아! 고마워요. 근데 여긴 어떻게……?"

"어제 테라스에 나와 계신 거 보고 이쯤일 것 같아서 와봤어요.

그런데 저 스토커 그런 거 아니에요. 드리려고 만들긴 했는데 막상 집을 잘 몰라서……. 명함 받은 거 있어서 전화하려고도 했는데 그건 예의가 아닌 것 같고, 어쨌든……. 네, 그렇게 됐어요."

나도 조리 있게 말하고 싶다. 언제쯤이면 횡설수설하지 않을 수 있을까.

한국어 공부에 대한 열의가 활활 불타오를 무렵, 그녀가 빙긋 웃으며 쟁반을 받아 들었다. 다비드는 턱이 무너질 듯 이를 악다문 채 어색하게 웃었다.

"잘 먹을게요. 정말 고마워요."

"네, 그럼."

괜한 짓을 한 건가.

잽싸게 돌아선 다비드는 서둘러 계단을 내려왔다. 등에서 식은 땀이 흐르는 듯했다.

"휴우."

오지랖이 너무 넓었나? 난 그냥 별다른 뜻 없이, 이웃끼리 맛있는 거 나눠 먹으면 좋을 것 같아서 가져다준 건데…….

……아니다. 솔직해지자. 아무것도 바라지 않고 순수한 호의를 베푼 건 아니잖아? 혹시나 하는 기대가 전혀 없었다곤 말 못하지.

다비드는 멋쩍게 웃으며 뒤통수를 긁적였다.

경진은 엄마의 두 눈이 이렇게까지 반짝일 수 있다는 걸 처음 알았다.

"누군데?"

"이웃."

"이웃?"

"어, 이웃. 〈다비드〉라고 유명한 디저트 카페 대표야."

해진은 흥미진진하단 얼굴로 디근 삼 형제와 쪼르르 누워 음흉한 시선을 보냈다.

"저 남자, 진짜 잘생겼다. 어쩜 사람이 저래? 신이 약 빨고 만들었나 봐."

조용히 가만히 있으라는 협박성이 다분한 표정으로 노려보았지만 씨알도 먹히지 않았다. 해진은 뭐가 그리도 신이 난 건지 손가락으로 이불을 배배 꼬며 웃어댔다.

"하긴, 저 남자 이름도 다비드야."

"대박! 작명 센스 아주 장난 없는데?"

"프랑스에서 오래 살았다더라고. 이름 자체가 외국 이름이야."

"오올. 우리 언니 저 남자에 대해 왜 이렇게 아는 게 많아? 이상하네."

어느새 옆에 바짝 다가온 해진이 눈을 가늘게 뜨고 경진의 옆구리를 손가락으로 간질였다.

"건너 건너 아는 사이라서 주워 들었어."

"에이, 주워 들은 정도가 아닌데? 그치, 엄마?"

한바탕 소동이 나겠구나 싶었는데 엄마는 마냥 웃기만 했고, 다시 주방으로 돌아가 저녁 준비를 하셨다.

놀이공원에 다녀와 녹초가 되어 토막잠 한숨 자고 일어나 막 씻고 저녁 준비를 하던 차에 그가 호두파이를 들고 등장했다. 전혀 예상치 못했던 타이밍에 등장한 것이라 아직도 기분이 묘했다.

경진은 호두파이 하나를 칼로 잘라 아이들 손에 하나씩 쥐어주고 자신도 한입 베어 물었다. 적당한 당도와 완벽한 파이의 질감까지 갖춘, 서른두 해를 살면서 맛본 호두파이 중 단연 최고라고 꼽을 만큼 끝장나게 맛있는 파이였다. 대표까지도 저렇게 빵을 잘 만드니 저 대표 입맛에 맞는 제품을 만들어내는 파티쉐들은 오죽 잘 만들까.

"경진아, 이거 갖다주고 와."

"하아. 엄마아아."

별다른 말 없이 저녁상을 준비하던 엄마가 내민 건, 그가 파이를 담아온 쟁반이었다. 물론 빈 쟁반은 아니었다.

"빈 접시 주는 거 아냐."

"이건 좀 너무하잖아."

잡채, 갈비찜, 간장게장이 한가득 담긴 쟁반이었다.

"혼자 사는 사람이 이걸 언제 다 먹어."

"혼자 사는 건 어떻게 알았어?"

그제야 엄마가 본색을 드러내며 엉큼한 표정을 지었고, 경진은 몸서리를 치며 쟁반을 받아 들었다.

"일단 갖다주고 와."

"외국에 오래 살았던 사람이라 이런 거 안 먹을지도 몰라."

"에헤이! 거참, 말 많네. 너도 아예 거기서 먹고 오든지."

"엄마!"

"농담이야, 농담. 다녀와, 우리 딸."

결국 엄마에게 등 떠밀린 경진은 쭈뼛거리며 집을 나섰다. 맞은편 빌라 현관을 지나 2층으로 올라간 경진은 어렵지 않게 그의 집을 찾을 수 있었다. 자신이 살고 있는 빌라와 달리 이곳 빌라는 한 층에 한 가구만 사는 구조였기 때문이다.

역시 대표라 다르구나, 좋은 집에 살고.

현관문 앞에 선 경진은 차마 초인종을 누르지 못하고 한참을 망설였다. 민망하기도 하고 쑥스럽기도 하고 아랫배가 살살 아픈 것도 같았다. 몇 번이나 입술을 질근질근 깨물던 경진은 크게 숨 한 번 몰아쉬고 용기를 쥐어짜 초인종을 눌렀다.

아까 우리 집 초인종을 눌렀을 때 그 사람도 이렇게 떨렸을까? 아니면 나만 그런 건가?

현관문이 열리고, 아까 전에 보았던 모습 그대로 그가 나타났다.

"저기, 그릇 돌려 드리러 왔어요. 맛있게 잘 먹었어요."

음식이 수북하게 담긴 쟁반을 내밀자 그가 조금은 놀랐는지 눈썹을 치켜 올리며 시원스레 웃었다.

"들어오세요."

"에?"

쟁반을 건네받은 그는 안으로 들어오라고 고갯짓을 하며 문을 활짝 열었다.

"아, 아니에요."

"잠깐 들어와요. 괜찮아요."

내가 괜찮지 않다고요.

경진은 이러지도 못하고 저러지도 못하고 난감해하다가, 계속 버티는 다비드에게 지고 말았다.

"나 여기 사는 건 어떻게 알았어요?"

막 신발을 벗는데 그에게서 질문이 되돌아왔다. 경진은 손끝으로 눈썹을 긁적이며 옅게 웃었다.

"저도 우연히 테라스에서 보다가 알게 됐어요. 빌라가 서로 가깝게 붙어 있어서 본의 아니게 그만……."

"아아, 그랬구나."

엉겁결에 그의 집 현관을 넘은 경진은 모든 것이 조심스러워 최대한 천천히 걸었다. 그의 집은 자신의 집보다 훨씬 넓었다. 깔끔할 거란 예상대로 남자 혼자 사는 집이라고는 믿을 수 없을 만큼 흐트러짐 없이 정돈된 모습이었다. 소파 위에 놓인 쿠션이나 테이블 아래 열 맞춰 정리된 리모컨, TV 옆 커다란 책장에 키 순서대로 꽂아둔 책들, 아무것도 올려놓지 않은 깨끗한 식탁까지, 한편으론 대단하다 싶었고 다른 한편으론 그답다는 생각이 들었다.

"음식이 너무 많죠?"

곁에 다가간 경진이 어색하게 웃자 식탁 위에 쟁반을 내려놓고 벌어진 입을 다물지 못하고 있던 그가 고개를 가로저었다.

"강아지는 괜찮아졌어요?"

"예, 아까보단 좀 나아요. 사료도 조금 먹었어요."

"혹시 내일도 그러면 얘기해요. 제가 잘 아는 동물병원 알려 드릴게요."

"고마워요."

그가 싱크대 서랍에서 젓가락을 꺼내더니 잡채를 한입 가득 넣었다.

"맛있어요. 어머니가 음식을 정말 잘하시네요."

"아, 그건 제가 한 건데."

"정말요?"

"별거 아니에요."

경진이 어색하게 웃으며 손사래를 치자 그가 다른 음식들도 차례로 맛을 보았다.

"서서 구경만 하지 말고 주스라도 한잔하고 가요."

먹는 거 빤히 서서 구경하기도 좀 그랬는데, 고맙게도 그가 냉장고에서 오렌지주스 병을 꺼내 내밀었다. 경진은 그에게 컵을 건네받아 반 잔 정도를 채운 후 냉장고에 주스를 넣어두고 그의 맞은편 자리에 앉아 본격적으로 식사를 하는 그를 지켜보았다.

"외국에 오래 살았다고 하셔서 입맛 안 맞을까 봐 걱정했는데."

그는 힘차게 고개를 저으며 강하게 부정했다. 맛있게 먹어주니 참 고마웠다.

"이거 어떻게 만들어요?"

잡채가 무척 마음에 든 모양이다. 유일하게 자신이 만든 음식이었던 경진은 너무 쑥스러웠지만 한편으론 흐뭇하기도 했다.

"별거 없어요. 콩나물 삶아서 넣고, 호박이랑 어묵이랑 버섯은 기름에 살짝 볶아서 넣고, 거기다 삶은 당면이랑 간장, 설탕, 참기름 넣고 무치면 돼요. 제가 콩나물을 좋아해서 잡채에 콩나물 넣어서 해 먹는 거 좋아하거든요."

경진이 설명을 해주는 내내 다비드는 눈을 맞춘 채 당장 만들어 볼 기세로 연신 고개를 끄덕였다. 귀 기울여 듣는 그의 모습이 아주 조금은 귀엽단 생각도 들었다.

"와, 대단해요."

"정말 별거 아닌데……."

"제 어머니는 프랑스에서 식당을 하시고, 아버지는 파티쉐예요. 두 분 모두 한 번 음식을 하시면 양이 어마어마해서 우리 집 남매들은 그거 들고 이웃들에게 나눠 드리는 게 일이었어요. 그때도 지금처럼 접시를 돌려받을 땐 음식을 한가득 담아주시곤 하셨죠. 경진 씨가 이렇게 음식 싸서 갖다주니까 그때 생각이 나네요."

추억에 잠긴 듯 어딘가 아련해진 그의 깊은 눈에서 시선을 떼기가 힘들었다. 경진은 최대한 자연스레 웃으며 시선을 옮겨야 했다.

"그러셨구나. 두 분 모두 요리에 일가견이 있으셔서 다비드 씨는 미각이 남다를 것 같아요."

"아뇨, 전혀 다르지 않아요. 지극히 평범하고, 뭐라더라…….저렴! 저렴해요."

한국말이 서툴러서 그런지 가끔씩 그는 예상외의 단어를 선택하곤 했다. 경진은 그가 무안하지 않도록 옅게 웃으며 자리에서 일어나 빈 주스 잔을 싱크대에 넣어두었다.

"저, 그럼 이만 건너가 볼게요."

"고마워요. 잘 먹을게요."

"쉬세요."

경진을 서둘러 그의 집을 나섰다. 자신이 보기에도 부담스러운 양의 보답에, 혹시나 그가 부담 가질까 봐 별거 아니란 소리를 몇 번이나 했는지 모른다. 다행히 그가 좋아해 주고 즐거워해 주니 오히려 더 고마웠다.

다비드는 태경이 출근하자마자 단호박으로 라떼를 만들어 그의 사무실을 찾았다. 소파에 강아지 팥쥐와 나란히 누워 책을 읽던 태경은 다비드의 갑작스러운 등장에도 놀라지 않고 계속 누워 있었다.

"태경아, 나 물어볼 게 있어."

"뭔데?"

마지못해 책에서 시선을 뗀 태경이 뭉그적거리며 일어나 다비드가 내민 컵을 받아 들었다.

"별거 아니에요, 가 무슨 뜻이야?"

어제 경진은 그 말을 반복했고, 간밤에 다비드는 그 말이 머릿속에서 떠나질 않아 잠들기 전에 한참 동안 멀뚱멀뚱 천장을 쳐다보다가 평소보다 늦게 잠이 들었다.

"별로 특별하거…… 귀찮으니까 궁금해하거나 묻지 말고 관심 끄란 소린데, 왜?"

헐.

그렇게 살벌한 뜻이 담긴 말이었다니. 최대한 돌려서 말한 건데 내가 눈치 없이 군 건가?

"확실해?"

다시 한 번 되묻자 태경은 어깨를 으쓱이며 얄밉게 고개를 갸웃거렸다. 본격적으로 한국어 교육을 받기 시작한 후로 태경이 종종 심술을 부리던 것이 문득 떠올라 다비드는 순순히 고개를 끄덕이며 사무실을 빠져나왔다. 그리곤 휴대폰에서 국어사전 어플을 찾아 열었다.

"내가 또 속을 줄 알고?"

코웃음을 치며 걷는 다비드의 걸음걸이가 무척이나 경쾌했다.

04. 네 이웃을 탐하지 말라

차를 가지고 출근하는 날은 흔치 않았다. 회식이 있는 날이거나 야근을 해야 하는 날을 제외하곤 경진은 늘 대중교통을 이용했다. 새로 이사 간 동네도 거리상으론 전에 살던 곳보단 회사와 거리가 멀지만, 지하철역과 버스정류장이 가까이 있어 그다지 불편하지 않았다.

운전을 별로 좋아하지 않아서이기도 하고, 일부러 사람들과 부딪히기 위해서 선택한 것이기도 했다. 한때는 사람들 속에 섞이는 걸 두려워했기에 그것을 깨고 나오려고 무던히 노력해 왔다. 경진의 입장에선 나름 큰 용기를 낸 것이었다. 처음엔 이어폰을 끼고 고개도 푹 숙이고 다녔지만, 이젠 제법 여유가 생겨 사람들을 관찰하곤 한다. 그래도 명색이 캐스팅 디렉터인데, 사람 만나는 걸 더는 두려워해선 안 되겠다고 생각해서였다.

J미디어에서 본격적으로 드라마 제작 사업을 시작하게 되면서 경진은 더욱 바빠졌다. 내년 상반기에 세 편의 작품이 제작에 착수하게 될 예정이고, 그중 한 작품은 이미 공중파 방송사의 3월 방영 라인업에 올라 대본 작업이 시작된 참이었다. 이번 주 안으로 주·조연 배우 캐스팅 3순위까지 선정해 두는 작업을 마무리해 둬야 했다. 그래야만 제작진들이 본격적으로 캐스팅 미팅을 시작할 수 있기 때문이다. 주연급 배우들과는 이미 직접 만나 시놉시스와 진행 방향에 대해 이야기를 마쳤고, 소속사 관계자들과 만나 스케줄 조정까지 확인해 두었다. J미디어의 첫 번째 드라마 작품이라 내부에서도 화끈하게 푸시를 해주고, 계열사에서도 대규모로 제작 지원을 약속한 상태라 안팎으로 큰 관심을 받고 있었다.

작품과 가장 적합한 배우를 찾는 일은 생각만큼 단순한 일은 아니었다. 그 배우가 현장에서 보이는 인성은 경진이 캐스팅할 때 가장 우선순위로 두는 부분이었다. 많게는 백여 명의 스텝들과 배우들이 기본 4개월여의 시간 동안 싫든 좋든 부딪쳐야 하는데, 한 사람으로 인해 모든 사람들이 긴 시간 동안 고통받는 일을 만들어선 안 되기 때문이다. 거기에 배우의 평판과 전작의 흥행 스코어는 중요한 참고 지표가 되고, 연기력은 가장 큰 비중을 두고 체크를 한다. 쉽게 말해 촬영하는 동안 성실하고, 사고 안 치고, 제작진이나 배우들과 둥글게 둥글게 지내며 잘 융화되는 배우가 늘 캐스팅에서 0순위로 꼽히고, 모두에게 사랑받고 선택받는 배우가 되는 것이다. 문제는, 그런 주연급 배우들이 손에 꼽을 만큼 적어 선택의 폭이 적다는 것.

이번 작품에 대해 안팎으로 관심이 터질 듯 팽배한 지금 이 상황에 힘을 보태줘야 할 한 남자가 있었다. 국내 최고의 음악감독이라고 손꼽히는 그 남자, 정재희. 제안과 동시에 까일 확률 99%지만 경진에게 그런 수치들은 무의미했다. 모든 것은 사람이 하는 일. 자리만 지키고 앉아서 가능, 불가능을 점치며 시간을 까먹는 건 경진의 스타일이 아니었다.

재희는 경진에겐 아주 각별한 의미를 가진 친구다. 홍주와 범, 재희 중에서 왠지 더 마음이 가고 챙겨줘야 할 것만 같은 존재다. 물론, 이런 얘길 하면 재희는 절대 동의하지 않을 것이다. 제가 날 챙겨주고 있다고 생각하는 모양이다. 가끔씩 오빠 노릇을 하려고 들 때마다 기가 막힐 뿐이었다. 그 녀석은, 나보다도 더한 놈이기 때문이다.

합정역에서 내려 익숙한 길을 따라 재희의 작업실로 걸어갔다. 심야 라디오 프로그램을 진행하는 재희였기에 방송국으로 가기 전에 이야기를 마쳐야 했다. 주어진 시간은 세 시간 남짓. 도통 말을 안 들어 처먹는 친구라서 세 시간도 모자랄 듯싶어 좀 더 시간을 단축하고자 작업실 앞에 도착한 경진은 재희에게 전화를 걸었다.

"작업실 앞이야. 나와."

일방적으로 전화를 끊어버린 경진은 손부채질을 하며 작은 나무 그늘 아래로 걸음을 옮겼다. 역시 젊은이들이 바글바글한 동네라 그런지 활기가 넘쳤다. 개성 넘치는 옷차림, 머리 모양, 화장, 끼를 주체하지 못하는 청춘들이 조금은 부럽단 생각도 들었다.

나도 저렇게 펄펄 끓었는데.

"아, 또 왜 왔어."

귀에 익은 투덜거림에 돌아보니 역시나 재희였다. 건방지게 담배 한 개비를 입에 물고 터덜터덜 걸어오고 있었다. 경진은 삐딱하게 선 재희에게 다가가 담배를 확 빼앗아 부러뜨리고 휙 돌아섰다.

"배고파. 닭갈비 먹으러 가자."

"저거는 무슨 닭 귀신이 붙었나…… 만날 닭고기 타령이야."

그러거나 말거나, 경진은 앞장서서 걸었다. 발소리가 들리는 걸 보니 뒤에서 잘 따라오고 있는 모양이다. 경진은 뒤를 힐끔 보곤 피식 웃어버렸다.

재희와는 참 질긴 인연이었다. 벌써 12년째라니.

재희를 처음 만났던 건 대학교 1학년 때. 음대생 재희와 신방과 경진이 친구가 될 수 있었던 건 영화제작 동아리 덕분이었다. 시간은 흘러 재희는 영화음악감독이 되었고, 경진은 방송국에 입사해 지금의 이 일을 시작하게 된 것이다.

재희와 사이가 각별해진 또 다른 이유는, 재희의 형과 경진이 연애를 했기 때문이다. 스무 살 신입생 이경진과 스물네 살 복학생 정태희의 만남은 당시 학교 내에서도 유명했었다. 그렇게 재희와 태희, 경진은 늘 붙어 다니며 4년을 함께했다.

8년 전, 그 연애는 멈춰 버렸다. 누군가는 끝이 났다고 말했지만, 경진은 멈춘 것이라고 말한다. 영화음악감독이 꿈이었던 태희가 입봉작이던 작품의 마무리 작업을 하던 중 교통사고로 세상을 떠난 것이다. 경진은 아직도 그때를 떠올리면 괴롭고 아프다. 그저 오래된 일이라고 치부하기엔 여전히 그 시간에 머물고 있는 사

람처럼 힘들다. 그런 경진을 재희는 노골적으로 구박하며 못마땅
해했지만, 어쩔 수 없었다. 아무리 뭐라 해도, 그때 날 사랑해 주
었던 그 사람의 마음을 지울 수가 없었다. 이젠 그 사람 얼굴도 또
렷하게 기억하지 못해 사진을 꺼내 봐야 하지만, 그 사람을 진심
으로 사랑했던 그 순수한 마음만큼은 경진의 마음속에서 사라지
지 않고 남아 있었다.

경진의 친구들은 물론이고, 경진의 가족들 모두 경진에게 그가
어떤 존재였는지를 잘 알고 있다. 그들 중 경진에게 가장 아픈 말
을 할 수 있는 사람이 오직 재희뿐이라서 재희는 늘 혼자 악역을
자처하고 있었다. 그래도 이젠 제법 아무렇지 않게 그 사람 이야
기 웃으면서 꺼낼 수 있을 만큼 마음에 여유가 생겼지만, 불과 이
삼 년 전만 해도 주변 사람들 모두 그 사람 이름조차 경진의 앞에
서 꺼내지 못했었다.

그와 함께 들었던 음악, 함께 보았던 영화, 함께 다녔던 식당,
함께 걸었던 거리…… 경진은 여전히 그 음악을 듣고, 그 영화를
보고, 그 식당을 가고, 그 거리를 걸으며 기억하고 있었다. 미련한
짓이란 걸 잘 알고 있으면서도 멈추지 못했다. 작은 위안이라도
삼고 싶었다는 그럴듯한 변명으로 마음의 벽을 쌓으면서 말이다.

너무도 갑작스럽게, 어느 날 갑자기 사라져 버린 사람이라 쉽게
믿을 수가 없었다. 얼떨떨하기만 했다. 현실로 받아들이기까지 너
무도 오랜 시간이 걸렸다.

생각만 해도 여전히 아픈 사람. 무척이나 날 사랑해 줬고, 내가
참 많이도 사랑했던 사람.

언젠가 한 번 재희가 물은 적이 있었다. 형을 잊을 수 있겠냐고.

경진은 한 치의 망설임 없이 그럴 수 있다고 대답했다. 물론……
그 대답은 재희도, 경진도 믿지 않았다.

"사장님, 닭갈비 2인분 주시고요, 라면사리랑 치즈사리도 주세요."

언제 툴툴댔냐는 듯 재희는 능숙하게 주문을 하고 물수건으로
손을 닦은 후 수저를 챙겨주었다. 그 모습을 팔짱을 낀 채 지켜보
고 있던 경진은 테이블 위에 팔꿈치를 대고 턱을 두 손으로 괴며
지그시 바라보았다.

"재희야."

"몰라."

"뭘 몰라, 들어보지도 않고."

"안 들을 거야."

"하나만 하자."

재희는 격하게 고개를 가로저으며 반항했다. 그러나 경진은 미
소를 잃지 않으며 가장 순한 표정을 지었다.

"전에도 말했지만, 진짜 중요한 작품이야. J미디어에서 제작하
는 첫 번째 드라마라는 타이틀! 솔직히 너도 탐나잖아."

양배추 샐러드를 뒤적이는 재희의 잔망스러운 손이 눈에 거슬
렸지만 경진은 일단 또 한 번 참았다.

"너 바쁜 거 알아. 연말에 콘서트도 있고, 내년 봄에 새 앨범 준
비도 하고 있으니 얼마나 바쁘겠어. 근데 잘 생각해 봐. 음감 정재
희가 어떻게 콘서트를 열게 됐느냐! 유명해졌으니까. 어떻게 유명
해졌느냐! 심야 음악 방송도 하고 DJ도 하니까. 그럼 그 자리를
누가 꽂아줬느냐! ……나잖아. 이경진이잖아. 그래, 안 그래?"

그사이 달궈진 철판 위에 닭갈비 재료가 차례로 투척되고, 재희
는 무덤덤한 얼굴로 냉 미역국을 그릇째 들고 마셨다.

"재희야?"

"드라마는 너무 힘들어. 나 지난번에 진짜 죽는 줄 알았어."

"그럼 곡만 주던가."

재희가 찌릿 노려보자, 경진은 다시 한 번 부드러운 표정을 지
으며 착한 눈으로 보았다.

"너 이렇게 배짱 튕겨놓고 다른 작품 들어가면 진짜 가만 안 둔
다."

"드라마든 영화든 지금은 아무것도 못한다니까? 진짜야!"

일단 오늘은 한발 물러서기로 결정한 경진은 어깨를 축 늘이며
젓가락을 집어 들었다.

"근데 무슨 캐스팅 디렉터가 음감 섭외까지 나서?"

"오죽하면 나까지 나서겠어. 그리고 정재희 음감이랑 연락되는
사람이 이 바닥에 몇 안 되잖아."

"하긴……."

"에휴, 역시 서효원 음감이 최고지."

경진은 먼저 익은 양배추와 떡사리를 접시에 담아 재희 앞에 놓
아주었다.

"지난 겟날에 애들이랑 결정했는데, 다음 겟날에 우리 한강에
서 배드민턴 치기로 했어."

"내 의견은 묻지도 않고?"

"그러니까 왜 안 왔어. 범이가 다 준비한댔으니까 넌 먹을 거나
준비해 와."

재희가 어이없다는 듯 콧방귀를 꼈지만, 경진은 아랑곳하지 않고 상추 위에 시원한 백김치 한쪽과 잘 익은 닭고기 한 점을 올리고 콩나물을 올려 야무지게 쌈을 싸서 입에 넣고 오독오독 씹었다. 그때 마침 휴대폰 벨이 울렸고, 입안에 먹을 것이 가득이라 경진은 어쩔 수 없이 재희에게 휴대폰을 건넸다.

　"네, 이경진 씨 휴대폰입니다."

　쌈을 부지런히 씹어 삼킨 경진은 물을 마신 후 재희에게 휴대폰을 달라고 손을 내밀었다.

　"누구?"

　"두온이."

　휴대폰을 건네받은 경진은 키득거리며 닭고기를 집어 든 재희의 젓가락을 툭 건드렸다.

　"여보세요? 두온이야?"

　[고모오오! 언제 와? 두온이 보러 언제 와?]

　경진은 두 눈을 질끈 감아버렸다. 두온이가 절대로 거절할 수 없는 주문을 뱉어낸 것이다.

　"어, 고모 이따가 갈 거야. 우리 두온이 뭐 먹고 싶어? 고모가 갈 때 사갈게."

　[케이크 먹고 싶어, 고모! 두온이 케이크!]

　그와 동시에 수화기 저 너머에서 피자, 치킨, 햄버거, 사탕 등을 부르짖는 나머지 녀석들의 목소리가 건너왔다.

　"알았어. 고모가 케이크 사가지고 두온이 보러 갈게. 끊어."

　통화를 끝낸 경진은 이마를 감싸 쥐며 옅은 한숨을 내쉬었다. 다시 젓가락을 들고 쌈 하나를 싸려는데, 재희가 어느새 사라졌는지 자리가 비어 있었다. 담배 한 대를 피우러 나갔나 싶어 경진은 우직하게 식사를 이어갔다.

가는 길에 다비드에 들러 케이크를 사갈까? 거기 케이크가 맛있기도 하고, 가는 길이기도 하니까…….

이 시간에 그 사람도 있으려나?

"뭐야……."

지금 무슨 생각을 하고 있는 거야.

휴대폰 액정화면에서 시계를 확인하던 경진은 희게 웃으며 다시 부지런히 쌈을 쌌다. 그렇게 혼자서 열심히 먹고 있는데, 사라졌던 재희가 돌아왔다. 딱 봐도 케이크 상자같이 생긴 상자를 손에 들고.

"조카들 갖다줘."

새치름하게 앉아서 통화를 다 듣고 있었던 모양이다. 경진은 재희가 건넨 상자를 받아 옆자리에 고이 모셔두었다.

"오올."

아무 일도 없었다는 듯 재희도 식사를 시작했다. 경진은 그런 재희의 앞 접시에 닭고기를 수북하게 쌓아주었다.

"고맙다."

고맙긴 참 고마운데…… 뭔가, 뭔가 좀 아쉬운 건 왜일까.

"아가씨! 나 다 들었거든요? 얼른 얘기해 봐요. 하나도 빠짐없이 처음부터 끝까지 싹 다! 응? 응?"

온 가족이 두온이에게 어서 고모한테 전화 걸어보라고 시킨 게 분명하다. 현관에 들어서기가 무섭게 디근 삼 형제가 품으로 달려듦과 동시에 새언니에게서 질문이 쏟아졌다.

"처형! 저도 소식 들었습니다."

"어, 제부도 와 있었네?"

차 서방을 향해 어색하게 웃으며 손을 흔든 경진이 그 곁에 있던 해진을 표독스럽게 노려보았으나 해진은 시침을 뚝 뗐다.

"웬 남자가 파이를 구워다 줬다는 게 무슨 말이냐?"

오빠와 주거니 받거니 바둑을 두고 있던 아버지까지 툭 하고 한마디를 던졌다.

"아, 그게 아니라……."

"아범은 증말 몰라서 묻는 거? 흐흥. 그 총각이 우리 경진이한티 반해서 그런 거 아녀!"

"할머니…… 그런 거 아닌데……."

뭐라고 입을 떼기도 전에 가족들은 무섭게 한마디씩 거들었고, 경진은 결국 울상을 지었다. 그러거나 말거나, 엄마는 경진에게 다가와 들고 온 케이크를 건네받고 주방으로 향했다.

아무래도 그 소식이 집에 전해져 집안이 발칵 뒤집혔던 모양이다. 분명 해진이가 말을 부풀렸을 것이고, 결국 경진은 강제 소환을 당한 것이다.

"그럼 저 케이크도 그 총각이 만들어준 거?"

"아, 진짜 할아버지까지 왜 그러셔."

할아버지가 앉아 계신 소파로 간 경진은 할아버지 옆에 앉아 팔을 껴안고 어깨에 이마를 기댔다.

"언니, 밥은 먹었어?"

"먹었어. 너 가서 시원한 물 한 잔 떠와."

"옙!"

해진이 경례를 붙이는 시늉을 하고 일어서자 차 서방이 덩달아 일어섰다.

눈꼴셔서 못 봐주겠네.

"그리고 보니까 우리 동생, 얼굴이 좀 좋아진 것도 같고……."

"좋아지긴 개코가 좋아져. 여름 타서 그런 건지 나 요즘 기운 무지 달려, 오빠. 나 보약 좀 해주라."

"시간 날 때 들러. 가슴 뛰는 건 요즘 어때?"

"그건 괜찮아진 것 같아."

물 한 잔도 사이좋게 들고 오는 바퀴벌레 한 쌍을 저만치 물린 경진은 차가운 물을 단숨에 비웠다. 어쩐 일로 조용하지? 하는 생각을 하기가 무섭게, 엄마 뒤를 졸졸 따라갔던 녀석들이 각자 접시에 케이크 조각을 받아 들고 거실로 나왔고, 새언니와 엄마도 케이크를 예쁘게 잘라 과일과 함께 접시에 담아 내왔다.

"그 총각은 그럼 영 가망이 없는 겨?"

여전히 미련을 버리지 못하신 할머니의 채근에 경진은 결국 고개를 떨궜다.

"제가 알아서 할게요. 다들 걱정 마세요."

아쉬워하는 기색이 역력한 가족들의 표정을 보고 있자니 마음이 무거워졌다.

"우리 아버지 해진이 시집보내느라 안 그래도 휜 허리 확 부러질까 봐 난 올해 시집 안 갈 거야."

그러자 가장 눈치 없는 해진이가 소리 내어 웃었고, 연달아 다들 가벼운 분위기 조성을 위해 일부러 웃어주었다.

"역시 아빠 걱정해 주는 건 우리 경진이밖에 없네."

"그치? 내가 최고지?"

어깨를 으쓱이자 아버지는 콩 하고 이마에 꿀밤을 놓았다. 그래도 경진은 헤헤거리며 웃었다.

"그건 걱정 말어, 아가. 할애비한테 너 시집보낼 돈은 있어. 너는 내가 보내줄 겨."

누가 들을세라 귓속말로 건넨 할아버지의 그 말에 경진은 순간 울컥했다. 경진은 할아버지를 향해 고개를 끄덕였고, 할아버지는 까슬한 손으로 경진의 볼을 쓰다듬으며 사랑이 담뿍 담긴 시선으로 한참을 바라봐 주셨다.

스포츠 일간지 S신문사 연예부 기자인 홍주와는 회사가 가까워서 점심시간이 맞을 때면 가끔 같이 밥을 먹곤 했다. 홍주도 외근하는 날이 대부분이라 만날 일이 그다지 많지 않은데, 오늘은 공교롭게도 경진과 홍주 모두 내근을 하는 날이었다.

지갑 달랑 챙겨 들고 회사 밖으로 나온 경진의 눈에, 저 멀리서 손을 흔들고 있는 홍주가 들어왔다. 홍주는 화려한 걸 좋아하는 친구다. 그런 홍주 때문에 경진은 나름 꾸미고 나가도 홍주와 함께 있을 때면 수수하단 소릴 듣곤 했다. 그런 홍주에게서 가끔씩 자극을 받기도 한다. 경진은 성(性), 나이, 직업을 떠나 자신의 외모에 책임을 져야 한다는 홍주의 지론을 따르는 편이었다. 미모를 끊임없이 가꾸고 꾸미는 것 또한 여자의 본분이라는 말도 어느 정도는 공감하고 있었다.

"뭐 먹을래?"

"우리 지난번에 먹었던 게 뭐였지?"

"가츠동?"

"맞다. 그거 먹으러 가자. 그 집 맛있더라."

변죽 좋은 홍주가 경진의 팔에 팔짱을 걸었다. 두 사람은 횡단
보도 앞에 서서 신호를 기다렸다.

"어? 못 보던 구두네?"

이런 건 어쩜 그렇게 귀신같이 알아채는지.

"색깔만 다른 건데도 알아본다, 너. 역시 대단해."

"색깔만 다르긴! 발등 부분 마감도 좀 다른데? 발목이 훨씬 예
뻐 보인다. 새로 나온 건가?"

다비드가 슬슬 본색을 드러내기 시작했다. 휴지를 갈기갈기 찢
어놨을 때부터 알아차렸어야 했는데, 혼자 심심해서 장난 좀 쳤나
보다 하고 넘어갔더니 과감해진 다비드는 결국 경진이 가장 아끼
는 구두를 작살내 버렸다. 이놈 자식, 가만 안 두겠다고 벼르며 돌
돌 만 신문지를 들고 다비드를 혼내다가도, 천사 같은 눈으로 자
신을 바라보며 눈시울을 적시면 더는 다그칠 수가 없었다.

"그런가?"

홍주의 말을 듣고 보니, 조금 다른 것도 같았다. 같은 브랜드 매
장에 가서 똑같아 보였던 구두를 골랐을 뿐인데. 하지만 '네가 지
네냐? 신발을 왜 그렇게 많이 사?'라고 말한 범이 때문에 별명이
지네가 된 홍주에겐 그것이 딱 보였던 모양이다. 섹스 앤 더 시티
의 캐리처럼 살고 싶다며 구두 사 모으는 것까지 따라 하는 홍주

는 언젠가는 캐리처럼 섹스 칼럼리스트가 되겠다는 야심 찬 꿈도 가지고 있었다.

"저기 자리 있다!"

가츠동 전문 식당에 들어선 두 사람은 다행히도 한 번에 자리를 잡을 수 있었다. 몇 번 와보지 않은 낯선 곳이라 경진은 마음이 조금 불편했지만, 남아 있는 자리가 고맙게도 구석진 곳이었다.

"아, 배고파. 왜 외근할 때보다 내근할 때가 더 배가 빨리 꺼지지?"

"그놈의 프라프치노를 안 사 마시니까 배가 빨리 고프겠지."

"그런가? 헤헷."

홍주가 칭얼거리는 동안 직원에게 주문을 한 경진은 휴대폰에서 눈을 떼지 못하는 홍주를 한참 동안 바라보았다. 인근 회사에서 쏟아져 나온 직장인들로 식당 안이 가득 차 있어서 어디 눈둘 곳이 없어서였다.

"경진아, 나 회사 그만둘까 봐."

"왜? 기사거리 떨어졌어?"

"그게 아니라, 요즘 부쩍 회의감이 많이 들고……."

"또 시작이다."

"아니야! 이번엔 정말 심각해."

"어련하시겠습니까."

컵에 물을 채워주자 홍주는 단번에 비웠다.

"내가 지금 뭘 하고 있는 건지 모르겠어. 병색이 기잔네, 취재는 커녕 TV 쳐다보고 감상문이나 싸지르고 있잖아. 자극적으로 제목 뽑느라 내 머리카락이 쑥쑥 뽑힌다니까."

풀이 죽어 입술을 쭉 내민 홍주의 어깨를 경진이 토닥여 주었다.

"그래도 넌 짬밥이 있어서 취재도 많이 하잖아."

"인터뷰도 요즘엔 거의 라운드 인터뷰라 다른 매체랑 내용 항상 겹치고……. 인기 좀 있다 하는 애들은 엠바고 걸어서 기사 빨리 풀지도 못하게 하고. 특종 잡기 너어어어무 힘들다, 진짜."

"언제는 연예인 실컷 봐서 좋다더니."

경진의 말에 홍주가 배시시 웃으며 때 맞춰 나온 음식에 행복한 듯 어깨를 으쓱였다. 다이어트 중이라 조금만 먹어야 한다고 입버릇처럼 말하던 홍주는 오늘도 복스럽게 푹푹 잘도 먹었다. 회의감에 사로잡혀 만사에 흥미를 잃은 홍주에게 뭔가 생기를 주고 싶은 욕구가 차올라 경진은 입술을 달싹이다가 조심스레 말을 꺼냈다.

"연예계 얘긴 아니지만, 재밌는 얘기가 있긴 한데."

"뭔데?"

홍주가 심드렁한 표정으로 올려다보자 경진은 젓가락을 내려놓았다.

"그…… 다비드 있잖아."

"어! 다비드가 왜?"

순간, 홍주의 눈이 초롱초롱해졌다.

"그 남자 우리 동네 산다? 그것도 우리 맞은편 빌라."

"헐! 진짜?"

고개를 끄덕이자 홍주는 결국 숟가락을 내려놓았다.

"나 너네 집에서 살면 안 돼?"

"너 그 말 할 줄 알았어."

경진이 웃었지만, 홍주는 진심으로 부러운 듯 미간을 구기며 애처로운 표정을 지었다.

"나 새벽마다 운동 나가잖아. 그 시간대가 그 사람 출근 시간이더라고. 그래서 지금 일주일째 매일 만나고 있어."

"허얼! 대애박!"

더할 나위 없이 홍주의 눈과 입은 커질 대로 커졌고, 발까지 동동 구르기 시작했다.

"너 그 사람 꼬시면 죽는다!"

"내가 꼬신다고 넘어오겠냐?"

"시도조차 하지 마! 그 사람, 아니, 그분은 모든 여자로부터 보호해야 해! 공공재로 남겨둬야 한다고!"

목에 핏대까지 세우며 큰 소리를 내자 주변에 자리한 사람들이 힐끔거렸다. 경진이 목소리를 낮추라고 손짓을 하니 그제야 홍주가 흥분을 가라앉혔다.

"거기다, 나 강아지 기르고 있잖아. 그 남자, 그런 쪽에 대해 많이 알더라고. 만날 때마다 어찌나 다정하게 설명을 해주는지……."

"닥쳐! 그만해!"

홍주의 활력 넘치는 모습을 보니 경진의 마음도 한결 편안해졌다. 경진은 웃음을 참지 못하고 손등으로 입술을 막은 채 키득거렸다.

"경진아, 오래전부터 전해져 내려오는 유명한 말이 있단다. 네 이웃을 탐하지 말라."

"나 교회 안 다니거든?"

"안 되겠다. 당장 이번 주부터 나랑 교회 나가자. 넌 회개하고 구원받아야 해!"

홍주의 진지한 눈빛에 경진은 결국 두 손으로 얼굴을 감싸고 미친 사람처럼 끅끅대며 웃어버렸다.

아니, 네 이웃을 탐하지 말라니. 내가 뭘 어쨌다고?

조금 걸을까 싶어 한 정거장 먼저 내린 덕에 경진은 간만에 땀을 흘리고 있었다. 가방 안에 고이 모셔두었던 손수건이 드디어 제 할 일을 하기 시작했고, 경진은 오늘따라 유난히 무거운 가방을 이러지도 저러지도 못하고 왼손, 오른손 번갈아 들어가며 천천히 길을 걸었다.

상가가 밀집된 곳이라 그런지 집 인근보다 훨씬 사람들이 많았다. 유난히 한 가게에 긴 줄이 있었는데, 거의 다 교복을 입은 학생들이었다. 간판을 보니 떡볶이 집. 주변을 둘러보니 학원들이 즐비한 곳이었다. 아마 밤늦게까지 공부를 해야 할 아이들이 허기를 채우려고 모여든 듯했다. 이 더운 날 땀을 뻘뻘 흘려가며 빨간 떡볶이를 먹는 모습에 갑자기 식욕이 당긴 경진은 발길이 이끄는 대로 그 떡볶이 집으로 향했다.

떡볶이 집 안은 아이들로 가득했다. 혼자서 자리 차지하고 앉아 먹고 가기도 뭣하고 해서 경진은 포장을 부탁하기로 결정했다.

"떡볶이 1인분만 포장해 주세요."

주문을 하고 잠시 뒤로 물러난 경진은 주변을 두리번거리다가, 길을 지나던 다비드를 발견했다. 잡을까 말까 망설이고 있는데, 때 마침 포장 다 됐다는 아주머니의 말에 황급히 돈을 건네고 서둘러 그의 뒤를 쫓았다.

"안녕하세요."

"어? 경진 씨, 지금 퇴근하세요?"

"네."

경진이 웃자 그도 덩달아 웃었다. 경진은 떡볶이가 든 하얀 비닐봉투를 가방 안에 넣고 다비드에게서 한 걸음쯤 뒤에 처져 걷기 시작했다.

최근, 경진에겐 한 가지 고민이 생겼다. 그 고민은 이 남자를 다비드 씨라고 불러도 되나? 하는 것이었다. 왠지 다비드 님이라고 불러야 할 것 같아서…….

경진은 그의 뒤통수를 보며 이 말을 꺼낼까 말까 망설이기 시작했다. 혹시 이상한 여자라고 생각하진 않을까? 소심해 보이진 않을까? 몇 번을 거듭 생각한 끝에 경진은 용기 내어 입을 열었다.

"저, 사실 고민이 하나 있는데요."

"뭔데요?"

"뭐라고 부르면 좋을지……."

"저요?"

"네. 다비드 씨로 부르기도 이상하고, 다비드 님이라고 부르기는 더 이상하고…….."

이마를 긁적이며 어색하게 웃자 그가 큰 소리로 웃었다.

"음……. 다들 처음엔 익숙하지 않아 해요."

"다른 분들은 보통 뭐라고 불러요?"

"태경이는 그냥 다비드라고 하고, 제수씨는 다비드 씨라고 하고, 직원들은 대표님이나 사장님이라고 불러요."

"······흐음."

그의 이름이 여전히 낯설고 적응이 안 되지만 자꾸 부르다 보면 입에 붙겠지? 나도 그냥 다비드 씨라고 불러야겠네.

경진은 고개를 끄덕이며 마음을 굳혔다. 그의 이름을 지을 때 그의 부모님이 얼마나 고심했을지를 생각하면 좀 더 자연스럽게 받아들여지겠지 하고 말이다.

"한국 이름이 있긴 한데······."

"그래요? 뭔데요?"

"정수원이요."

"아, 그랬구나!"

정수원과 다비드 고메 아를렌.

왠지 모르게 그 간극이 조금은 크게 와 닿았다.

"근데, 전 그 이름 별로······."

"왜요? 부르기 좋은데요?"

"좋은 뜻이 아니거든요."

연하게 웃던 그가 어깨를 으쓱였다. 더 이상 물으면 안 될 것 같아 경진은 고개를 끄덕였다.

"이제부터 다비드 씨라고 부를게요."

경진의 말에 다비드가 입매를 길게 늘이며 환히 웃었다. 참, 웃는 것도 멋있는 남자였다.

"아주 아기였을 때 프랑스로 입양되었어요."

"아······."

사실, 어쩌면 그럴지도 모른다고 생각은 했었는데 그가 먼저 이야기를 꺼냈다. 그는 마치 어제 보았던 드라마 줄거리를 이야기하듯 아주 담담하게 말했고, 경진은 담담하게 받아들이지 못했다.

"당황하셨나 봐요."

"아, 아뇨, 그렇다고 하기보단……."

"생김새는 한국인인데 이름은 한국인 같지 않으니까 다들 궁금해하더라고요. 입양아인가? 하고 짐작하기도 하고."

친분이랄 것도 없는 사이에 꺼낼 이야기가 아니기에 약간 부담이 된 것도 사실이고, 오래전에 떠난 그 사람과 닮은 인생이 못내 마음에 걸린 것이다.

"……수원역에 버려졌대요. 그래서 제 한국 이름이 정수원이에요."

그렇다면 정수원이란 그 이름은 그가 절대로 좋아할 수 없는 이름일 것이다. 어쩌면 영원히 갖고 싶지 않을 이름일 수도 있고.

"제가 실수를 했네요."

"아니에요! 그런 거 아니에요."

손까지 흔들며 아니라고 말하는 바람에 경진은 더 미안해졌다.

"미안해요, 전 그것도 모르고."

"괜찮아요. 난 아무렇지 않아요. 수백 번도 더 설명했던 얘기예요. 난 내가 창피하지 않아요. 내가 날 창피해하면 우리 가족들이 슬퍼하거든요. 물론 자랑거리는 아니지만, 웃으면서 이야기할 수 있어요."

어떻게 아무렇지 않을 수가 있을까.

그 마음, 온전히 알진 못해도 충분히 어림짐작할 수 있었다.

"일 년 전에 한국으로 왔는데, 어쩌면 오랫동안 이 나라에서 살수도 있겠구나 하는 생각을 했었어요. 그렇게 되면 한국 이름을 써야 할지도 모르겠단 생각도 했고요."

"하지만…… 그 이름으로 불릴 때마다 아플 거잖아요."

잘 걷던 그가 그 자리에 우뚝 멈춰 섰다. 덩달아 멈춰 선 경진은
차마 그의 얼굴을 바라보지 못했다.

"그럼 한번 불러봐요."

"싫어요."

"괜찮아요."

"뭐가 자꾸 괜찮아요. 난 못해요."

갑자기 호기심이 인 모양이다. 다른 사람이 자신을 다비드가 아
닌 정수원이라고 불러줬을 때의 기분에 대한 호기심. 하지만 경진
은 그의 요구를 들어주고 싶지 않았다. 어쩌면 그 짧은 말로 인해
그에게 이경진이란 사람이 아픈 기억으로 남을 수도 있다는 불안
감 때문일지도 모른다.

경진은 다비드를 앞질러 걸었다. 그는 마지못해 뒤를 따랐고,
가로등에 비친 그의 긴 그림자 꼬리를 바라보며 경진은 걷고 또
걸었다.

그가 꺼내는 말 한마디 한마디가 너무 솔직해서 아팠다. 저렇게
담담하게 말하기까지 그가 견뎌야 했을 고통이 눈앞에 그려져서
더 아팠다. 혼자 삭이는 그 마음, 그 기분, 그 미련함을 너무도 잘
알아서 조금은 화도 났다.

빌라에 도착하는 동안에도 경진은 심란한 마음이 정리되지 않
아 다비드를 보지 않았다. 하지만 이대로 말없이 들어가 버리는
건 예의가 아니기에 돌아서서 그를 향해 꾸벅 고개를 숙였다.

"안녕히 가세요."

부디 많은 생각에 치여 잠 못 이루는 밤이 되지 않길 바라며 경진은 그를 향해 말갛게 웃었다. 그리고 돌아서서 걸음을 옮기는데……

"잠깐만요."

덥석 하고 그가 손목을 잡아챘다. 놀란 경진이 손을 털어내려는데, 그가 더 놀란 듯 잡았던 손목을 냉큼 놓더니 난감한 표정을 감추지 못하고 쭈뼛거렸다. 우습게도, 지금 이 순간이 불쾌하기는커녕 오히려 목구멍 어딘가가 간질간질한 것 같았다.

당황한 그의 표정을 지켜보는 것도, 정말 아무 의미도 없는 사소한 스킨십에 두근거리는 가슴도 조금은 흥미로웠다. 무뎌질 대로 무뎌졌다고 생각했는데 그건 아니었던 모양이다. 나도 때론 별것 아닌 일에 가슴이 뛰고 설레기도 하는 그런 말랑한 마음을 갖게 된 것 같아 한편으론 반갑기도 하고 재밌기도 했다.

어느 날 갑자기 불쑥 나타난 한 남자가 경진의 주변에 미묘한 변화를 일으키고 있었다.

"다비드 씨."

"네?"

"난 괜찮은데 다른 여자한테는 그러지 마요. 다비드 씨는 공공재로 남아야 하거든요."

"……공공재?"

눈매를 찡그리며 고개를 갸웃거리는 그를 보고 있자니, 순간 만화 속 한 장면처럼 그의 머리 주변에 물음표가 수백 개가 떠오른 듯했다.

"잘 가요."

"공공재가 뭔데요? 말해주고 가요!"

다비드가 되물었지만, 경진은 그런 다비드를 향해 손을 한 번 흔들어주고 곧장 빌라의 공동현관 안으로 향했다.

누가 확 채가면 배가 조금 아플 것 같기도 하고…….

05. 술 한잔합시다

· 공공재[公共財]

명사 (1) [경제] 시장 기구를 통하지 않고 공공 부문으로부터 공급
되어 모든 사람이 공동으로 누리는 재화.

(2) [법률] 도로, 하천, 항만 등과 같이 일반 대중이 공동으
로 사용하는 물건이나 시설.

포털사이트 검색 창에 '공공재'라고 적어 넣은 다비드는 고개
를 갸우뚱할 수밖에 없었다. 익숙하지 않은 한자어들의 조합이 다
비드의 머릿속을 어지럽혔기 때문이다.

다비드는 다른 포털사이트를 하나 더 열고 검색 창에 다시 한
번 '공공재'를 입력했다. 이번엔 한결 더 어려운 단어들이 나열되
었고, 다비드는 고개를 절레절레 저으며 눈매를 찡그렸다.

사유재와 대립, 시장, 재화, 대가, 가격원리, 비배재성, 비경쟁성……. 이게 도통 뭔 소린지 이해도 되지 않고 너무도 낯선 말들이었다. 그나마 이해가 가능한 건 국방, 경찰, 소방, 공원, 도로를 가리키는 말이라는 것 정도.

그렇다면, 내가 그것들과 동급이 되길 바란다는 말인가? 즉, 나를 많은 사람들과 공동으로 이용하겠다는 말?

왜? 내가 왜 그런 존재로 남아야 하는 거지? 난 자유연애주의자가 아닌데.

다비드는 프랑스어 번역기로 다시 한 번 단어를 확인했다. 역시나 비슷한 의미였다.

도대체 무슨 뜻으로 그런 말을 했을까? 혹시, 언제든지 이용 가능했으면 한다는 뜻인가? 모든 사람들에게 오픈되어 언제든지 사용 가능한 공원처럼, 그런 존재가 되라는 깊은 뜻이 담겨 있는 건 아닐까? 더불어 공원처럼 마음이 넓은 사람이 되라는 의미로……!

"와."

다비드는 무릎을 손바닥으로 탁 치며 이제야 이해가 되었다는 듯 고개를 끄덕였다. 아무래도 그런 의미를 모두 담고 있는 말인 듯했다. 확실히 그 여자는 생각 자체가 뭔가 남다른 것 같았다.

침대 위에 털썩 누운 다비드는, 침대 옆 콘솔 위에 얌전히 올려두었던 경진의 명함을 들고 뚫어져라 바라보았다. 그러다가 주머니에서 휴대폰을 꺼내 명함과 휴대폰을 번갈아가며 보았고, 과감히 그녀의 번호를 저장했다. 그리곤 메시지 창을 열어 또박또박 글자를 적어 넣었다.

『안녕하세요. 다비드입니다. 꼭 공공재 같은 사람이 되겠습니다.』

물결을 넣을까, 웃음을 넣을까 망설이던 다비드는 결심을 굳힌
듯 입술을 굳게 다물며 커다란 눈을 끔벅였다.

『^^』

한 치의 망설임 없이 전송버튼을 누른 다비드는 침대에서 벌떡
일어나 괜히 방 안을 어슬렁거렸다. 혹시나 매너모드 상태인가 싶
어 확인하고, 엎어놔서 소리를 못 들은 건가 싶어 또 확인했다. 답
장이 오기까지 기다리는 그 짧은 시간 동안 다비드는 주먹을 몇
번이나 쥐락펴락했는지 모른다.

그때.

경진이 답장을 보냈다. 내용을 확인한 다비드는 윗입술을 질끈
깨물고 자꾸만 새어 나오는 웃음을 참으며 침대 이불 속으로 들어
가 발을 동동 굴렀다.

막 잠이 들려던 참인데 문자메시지가 도착했다. 경진은 감았던
눈을 힘겹게 뜨며 머리맡에 두었던 휴대폰을 집어 들었다.

『안녕하세요. 다비드입니다. 꼭 공공재 같은 사람이 되겠습니다. ^^』

이 남자, 무슨 뜻으로 꺼낸 말인 줄 알고서 공공재 같은 사람이 되겠다는 건가? 뭐, 본인이 굳이 그런 사람이 되겠다고 하니 말릴 수도 없는 노릇이긴 한데, 그렇게 되면 조금 아쉽긴 하겠네……

『주무세요.』

평소 메시지에 답장 안 보내주기로 유명한 경진이었지만 친절하게 답장을 보낸 경진은 그의 번호를 저장한 후 옆으로 돌아누웠다. 잠이 확 달아난 건 아니었지만, 다시 잠이 들 때까지 조금은 시간이 걸릴 듯했다.

경진은 휴대폰 안에 담아둔 음악 리스트를 읽어보다가 다비드에게 추천을 받아서 넣어두었던 곡을 재생시켰다. 고요했던 방 안에 음악 소리가 흘러나오자 경진의 옆구리에서 웅크리고 잠들어 있던 강아지 다비드가 잠에서 깨 뒤척였다.

"하지만 나의 첫사랑. 아빠는 나의 큰 우주. 아빠는 하나뿐인 사랑스런 애인. 아빠랑 함께 걸으면 너무 좋아. 하지만 여자친구 생길 때까지."

경진은 그런 다비드의 보들보들한 귀를 만지며 나지막이 노래를 따라 불렀다. 귀찮은 듯 다비드는 머리를 흔들어댔지만, 경진은 이번엔 오동통한 배를 어루만지며 녀석의 이마에 입을 맞추었다.

이 녀석에겐 난 어떤 존재일까. 나랑 함께 있을 땐 행복할까? 혼자 집에서 날 기다리며 무슨 생각을 할까? 내가 보여주는 세상에 만족하고 있을까?

"다비드, 나랑 사는 거 어때? 좋아?"

경진의 진지함 물음에 다비드는 하품으로 답을 했다. 가끔씩 다비드에게 대화를 시도하는 자신이 조금은 우스웠지만, 다비드의 사소한 행동으로부터 위안을 받을 때면 곁에 있어줘서 고맙단 생각도 들었다. 물론 스타킹을 잘근잘근 씹고 죽죽 찢어놓는다거나 휴지를 보면 미친 듯이 쥐어 뜯어놓고 소파 귀퉁이를 발톱과 이빨로 갉아놓을 때를 제외하곤 말이다.

밀렸던 빨래를 하고, 아침에 먹고 치우지 않았던 그릇을 설거지하고, 쨍쨍한 햇볕에 소독한 이불을 걷고, 오랜만에 물걸레로 바닥을 박박 닦아가며 청소도 하고, 욕실도 약을 풀어 뽀독뽀독하게 청소하고 나니 마음은 가벼워졌지만 몸은 천근만근이었다. 바닥에 드러누워 있으니 청소기 돌리는 소리에 겁이 나서 옷 방에 숨어 있던 다비드가 어느새 달려와 얼굴을 핥아댔다.

Rrrr.

식탁 위에 올려두었던 휴대폰이 어서 전화를 받으라고 채근을 했지만 일어나기가 쉽지 않았다. 전화가 오면 전화기를 물어오도록 어서 다비드를 교육시켜야겠다고 생각하며 간신히 일어난 경진은 휘청휘청 걸으며 주방으로 향했다.

발신인은 엄마. 웬일이신가 싶어 고개를 갸웃거리던 경진은 통화를 연결했다.

"응, 엄마."

[전화 빨리빨리 안 받지!]

"대청소해서 뻤었단 말야. 무슨 일인데?"

[어, 그게 저기…… 엄마가 딸한테 꼭 무슨 일이 있어야 전화하니? 너도 참.]

엄마가 하고 싶은 말이 있는데 망설이고 있다는 게 느껴졌다. 경진은 식탁 의자에 앉아 턱을 괴고 과연 오늘 엄마가 내게 무슨 말을 하고 싶어서 그러실까 곰곰이 생각해 보았다.

"뭔데? 해진이 일이야?"

[……아니.]

경진은 어깨에 휴대폰을 끼우고, 흐트러진 머리카락을 정수리까지 틀어 올려 머리핀을 찔렀다. 무심결에 탁상 달력을 보던 경진은 그제야 엄마가 무슨 말을 하고 싶어하는 건지 알 것 같았다.

"엄마."

[경진아, 거기…… 또 갈 거니?]

"……가야지."

엄마에게서 대답이 건너오지 않았다. 대신 옅은 한숨이 넘어왔다.

그 사람의 기일이 다음 주로 다가온 것이다.

[간 사람 그렇게 오래 잡고 있으면 못 써.]

"그런 거 아냐."

[아니긴 뭐가 아니야. 그 사람 간 지 벌써 8년인데, 넌 그대로잖아.]

"엄마."

[그만하면 됐어. 막말로 니들이 결혼을 했던 것도 아니고 왜 그

렇게 미련을 떨어, 이것아.]

엄마는 오늘도 틀린 말은 하나도 하지 않았다. 경진은 아랫입술을 꾹꾹 깨물며 쉽게 말을 잇지 못했다.

"내가 못 견뎌서 그래, 엄마."

[꽃같이 좋은 시절 다 흘려보내고…… 가서 거울 좀 봐.]

"치, 엄마는. 그래도 나 어디 가면 서른둘로 안 봐."

우스갯소리도 안 통했다. 아무래도 엄마가 단단히 작정을 하신 모양이다.

경진도 알고 있다, 그동안 가족들이 얼마나 많이 참아줬는지를. 불안해 보였던 자신 때문에 가족들이 얼마나 많이 배려해 주고 모른 척해줬는지 다 알고 있었다. 그래서 참 많이도 죄송스러웠고, 고마웠다.

"엄마, 미안해."

[기어이 가겠다는 거냐? ……어휴.]

엄마는 땅이 꺼져라 긴 한숨을 몰아쉬었다.

[언제까지 붙잡고 있을래.]

"매년 꼭 가야겠다고 다짐한 건 아니야. 이맘때쯤 되면 자꾸 생각이 나서 안 갈 수가 없어. 그 사람 때문이 아니라 나 때문에 가는 거야. 내 마음 편하자고 가는 거야."

이젠 그의 얼굴조차 또렷하게 기억나지 않는다. 그때의 마음들이 그리워져서 일 년에 딱 한 번, 그가 떠난 날이면 그를 흘려보낸 곳을 찾아간다. 하루하루 시간이 갈수록 그를 떠올리며 그리워하는 날들이 점점 줄어만 갔다. 그럴수록 그때 날 사랑해 주었던 그 사람의 마음에 미안해졌다. 그를 아프게만 하고 속상하게만 했던 믿고 못났던 내 사랑이 그때 그 사람의 사랑에 미안했고, 그가 내게 준 사랑의 반의반도 보여주지 못했던 내 작고 초라했던 마음이 후회되었다. 아무런 예고도 없이 멈춰 버리지 않았더라면, 서로에게 애정이 식어서, 질려서, 귀찮아져서 헤어진 것이었다면 이렇게까지 미련한 짓을 8년 동안이나 하진 않았을 것이다.

[이만 끊자. 같은 소리 반복하는 것도 이젠 지친다.]

"엄마."

[밥 잘 챙겨 먹고, 쉬어라.]

엄마는 최대한 냉정하게 통화를 끝냈다. 엄마는 그 부분에서만큼은 절대로 양보하지 않았다. 경진 역시 그런 엄마를 이해하고 있었다. 부모의 마음을 속속들이 모두 알 순 없지만 지켜보기에 얼마나 속이 터지고 울화가 치밀지 짐작은 할 수 있었다.

경진은 거실로 걸어가 도로 바닥에 누웠다. 긴 한숨이 뱉어졌다. 너무 속이 상했다. 미련한 내가 진저리가 나게 싫었다. 수도 없이 다짐하고 다짐해도 늘 제자리로 돌아오는 등신 같은 마음이 한심스러웠다.

하지만 그 사람은, 다른 누굴 사랑하게 되더라도 마음 깊숙한 곳에 늘 남을 사람이었다. 완전히 털어낼 수 없는 사람이었다. 너무도 이기적이지만, 그것만큼은 어쩔 수가 없었다.

Rrrr.

이번에는 범의 전화였다. 엄마에게도 전화가 왔으니 조만간 친구들 중에서도 한 녀석이 전화를 걸겠구나 싶었는데 역시나였다. 말을 조금 덜 아프게 하는 놈이 했으면 좋았을 텐데, 범이라서 벌써부터 가슴이 욱신거렸다.

"1절만 해."

[어머니 벌써 전화하셨구나?]

"그러니까 살살 해. 넌 너무 직설적이라 많이 아프거든."

범이가 웃었다. 하지만 경진은 웃지 못했다.

[가겠단 소리네.]

"일 년에 단 한 번이야. 그날만이라도 가족들 친구들 눈치 안 보고 나도 마음 편하게 보내고 싶어."

그가 세상을 떠난 후 2년 동안은 친구들이 항상 함께 가주었다. 하지만 이젠 그 사람의 동생인 재희와 자신만 그를 찾고 있었다. 물론 재희도 경진을 떼어놓고 가려고 매년 안간힘을 쓰고 있었다.

[태희 형이 그런 널 볼 때마다 무슨 생각을 하고 있을까?]

엄마에 이어 범이에게까지 한 소리 들을 생각을 하니 벌써부터 마음이 무거웠다. 경진은 차분한 범의 물음에 아무 말도 하지 못했다.

[고맙고, 가엽고, 미안하겠지. 그 좋은 시절을 떠난 사람 그리워하는 깃에 온진히 깃다 바쳤으니까. 그렇게 빛이 나고 생기 넘치던 너를 이 지경으로 만들었잖아.]

"범아."

[이 한심한 인간아, 과거 속에 갇혀서 허우적대고 있으니까 좋냐? 행복해? 왜 그렇게 이기적이야? 가족들, 친구들 눈치 안 보고 마음 편하게 뭘 어쩌고 어째? 우리들이 네 눈치 보는 건 생각 안 해?]

"그만해……."

[뭘 그만해, 인마. 멀쩡한 척하려고 아등바등거리는 거 다 보여! 그런 것들이 우릴 얼마나 피곤하고 힘들게 하는지 알아? 혹시 말

실수해서 너 상처 줄까 봐, 괜한 소리로 네 마음 심란하게 할까 봐 우리가 얼마나 애쓰는지 너 다 알잖아. 그거 알면서도 고집부리는 거잖아, 너, 지금.]

족족 맞는 말만 골라서 해대니 반박을 할 수도 없다. 이래서 범이가 전화하지 말았으면 했는데……

다들 말 가려 하고 늘 조심스러워한다는 걸 알고 있었다. 미안하면서도 한편으로는 그렇게라도 이해를 받고 피해가려고 머리를 굴리기도 했었다.

[이제 그런 거 안 통해. 더는 두고 봐줄 수가 없어. 우리가 태희형 깨끗이 잊으라고 강요하는 거 아니잖아. 네 마음먹기 달린 거정도는 양보하란 말이야. 평생 혼자서 그렇게 궁상 떨 거 아니면 마음 열고 남자도 만나고, 연애도 하고, 시집도 가라고. 조금만 털어내. 그게 그렇게 어렵니?]

말대답하지 않고 고분고분 듣고만 있던 경진이 고개를 떨구었다.

[어차피 잊고 살 순 없어. 잊어지지도 않을 거야. 그러니까 유난 떨지 말라고.]

"무슨 말인지 알아들었어."

[올해는 가지 마라. 그것부터 시작해.]

경진은 대답하지 못했다.

[대답 안 하지.]

"한 번만."

[됐어, 인마. 벽이랑 얘길 하지 내가 미쳤다고 너랑……. 됐어, 끊어.]

범이가 버럭 화를 내며 일방적으로 전화를 끊어버렸다. 경진은 통화가 끊어진 휴대폰을 한동안 바라보다가 양손으로 얼굴을 감싸고 두 눈을 감았다.

이맘때만 되면 가족들, 친구들 할 것 없이 경진을 거칠게 몰아세웠다. 매년 반복되는 이런 상황들, 그들의 마음을 이해하기에 경진도 순순히 당하고 있었다.

하지만 그곳을 찾을 때마다 드는 생각이 있었다. 이번에 가보면 조금 마음이 달라지지 않을까 하는 생각. 나 하나로 인해 너무도 많은 사람들이 힘들어하고 많이 지쳐 버렸으니까, 내 마음 살피느라 내 주변 사람들 마음 제대로 살피지 못해 그 사람들을 힘들게 했다는 것 모두 다 알고 있으니까 그곳에 가는 것이다. 느리지만, 분명 조금씩 마음이 달라지고 있었다. 갈 때마다 매년 서서히 변하고 있었다.

재희를 비롯한 친구들과 가족들이 합심해서 모두 없애 버리는 바람에 추억할 거리도 남아 있지 않았다. 남은 건 오직 경진이 기억하고 마음속에 담아둔 그때의 마음뿐. 그래서 더욱더 그것에 미련을 갖고 있는 거지도 모르겠다. 수중에 사진 한 장 남아 있지 않아 그의 얼굴마저 서서히 잊어간다는 사실이 가끔은 서글펐다.

얼굴을 감싸고 있던 손을 떼고 옆으로 돌아누우니 주인의 기분을 눈치챈 영리한 다비드가 곁으로 다가와 얌전히 앉았다. 경진은 그런 다비드의 발등을 쓰다듬어 주며 빙긋 웃어 보였다.

"산책 갈까?"

다비드가 알아듣는 몇 안 되는 말 중 하나가 산책이었다. 산책이란 말에 신이 난 다비드가 짧은 꼬리를 열정적으로 흔들어댔다.

"나가자."

이렇게 누워만 있다간 우울의 늪에 빠져 버릴 것 같아서 경진은 자리를 박차고 일어났다. 다비드가 좋아하는 옷을 챙겨 입히고, 어깨 줄을 단단히 채운 후 곧장 집을 나섰다.

저녁 7시가 넘었지만 밖은 여전히 환했다. 해는 여전히 하늘 위에 떠 있지만 한낮만큼 뜨겁진 않았다. 비록 상쾌함과는 거리가 멀긴 해도 바람 비슷한 게 조금씩 불어주어 산책하기에 나쁘지 않았다.

집 앞 편의점에서 생수 하나 사 들고 산책을 시작한 경진은 오늘은 조금 멀리 있는 공원까지 가보기로 결심했다. 벌써부터 신이 난 다비드는 오버페이스로 펄쩍거렸지만 경진은 단단히 줄을 움켜쥐고 녀석의 속도를 조절했다.

깊게 숨을 들이켜니 푸른 가로수에서 쏟아져 나온 싱그러운 나무 냄새가 가슴을 가득 메웠다. 봄의 청량함이나 가을의 은은함, 겨울의 서늘함과는 다른 여름 특유의 나무 향기가 마음에 들었다. 여름이라면 학을 떼던 경진이었지만, 이젠 여름도 꽤 나쁘지 않은 계절이라고 생각했다.

그때, 주머니에 넣어둔 휴대폰이 지잉 하고 진동을 했다.

『혹시 보라색 티셔츠에 하얀색 아주 짧은 반바지?』

보낸 이는 다비드. 메시지는 지금 경진이 입고 있는 옷에 대한 내용이었다.

이게 뭔 소린가 싶어 경진은 주변을 두리번거렸다. 하지만 그는 보이질 않았다. 사람들 틈에서도 단연 눈에 띄는 외모인데도 불구하고 그를 찾을 순 없었다. 도대체 어디서 보고 있는 거지?

『어떻게 알았어요?』

뭐, 그다지 짧은 반바지는 아닌데 아주 짧다고 표현한 걸로 봐서는 거리가 좀 있는 건가 싶어 답장을 보낸 후 고개를 쭉 빼고 살폈다. 하지만 여전히 그는 보이질 않았고 답장도 오질 않았다. 한참을 제자리에서 서성이던 경진이 다시 걸음을 옮기려던 그때, 저 멀리서부터 두 팔을 앞뒤로 씩씩하게 내저으며 달려오는 한 남자의 모습이 눈에 들어왔다.

경진은 그를 찾아본 적 없던 것처럼 태연하게 걷던 길을 계속 걸으며 모른 척했다. 그런데 최선을 다해 달리던 그도 마치 언제 그랬냐는 듯 우뚝 멈춰 서더니 천천히 걷기 시작했다.

저 남자, 의외로 실없는 남자인 듯했다.

"저녁 산책 나오셨나 봐요."

인도 한가운데에 마주 보고 선 두 사람은 서로 다른 이유로 어색하게 웃었다.

"네. 답답해서……. 근데 어디 계셨어요?"

"저기요."

그가 손가락으로 가리킨 곳을 향해 힐끔 본 경진은 그제야 자신이 그를 한 번에 찾지 못한 이유를 알 수 있었다. 저 멀리 공원 구석에 농구대 두 개가 덩그러니 서 있었는데, 그는 그곳에서 농구를 하고 있었던 모양이다. 그곳에는 여전히 체격 좋은 남자들이 한창 농구 경기를 하고 있었다.

그러고 보니 그의 얼굴은 땀에 흠뻑 젖어 있었고, 민소매를 입어 드러난 각 잡힌 넓은 어깨는 뜨거운 햇빛에 그을려 빨갛게 익어 있었다. 홍주가 봤으면 무척 흡족해했을 광경이었다.

"아, 운동 중이셨구나."

"직원들이랑 맥주 내기 중이었어요."

"얼른 가보세요, 찾는 것 같은데."

"괜찮아요."

저 멀리서 사장님 얼른 오시라고 소리를 치며 손짓하고 난리가 났는데도 그는 괜찮다고 말했다. 경진은 웃음을 참을 수가 없었다.

"멀리 왔네요?"

"걷다 보니까……. 이제 다시 돌아가야죠."

"같이 가줄까요?"

"아니에요. 가보세요."

"괜찮아요. 가요."

그가 해맑게 웃으며 발길을 재촉했다. 경진은 더 이상 거절하지 않고 덩달아 돌아섰다.

"저기, 이거."

"고맙습니다."

손수건과 생수를 내밀자 그가 환히 웃으며 그것을 건네받았다. 땀에 젖은 얼굴을 닦고 생수를 반병이나 단숨에 비웠다. 경진은 다비드의 꿀렁이는 목울대를 넋 놓고 바라보다가 그런 적 없다는 듯 시침을 떼고 다시 앞을 보며 걸었다.

"휴우, 살겠다."

다비드가 손끝으로 이마를 닦아 터는 외국인 특유의 제스처를 취했고, 경진은 또 한 번 키득거렸다.

"이 더운 날 운동 열심히 하시네요."

"공 갖고 노는 걸 좋아해서요. 경진 씨는 안 좋아해요?"

"저도 공 갖고 노는 거 좋아해요."

"정말요? 농구 좋아해요?"

"실은 보는 것만요. 농구, 축구, 야구, 배구, 안 가려요. 테니스, 당구, 배드민턴도 포함."

다비드는 입술을 동그랗게 모으고 소리 나지 않게 감탄을 하며 고개를 끄덕였다. 그런 사소한 행동 하나하나가 어찌나 주옥같은지, 경진은 자꾸만 다비드를 힐끔거리게 되었다.

"여자들은 운동 별로 안 좋아하지 않아요?"

"사람마다 다르죠. 저도 하는 건 그냥 그런데 보는 건 재밌더라고요. 선수들도 멋지고."

"역시 그렇군요. 멋진 선수들. 후훗."

"본능이죠, 열심히 땀 흘리는 이성에게 끌리는 건."

경진의 말에 다비드는 그럴 줄 알았다는 듯 눈매를 가늘게 하며 열게 웃었다.

"먹는 건 뭘 좋아해요?"

"다 좋아해요. 특히 면."

"파스타?"

다비드가 엄지와 검지를 딱 소리가 나게 꺾으며 되물었다.

"그쪽보단…… 라면, 국수 요런 거요."

"음."

다비드는 또 한 번 고개를 끄덕였다. 확실히 외국에 오래 살아서 그런지 리액션이 좋았다. 무슨 말만 하면 눈을 빤히 맞추고 즉

각 반응을 보이니 이야기하는 맛이 난다고나 할까.

"다비드 씨는요?"

"저도 라면 잘 먹어요."

"오, 진짜요?"

"매운 거 좋아해요."

그런 거 보면 역시 한국 사람은 한국 사람이구나, 싶었다.

"다비드 씨는 라면에 딱 한 가지만 넣을 수 있다면 뭘 넣고 싶어
요?"

"전 떡이요. 떡국 떡."

"아, 그거 좋아하시는구나."

"경진 씨는요? ……아, 알 것 같다! 콩나물이죠?"

"오! 어떻게 알았어요?"

"지난번에 잡채에도 콩나물 넣었잖아요. 콩나물 좋아한다고."

관찰력 또한 대단한 남자였다. 아니면 뭔가를 쉽게 잊지 않는
성격이거나.

그런 사소한 것들을 기억하고 있다는 게 괜히 고마웠다.

"콩나물 넣으면 시원해요. 씹는 맛도 좋고."

"나중에 콩나물 넣고 먹어볼게요."

인도와 차도 사이가 애매한 부근을 지나는데, 차가 가까이 다가
오자 그가 강아지를 안아 들며 길 안쪽으로 몰아주었다. 그리곤
좌우를 살피더니 다시 강아지 다비드를 바닥에 내려주었다. 그의
몸에 배어 있는 배려심이 바닥에 뚝뚝 떨어졌고, 그런 모습에 경
진은 잠깐이었지만 조금 설레기도 했다.

"문수의 비밀, 들어봤어요. 노래가 정말 귀엽던데요?"

"그렇죠? 저도 추천받아서 한 번 듣고는 계속 듣고 있어요."

"다비드 씨 음악 듣는 거 좋아해요?"

"네. 잠 안 올 땐 누워서 듣다가 자고 그래요."

"와. 나도 그런데."

공통점을 또 하나 발견했다. 별것 아닌 공통점이 왜 이리도 반가운지…… 어쩌면 주고받을 만한 이야깃거리가 있다는 게 반가 웠는지도 모르겠다.

"영화나 공연 보는 것도 좋아해요?"

"좋아해요. 그런데 시간이 없어서 자주는 못 봐요. 혼자 보러 가기도 그렇고."

"아, 그렇겠다. 한국에 함태경 씨 말고는 친구 없죠?"

"한국에는 친구 없어요. 우리 매장 직원들, 한국어 선생님, 그리고 경진 씨밖에 아는 사람 없어요."

몇 안 되는 그의 인간관계에 내 자리도 있다는 것이 은근히 기분 좋았다.

"저 지난번에 친구 따라서 쿠킹 클래스 갔을 때 보니까 다비드 씨 인기 엄청 많던데요?"

"아니에요. 다들 브뤼노 보러 오는 거예요."

"에, 아니던데. 다비드 씨 의외로 그런 거에 둔하네."

표정을 보아하니 그는 다 알고 있으면서 아닌 척하는 듯했다. 그래, 겸손이라고 생각하자.

그때, 젊은 부부가 유모차를 끌고 옆으로 지났다. 다비드는 유모차 안에 타고 있는 아이에게서 눈을 떼지 못했고, 싱긋 웃어주니 아이도 따라 웃었다. 역시 그의 외모는 남녀노소를 불문하고 통하는 절대 외모인 듯했다.

"아이 좋아해요?"

"네, 정말 좋아해요. 조카가 일곱 명인데 너무 보고 싶어요. 못 본 지 일 년이 넘었거든요."

"와! 일곱 명이요? 전 세 명인데도 머리가 지끈지끈 아픈데."

"아이들은 정말 천사예요. 사랑스러워요."

조카들 생각이 났는지 그의 입매가 한결 부드러워졌다.

"장난꾸러기에 울보들인데도요?"

"그래도 좋아요. 아, 정말 보고 싶네요."

아련해진 그의 깊은 눈을 더는 보고 있을 자신이 없었다. 정말 조카들을 끔찍이도 아끼고 예뻐하는 모양이었다.

그는 그 후로 계속해서 삼촌만 알고, 삼촌만 재미있는 시시콜콜한 조카 이야기를 풀어놓았다. 물론 경진도 몇 가지 에피소드를 풀었고, 그는 특유의 적극적인 리액션으로 경진이 별소릴 다 하게 만들었다. 이렇게 남과 내 이야기를 오래 한 적이 있었나 싶을 정도로 분위기에 휩쓸려 미주알고주알 끊임없이 이야길 나눴다. 그에겐 마음의 빗장을 여는 묘한 마력이 있는 게 아닐까 싶을 정도였다.

누군가와 만나 시간을 보낸 후 헤어짐이 아쉽단 생각이 든 건 실로 오랜만의 일이었다. 집 앞에 다다를 무렵, 일부러 천천히 걸었지만 소용없었다. 어느새 집 앞에 도착해 버렸고, 한 시간이 마치 십 분처럼 짧게만 느껴졌다.

"사실, 마음이 조금 우울했었는데 다비드 씨랑 얘기하면서 다 잊었어요. 오늘 고마웠어요."

"별말씀을."

고개를 까딱이는 모습만 봐도 웃음이 났다. 그는 주저앉아 강아지 다비드의 목을 살살 긁어주곤 일어섰다.

"아직 이름 못 지었어요?"

"아, 그냥…… 아지라고 부르고 있어요. 강아지의 아지."

"아지. 좋네요."

다비드를 다비드라 부르지 못하는 이 못난 주인을 용서해 다오. 경진은 강아지와 다비드를 번갈아 보며 배시시 웃었다.

"들어가요."

"그럼 먼저 들어갈게요."

경진은 다비드를 향해 고개를 꾸벅 숙여 인사하고 공동현관을 향해 걸었다. 누가 뒤에서 잡아당기기라도 하는 건지 자꾸만 뒤를 돌아보고 싶었지만 애써 참았다. 현관을 지나 2층으로 향하는 계단을 디디면서도 돌아보지 않았다. 왠지 그 자리에 그가 서 있을 것 같아서, 만약 그 자리에 없다면 우습게도 서운한 마음이 들 것만 같아서 참고 또 참았다.

2층에 도착한 경진은 디지털 도어록에 비밀번호를 꾹꾹 누르고 문고리를 잡아 내렸다. 막 현관 안으로 들어가려던 경진은 그 자리에 쭈그리고 앉아 1층과 2층 사이 계단 창문을 통해 바깥을 슬쩍 내다보았다. 그는 여전히 그 자리에 서 있었고, 경진은 웃음을 참지 못했다.

그는 정말로 좋은 사람인 듯했다.

집에 돌아온 다비드는 샤워를 마치고 거실로 향했다. 그리곤

TV를 켜고 늘 그랬듯이 외우고 있던 홈쇼핑 채널 번호를 눌렀다.

다비드가 가장 선호하는 홈쇼핑 채널에서는 고구마 방송이 한창이었다. 다비드가 가장 좋아하는, 그래서 며칠째 기다리고 기다렸던 그·방송을 제시간에 볼 수 있게 된 것이다.

[황토에서 자랐어요. 여기 묻어 있는 황토, 황토배기 고구마예요. 생긴 것도 보세요, 울퉁불퉁하지 않고 이렇게 매끈매끈합니다. 빛깔도 광택이 나죠? 이렇다 보니까 맛도 좋습니다. 자, 보세요. 제가 한번 먹어볼게요. 색상 한번 보세요. 어우, 맛있겠다.]

장갑을 낀 호스트가 직화구이 냄비로 구운 고구마를 반으로 분질러 단면을 보여주었다. 노란 꿀이 흘러내릴 듯 잘 익은 군고구마에 다비드는 당연히 자동주문전화로 전화를 걸었다. 오늘은 특별히 저 직화구이 냄비까지 보내준다고 하니 망설일 이유가 없었다.

주문을 마친 다비드는 편안한 마음으로 다시 시청을 이어갔다. 이번엔 가족 연기를 하는 사람들이 찐 고구마 위에 김치를 얹어 한입 베어 물고 어깨를 부르르 떨었다. 그러더니 하얀 사발에 담긴 동치미를 한 숟갈 떠먹었다.

"그래! 저거야!"

그 순간 다비드는 동치미를 만들기로 결심했다. 고구마를 결제할 때만큼이나 다비드는 망설임이 없었다.

다비드는 일단 노트북을 열고 부팅을 했다. 그리고 테이블 아래에서 메모지와 펜을 꺼내 테이블 위에 올려두고 인터넷 뷰어를 열어 동치미 만드는 법을 검색했다.

Rrrr.

그때, 전화가 걸려왔다. 얼른 레시피를 구하고 싶은 마음에 마음은 급했지만 발신인이 어머니임을 확인한 다비드는 동치미 생각은 싹 잊고 서둘러 통화를 연결했다.

「어머니!」

[내 아들, 잘 지내고 있어?]

「안 그래도 전화 드리려고 했어요. 건강하시죠? 아버지는요?」

[우리야 늘 건강하지. 집에 못 오는 거니?]

그나마 미국에서 지낼 땐 적어도 일 년에 한두 번씩 프랑스 집에 가곤 했는데, 한국에 온 이후로 일이 바빠 일 년이 넘도록 아직까지 집에 가보지 못했다.

「네. 올해는 힘들 것 같아요. 내년 3월 지나야 가볼 수 있을 것 같은데.」

[그럴 줄 알고 나랑 네 아버지랑 올가을에 한국 들어가려고 하는데. 어떠니?]

「저야 좋죠! 정말 오실 수 있으세요?」

[10월에는 식당 문 닫으니까 그 무렵에 가마.]

어머니가 운영하는 식당은 매년 10월 한 달 동안 문을 닫는다. 쉐프들은 그 기간 동안 새 메뉴 개발과 연구에 최선을 다하고 잠시나마 휴가를 즐기며 활력을 되찾곤 한다. 어머니는 그 시간 동안 영감이 되어줄 나라와 도시를 찾아 여행하는데, 이번에는 겸사겸사 한국으로 정하신 모양이었다.

「그럼 10월에 두 분 오시는 걸로 알고 있을게요.」

[그래. 가서 우리 아들 어떻게 살고 있는지도 보고 여행도 해야지. 거기 아직 잘 시간 안 됐니?]

「조금 있다가 자야죠. 방금 들어왔어요.」

[피곤할 텐데 얼른 쉬어라. 다음에 다시 전화할게.]

「네, 어머니. 전화 드릴게요.」

통화를 마친 다비드의 얼굴 가득 밝은 미소가 번져 있었다. 생각만 해도 마음이 따뜻해지는 어머니와의 전화 통화에 더할 나위 없이 행복해진 다비드는 TV를 끄고 일어나 방으로 들어갔다. 콘솔 위에 올려둔 가족사진을 바라보며 털썩 침대에 누운 다비드는 손끝으로 가족들의 얼굴을 어루만지다가 품 안에 액자를 끌어안았다.

다비드는 스스로를 선택받은 행운아라고 생각했다. 넓이와 깊이를 가늠할 수 없을 만큼 한없이 넓고 끝없이 깊은 마음을 가진 가족들을 다비드는 진심으로 존경하고 있었다. 만약 나라면 이렇게까지 사랑을 쏟아부을 수 있을까 싶을 만큼 가족들은 다비드에게 조건 없는 사랑을 주었다. 다시 태어난다면, 태어나는 그 순간부터 그들의 가족이고 싶을 만큼 다비드는 그들을 사랑하고 있었다.

다비드는 막 학교에 다니기 시작했을 무렵 자신이 입양아라는 걸 알았다. 가족들과 자신이 전혀 다르게 생겼다는 것도 그즈음에 알게 되었다. 다비드는 내가 왜 가족들과 다르게 생겼을까에 대해서는 단 한 번도 생각해 본 적이 없었다. 그것이 다비드에겐 전혀 중요한 게 아니었기 때문이다.

학교에 입학을 하고 친구가 생길 무렵, 자신의 외모가 가족들과 다르다는 것이 문제가 되었다. 동양인 하나 없는 학교에선 다비드는 단연 호기심의 대상이었고 짓궂은 아이들에게 놀림감이 되기도 했다. 하지만 다비드는 주눅 들거나 당하고 있지만은 않았다. 어디에서든 당당하라던 아버지의 가르침과 우린 조금 남들과 다른 방법으로 한 가족이 되긴 했지만 넌 언제나 내 자랑스러운 아들이라던 어머니의 말씀을 그 어린 나이에도 가슴 깊이 새겼기 때문이다.

정확히 어떠한 과정을 통해 입양이 되었고, 다비드라는 이름이 주어지기 전 어떠한 시간들이 있었는지에 대해 알게 된 건 열 살이 지나서였다. 너무 갑작스럽지 않게 서서히 가르쳐 주신 덕에 방황을 하거나 많이 혼란스러워하진 않았다. 가족들은 간혹 현실에 부딪쳐 사람들에게 상처를 받는 다비드에게 늘 단단한 울타리가 되어주었고, 덧나지 않게 치유해 주었다.

다비드의 인생에 닥친 가장 큰 시련은, 부모님 다음으로 가장 큰 버팀목이 되어주고 의지했던 큰누나가 투병 끝에 세상을 떠난 것이었다. 사랑하는 가족을 잃었다는 상실감을 극복하는 데 꽤 오랜 시간이 걸렸다. 전혀 다른 인생을 선택할 만큼 다비드에겐 감당하기 벅찬 시련이었다.

하지만 무심한 시간은 하염없이 흘러 다비드를 이곳까지 오게 만들었다. 한국에 오게 될 거라곤 상상조차 하지 못했었는데, 벌써 이 땅에 온 지도 일 년. 무려 한국말을 하고, 한국 음식을 먹으며, 한국에서 돈을 벌고 있었다. 이런 날이 올 거라곤 정말 생각지도 못했었는데 말이다.

눈을 깜박이는 것조차 잊은 채 천장을 바라보고 있던 다비드는 옅은 한숨을 쉬며 옆으로 돌아누웠다. 그리곤 목 밑으로 팔을 접어 넣고 이불을 끌어당겨 어깨까지 덮었다. 농구로 몸도 풀었고 시원하게 샤워도 했으니 잠이 쏟아져야 정상인데, 어쩐 일인지 쉽게 잠이 오질 않았다. 와인이라도 한 잔 마실까 잠시 고민했지만, 다비드는 눈을 꾹 감고 이불을 머리 위까지 덮고 억지로 잠을 청했다.

흐르는 강물을 계속 보고 있으니 흐르는 건지 멈춰 있는 건지 헷갈렸다. 시간이 얼마나 흐른 건지 알지 못한 채 한자리에 가만히 서 있던 경진은 물에 비친 제 모습을 보고 옅게 웃으며 천천히 눈을 깜박였다.

가장 예쁜 옷을 입고, 가장 비싼 구두를 신고, 샵에 가서 화장까지 하고 재희의 집 앞을 찾아갔다. 절대로 데려가지 않을 거라던 재희의 고집을 꺾고 경진은 올해도 태희를 떠나보낸 강가를 찾았다.

재희는 매년 그랬듯이 강 주변에 막걸리 한 병을 부어주곤 차로 돌아가 버렸다. 경진만 이곳에 남아 주절주절 혼잣말을 하고 있었다. 올해는 유난히 하고 싶은 말이 많았는데, 이상하게 입이 잘 떨어지지 않았다. 그냥 돌아가 버릴까 망설이기도 수십 번. 하지만 이대로 돌아가면 후회할 것 같아서, 미련이 남아 두고두고 생각날 것 같아서 용기를 쥐어짜 내는 중이었다.

"오빠도 내가 미련해 보여? 답답해 보여?"

미련하다. 답답하다. 해가 거듭될수록 경진이 가장 많이 듣는 말이었다. 사실 경진도 그 의견에 동의하고 있었다.

"이제…… 오빠 생각을 안 해볼까 해. 만약 생각이 나면, 억지로 안 해보려고. ……괜찮지?"

그게 과연 가능할까? 될까? 싶지만 해보지도 않고 지레 물러서는 건 올해로 끝을 내야겠다고 다짐했다. 한 걸음 내딛기가 이렇게도 힘겨운데, 언제쯤이면 완전히 털어낼 수 있을지 감도 오질 않지만 일단은 할 수 있는 것부터 하나씩 차근차근 해볼 참이었다. 물론 지금까지도 그래 왔지만 그 속도가 너무 느려서 사람들이 알아차리지 못했을 뿐이었다. 마음은 여전히 그 시간에 머물러 있지만, 이젠 마음도 그 시간에서 빼내오려는 노력을 시작했다.

"좋은 사람 만나보고, 연애도 하고, 결혼해서 아이도 낳고…… 그렇게 사는 거, 그게 조금…… 해보고 싶어졌어. 오빠도 알잖아, 나 변덕 심한 거. 그러니까 지난번에 절대로 결혼 안 할 거라고 했던 말은 잊어줘."

갑자기 그가 떠났을 땐 믿을 수가 없었고 감당하기 버거웠다. 시간이 흘러 그가 떠났음을 받아들이고 나니, 마음을 움직이고 싶지 않았다. 마음만은 그에게 모두 주고 싶어서 다른 이에게 허락하지 않으려 했다.

하지만 이젠 그마저도 무색해졌다. 주변 사람들이 지친 건 차치하고, 경진 스스로 많이 지쳐 버렸다. 떠난 그 사람도 나의 행복을 바라고 있을 거라는 핑계를 붙잡고, 이쯤 했으면 됐다고 자위하며, 조금씩 행복을 탐하게 되었다. 마음이 변했다고 누구 하나 손가락질하는 사람 없겠지만, 경진은 죄책감을 느끼고 있었다. 조금씩 옅어지곤 있지만, 그건 분명 미안함과 죄책감이었다. 아무리 밝게 말하며 포장을 해봐도, 억지로 물고 있는 미소는 점점 옅어지고 있었다.

"우린 그날에 멈춘 게 아니라…… 끝났다는 걸 받아들일 수 있을진 모르겠지만, 일단은…… 해봐야 할 것 같아. 그동안 내가 너무 많은 사람들을 힘들고 지치게 만들었어. 더 미움받기 전에 고집 그만 부려야 될 것 같아."

미안했다. 미안한 마음을 받아줄 상대는 이미 이 세상 사람이 아니지만, 경진의 마음엔 미안한 마음이 남았다. 혼자가 돼버린 그가 외로워지진 않을까 여전히 걱정스러웠다.

"그래도 너무 서운해하진 마. 오빠가 그렇게 가버린 거지 내가 바람피우는 건 아니잖아. 그치?"

궤변이다. 먼저 떠난 사람의 마음만큼이나 앞으로 살아가야 할 사람의 마음 또한 귀한 거란 생각 역시 궤변이다. 그래도, 경진은 이번엔 억지를 부리고 싶었다. 나도 이제 홀가분해지고 싶다고. 더 이상 고인 물처럼 살고 싶지 않다고. 누군가를 보며 설레고 즐거울 때면 마음 편히 그 감정을 누리고 싶다고. 먼저 떠난 사람 생각에 미안해하거나 죄책감 갖지 않고, 마음껏 설레어하고 싶다고. 있는 그대로 내 감정에 충실하고 싶다고.

내년에 이곳을 또다시 찾게 될지…… 솔직히 경진은 자신이 없었다. 경진은 죄책감 느끼지 않고 외면할 수 있는 법을 찾고 싶었다.

서울로 돌아오던 중 이해리 본부장의 연락을 받고 급히 대학로로 향한 경진은 공연 5분 전에 간신히 소극장에 도착할 수 있었다. 이해리 본부장이 유심히 지켜보는 배우는 최근 J미디어에서 제작하는 영화의 남자 주인공으로 캐스팅된 최서한이 아닌 그의 상대 조연 배우 김다정이란 어린 친구였다.

"내 안목도 나쁘진 않죠?"

해리의 말에 경진은 고개를 끄덕이며 옅게 웃었다. 앳된 외모를 가졌지만 단연 눈길을 끌 만한 연기를 선보였고, 초연치고는 꽤나 안정적이기까지 했다. 연습량이 한눈에 보일 정도로 말이다.

이제 막 본부장 자리에 올라 의욕이 넘치는 건 이해하지만 직원의 근무 외 시간까지 침범하는 건 아무리 본부장이라고 해도 조금 지나친 것 아닌가 하는 생각을 하며 이 소극장을 찾았는데, 이곳에서 만나게 될 거라고 눈곱만큼도 생각하지 못했던 사람과의 재회에 경진은 무대 위 배우를 관찰하랴 눈치 보랴 정신이 없었다.

지금 경진의 눈에는 다비드의 뒤통수가 제일 크게 보였다. 해리를 통해 김다정이라는 배우가 〈다비드〉의 직원이라는 이야길 듣긴 했지만, 저렇게 커다란 꽃다발까지 들고 대표가 직접 축하를 해주러 온다는 게 못내 눈에 거슬린 것이다. 꽃다발이 적당히 컸으면 덜 신경 쓰였을 텐데, 지나치게 컸다.

심지어 공연이 끝나자마자 다비드는 가장 먼저 일어나 가장 큰 박수를 보냈다. 애정 가득한 눈을 하고 연신 박수를 쳐대는 다비드를 지켜보느라, 경진은 엉성하게 박수를 쳤다. 사심이 섞인 것은 아니었다.

"이 실장님, 분장실로 같이 가시죠?"

"먼저 가세요. 뒤따라가겠습니다."

관객들이 모두 빠져나간 후, 자리를 지키고 있던 해리가 김다정을 만나러 분장실 쪽으로 향했고, 경진도 주섬주섬 일어섰다.

"난 나가서 담배 한 대 피우고 있을게."

"응, 그래."

덩달아 옆자리에서 함께 공연을 보았던 재희도 먼저 객석을 빠져나갔다. 그때, 두 줄 아래 대각선 방향에 앉아 있던 다비드가 경진을 향해 천천히 걸어왔다.

"여기서 또 뵙네요?"

"네. 일 때문에 잠시 들렀어요."

"그렇구나. 전 우리 직원 보러 왔어요."

'우리'. 그 말이 귀에 탁 걸려 심기가 불편했다. 이유는 알 수 없었다. 그냥 오늘 컨디션이 좋지 않기 때문일 것이라고 짐작이 될 뿐이었다.

"아까 같이 오셨던 남자 분은……."

"아, 제 친구예요. 잠깐 먼저 나가 있는다고."

나만 그를 본 게 아니라 그도 날 보았던 모양이다.

꼭 그래서만은 아니지만, 방금 전보단 기분이 조금 나아졌다.

"저 지금 분장실 갈 건데, 다비드 씨도 같이 가실 거죠?"

"네, 그래야죠."

경진이 다비드를 향해 방긋 웃으며 객석과 객석 사이의 복도를 앞장서서 걸었다.

객석을 지나 무대 뒤 분장실로 향하는 내내 굳이 저렇게까지 차려입었어야 했나? 하는 생각이 머릿속에 가득 차올랐다. 안 그래도 어딜 가나 사람들의 시선을 한 몸에 받는 사람이 저리 멋지게 차려입고 커다란 꽃다발까지 사 들고 이곳에 왔을 과정을 상상하니 솔직히 살짝 부럽기도 했다.

"경진 씨."

"네?"

"이따가 저랑 술 한잔하지 않을래요?"

다비드의 제안에 경진은 자리에 우뚝 멈춰 서서 돌아보았다.

"술이요?"

"약속 있어요?"

"아뇨. 그런 건 아닌데…… 그래요, 그럼."

거절할 수도 있었다. 오늘 그곳에 다녀오지 않았다면 아마 당연히 거절했을 것이다. 하지만 경진은 거절하지 않았다. 술도 마시지 않으면서 술 약속에 응했다.

이유를 갖다 붙이자면, 다비드와는 매일 아침 만나는 가까운 이웃이고, 이젠 친구라고 할 수 있을 만큼 친해진 사이니 술 한잔 나누지 못할 것 없다. 바보 천치가 아닌 이상, 그가 자신에게 어느 정도 호감을 갖고 있다는 것도 알고 있고, 나 역시 그런 그가 싫지만은 않으니 좀 더 가까워져 보는 것도 나쁜 일은 아니다. 여전히 주저하는 마음은 남아 있지만, 오늘만큼은 술을 핑계로 용기를 쥐어짜 보고 싶었다. 조금 더 솔직해지자면…… 거절하고 싶지 않았다.

얼떨결에 공연 뒤풀이까지 동행했던 다비드와 경진은 밤 11시가 넘어서야 독대할 수 있었다. 다행히 두 사람만 유일하게 집이 같은 방향이라 같이 가자고 들러붙는 사람도 없었고 뒤풀이의 주인공이 아니었던지라 무사히 빠져나온 참이었다.

동네 호프집에 자리를 잡은 두 사람은 지나치게 차려입은 옷차림새 때문에 주변 사람들의 시선을 종종 받아야만 했다. 소쿠리 한가득 담긴 닭날개 튀김을 가운데 두고 마주 앉은 두 사람은 맥주 한 병을 다 비우도록 이렇다 할 대화도 나누지 못하고 군기침만 해댔다.

사실, 다비드는 몇 번이나 경진에게 술 한잔하자고 말하고 싶었다. 한국 여성들은 이성과 친밀감을 쌓을 때 보통 어떠한 방법을 이용하냐는 다비드의 질문에 태경은 술 한잔하면 금방 친해진다고 알려주었고, 다비드는 호시탐탐 그 기회를 엿보고 있었다.

오늘 소극장에서 경진을 보는 순간, 다비드는 속에서 뭔가 욱하고 치밀어 자기도 모르게 술 한잔하지 않겠냐고 들이대고 말았다. 늘 트레이닝복 차림에 민낯으로 산책을 하던 모습이 아닌, 눈 돌아갈 만큼 예쁘게 차려입고 화장까지 한 모습으로 다른 남자와 나타난 것까진 그러려니 하겠는데, 지나치게 다정한 사이 같아 신경이 쓰여서 공연에 집중할 수가 없었다. 마침 자리 또한 대각선으로 떨어져 있어 자꾸만 거슬렸고, 결국 다비드는 힐끔힐끔 곁눈질로 그들을 지켜보며 주먹을 수십 번도 더 불끈 쥐어야만 했다.

다비드는 피처에 담긴 맥주를 자신의 잔에 가득 부었다. 경진의 잔도 채워주려는데 경진은 반도 비우지 않아 채워줄 수가 없었다.

"안 마셔요?"

"제가 술을 잘 못해서요."

다비드는 그제야 떠올랐다. 태경의 집들이 날, 경진이 금주한다며 샴페인을 거절했던 것이.

차마 거절하지 못하고 동행했을 경진에게 미안한 마음이 들어 다비드는 손에 들고 있던 잔을 내려놓았다.

"어렸을 땐 멋모르고 엄청 마셨는데, 제가 체질적으로 술이 안 받는 사람이었던 거예요. 그래서 금주한 지 좀 됐어요. 입에 안 대기 시작하니까 잘 못 마시겠더라고요."

"미안해요. 차를 마시러 갈 걸 그랬어요."

"아니에요. 대신 전 이걸로 마실게요."

경진이 초록색 사이다 병을 들고 빙긋 웃었다. 다비드는 경진에게서 병을 받아 뚜껑을 따고 다른 빈 잔에 사이다를 가득 따라주었다.

"오늘 멋있으세요."

"경진 씨도 오늘 되게 예뻐요."

"감사합니다."

낯간지러운 칭찬이 오고 가도 어색한 분위기는 좀처럼 가시질 않았다. 마치, 서로 하고 싶은 이야기가 있지만 애써 감추려는 것만 같았다.

"다비드 씨는 나이가 어떻게 돼요?"

"서른둘이요."

"와. 나랑 똑같다."

"친구네요."

경진이 수북하게 쌓인 닭날개 중 하나를 집어 들었다.

"오늘부터 우리 시원하게 친구 할까요?"

"친구?"

"네, 친구요. 난 다비드 씨랑 친해지고 싶은데."

친구라……

다비드는 옅게 웃었다. 이 여자는 나랑 친구가 하고 싶은 모양이다. 난 좀 더 미묘한 감정이 만들어지고 있다고 생각했는데, 혼자만의 착각이었던 걸까?

"좋아요. 친해져 봅시다, 일단."

이 순간, 모로 가도 서울만 가면 된다던 한국 속담이 떠오르는 걸 보면 제대로 된 교육을 받고 있긴 한 것 같았다.

"……일단? 그 뒷말은 뭔데요?"

경진이 고개를 갸웃거리며 되묻자 다비드는 어깨를 으쓱였다.

"친해져 보고 나면 알게 되겠죠."

나름 돌려서 말한 건데 경진은 말속에 숨겨둔 의미를 정확히 파악한 듯했다. 다비드의 말에 경진이 피식 웃더니 사이다를 쭉 들이켰다. 지켜보는 내가 코끝이 찡할 정도로 많은 양을 마신 경진은 절레절레 머리를 흔들며 닭날개 하나를 또 집어 들었다.

딱히 받아칠 말이 생각나지 않은 건지, 아니면 모른 척해주기로 한 건지 경진은 더 이상 그에 대해 말을 잇지 않았다. 다비드는 그런 경진의 반응이 여지를 남겨준 것 같아서 솔직히 고마웠다.

밤 12시. 평소 같았으면 한창 꿈나라에 있을 시간.

경진은 이 시간에 정말 오랜만에 깨어 있는 중이었다. 마음 같아서는 다비드와 좀 더 이야길 나누고 싶었지만, 집에서 혼자 기다리고 있을 강아지 다비드 생각에 마음이 편치 않아 자리를 털고 일어나야만 했다.

다비드가 계산을 하는 동안 먼저 밖으로 나온 경진은 젖어 있는 아스팔트 바닥을 확인하고 손을 뻗었다. 아까 호프집에 들어오기 전에는 한두 방울씩 떨어지던 비가 어느새 제법 내리고 있었다.

집까지 뛰어가면 채 5분도 안 걸리는 가까운 거리였지만, 막상 맞고 달려갈 생각을 하니 엄두가 나질 않았다. 간만에 꺼내 입은 비싼 옷과 비싼 구두, 비싼 가방이라 평소처럼 과감할 수가 없었다.

"어? 비가 많이 오네?"

계산을 마치고 나온 다비드도 손을 내밀어 비의 양을 확인했다.

"여기서 꼼짝 말고 잠깐만 기다려요."

"저, 저기!"

그 말을 남기기가 무섭게 그가 길가로 뛰어나갔다. 잡을 새도 없었다. 어찌나 쉬익 하고 빨리 지나갔는지 두리번거려 보니 시야 바깥으로 사라진 지 오래였다.

얌전히 기다리던 경진은 얼마 지나지 않아 우산을 쓰고 자신을 향해 달려오고 있는 다비드를 발견했다. 순간 어찌나 반가웠는지, 하마터면 손을 흔들 뻔했다.

"우산, 어디서 가져왔어요?"

"저기 편의점에서 사왔어요. 가요."

둘이 바짝 붙어서 쓰고 가면 딱 맞을 만한 사이즈의 우산을 나눠 쓰고, 경진과 다비드는 물이 고인 웅덩이를 피해 조심조심 걸었다. 그는 드라마 속 남자 주인공들처럼 비에 젖을까 봐 우산을 자신의 쪽으로 더 많이 기울여 주었고, 유치하고 오글거리는 그 상황마저도 경진에겐 감동으로 다가왔다.

"안으로 더 들어와요. 어깨 다 젖겠다."

우산을 때리고 길바닥을 때려대는 시끄러운 빗소리가 노랫소리처럼 들릴 무렵 그는 결국 왼손으로 우산 손잡이를 잡고 오른손으로는 자신의 어깨를 감싸며 우산 한가운데로 몰아 세웠다.

순간 경진은 비 올 때 우산 씌워주면 뽕 가게 되어 있다던 홍주의 말이 떠올랐고, 그제야 그 말에 격하게 공감을 했다.

손가락 끝까지 힘을 바짝 주고 최대한 불쾌하지 않게 하려 애쓰는 그의 따뜻한 손 때문에 경진은 아주 작은 설렘을 느꼈다. 다비드란 남자가 어떤 사람인지 정확하게 모든 걸 알진 못하지만, 그는 남을 배려하고 따스하게 감싸주는 것이 몸에 배어 있는 사람이란 걸 확신할 수 있었다.

모든 사람들이 좋아할 수밖에 없는 사람.

그래서 경진 역시…… 그와 친해지고 싶었다.

일단은.

06. 데리러 갈게요

선풍기 틀어놓고 거실 한가운데 드러누워 있어도 푹푹 찌는 무더운 날, 얼음을 오도독 씹어 먹어도 시원찮은 그런 날, 하고많은 날 중에 하필 그런 날 경진은 몸살이 났다. 워낙에 감기도 잘 걸리지 않는 건강 체질인데다가 히루도 기르지 않고 운동을 한 덕에 잔병치레라는 걸 모르고 살아왔는데……. 도대체 이게 얼마 만에 아픈 건지 모르겠다.

그나마 마침 토요일이라 다행이지 싶었다. 오늘도 역시 꼭 봐야만 하는 공연과 영화, 드라마가 산더미였지만 어쩔 수 없었다. 지독한 몸살 탓에 오한이 들어 땀을 뻘뻘 흘려가면서도 이불을 폭 뒤집어쓰고 몸을 한껏 웅크린 채 오들오들 떨고 있는 중이었다.

어젯밤 잠들기 전 목이 칼칼하고 뒷목이 지끈거리고 이삿짐이라도 나른 듯 온몸이 뻐근하면서 욱신거리는 전조 증상이 나타났음에도 별거 아닐 거라고 넘겨 버린 것이 화근이었다. 그때 바로 약 한 알 먹고 잠들었으면 새벽부터 오전까지 이렇게 끙끙 앓진 않았을 텐데.

혼자 사는데 아프면 가장 서럽다는 주변 사람들의 말이 이제야 이해가 되었다. 평생을 북적북적 대가족의 일원으로 살아왔기에 혼자 사는 사람들의 설움 같은 것에는 관심조차 없었는데, 혼자 산 지 2년 만에 이렇게 된통 아프니 가장 먼저 생각나는 건 가족뿐이었다.

특히 엄마가 생각났다. 하얀 밥을 푹푹 끓여주던, 정말 별거 아닌 그 하얀 죽이 간절했다. 엄마에게 전화를 걸까 말까 한참 망설이던 경진은 차마 엄마에게 연락하지 못했다. 이제 그곳에 그만 가라던 엄마의 부탁을 거절하고 기어이 찾았던 것이 여전히 마음 한구석에 미안함으로 남아 있었기 때문이다.

매일 아침 5시 30분에 늘 산책을 나가다가 오늘 하루 빼먹었더니 강아지 다비드가 옆에서 계속 이불을 박박 긁으며 찡찡거렸다. 눈치도 없는 놈. 제 주인은 아파도 죽도 못 얻어먹고 있는데.

띵동.

그때, 초인종이 울렸다. 꿩 대신 닭이라고, 아쉬운 대로 홍주보고 죽 좀 끓여달라고 전화를 했는데 벌써 온 건가 싶어서 경진은 이불을 걷고 천천히 일어났다. 몸이 나른해져서 살갗에 옷이 닿기만 해도 몸이 부서질 듯 아렸다. 이가 부딪혀 딱딱 소리가 날 정도로 경진은 오들오들 떨며 현관으로 향했다.

웡웡! 웡! 웡웡!

"짖지 마, 다비드. 조용."

워워웡!

꼴에 저도 개라고, 다비드는 엉덩이를 쭉 빼고 나름 위협적인 자세를 취하며 현관문을 향해 짖기 시작했다.

"다비드! 너 혼난다! 쉿!"

경진이 입술 위에 검지를 얹으며 엄한 표정을 지었으나 다비드는 기죽지 않고 계속해서 짖었다. 소리 높여 혼낼 기운도 없는데 다비드까지 속을 썩이자 경진은 두 눈을 질끈 감으며 고개를 절레절레 저었다. 그리곤 현관문 문고리를 잡아내려 문을 열어주었다.

"왔어? ……어?"

한 뼘쯤 문을 밀고 고개를 내밀던 경진의 두 눈에 홍주가 아닌 다비드가 들어왔다. 놀란 경진은 뭐라고 해야 할지 몰라 어버버거리며 엉망진창으로 헝클어진 머리칼을 재빠르게 손가락으로 빗었다.

"어쩐 일이에요?"

"오늘 산책을 안 나왔길래…… 메시지 남겼는데도 답이 없고, 혹시나 해서 와봤어요."

"아, 그러셨구나."

경진이 어색하게 웃었지만, 다비드는 미간을 찌푸린 채 뚫어져라 경진을 바라보았다.

설마…… 들은 건가? 아까 내가 다비드를 뭐라고 혼냈지? 어떡해…… 들었나 봐.

"저기, 그게……."

애 이름이 다비드이긴 한데, 다비드 씨를 비하하려고 지은 이름은 절대로 아닙니다. 전 그저 다비드 씨처럼 훌륭한 개, 아니, 그게 아니라…… 바르고 말 잘 듣는 개가 되라고, 아니, 그렇다고 해서 제가 다비드 씨를 개처럼 생각한 건 아니고…… 아이, 젠장!

뭐라고 설명을 해야 그가 오해를 하지 않을까 계속해서 머리를 굴리던 경진은 아랫입술을 꾹 깨물며 눈을 질끈 감아버렸다.

그런데 그 순간.

"열나네."

얼굴을 뚫어져라 쳐다보던 다비드가 경진의 이마 위에 불쑥 손을 얹었고, 경진은 갑작스러운 그의 행동에 숨도 쉬지 못하고 그대로 얼어버렸다.

"몸살이…… 나서."

"약 사다 줄까요? 아님 병원 갈래요?"

경진은 차마 다비드와 눈을 맞출 수가 없었다. 다비드가 너무 빤히 쳐다봐서이기도 하고, 이상하게 눈을 마주치고 있으면 숨 쉬기가 살짝 불편했기 때문이다.

"괜찮아요. 낫고 있어요."

말을 더듬지 않으려고 최대한 차분하게 천천히 말한 덕에 다행히도 바보처럼 굴진 않을 수 있었다. 다비드는 여전히 걱정스럽단 눈을 하고 경진의 얼굴을 요리조리 살폈다.

"밥은 먹었어요?"

경진은 대답 대신 살짝 고개를 가로저었다. 그러자 이마에 붙어 있던 그의 손이 볼에 와서 살며시 닿았다가 이내 떨어졌다.

엄마야…….

열이 올라서 그런 건지 몰라도, 얼굴이 터져 나갈 듯 붉게 달아오르고 있음이 느껴졌다. 세수를 하지 않았다는 것이 떠오른 것도 그때 즈음이었다. 경진은 잠시 닿았다가 떨어진 다비드의 손 감촉 때문에 안 그래도 어지러운 머릿속이 더더욱 어지러워졌다.

이 남자, 손이 예쁜 줄은 알았지만 심지어 부드럽기까지 하네.

"이거 먹을 수 있겠어요?"

그가 수줍게 내민 건 둥근 소쿠리에 담아온 고구마였다. 어쩐지, 강아지 다비드가 주변을 얼쩡거리며 코를 킁킁대더라니. 경진은 고구마와 다비드의 얼굴을 번갈아가며 바라보았다.

"직화구이 냄비에 방금 구운 건데, 맛있어요. 밥 생각 없으면 이거라도 먹어봐요."

"고맙습니다. 잘 먹을게요."

"정말 병원 안 가봐도 괜찮겠어요?"

"하루 쉬면 싹 나아요. 워낙 튼튼한 체질이라 금방 나으니까 걱정 말아요."

걱정해 주니 고맙기도 하고, 꼬락서니가 이 모양 이 꼴이라 마주 서 있기가 무척 민망하기도 하고, 경진은 다리를 배배 꼬며 연신 어색하게 웃어댔다.

"얼른 들어가요."

"네. 먹고 얼른 나을게요."

다비드가 옅게 웃으며 돌아서자 마지못해 문을 닫은 경진은 아쉬운 듯 한숨을 내쉬며 그가 건네주고 간 소쿠리를 가만히 내려다보았다. 먹보 다비드는 제자리에서 콩콩 뛰며 어서 달라고 난리를 피웠지만, 괜히 울컥해진 경진은 쉽게 걸음을 옮기지 못했다.

일단 친해져 보기로 한 그날 이후, 친목 도모를 핑계로 지난 며칠간 새벽 산책 때마다 많은 이야기를 나눈 덕에 거리를 조금 좁힐 수 있었다. 그러나 전보다 좀 더 사소한 이야기를 많이 주고받 았을 뿐, 정작 새삼스럽게 뭔가를 한 건 없었다. 산책길에 경진이 종종 심심풀이로 먹던 삶은 땅콩에 관심을 갖기에 삶은 땅콩의 참 맛을 알려주고, 그가 무척이나 아끼고 좋아해서 자신만 알고 있고 다른 누구에게도 알려주지 않았다던 노래를 공유한 것 정도? 신기 하게도 정치, 사회, 외교, 예술, 스포츠 등 전 분야에 걸쳐 비슷한 관심사와 공통된 취향을 가지고 있어서 대화가 길어지는 날이 많 아졌고 전보다 산책 시간이 길어지긴 했다.

다비드의 한국어 실력은 거의 완벽하지만 가끔씩 실수를 하는 부분이 있었다. 쓰기는 완벽에 가까웠고, 말하기 부분이 아주 조 금 취약했다. 그래서인지 그는 대화만큼이나 메시지를 주고받는 걸 선호하는 편이었다. 숙면을 위해 잠들기 전 휴대폰 사용을 철 저히 금해왔던 경진은 요즘 다비드와 메시지를 주고받느라 취침 시간이 15분가량 늦어지기까지 했다. 규칙적이던 경진의 생활 패 턴에 변화가 생기기 시작한 것이다.

띵동.

다시 한 번 초인종이 울렸다. 혹시나 하는 마음에 경진은 흠흠 군기침을 하며 목청을 가다듬고 머리카락을 정리하고 현관 신발 장 위에 올려둔 거울에 얼굴을 비춰보았다. 정말 눈 뜨고 봐줄 수 없는 꾀질꾀질한 행색이었지만, 마음이 넓은 사람이니까 이해해 주리라 믿으며 천천히 문을 열었다.

"우와! 이거 뭐야, 뭐야!"

이번엔 홍주였다. 살짝 아쉬운 마음이 들긴 했지만 경진은 내색 하지 않으며 돌아섰다.

"뭐가."

갑자기 폭풍처럼 도로 몸살기가 다시 몰려오는 건 기분 탓이겠지.

경진은 아파 죽겠다는 표정을 지으며 금방이라도 쓰러질 듯 휘적휘적 걸어 식탁 위에 소쿠리를 두고 다시 이불 속으로 파고들어갔다.

"저, 저, 저거 뭐냐고. 지금 그거 다, 다, 다비드 님이 가져다준 거야? 너 주고 간 거야, 지금?"

"응. 봤어?"

머리끝까지 올려 덮고 있던 이불을 살짝 걷고 고개를 빼꼼 내밀며 싱긋 웃자, 약이 오른 홍주가 눈을 동그랗게 치켜뜨고 노려보았다. 낯빛은 사색에 가까웠다.

"허얼! 너, 기어이 다비드 님을 꼬신 거야?"

홍주가 목소리를 높이자 다비드가 놀랐는지 컹컹 짖었다. 아마도 자신의 롤모델에 대한 이야기를 나누고 있던 걸 녀석이 알아들은 모양이다.

"꼬시긴……. 좀 친해졌어."

뭐 별거 아니라는 듯 눈썹을 씰룩이며 거만한 표정을 짓자 홍주는 절망했다.

"아놔. 그 유명한 얌전한 고양이가 내 옆에 있었네! 이씨, 고구마 내가 다 먹을 거야!"

결국 홍주는 가방을 소파 위에 휙 집어 던져 두고 식탁 앞에 앉아 다비드가 가져다준 고구마를 정신없이 먹어치웠다. 지조라곤 눈곱만큼도 없는 다비드는 냉큼 홍주의 곁으로 가 그거 조금 얻어 먹어 보겠다고 영혼이라도 팔 기세로 홍주의 발 앞에 벌렁 드러누워 배를 보여주었다.

"왔으면 빨리 죽이나 끓여봐."

"말시키지 마, 나 이거 다 먹을 때까진."

홍주가 단호하게 고개를 젓자 경진은 홍주를 향해 옆으로 돌아누워 팔을 괴었다.

"너 그거 다 먹으면 새로 산 원피스 엉덩이에 걸려서 안 올라갈 걸?"

"아윽! 맞다."

결국 홍주가 신나게 까먹던 고구마를 내려놓고 입술을 쭉 빼물었다.

얼마 전 홍주는 거금을 들여 해진이의 결혼식 날 입을 비싸고 좋은 원피스를 하나 장만했다. 왜 매번 한 치수 작은 사이즈의 옷을 사서 살 빼서 입겠다고 하는 건지 모르겠지만, 이번에도 홍주는 한 치수 작은 옷을 구매하고 다이어트에 돌입한 참이다.

"넌 그날 뭐 입을 거야? 옷 샀어?"

"해진이가 누군데. 옷이랑 구두랑 백이랑 다 사야 한다고 설레발 쳐서 진즉에 사뒀지."

"어디어디, 나도 좀 보자."

"옷장에 걸어뒀어. 봐."

홍주는 손을 씻고 잽싸게 옷 방으로 달려갔다. 경진은 저만치 떨어져 있는 리모컨을 집으려고 한참을 꿈틀거리다가 겨우 손에 넣고 TV를 켰다.

"우와와! 무지무지 이쁘다! 이거 진짜 이쁜데?"

옷걸이째 들고 나온 홍주가 제 몸 위에 대보고 난리를 피웠지만 경진은 그저 허허 웃기만 했다.

"네가 왜 더 신나서 난리야? 네가 시집가냐?"

"제발 그랬으면 소원이 없겠다."

급 시무룩해진 홍주는 의자에 털썩 주저앉아 어깨를 축 늘였다.

남자들 눈이 죄다 삐었지. 어떻게 저런 백 점짜리 신붓감을 이때까지 그냥 뒀을까. 내가 남자라면 얼른 데려갈 텐데.

홍주는 정말로 결혼을 하고 싶어하는 여자였다. 친구들 중 가장 먼저 결혼을 하게 될 거라고 생각했는데, 지금 상황으로 봐선 어느 누구 하나 앞서 가는 사람 없이 달팽이마냥 진전이 없었다.

"난 꼭 성당에서 결혼할 거야. 엄숙하고 진지하게. 완전 멋있겠지?"

결혼 이야길 할 때면 홍주는 만개한 한 송이의 꽃이 되곤 한다. 결혼식 상상만으로도 아이처럼 신이 난 홍주를 보고 있자니 경진도 덩달아 즐거웠다.

"넌?"

"나? 나는……."

"넌 야외에서 해라. 숲 속이나 바닷가. 어때? 죽이지?"

생각할 시간도 주지 않고 혼자서 북 치고 장구 치고 만족해하는 홍주 때문에 경진은 웃고 말았다.

"그거 괜찮네."

"외국처럼 들러리들 쭉 세우고. 응? 응? 어때?"

"내 결혼식에 왜 니가 난린데?"

"우리 경진이 웨딩드레스 입으면 진짜 장난 아니겠다. 우와……."

이미 홍주의 영혼은 결혼식장에 가 있는 듯했다.

"안 그래도 바다 보이는 예쁜 펜션에서 가족들이랑 친구들이랑 조촐하게 파티처럼 즐겁게 하고 싶단 생각은 해봤어. 사진으로 봤는데 멋있더라고."

경진에게도 꿈꾸는 결혼식이 있었다. 해 질 녘, 바다가 내려다보이는 펜션의 넓은 정원에서 친구들, 가족들과 함께 시끌벅적하게 웃으며 파티처럼 즐기는 결혼식. 그래서 경진의 휴대폰 사진첩에는 그와 비슷한 결혼식을 올린 외국의 어느 결혼식 사진들이 서너 개쯤 저장되어 있었다. 보고 있으면 괜히 덩달아 기분 좋아진다는 이유로 경진은 아주 가끔씩 그 사진들을 꺼내보기도 했다.

"허례허식 빼고 다 같이 즐거운 결혼식으로 하고 싶은데, 그런 걸 허락하실 쿨한 시부모님이 안 계시겠지?"

"당연하지. 없어, 없어. 그동안 여기저기 뿌려둔 만큼 다 거두려면 어림 택도 없어."

홍주가 단호하게 자르자 시무룩해진 경진은 베개에 얼굴을 파묻었다. 오늘도 두 처녀는 이렇게 현실 앞에서 또 한 번 좌절하고 말았다.

경진에게 죽을 끓여주려고 주섬주섬 준비를 하던 홍주가 경진의 곁에 오더니 옆에 누웠다.

"근데, 나 쫌 놀랐어."

"뭐가?"

"너도 꿈꾸는 결혼식이 있었다는 게. 아니, 결혼을 생각했다는 거 자체가……."

홍주가 자연스레 경진의 다리 위에 제 다리를 척 하니 얹었고, 경진은 힘껏 걷어냈다.

"뭐든지 해볼 거야. 나…… 달라질 거거든."

"으이구. 우리 경진이 기특도 하지. 잘 생각했쪄, 올 애기."

홍주는 경진의 엉덩이를 토닥이더니 따뜻하게 폭 끌어안아 주었다.

"왜 이래, 미쳤어?"

"가만있어, 이 자식아. 분위기 파악 더럽게 못해, 하여간."

든든한 친구 덕에 코끝이 찡해진 경진은 고맙단 말 대신 못난 타박으로 홍주를 밀어냈다. 그럼에도 홍주는 끝까지 지지 않고 경진을 꼭 안았다.

세월이 흘러가며 함께하는 시간이 길어질수록 이젠 나보다도 나를 더 잘 아는 친구들. 내가 알지 못했던, 내가 미처 돌아보지 못했던 내 모습까지도 너무도 잘 아는 고마운 친구들. 의지할 수 있게 늘 마음을 내어주는 고마운 친구들이 늘 곁에 머물고 있다는 사실이 경진에겐 큰 의지가 되고 위안이 되었다.

그런 마음 같은 건 표현하면 큰일이라도 나는 줄 알고 절대 입 밖으로 내진 않는 사이지만 말이다.

한참을 걷던 다비드는 돌아서서 다시 한 번 경진의 집을 향해 시선을 두었다. 보이는 거라곤 그녀의 집 테라스가 전부였지만 다비드는 한동안 그 자리에서 걸음을 떼지 못했다.

얼굴을 보고 나니 이제야 마음이 한결 편안해졌다. 그녀가 이곳으로 이사 온 이후로 단 하루도 거른 적 없었던 새벽 산책에 나오질 않아 다비드는 그녀의 빌라 앞에서 한참 동안 서성이다 출근을 한 참이었다. 출근을 하고 난 후에도 계속 신경이 쓰여 기어이 다시 집으로 돌아왔고, 고구마를 핑계로 그녀의 집을 찾았다.

쉬는 날이라 오랜만에 게으름을 피우는 것이었더라면 좋았겠지만, 밤새 아팠던 모양이다. 어제 아침에 보았던 모습과 전혀 다른 그녀의 안색을 보고 나니 자꾸만 한숨이 새어 나왔다. 조금 속상하기도 하고 걱정이 되기도 하고…… 딱 한 가지로 꼬집어낼 순 없지만 결론적으론 마음이 심란했다.

Rrrr.

멍하니 생각에 잠겨 있던 다비드는 익숙한 벨소리에 그제야 전화가 걸려왔다는 걸 알아채고 팬츠 주머니에서 부랴부랴 휴대폰을 꺼냈다.

"네, 선생님."

[아, 죄송해요. 전화 걸고 보니까 다비드 씨 한창 바쁠 시간이네요. 나중에 다시 걸까 봐요.]

발신인은 다비드의 한국어 선생님이었다. 혹시 오늘 수업에 변동이라도 생긴 건가 싶어 휴대폰을 귀에 바짝 붙였다.

"아닙니다. 말씀하세요."

[다름이 아니라, 오늘 수업 있는 날이잖아요. 혹시, 수업 끝나고 저녁에 시간 있어요?]

"네, 괜찮아요. 저녁에 제가 도울 일이 있어요?"

[아뇨, 그게 아니라…… 지난 주 수업 때 도움도 받고 해서 제가

저녁을 사고 싶어서요. 그럼 이따가 수업 시간에 만나요.]

선생님은 대답할 틈도 주지 않고 전화를 끊어버렸고, 다비드는 휴대폰을 보며 고개를 갸웃거리다가 다시 주머니에 넣었다. 그저 토론 준비를 조금 도왔을 뿐인데, 저녁을 대접받을 만큼 도움을 준 것이 아니기에 선생님의 제안이 조금 의아하긴 했지만 유난히 다비드를 많이 아끼고 칭찬해 주는 선생님이기에 거절할 수도 없었다. 다른 학생들과 다 함께 식사를 한 적은 여러 번 있었지만 단둘은 아직 어색한데…….

다시 매장으로 돌아가야 했다. 다비드는 고개를 돌려 다시 한 번 경진의 집을 바라본 후 마지못해 걸음을 옮겼다.

홍주가 끓여준 죽을 먹고 한숨 푹 자고 일어나니 홍주가 저녁밥까지 식탁 위에 차려두고 돌아간 뒤였다. 거기다 다비드 목욕까지 시켜두고, 미처 세탁기에서 꺼내 널지 못했던 빨래도 건조대에 착착 널어놓기까지 했다. 역시 백 점 만점 예비 신부다웠다. 이제 손잡고 입장할 신랑만 있으면 되는데…….

시간은 벌써 오후 6시가 다 되어갔다. 하루 온종일 잠은 원 없이 실컷 자서 그런지 몸이 조금은 개운해진 듯했다. 본인 스스로도 무서울 정도의 엄청난 회복력에 감탄한 경진은 자리를 털고 일어나 머리 위로 길게 팔을 뻗어 쭈욱 기지개를 켜며 몸을 늘였다. 확실히 몸이 한결 가벼워졌다. 아직까지 두통도 남아 있고 목도 칼칼했지만 두들겨 맞기라도 한 듯 욱신대던 것이 사라지니 나머지 것들은 견딜 만했다.

TV를 볼까, 아니면 더 잘까, 밥을 먹고 약을 챙겨 먹을까 잠시 고민하던 경진은 산책을 나가기로 결정했다. 너무 오래 누워 있었더니 답답하기도 하고, 바람을 쐬고 싶었다. 거기다 다비드가 못 견뎌하기도 했고.

성급한 외출로 간신히 회복된 몸 상태가 오히려 더 나빠질까 염려되었던 경진은 초여름에 입던 긴팔, 긴 바지로 된 트레이닝복을 챙겨 입고 다비드에게도 옷을 입힌 후 어깨 줄을 채웠다. 현관을 지나 공동현관까지 나간 경진은 소매를 팔꿈치까지 걷어 올린 후 공동현관 밖으로 빠져나왔다.

그때, 저 두 사람이 어떤 사이 같냐고 백 명에게 물으면 백 명 모두 연인이라고 답할 만큼 다정해 보이는 남녀의 모습이 경진의 시야 안으로 들어왔다. 더할 나위 없이 활짝 웃고 있는 다비드의 곁에, 하얀 블라우스에 까만 미니스커트를 입고 구불구불한 긴 머리를 늘어뜨린 미모의 여성이 보조개를 쏙 집어넣고 해맑게 웃고 있었다.

순간 가슴속에서 떠돌던 묵직한 돌멩이 한 덩어리가 바닥으로 툭 떨어지는 것 같았다. 있는 줄도 몰랐던 그 돌멩이가 바닥으로 떨어지고 난 후에야 비로소 그 무게감이 느껴졌다. 지금 이 상황에서 내가 왜 섭섭하단 기분이 드는 건지, 왜 그가 조금 미워 보이는지 그 이유를 너무나도 잘 알기 때문에 경진은 그들에게서 등을 지고 섰다.

하지만 눈치도 없고 지조도 없는 강아지 다비드가 그를 발견하곤 반갑다고 꼬리 치며 컹컹거린 덕에 그들에게서 시선을 받게 되었고, 결국 다비드는 경진을 향해 걸어왔다. 슬쩍 곁눈질로 그의 표정을 살펴보니 그는 마주친 것이 무척이나 반가운 듯 여전히 미소를 지은 채 다가왔다.

그 순간 그의 곁을 쌩 하니 지나친 것은 본능에 가까웠다. 길거리에서 마주쳤을 때 당황하지 않은 것으로 미루어 짐작컨대, '이쪽은 이웃에 사는 이경진 씨, 이쪽은 제 여자친구 김 아무개. 인사하세요.'라고 말을 꺼내면 어쩌나 하는 생각이 가장 먼저 들어서였다. 유치하지만, 정말 이웃의 연인을 소개받은 것처럼 상냥하게 웃으며 '안녕하세요. 전 이경진이에요. 여자친구 분 정말 미인이시다! 호호호!'라며 받아쳐 줄 순 없었다. 뭐, 이경진이란 인간의 마음의 넓이가 원래 그 정도 사이즈밖에 안 되는 걸 어쩌겠어.

빠른 걸음으로 부지런히 걷다가 문득 아래를 내려다보니, 녀석이 네 맘 다 안다는 듯한 애처로운 눈으로 자신을 올려다보고 있었다.

"넌 거기서 왜 아는 척을 해가지고! 으휴, 바보야. 다비드 이 답답아! 멍충아!"

이를 악물고 나지막이 꾸지람을 했더니 녀석은 심드렁한 표정으로 다시 앞을 보며 묵묵히 걸었다. 길게 한숨을 내쉰 경진은 다시 마음을 가다듬었다.

뭐야, 먼저 끼 부릴 땐 언제고.

역시 만인에게 친절하고 다정한 남자는 내 남자로 두기엔 상당한 인내심을 요구하는 일일 듯했다. 부처님 반 토막이 아니고서야 이거야 원, 견딜 수가 있을까. 열 뻗쳐서 밤에 잠도 안 올 듯싶었다.

홍주의 말대로 다비드는 공공재로 남겨둬야 하는 사람이었다. 또는 관상용으로.

무안한 건 아닌데 왠지 모르게 기분이 싸했다. 뭔가 엄청난 실수를 저지른 것 같기도 하고, 상황이 애매해졌다.

"다비드 씨 아는 분 아니었어요?"

"네."

"근데 왜 저렇게 쌩 하니 지나가요? 무례하다."

선생님은 입술을 삐죽이며 어깨를 으쓱였고, 다비드는 아무 일 없었다는 듯 빠른 걸음으로 저만치 멀리 가버린 경진의 뒷모습을 한참 동안 보았다.

"얼른 가요."

선생님의 재촉에도 다비드의 시선은 쉽게 거둬지질 않았다. 마지못해 걸음을 옮기려다가도 다비드는 다시 뒤를 돌아보았다.

"지난번에 친구 생일날 한번 가본 레스토랑인데요, 분위기가 정말 예술이에요. 요리도 환상적이고······."

재잘거리는 선생님의 목소리가 귓가에 앵앵거릴 뿐 제대로 귀에 들어오지도 않았다. 자신을 전혀 반가워하지 않던 경진의 차가운 표정만이 자꾸 눈앞에 아른거려 시무룩해진 다비드는 결국 고개를 떨군 채 입술을 질근질근 깨물었다.

"다비드 씨? 제 말 듣고 있어요? 다비드 씨!"

"······네? 네."

다비드가 어색하게 웃자 선생님은 보조개가 쏙 들어갈 정도로 환히 웃으며 커다란 두 눈을 깜박였다.

"그런데요, 아까 그 여자 분은 어떻게 아는 사이예요? 아니, 뭐, 그냥 궁금해서."

선생님은 별로 대수롭지 않다는 듯 질문을 툭 던졌지만, 다비드는 고개를 갸웃거리며 고민하기 시작했다.

그녀와 난 어떤 사이일까. 뭐라고 표현하면 좋을까. 남들에게 어떻게 설명해야 하지?

"제가 좋아하는 사람이에요."

내가 좋아하는 사람.

자꾸 생각나고, 자꾸 보고 싶고, 점점 더 궁금해지는 그런 사람.

무엇을 좋아하는지, 무엇을 생각하는지, 무엇을 꿈꾸는지 알고 싶은 사람.

지금 다비드에게 경진은 그렇게 설명 가능한 사람이자 사이였다.

"아, 하하, 그랬구나."

대답이 의외였는지 선생님은 눈꺼풀을 빠르게 깜빡였고, 다비드는 빙긋 웃으며 다시 걸었다. 그러다 문득 고개를 돌리다 건물 유리창에 비친 자신의 모습을 보게 되었고, 그제야 머릿속에 번개라도 내리친 듯 정신이 번쩍 들어 미간을 구기고 말았다.

충분히 오해 가능한 상황이었다. 옆에 선 여자가 선생님인지 누군지 알 리가 없는 경진의 입장에선, 나란히 걷는 남녀의 모습을 보고 충분히 그렇게 생각할 수도 있었던 것이다. 그랬기에 아까와 같은 표정으로 쌩 하니 지나친 게 아닐까?

……그렇다면, 혹시 그 사람도 나와 같은 마음인 걸까? 지금의 모든 상황을 이해 가능하도록 설명해 줄 방법은 이 가정이 전부니까. 꼭 같은 마음이 아니더라도 조금은 비슷한…… 약간의 호감 같은 거라도 내게 있는 걸까?

"선생님, 죄송해요. 아무래도 오늘 저녁 식사를 다음으로 미뤄야 할 것 같아요."

"왜, 왜요?"

"죄송합니다. 아무래도 아까 그 사람이 마음에 걸려서요. 그리고 다음엔 다른 학생들이랑 다 같이 식사했으면 좋겠어요. 제가 별로 도와드린 것도 없는데 혼자만 따로 먹는 건 친구들에게 예의가 아닌 것 같아요."

"괜찮은데……."

다비드는 고개를 꾸벅 숙여 정식으로 사과를 했다. 그러자 선생님은 마지못해 고개를 끄덕였고, 다비드는 옅게 웃으며 손을 흔들었다.

"다음 주에 뵈어요, 선생님."

"정 그러시다면 어쩔 수 없죠 뭐. ……네, 가세요."

다비드는 선생님이 큰길로 나갈 때까지 기다렸다가 돌아서서 아까 경진을 마주쳤던 곳으로 전력을 다해 달려갔다. 하지만 경진의 모습은 찾을 수가 없었고, 좀 더 멀리까지 달려가서 주변을 살폈지만 이미 사라지고 난 후였다.

호되게 몸살을 앓고 난 후 경진은 이틀 내내 내근 중이었다. 성격상 모든 걸 자신이 직접 해야 직성이 풀리는, 일명 고생을 사서 하는 인간이 바로 경진이었는데 체력의 한계를 실감한 후 다른 직원과 업무 분담을 한 것이다.

내근을 할 때 경진이 주로 하는 일은 제작 준비 중인 작품의 시놉시스를 읽고, 캐스팅 후보 순위에 올릴 만한 배우들의 프로필 파일을 확인하고, 배우들의 정보를 수집하고 파악하는 일이었다.

"실장님, 매니지먼트 2팀 황 팀장님 전환데 연결할까요?"

직원의 말에 경진은 읽고 있던 프로필 파일을 닫고 고개를 끄덕였다.

"네, 이경진입니다."

[이 실장님, 전에 본부장님께서 말씀하셨던 그 배우 있잖아요. 김다정. 그 친구 만나러 본부장님이랑 이동할 예정인데, 같이 가실래요?]

"본부장님이 움직이시는 거면 이미 결정난 거 아니에요? 굳이 저까지……."

[최종 결정권은 이 실장님한테 있잖아요, 아시면서.]

황 팀장의 유들유들한 말솜씨에 경진이 어깨를 으쓱였다. 물론 최종 결정권이 경진에게 있다곤 하지만, 그래도 본부장이 직접 그렇게 푸시를 해주는데 적당히 따라주는 것도 경진이 해줘야 할 부분이었다. 그래야 모양새가 나쁘지 않고 나중에 뒷말도 나오지 않을 테니까.

"그래요, 그럼. 언제 출발해요?"

[이 실장님 준비되시면 바로 출발하죠.]

"저도 뭐 딱히 준비랄 건 없어서, 지금 바로 갈게요."

사실, 날도 덥고 몸도 무거워서 별로 움직이고 싶은 생각은 없었지만, 목적지가 〈다비드〉이기 때문에 거절할 수가 없었다. 통화를 마친 경진은 가방을 챙겨 들었다.

그날 길에서 다비드와 마주친 후 경진은 이튿째 산책 시간을 변경했다. 그가 출근하는 모습을 지켜본 후 그제야 산책길에 나선 것이다. 마치 자신을 찾고 있는 듯 연신 좌우를 두리번거리는 그를 지켜볼 때면 괜히 기분이 좋아지기도 했지만, 그때뿐이었다. 여전히 경진의 머릿속엔 그날의 장면이 생생하게 떠돌고 있었기 때문이다.

이 카페에는 내부로 들어가는 통로가 두 군데가 있었다. 매장을 지나지 않고 사무실로 곧바로 연결된 길을 따라 사장실로 향했는데, 사실 경진은 그래서 조금 아쉬웠다. 하다못해 빵 냄새라도 맡고 싶었는데.

사장실 안으로 들어가니 살찐 치와와 한 마리가 소파 위에 나른하게 앉아 옥수수자루를 두 손으로 꼭 쥐고 알맹이를 까먹고 있는 진풍경이 펼쳐졌다.

"어서 오세요."

본부장의 남편이자 이곳의 공동대표, 그리고 다비드의 유일한 친구인 함태경 사장이 그래도 구면이라고 반갑게 악수를 청해왔다. 경진은 태경과 인사를 나눈 후 자리에 앉았다.

"잠깐만 기다려. 다비드가 다정 씨 데리러 올라갔어."

해리와 태경이 작게 나누는 대화 도중 귀에 익은 이름이 들려온 그 순간 경진은 귀를 쫑긋 세웠다. 그런 자신이 싫어서 경진은 고개를 슬쩍 흔들었다.

"커피 괜찮으시죠?"

"네, 감사합니다."

누군가가 두고 간 따뜻한 커피와 경진이 좋아하는 마카다미아가 든 초콜릿 덕에 기분이 좋아진 경진은 초콜릿 하나를 입안에 넣고 오도독 씹었다.

그때, 연락을 받고 내려온 김다정이 문을 열고 안으로 들어왔다. 긴장한 기색이 역력한 모습이 영락없는 수줍음 많은 20대 초반의 앳된 아가씨였다. 혹시나 하는 마음에 다정이 사무실 안으로 들어온 후에도 문을 바라보았지만 더 들어오는 사람 없이 문은 그대로 닫혔다.

다비드에게 엄청난 크기의 꽃다발을 받은 주인공 김다정은 어안이 벙벙한 표정으로 자리에 앉았다. 본부장은 그런 다정의 긴장을 풀어주려고 부드럽게 말을 건네며 계약서를 내밀었다. 감격과 당황이 범벅된 표정으로 계약서를 빤히 내려다보던 다정은 금방이라도 눈물을 쏟아낼 듯 눈시울을 붉혔다.

"1회부터 어제 17회 공연까지 안 빼놓고 다 봤어요. 대학 다닐 때 찍었던 단편영화 두 편도 모니터했고요. 최서한 씨 통해서 그전 연극들 캠코더 촬영 화면두 다 확인해 봤어요. 음…… 객관적으로 외모도 흠잡을 데 없고, 또래 배우들에게는 없는 진지함이나 순수함이 좋았어요. 무엇보다 본부장님이 다정 씨한테 첫눈에 반한 이유도 있고요. 조금 더 다듬으면 좋은 배우가 될 수 있을 것 같아요."

아무리 본부장이 마음에 들었다고 할지라도 J미디어 소속 배우를 캐스팅하는데 수석 캐스팅 디렉터 이경진 실장이 두 손 놓고 지켜만 보다가 오케이를 할 순 없었다. 한두 작품 하다 말 거 아니고 앞으로 평생 배우로 살겠다고 미래를 결정한 사람이니, 그 사람에게 어떤 가능성이 있는지, 어떤 부분을 보완해 줄 건지에 대한 확신을 갖고 영입을 해야 한다. J미디어 매니지먼트 본부에선 기존에 활발히 활동하고 있는 배우가 아닌, 신인 배우의 영입은 극히 드문 일이었다. 그렇기에 경진의 결정적인 결단이 필요했다.

경진은 최대한 감정을 섞지 않고 담담하게 통보하듯 말해주었다. 말은 그렇게 했지만 모니터하는 내내 마음이 많이 갔던 친구였다. 다만 초반에 너무 기고만장할까 봐 염려가 되어 차분하게 말을 건넨 것이다.

매니지먼트 담당자와 세부적인 사항에 대해 이야기를 나누는 동안, 경진은 다정을 지켜보았다. 좋은 작품에, 좋은 배우를 적절한 위치에 캐스팅하여 작품이 성공하는 것보다 더 보람되는 것이 바로 직접 발굴해 낸 배우가 성장하는 모습을 지켜보는 것이었다. 자신이 컨택한 배우들이 백 프로 모두 성공할 순 없지만, 나름의 위치에서 자리를 잡아가며 차근차근 자라가는 모습을 지켜볼 때마다 무척이나 흐뭇했다. 언젠가 시간이 흐르면 지금 내 앞에 앉아서 긴장한 얼굴로 떨고 있는 이 아이도 멋진 배우가 될 날이 올 거라고 상상하니 벌써부터 마음이 울렁거렸다.

다정이 계약서를 들고 사무실을 나서자 경진도 곧바로 일어섰다.

"그럼 저는 여기서 바로 이동하겠습니다."

"사무실 안 들어가고요?"

"이틀 동안 내근했더니 답답해서요."

"후훗. 만날 외근만 하다가 사무실에 있으려니 오죽하겠어요? 같이 와줘서 고마워요, 이 실장님."

본부장에게 고개를 끄덕여 인사하고 곁에 앉아 있던 태경과 눈이 마주쳐 살짝 인사를 한 후 경진은 사무실을 빠져나왔다. 문을 닫고 막 걸음을 내딛으려는데, 다비드가 길을 막아섰다. 아무래도 기다리고 있었던 모양이다. 그렇지 않고서야 적절한 타이밍에 불쑥 튀어나올 수가 없었다. 설레면서도 동시에 서운한 복잡 미묘한 기분이 들었다.

여자의 마음이란……. 자신도 여자지만, 정말 알다가도 모르는 게 여자의 마음인 듯싶었다.

"왜 산책 안 해요?"

"하고 있어요, 다른 시간에."

무뚝뚝하게 대답하자 그는 살짝 당황한 듯했다.

"답장도 잘 안 하고."

"바빴어요."

"거짓말."

맞받아친 다비드의 말에 놀란 경진이 뜨악해서 올려다보자 그는 확신에 찬 표정으로 경진을 바라보았다.

"그분, 한국어 과외 선생님이에요."

"누, 누가 뭐래요?"

"오해하고 있잖아요."

"아니거든요!"

"서툰 건 한국말뿐이에요. 저 그 정도 눈치는 있어요."

갑자기 덥네.

경진은 티 나지 않게 아주 작게 입술을 벌려 천천히 숨을 내쉬었다.

"그전 주 수업 때 선생님이 가르치는 다른 학생들이랑 토론수업이 있었는데, 그 그룹에선 제가 제일 잘해서 선생님을 조금 도와줬거든요. 그랬더니 고맙다고 저녁 사주신다고…… 그래서 저녁 먹으러 가던 길이었어요. 그분은 그냥 선생님이에요. 영원히 선생님."

속 좁게 군 것이 너무 민망해서 오그라든 주먹이 펴지질 않았다.

인간아, 도대체 나이는 어디로 먹었니. 혼자 오해하고, 혼자 섭섭해하고, 유치한 짓은 혼자 다 했구나.

"우리가…… 뭘 오해하고 말고 할 사이는 아니잖아요."

굳이 이 말을 해야 하는 말인가 싶었지만, 후회했을 땐 이미 입 밖으로 나가 버린 후였다. 왜 그런 말을 했는지 되짚어보니, 속이 훤히 들여다보여 더 창피해졌다. 오해하고 말고 할 사이는 아니지만, 정확히 무슨 사인지 짚고 넘어가고 싶다는 속마음이 묻어나 버린 것 같아서였다.

하지만 그는 옅게 웃으며 어깨를 으쓱였다.

"알아요. 근데 경진 씨가 오해했으니까."

"아니라니까요, 오해한 거…….."

그는 계속해서 웃었다. 어디 한번 더 해봐라, 이런 표정을 하고 마치 자애로운 아빠 흉내라도 내듯이 따뜻하게 웃어댔다. 그래서…… 더는 우길 수가 없었다.

"같이 저녁 먹을까요?"

"됐어요."

그냥 곁을 지나가려는데 그가 손목을 잡아 세웠다. 놀란 경진이 잡힌 손목을 살짝 비틀어보았지만 끄떡도 하지 않고 버텼다. 예상치 못했던 반응에 당황한 경진은 무슨 말을 해야 할지 몰라 눈만 끔벅였다.

"그럼 영화 봅시다."

"시간 없어요."

그는 아무렇지 않은 표정을 하고 빙긋 웃었다.

"주말에 보면 되겠네."

뭐라고 딱히 거절할 말이 떠오르질 않았다. 지금 이 상황을 비롯해 그와 자신에게 벌어지고 있는 일련의 상황들이 멋쩍고 난감하고 긴장과 설렘이 가득한지라 튕기려고 했지만 왜 하필 이럴 땐 머리가 팍팍 안 돌아가지는지 답답해서 미칠 지경이었다.

"……그러죠."

곧 죽어도 자존심은 있어서, 경진은 어깨를 쭉 펴고 당당하게 대답했다. 그러자 다비드는 그제야 손목을 놔주었고, 경진은 씩씩하게 걸었다.

"토요일 오후 4시. 데리러 갈게요."

혹시나 발을 잘못 디뎌서 삐끗하는 바람에 웃음을 사진 않을까 싶어 경진은 머리끝부터 발끝까지 힘을 빡 주고서 최대한 여유롭게 걸었다.

왜 이렇게 떨리지.

지나치게 긴장한 건가, 아니면 지나치게 설렌 건가.

경진은 오랜만에 헤어샵을 찾았다. 해진의 결혼식이 열흘밖에 남지 않아 미리 머리를 만져 두려고 들른 것이다. 지금쯤 해둬야

길을 들여 당일날 예쁜 머리를 할 수 있다는 홍주의 부추김도 한 몫했다.

"이경진 완전 장난 아냐. 우리 몰래 뒤에서 호박씨 제대로 깐 거 있지?"

경진이 머리를 하고 있는 동안 뒤편에 앉아 있던 홍주는 대놓고 험담을 했다. 하지만 그 험담이 귀엽고 재미있어서 당사자인 경진도 들으며 내내 웃고 있었다. 재희와 범이까지 헤어샵으로 끌어들인 홍주는 두 사람에게 다비드와 얽힌 이야기를 한바탕 풀어놓았다.

"이름이 너무 노골적인 거 아냐? 다비드가 뭐야."

"네가 남 이름 가지고 말할 처지 아닌 것 같은데?"

"내가 뭘!"

"이름이 백범이면 뭘 해. 백범 김구 선생님 발뒤꿈치에도 못 미치는데."

홍주와 범의 투닥거림은 구경꾼 입장에선 언제 봐도 즐거웠다. 물론 당사자들은 괴롭겠지만.

"잘생긴 거 말고 다비드의 매력은 뭔데?"

재희가 툭 던진 물음에 홍주는 눈에서 하트를 쏟아낼 듯 빛내며 먼 곳을 응시했다.

"우리가 남자 인물 보고 혹 간 건 아니야. 경진이나 나나 잘생긴 애들이야 하루이틀 본 것도 아니고 수백 명도 더 봤는데 인물쯤이야. 그런데 다비드 님은…… 뭔가 신성시 여겨야 할 것 같은 분이야. 고귀하고 은혜로운 분이지. 어흐, 생각만 해도 행복해."

경진은 홍주의 말에 공감한다는 듯 고개를 끄덕였다.

"언니, 미안한데…… 이만큼 잘라주세요."

초콜릿 빛으로 염색을 하고 지저분하게 긴 머리칼을 끝에만 살짝 정리하기로 했던 경진이 대뜸 어깨 부근을 손가락으로 가리키며 잘라달라고 하자, 동시에 모든 사람들이 놀라 경진을 바라보았다.

"경진아."

"야."

경진은 예상했던 친구들의 반응에 그저 웃고 말았다. 그들의 반응을 충분히 이해했기 때문이다.

경진은 지난 8년간 단 한 번도 머리칼을 짧게 자른 적이 없었다. 오래전, 한창 이나영의 단발 펌이 유행이던 그때 경진도 덩달아 그 헤어스타일을 하고 나타난 적이 있었는데 그 후로 경진은 머리카락이 어깨를 덮을 때까지 내내 태희의 잔소리를 들어야만 했다. 태희는 경진의 긴 머리칼을 무척이나 좋아했기 때문이다.

그 후로 경진의 머리카락 길이는 항상 변함이 없었다. 하지만 오늘 헤어샵 거울 앞에 앉아 가만히 자신의 모습을 들여다보던 경진은 문득 그런 생각이 들었다. 조금 가벼워지고 싶다는 생각. 작은 것부터, 사소한 것부터…… 하나씩. 그렇게 미련을 버리고 싶었다.

"산뜻해 보일 것 같은데. 니들 생각은 어때?"

경진이 미소를 지으며 거울에 비친 친구들을 바라보자 그들도 옅게 웃어주었다.

07. 잘 어울려요

　일 년에 한 번, 태경이 정기적으로 건강검진을 받고 있는데 다
비드도 늘 동행했다. 집으로 가는 길에 운전대를 잡은 건 늘 그랬
듯 다비드였다.

　만나면 농구하고, 밥 먹고, 시답지 않은 일에 열을 올리며 토론
을 하던 두 사람에게 예상치 못한 시련이 찾아왔다. 다비드의 누
나가 간경화로 3개월 시한부를 선고받았고, 간이식이 절대적으로
필요했던 그 순간, 기적처럼 태경이 누나에게 간이식을 해주었다.
하지만 기적은 거기까지였고, 누나는 이식받은 지 한 달 만에 하
늘로 떠나 버렸다. 그 아픔과 절망이 옅어지기도 전에 태경의 위
암 발병 소식은 다비드를 꼼짝도 할 수 없게 만들었다. 다행히 위
의 80%만 절개하는 수술을 받게 되어 조금이나마 위를 살려낼 순
있었지만, 태경이의 고통은 그때부터가 진짜로 시작되었다.

다비드는 그런 태경을 케어했다. 정상적인 생활 범위로 들어섰지만 다비드는 늘 태경이 신경 쓰였다. 누나에게 간이식을 해준 후 발병한 위암이기에, 의학적으로 전혀 무관하다고 할지라도 도의적으론 온전히 짐을 털어낼 수 없었다. 미안함 혹은 자책, 그런 것들은 태경 앞에선 절대로 내색하지 않는다. 태경이 무척이나 싫어했기 때문이다.

어제 모든 검사를 마치고 오늘 하루 병실에서 내내 쉬었음에도 태경은 좀처럼 기운을 차리지 못했다. 다비드의 앞이기에 태경은 괜찮은 척을 하느라 더 기운을 빼는 미련한 짓 같은 건 하지 않았다.

어떤 재미있는 이야길 해줄까, 무슨 이야길 꺼내야 태경이 신이 나서 달려들까.

라디오의 볼륨을 내린 다비드는 의자를 한껏 뒤로 젖히고 누워 있는 태경을 힐끗 살폈다.

"한국에선 보통 어떤 데이트를 하지?"

"뜬금없이 웬 데이트?"

"그냥, 궁금해서."

태경은 여전히 무심한 눈으로 창문 밖 도로를 바라보았다.

"외국이나 여기나 크게 다를 건 없지. 왜? 데이트할 여자라도 생겼어?"

"아니, 데이트는 무슨."

다비드는 말도 안 된다는 듯 피식 웃으며 좌회전 방향 지시등을 넣고 정지선 앞에 차를 세웠다.

"요즘 이상한데……."

"뭐가."

어느새 태경은 시트를 세우고 음흉스러운 눈빛으로 자신을 바라보고 있었다. 원하던 대로 반응해 주는 태경이 무척이나 귀여웠지만 다비드는 무슨 소린지 전혀 모르겠다는 듯 청순하게 눈을 굴렸다.

"뭐, 원래부터 실없긴 했지만 요즘 부쩍 더한 것 같고……. 뭐야? 진짜 여자라도 만나?"

마침 신호가 떨어졌고, 핸들을 움켜쥔 다비드는 부드럽게 핸들을 감으며 어깨를 으쓱였다.

"이거 봐, 이거 봐. 수상하다니까."

"그냥…… 궁금한 사람이 생기긴 했어."

"오올!"

막상 이야길 꺼내려니 너무도 쑥스러워서 입안이 바짝바짝 말랐다. 가장 먼저 태경에게 말해주고 싶긴 했지만, 아무것도 이룬 것 없이 성급하게 이야길 꺼낸 건 아닐까 싶어 살짝 후회도 됐다.

"궁금하기만?"

"가끔 생각나고……."

"에이, 가끔?"

태경은 재미있어 죽겠다는 듯 연신 웃으며 손가락으로 다비드의 옆구리를 쿡쿡 찔러댔다.

"……자주."

다비드의 솔직한 대답에 태경이 발을 구르며 두 손으로 얼굴을 감쌌다. 아마 태경이도 손발이 오그라들었나 보다.

"안 보면 막 보고 싶고?"

"뭐…… 조금."

다비드는 부정하지 않았다. 다른 사람도 아닌 태경에겐 늘 솔직했기에 속일 이유가 없었다. 그러자 태경은 눈매를 가늘게 뜨며 고개를 끄덕였다.

"생겼네, 생겼어."

"꼭 그렇다고 하기보단."

정확히 지금 이 감정을 뭐라고 표현하면 좋을지 모르겠다. 호감이라기엔 뭔가 부족한데…….

"이거 왜 이래? 자꾸 순진한 척할 거야?"

"순진한 척이 아니라……."

딱 한 단어로 단정 짓기 어려운 감정이 분명했다. 그 사람을 떠올리면 가슴속 어느 한구석이 내내 간지럽고, 가끔씩은 그 사람과의 내일을 상상하며 저도 모르게 미소 짓는 날들이 하루하루 늘어났다. 마치 첫사랑에 빠진 사춘기 철부지처럼, 감당하기 벅찬 감정을 어쩌지 못하고 발만 동동 구르고 있는 모양새였다.

내 나이 서른둘.

이건 정말 아니잖아!

"그 여자 어디가 그렇게 좋아? 예뻐?"

경진의 얼굴을 떠올리던 다비드는 결국 배시시 웃고 말았다. 그리곤 고개를 작게 끄덕였다.

"예뻐. 하는 짓도 좀…… 예쁜 것 같고."

"이야! 이거 봐라?"

"무엇보다, 얘기가 잘 통해."

태경이 소리 내어 웃기 시작했다. 다비드는 그런 태경의 모습을 보니 덩달아 즐거워졌다.

경진을 처음 봤던 그 순간, 첫눈에 반했다고 하기엔 무리가 있었다. 하지만 그녀와 이야기를 나누면 나눌수록, 그녀에 대해 알아가면 갈수록 점점 마음이 가고 신경이 쓰였다.

그러나 그녀와 이야기를 나눠보기 전부터, 정확히 언제부터였는지 기억나진 않아도 어느 순간부터 그녀를 지켜보게 되었다. 그런 의미에서 보면 첫눈에 반한 건지도 모르겠다. 충분히 그럴 만한 매력을 가진 여자였고, 그래서 만나자마자 명함을 달라는 말을 건넸는지도 모른다. 이성의 연락처를 먼저 물었던 건 태어나 처음이었다. 지금 생각해 봐도 그런 용기는 대체 어디에서 나온 건지 신기할 따름이었다.

곰곰이 생각해 보니, 그녀에게서 명함을 받았던 그날 밤 뭔가 가슴에 꽂힌 듯하다. 애견센터 앞에서 한참을 머뭇거리다가 결국 강아지 한 마리를 품에 안고 나왔던 그 모습을 본 순간부터 말이다. 횡단보도 앞에 서서 강아지를 품에 끌어안고, 어마어마한 짐 가방을 어깨에 메고 어쩔 줄을 몰라 하던 그 모습을 지켜보며 몇 번을 웃었다. 그리고 그 다음날, 강아지에게 헐렁한 어깨 줄을 매주고 함께 운동을 하러 나와 헤매던 모습을 보는 순간 그냥 지나칠 수가 없었다. 별것 없는 몇 가지 정보를 건네주자 하나라도 놓치지 않겠다는 듯 귀를 쫑긋 세우고 초롱초롱한 두 눈을 하고 이야길 들어주던 모습, 그리고 강아지를 사랑스럽게 바라보던 그 모습도 한 장 한 장의 스냅 사진이 되어 마음에 남았다.

아, 이제야 떠올랐다. 결정적으로 마음을 들었다 놓았던 그 순간.

현관문 틈으로 말간 얼굴을 빼꼼 내밀며 부스스한 머리칼을 서둘러 정리하던 그 모습. 그날 하루 온종일 그 모습이 머릿속을 떠나질 않아 내내 실없는 사람처럼 웃고 다녔었다.

그래, 그랬었지. 그날이었던 모양이다. 그날 그 모습이 결정적이었다.

쐐기를 박았던 건 그날 오후 길에서 만나 오해를 하고 쌩 하니 지나치던 모습이었다. 감정을 숨기지 않고 그대로 드러내는 모습에 나와 다르지 않은 마음일지도 모른다고 생각하며 밤에 잠 못 이룰 정도로 설레었다.

내 나이 서른둘.

내가 왜 이렇게 됐을까.

정말 오랜만이었다. 지극히 사소한 것들, 쉽게 스쳐 지난 것들에게까지 의미를 두고 내내 떠올리는 것. 마지막 연애가 언제였는지, 이젠 너무 오래된 이야기라서 까마득하기만 하다. 마음의 여유가 부족해서 연애할 여유 같은 건 내게 없다고 생각했다. 내겐 챙기고 아껴야 할 것들이 너무도 많아서 연애까지 챙길 수 없다고.

하지만 이젠 태경이 그렇게 꿈꿔왔던 결혼을 하고 난 후 자리를 잡고 나니 조금 마음의 여유가 생긴 모양이다. 그래서 경진이 더 눈에 들어온 걸지도 모른다.

타이밍 한번 기가 막히네.

"잘됐으면 좋겠다."

툭 하고 던진 태경의 진심 어린 말에 다비드는 쑥스럽기만 했다.

"근데, 여자 앞에선 이런 모습 보이면 안 돼."

"이런 모습?"

"지나친 젠틀함과 배려. 요즘 대세는 까칠하면서 도도한 남자라고."

혹시, 그 드라마에서나 들어봤던 까도남을 말하는 건가?

태경의 가르침에 다비드는 코웃음을 쳤다. 실제로 그런 남자들이 얼마나 재수 없는 남자인지 남자인 자신이 너무도 잘 알기 때문이었다.

"까칠한 건 무례한 거 아냐?"

"그러니까 적정선을 지켜야지. 여자들이 괜히 나쁜 남자한테 끌리는 줄 알아? 착하기만 한 남자는 최악이거든."

"정말?"

"적당히 무심하게 굴면서 안달 나게 해야 한다니까? 안 그러면 금방 질려 해. 그런 남자 정말 재미 없어한다고."

가만히 듣고 보니 어느 정도 설득력이 있는 말이긴 했다. 돌이켜 보면, 대부분의 여자들이 먼저 호감을 표하다가 막 마음을 열려 할 때쯤엔 먼저 돌아서곤 했으니까.

그럼, 다들 질려서 그랬던 걸까?

"님은 극도로 다정해요. 다들 그런 남자한테 처음엔 호감을 갖지만, 그거 얼마 못 간다고."

태경의 빌라 앞에 차를 세운 다비드는 태경이 룸미러를 제 쪽으로 돌려 얼굴을 점검하는 동안 곰곰이 생각했다.

내가 정말 지나칠 정도로 다정했었나?

"내가 한 말 명심해. 장가간 사람 말을 들어야지 누구 말을 듣겠어, 안 그래?"

틀린 말은 아니라서 고개를 끄덕여 주자 태경이 거만하게 어깨를 으쓱이며 차 문을 열고 차에서 내렸다.

아니, 가만. 그런 함태경은 어떻게 해서 결혼을 했더라?

함태경의 결혼 풀 스토리를 모두 알고 있는 다비드였기에 피식 웃으며 눈썹을 치켜세웠다.

"그런 분이 어떻게 연애 한 번 못하고 결혼을 하셨을까?"

"내가 못한 거야? 안 한 거지!"

"아, 예."

발끈하는 태경을 두고 다비드는 서둘러 차를 출발시켰다.

저게 어디서 약을 팔아?

한참을 키득거리던 다비드는 이내 씁쓸하게 웃으며 왼쪽 팔을 창틀에 대고 팔꿈치를 접어 왼손으로 턱을 쓸었다.

태경이 언젠가 그런 말을 한 적이 있었다. 넌 몸속, 뼛속이 아니라 영혼에까지 매너와 예의가 배어 있다고.

그럴 수밖에 없는 게, 다비드는 예의와 매너는 신사의 기본이라고 아버지에게 배워왔다. 어디를 가더라도 가장 먼저 상냥하게 사람을 대하고, 인사 잘하고, 상대방이 불쾌하지 않도록 늘 예의 바르게 행동하는 것. 고집부리지 않고 한발 양보하는 여유, 조금 더 멀리 보고 상대방을 배려할 줄 아는 여유, 아무리 화가 나도 내 감정으로 인해 남에게 상처를 주거나 피해를 줘선 안 된다는, 그러한 가르침들이 어느 순간부터 다비드에겐 자연스러운 일들이었다.

그런데 한국에선 이런 게 안 통한다고?

문화 차이를 이해하지 못할 거라 생각하고 골탕 먹이려고 한 말이라 대수롭지 않게 넘기려 했는데, 사실 다비드는 태경의 말을 몇 번이나 곱씹고 있었다.

괜한 소릴 해서 고민하게 만드네.

"흠."

신호에 걸려 천천히 속도를 줄이던 다비드는 입술을 요리조리 씰룩이며 미간을 구겼다.

'혹시 경진도 그런 내가 질리기 시작한 건 아닐까.' 하는 쓸데없는 고민을 하느라…….

더워지기 전에 움직이려고 오전에 들른 〈다비드〉 매장 안은 오늘도 역시 손님들로 가득이었다. 새 제품이 진열되기가 무섭게 동이 나고, 다시 또 새 제품이 진열되는 것이 반복되었다.

경진이 〈다비드〉를 방문한 이유는 케이크를 사기 위해서였다. 오늘이 바로 할머니의 생신날이기 때문이다. 물론, 집 근처에도 제과점이 널렸지만 굳이 여기까지 찾아온 이유는 혹시나 우연히 그와 마주치진 않을까 하는 약간의 사심이 포함되어 있었다.

케이크가 진열된 쇼케이스 앞에 서서 구경하던 경진은 비싼 가격에 혼자서 구시렁거리고 있었다. 곁에 가까이 다가오지 않고 고객이 부담스러워하지 않는 적정거리를 두고 서 있던 직원이 그런 경진의 혼잣말을 들은 건지 옅은 미소를 지었다.

평소 제과점에서 흔히 보았던 케이크와는 다른 낯선 모양과 맛을 짐작하기 어려운 낯선 재료들 때문에 경진은 결국 직원에게 도움을 청하기로 했다.

"저기."

"네, 손님."

직원이 상냥한 표정을 지으며 다가왔고, 경진은 덩달아 웃었다.

"할머니 생신이라 케이크를 고르려는데, 뭐가 좋을지 모르겠네
요."

마치 경진의 말을 기다렸다는 듯이 직원은 함께 고민해 주며 이
것저것을 추천해 주었다. 문제는 설명을 들으면 들을수록 더욱 결
정을 못 내리겠다는 것. 심지어 다 맛있어 보이는 모양새를 하고
있으니 경진의 고민은 점점 더 깊어졌다. 워낙에 대식구다 보니
입맛이 다양해서 아주 맛있지 않더라도 과반수 이상만 마음에 들
면 성공인데…….

"뭐 해요?"

"어!"

갑자기 불쑥 나타난 다비드 때문에 경진은 깜짝 놀랐다. 진청
셔츠와 베이지색 팬츠를 입은 그의 모습은 진심 어린 감탄을 자아
냈다. 진짜 옷발은 타의 추종을 불허했다. 무릎을 덮는 밤색 앞치
마를 허리에 매고 있었지만 문제되지 않았다. 무심하게 걷어 올린
소매마저도 완벽했다.

"아, 케이크가 필요해서요."

"따라와요."

다비드는 경진에게 한참 동안 친절하게 설명해 준 직원의 어깨
를 토닥여 주었다. 그리곤 매장 한가운데를 가로질러 조금 한적한
곳으로 향했다. 경진은 최대한 태연하게 그의 뒤를 따라 걸었다.

"생크림 좋아해요?"

"네."

"잘됐네요."

한번 들른 적이 있었던 태경의 사무실 맞은편에 그의 사무실이 있었다. 그는 문을 열어주며 옆으로 비켜섰고, 경진은 마치 무엇에 홀린 듯 거부하지 않고 그대로 안으로 들어섰다. 그러자 다비드가 뒤따라 들어오더니 문을 닫았다.

태경의 사무실과 비슷한 구조이긴 하지만 좀 더 깔끔하게 정돈된 사무실이었다. 경진은 낯선 공간을 구경하느라 연신 좌우를 두리번거렸고, 그사이 다비드는 어디론가 쏙 들어가 버렸다. 그가 사라졌던 곳으로 향한 경진은 사무실 한 켠에 마련된 그의 작업 공간을 발견하고 벌어진 입을 다물지 못했다.

"대표님이신데, 직접 만들기도 해요?"

"가끔 만들긴 하는데 팔진 못하죠. 여기 파티쉐들 수준에는 못 미치니까."

긴 테이블 위에는 이미 완성된 두 개의 생크림 케이크가 놓여 있었다. 생크림으로 만들었다고 믿기 힘들 만큼 예쁘고 화려한 케이크와 다비드를 번갈아 보며 경진은 생각했다.

이 남자, 거짓말도 할 줄 아네?

수준에 못 미친다는 건 순 거짓말이었다.

"제 거 직접 만들어주실 거예요?"

"그럼 더 의미 있겠죠?"

그는 빙긋 웃으며 마른행주에 손을 닦고 커다란 볼에 휘핑된 생크림을 쏟아부었다. 그리곤 동그란 시트를 돌림판 위에 얹고 휘핑한 생크림을 한 주걱 크게 떠 올려 스파츌라로 슥슥 쳐내며 모양을 잡았다. 비닐로 된 짤 주머니 안에 생크림을 가득 담아 시트 위에 아이싱을 하던 그는 하얀색 종이 하판 위에 시트를 떠 올려놓고 다른 짤주머니를 집어 들었다. 아까와는 다른 깍지를 끼워 넣고 딸기 시럽을 한구석에 짜 넣은 후 다시 생크림을 담았다. 그리곤 나무젓가락 굵기의 막대에 이리저리 생크림을 짜더니 막대를 가위로 집고 쓱 위로 올리니 장미꽃 모양이 완성되었다. 그 완성된 장미꽃 모양을 시트 위에 조심스레 얹었고, 그 작업을 몇 번이나 반복했다.

"우와……."

망설임 없는 손길에 경진은 감탄하지 않을 수가 없었다. 경진은 그의 작업대 맞은편에 의자를 끌어다 놓고 본격적으로 감상했다.

"나랑 한 약속 잊은 건 아니죠?"

말을 하는 와중에도 그의 손과 눈은 여전히 바쁘지만 능숙하게 움직였다.

"오늘 할머니 생신이거든요. 식구들끼리 점심 먹기로 해서……. 아마 늦진 않을 기예요."

그가 잠시 고개를 들어 눈을 맞추더니 옅게 웃었다.

사람 떨리게 왜 저래…….

"잘 어울려요."

"네? ……아."

경진은 짧아진 머리카락을 손으로 쓰다듬었다. 아직 적응이 되지 않아 거울 앞에 서면 여전히 어색하기만 한데, 그는 고맙게도 잘 어울린다 말해주었다. 무엇보다도, 달라진 걸 알아봐 줘서 고마웠다.

아이싱을 마친 그는 크고 싱싱한 딸기를 반으로 잘라 데커레이션을 시작했다. 허브 잎으로 생기를 불어 넣고, 적절한 위치에 초콜릿을 꽂아 마무리를 지었다. 채 10분도 되지 않는 짧은 시간 동안 그는 풍성하고 아름다운 케이크를 완성시켰다. 경진은 그런 다비드에게 진심을 담아 박수를 건넸다. 식구들이 정말 많이 좋아할 것 같았다.

"얼마를…… 드려야 하나?"

경진이 가방 안에서 지갑을 주섬주섬 꺼내자, 케이크 박스 안에 케이크를 넣던 그가 웃으며 고개를 저었다.

"얼마 줄 건데요?"

케이크 박스 포장을 마친 그는 테이블을 두 손으로 짚고 경진을 바라보았다. 경진은 지갑의 지폐 칸을 살짝 벌려보는데 현금이 얼마 없어서 당황스러웠다.

카드로 사려고 했는데, 상황 참 민망하네.

"그러게요."

"초 몇 개 넣어줄까요? 연세가?"

"일흔아홉이요."

"폭죽도?"

"아뇨. 조카들이 아직 어려서 폭죽 터뜨리면 울어요."

그는 고개를 끄덕이며 어디론가 전화를 걸었고, 채 1분도 지나지 않아 직원이 초와 성냥, 칼이 든 봉투를 건네주고 사무실을 나갔다. 그는 그것을 케이크 박스 위에 사선으로 붙여주고 짙은 보라색 리본으로 정성스럽게 매주었다.

아무래도 아까워서 먹을 수가 없을 듯싶었다. 조카 녀석들이 포크로 쑤셔놓는다면 난생처음 조카들에게 화를 낼 수도 있을 것 같았다.

"잘 다녀와요. 우린 이따 봅시다."

앞치마를 벗어 작업대 위에 올려둔 다비드가 경진에게 박스를 건넸다.

"계산은 어떻게 해요?"

"주고 싶은 만큼 주고 가요."

야무지게 입술을 다문 경진은 다비드에게서 박스를 건네받고 테이블 위에 잠시 올려놓았다. 그리곤 지갑을 열어 현금을 몽땅 꺼내 그에게 내밀었다.

"더 주고 싶은데, 이것밖에 없어서요."

이만 오천 원.

이십오만 원을 주고 싶은 마음이 굴뚝같았지만, 가진 게 이것뿐이었다. 그렇다고 구차하게 은행에 가서 찾아올 수도 없는 노릇이고.

그런데 그는 그 돈을 받아 주머니에 챙겨 넣었다. 거절할지도 모른다고 생각했는데, 그는 의외로 계산이 정확한 남자인 모양이었다.

"안녕히 계세요."

케이크 박스를 챙겨 든 경진은 다비드를 향해 고개를 꾸벅 숙여 인사를 건네고 문으로 걸어갔다. 문을 열고 다시 한 번 뒤를 돌아보자 그는 손을 흔들어주었고, 경진은 또 한 번 고개를 꾸벅였다.

그의 사무실을 빠져나온 경진은 잠시 멈칫하고 서서 뒤를 돌아보았다. 그리곤 고개를 갸웃거렸다. 이상하게도…… 발길이 떨어지질 않아서였다.

　할머니의 생신상에는 식구들이 좋아하는 음식이 각자 한 가
지씩은 거의 다 올라와 있었다. 상을 두 개나 이어 붙였음에도
불구하고 상 위에는 수라상 저리 가라 할 음식들이 한가득이었
다.

　조카 놈들이 빨리 노래하자고 재촉하는 통에 이미 생일 축하 노
래를 열 번은 부르고 난 후였다. 아이들은 촛불 끄는 재미에 계속
해서 불을 붙이고 노래를 불렀고, 그러느라 케이크는 예상대로 폭
격을 맞은 듯 모양이 엉망이 되었다.

　그 많은 음식을 만들 땐 하나도 돕지 못했으니 몸으로 때우는
거라도 열심히 할 생각에 경진은 부지런히 밥을 밥그릇에 퍼 담았
다. 그리곤 쟁반에 담아 거실로 옮겼다. 그러나 그런 고모의 마음
을 알지 못하는 철없는 조카들은 자기랑 놀아달라며 경진의 다리
를 붙들고 쫓아다녔다.

　"먹자, 먹자. 애미도 이리 오고, 아가도 얼른 이리 와."

　할머니의 재촉에 드디어 대가족이 한 상에 둘러앉았다.

　"할머니, 생신 축하드려요!"

　해진이가 박수를 치며 외치자, 다들 다시 한 번 박수를 치며 할
머니의 생신을 축하드렸다. 그러자 할머니는 부끄러운 듯 손사래
를 치셨고, 그래도 무척 즐거우신지 내내 싱글벙글 미소를 지으셨
다.

　"그려, 고마워. 얼른 밥이나 먹어."

　할아버지, 할머니, 아버지, 어머니가 식사를 시작하자 그제야

경진도 숟가락을 들었다.

'잘 어울려요.'

하지만 경진의 머릿속엔 온통 그 말이 떠돌 뿐이었다. 그것으로도 부족한지, 아까 전에 보았던 그의 모습이 눈앞에 아른거렸다. 경진은 반질반질 윤이 나는 상에 비친 제 모습을 보며 빙긋 웃고 말았다.

"왜?"

"응?"

"혼자 왜 웃고 그래?"

"아냐, 아무것도."

곁에 앉아 있던 오빠 영진이 툭툭 건들자 경진은 아무 일도 없었다는 듯 능청스럽게 다시 식사를 이어갔다.

"준비는 잘돼가?"

"응. 이젠 결혼식만 하면 돼."

"으이그. 좋냐?"

신나 죽겠다는 듯 해사한 해진이의 웃음이 얄미워서 경진은 해진의 이마를 콕 쥐어박았다. 그러자 해진이 새치름하게 노려보았지만 전혀 위협적이지 못했다.

이제 결혼식까지 남은 시간은 일주일.

시간 참 빨리 가네. 한 달 전, 결혼해야 한다며 밀고 들어왔을 때가 엊그제 같은데.

너무도 기가 막힌 이야기에 참 많이 혼내기도 했는데 결국은 이리 되고 말았다.

"웨딩사진도 내일이면 나와."

"서두르느라 아빠 고생하셨겠네."

"그 정도야 뭐."

삼십 년 넘게 사진관을 운영하셨던 아버지. 그런 아버지의 카메라로 해진의 웨딩 촬영을 마쳤다. 경진은 그게 가장 부러웠다. 나도 언젠가 결혼을 하게 되면 꼭 아빠가 찍어줬으면 하는 바람이 있었다.

"나도 나중에 아빠가 꼭 찍어줘."

아버지는 허허 웃으시며 고개를 끄덕였다.

"그러려면 우리 경진이 얼른 시집가야겠네."

"뭐, 그땐 차 서방이 찍으면 돼죠."

할머니의 말에 어머니가 받아쳤고, 그 순간 차 서방과 해진이가 어색하게 웃었다. 이내 다들 아차 싶단 표정을 지었고, 눈치 빠른 경진은 그 미묘한 변화를 캐치했다.

"……그게 무슨 소리야?"

다들 서로의 눈치만 보며 어느 누구 하나 입을 열지 않았다.

"뭐야. 나만 모르는 뭐가 있는 거야?"

분위기를 풀어보려고 웃으며 이야길 했지만, 가족들은 식사에만 열중했다.

"아빠."

"아냐, 아무것도."

잠시 침묵이 이어졌고, 경진은 결국 숟가락을 내려놓았다.

"네 아버지 사진관 그만하시기로 했어."

"뭐?"

경진이 놀라 되묻자 엄마는 더 이상 말을 잇지 못했다.

"내년까지 사진관 정리하고…… 강남에 스튜디오 내기로 했다."

"아빠."

아빠의 설명에 해진이 입을 꾹 다물고 숟가락을 내려놓았다. 순식간에 집 안 공기는 싸늘하게 얼어붙었고, 다들 드디어 올 것이 왔다는 듯 쉽게 입을 떼지 못했다.

그 순간 경진을 자신의 직감이 틀리지 않았다는 걸 깨닫고 해진을 바라보았다.

"너, 설마."

"언니, 나 잘할 수 있어. 수완 씨랑……."

"미쳤어?"

"언니……."

해진이 경진의 팔을 잡자 경진은 손을 뿌리치며 눈썹을 잔뜩 구겼다.

"어른들 식사하는데 어디 언성을 높이고 그래."

"죄송합니다. 너, 잠깐 나 좀 보자."

경진은 해진을 억지로 일으켜 세워 끌고 가다시피 현관 밖으로 데리고 나갔다. 그렇게 끌려 나가는 동안 해진은 가족들에게 구원을 요청했지만 아무도 경진을 말리지 못했다.

"설명해 봐."

"전에 얘기했던 그대로야."

경진은 땅이 꺼져라 깊은 한숨을 내쉬었다. 겁에 질려 있지만 고집은 꺾지 않겠다는 듯 다부지게 주먹을 말아 쥔 해진을 바라보며 경진은 몇 번이나 말을 삼켰다.

허황된 꿈을 꾸고 있다고, 현실을 깨닫게 되면 다신 그런 말 꺼내지 않겠지 생각하며 깊게 새겨듣지 않았다. 아버지의 사진관을 정리하면서 그 건물도 팔고 강남에 스튜디오를 차리겠다는 생각을 했다고 했을 때, 그저 세상 물정 모르는 철부지라서 그냥 한번 생각해 본 거라고, 그래서 몇 번 정신 차리라며 꾸중을 하고 지나쳤다.

그런데 그게 화근이었다. 더 확실히 짚고 넘어가지 않았던 것이, 똑 부러지게 혼내지 않았던 것이 이렇게 되돌아왔다.

"그래서, 네가 지금 아빠 사진관 팔고 건물 판돈으로 강남에서 스튜디오를 하겠다고? 그걸 기어이 저지르겠다고?"

"언니는 왜 그렇게 날 못 믿는데. 두고 봐! 내가 아빠한테 한 달에 용돈 오백만 원씩 드릴 거야!"

오백만 원이라.

경진은 어이가 없어서 웃고 말았다.

"야, 인마! 오백만 원 버는 게 애들 장난인 줄 알아? 아빠 용돈 오백 드리려면 네가 한 달에 얼마를 벌어야 하는지 알기나 하고 하는 소리야? 그리고 거기다 스튜디오 차리기만 하면 떼돈 번대? 제발 정신 차려. 도대체 언제 철들래!"

해진은 얼굴이 벌게졌고 경진은 치미는 화를 견딜 수가 없어서 미치고 팔짝 뛸 듯했다.

"아빠가 허락했는데 왜 언니가 그래! 잘할 수 있다고! 왜 날 못 믿어! 왜 자꾸 난 못할 거라고만 생각해?"

"넌 그럼 이게 지금 말이 된다고 생각하니?"

"내가 할 수 있다고! 수완 씨랑 같이 해볼 거라고!"

막연하게 할 수 있다고, 믿어달라고 말하는 해진 때문에 경진은 점점 더 화가 치밀었다.

"만약에 안 되면 싹 다 날리는 거야! 아빠, 엄마 평생 번 돈, 네가 다 털어먹는 거라고! 날고뛰는 사진작가들이 운영하는 스튜디오가 한 집 걸러 하나씩 있는 그 동네에서, 아무런 경력도 없고 노하우도 없는 너랑 제부가 정말로 단번에 성공할 수 있다고 생각해? 너, 정말 그런 헛된 꿈을 꾸고 있는 거야? 나 지금 너한테 진지하게 묻는 거야."

해진이도 화가 난 건지 가슴이 들썩이도록 씩씩대며 대답을 하지 않았다.

"대답해!"

"언니가 생활비 받아쓴다고 뭐라고 그랬잖아. 그래서 나랑 수완 씨가 직접 해보겠다는 거야. 아빠는 이해해 주시는데 언니는 왜 그래? 왜 만날 반대하고 혼내기만 하는데?"

"난 너보다 사회생활을 더 많이 해봤거든. 그래서 사회가 얼마나 치열한 곳인지 너무 잘 알아. 탁 깨놓고 말해서, 내가 클라이언트라면 너한테 의뢰 안 해. 메리트가 없잖아."

지독하게 현실적인 날 선 말에 해진이 상처받은 얼굴로 바라보며 눈물을 글썽였다. 하지만 어쩔 수 없었다. 헛된 망상에 사로잡혀 꿈과 현실을 구분하지 못하는 녀석을 어떻게 해서든 정신 차리게 만들어야 했다.

"언니, 진짜 너무한다. 어쩜 그러냐? 나 언니 동생이야. 어떻게…… 어떻게 그래?"

"논점 흐리지 마. 현실을 보라고. 지금 중요한 건 언니, 동생이 아니야."

"한 번쯤은…… 너도 잘할 수 있다고, 해낼 수 있을 거라고 말해 줄 수도 있잖아. 어떻게 매번 그래?"

그런 번지르르한 말 따윈 수백, 수천 번 얼마든지 해줄 수 있다. 하지만 지금 해진에게 필요한 건 희망을 주는 응원이 아닌, 먼저 사회를 겪고 그 안에서 살아가고 있는 인생 선배로서의 현실적인 조언이라고 생각했다. 울먹이는 해진을 지켜보고 있자니 가슴이 아렸지만 어쩔 수 없었다.

"그렇게 감정적으로 나오면 너랑 대화가 안 돼."

"그래! 언니 이성적이야! 언닌…… 내가 미워?"

"네가 미워서 그러겠니? 보고 있자니 속이 터지니까……."

"……내가 언니 진짜 동생이라도 그렇게 말했을까?"

그 순간, 심장이 바닥으로 곤두박질치는 것 같았다. 단 한 번도 들어보지 못했던 그 말에 경진은 벌어진 입을 다물지 못하고 해진을 차갑게 쏘아보았다.

"너, 지금 뭐라고 그랬어."

"주워온 동생이라……."

짝!

경진은 결국 해진의 뺨을 때리고 말았다. 해진은 고개를 떨군 채 후드득 눈물을 쏟아냈고, 경진의 손은 파르르 떨렸다. 거칠게 숨을 몰아쉬던 경진은 주먹을 꾹 움켜쥐고 턱이 무너질 듯 이를 악다물었다.

"아이고! 경진아! 세상에……."

소란을 듣고 나오신 할머니는 해진을 품에 끌어안았고, 해진은 참았던 울음을 토해냈다. 그 뒤로 가족들이 안타까운 눈으로 경진을 바라보았지만 다들 뭐라고 말을 건네진 못했다.

"인마, 할 말이 있고 못할 말이 있는 거야. 네가 어떻게…… 어떻게 그런 말을 입에 담을 수가 있어? 네가 어떻게 나한테!"

"……그만해라, 경진아."

어느새 곁으로 다가온 아버지는 경진을 다독였지만, 경진은 결국 가방을 챙겨 들고 현관문을 나섰다.

"죄송합니다."

할아버지와 할머니에게 허리를 숙여 인사한 경진은 서둘러 대문을 빠져나왔다.

아무리 크게 다퉈도 단 한 번도 그런 말을 한 적 없었던 해진이다. 경진의 입장에선 해진이 정말 끝까지 간 걸로밖에 보이지 않았다. 너무도 괘씸하고 속이 상했다. 마음이 갈기갈기 찢긴 것처럼 쓰라렸다.

혹시나 학교 다녀온 사이에 누가 훔쳐 가기라도 할까 봐 늘 해진의 곁에 머물곤 했었다. 직접 기저귀도 갈아주ㄱ, 업어주ㄱ, 분유도 타주었다. 처음으로 유치원에 가던 날 곱게 머리를 묶어주었던 것도 경진이었고, 해진을 괴롭히던 아일 찾아가 혼내준 것도 경진이었다. 인형놀이를 해준 것도, 소꿉장난을 해준 것도, 시소를 타고 그네를 밀어준 것도 모두 경진이었다. 첫사랑 때문에 가슴앓이를 할 때 다독여 준 것도, 첫 생리에 놀라 엉엉 울기만 할 때 생리대 사주고 사용법을 가르쳐 주었던 것도 모두 다 경진이었다. 해진이 태어나던 순간을 함께해 주지 못했기에 경진은 그 외의 모든 순간을 해진과 함께해 왔다.

장래 희망을 정하지 못하고 헤매던 해진이가 고2 때 드디어 좋아하는 게 생겼다고 하기에 적금 깨서 수백만 원짜리 비싼 카메라 덥석 안겨주었고, 대학 등록금도 대줬다. 기특하게도 첫 학기를 제외하곤 늘 장학금을 받고 다녀서 얼마나 자랑스러웠는데…… 얼마나 아꼈는데…… 얼마나 사랑해 줬는데…….

경진은 손끝으로 고인 눈물을 닦아냈다.

"무슨 일 있어요?"

"아니에요."

영화를 보고, 저녁을 먹고, 차를 마시러 카페에 들어온 지금까지도 경진은 해진 때문에 다비드에게 집중하지 못하고 있었다. 예의가 아니란 걸 알지만, 지금 기분으론 아무것도 하고 싶지가 않았다. 어쩔 수가 없었다.

트레이에 커피 두 잔을 받아온 다비드가 맞은편에 앉더니 팔짱을 끼고 가만히 지켜보았다. 민망해진 경진이 잔을 두 손으로 받쳐 들고 천천히 커피를 마셨지만, 자꾸만 울컥울컥 가슴속에서부터 뭔가가 치밀어 그 한 모금이 목으로 넘어가질 않았다.

"미안해요. 사실…… 오기 전에 동생이랑 크게 다퉈서…….."

코끝이 찡해지더니, 결국 그렁그렁 맺혀 있던 눈물이 막을 새도 없이 후드득 쏟아졌다. 경진은 서둘러 눈물을 닦으며 손으로 부채질을 했다. 갑작스러운 행동에 그가 당황하진 않을까 염려되어 억지로 웃었다.

"흐흡. 사람들이 오해하겠다. 다비드 씨가 나한테 못된 짓 해서 내가 우는 줄 알고."

그는 말없이 손수건을 건넸고, 경진은 그 손수건을 받아 양쪽 눈두덩을 꾹 누르며 천천히 숨을 골랐다. 그에게 너무도 미안하고 면목이 없어서 이대로 땅이 쫙 갈라져 그 아래로 숨고만 싶었다.

"그때 경진 씨 집에 파이 가져다주러 갔을 때 봤던 그분?"

"네."

"뭐 때문에 다퉜는지 물어봐도 돼요?"

마음을 진정시킨 경진은 크게 심호흡을 한번 하고 지끈거리는 관자놀이를 손끝으로 꾹꾹 눌렀다. 그와 많이 가까워지긴 했지만 지금 내가 그에게 위로를 받기 위해선 내 이야기를 너무 많이 털어놔야 한다는 부담감 때문에 경진은 고개를 끄덕일 수 없었다.

"다음 주에는 시집도 가는 녀석이 너무 철없이 굴어서 혼을 냈거든요. 그런데 걔는 걔대로 저한테 서운한 거 얘기하고, 저는 저대로 화가 나서 말을 너무 막 했어요. 결국…… 동생이 하지 말아야 될 말까지 했는데, 그 말이 너무 가슴이 아파서요."

경진의 이야길 들어주던 다비드는 고개를 주억거리며 팔짱을 풀고 커피잔을 들었다.

"혼날 짓 했네."

"그쵸?"

"하지 말아야 될 말이 어떤 말인지는 모르겠지만, 경진 씨가 이 정도로 속상해할 정도면 많이 혼나야겠네요."

다음에 만나면 정말 혼내기라도 할 듯이 진지한 표정으로 들어주고 있는 그가 너무도 고마웠다. 그냥…… 지금 내 편을 들어주는 것 자체가 고마웠는지도 모르겠다. 해진의 말대로 내가 너무 그 아일 믿어주지 못하고 몰아세우기만 한 건 아닐까 하고 자책감이 들 무렵이었는데 그가 다독여 주니 조금 마음이 가벼워졌다.

"안 되겠다."

그때, 갑자기 다비드가 자리에서 벌떡 일어나더니 경진에게 손을 내밀었다.

"일어나요."

"왜, 왜요?"

"복수해 주러 가야죠."

아주 짧은 순간 그의 얼굴에 스친 장난기 어린 미소가 경진을 웃게 만들었다. 얼떨결에 경진은 그가 내민 손을 잡고 일어섰고, 그가 이끄는 대로 발길을 내딛었다.

o8. 좀 걸을까요?

카페를 나와 다시 다비드의 차로 향하던 경진은 콧노래를 흥얼
거리는 다비드를 바라보다가 문득 그런 생각이 들었다.

이 남자, 복수가 무슨 뜻인지 알긴 알까?

복수하러 가자는 사람 표정이 너무 해맑은 거 아냐?

"근데, 복수가 무슨 뜻인지는 알죠?"

조심스레 물어보자 그는 풉 하고 웃었다.

"당연하죠. 설마 그것도 모를까 봐요."

말도 안 된다는 듯 손사래를 치는 다비드를 보며 경진은 고개를
끄덕였다.

내가 너무 사람을 얕본 건 아닐까, 조금 미안한 마음도 들었다.

"동생 지금 어디 있어요?"

"정말 갈 거예요?"

"갑시다! 첫 데이트를 망쳤는데 저라도 복수해야죠."

첫 데이트.

하긴, 데이트가 아니라고 우기기에 무리가 있을 만한 시간을 함께 보내긴 했지.

이렇게 얼렁뚱땅 데이트라고 못 박아버리는 것이 조금은 낯간지럽고 부담스러웠다. 하지만 함께 식사를 하자고 했을 때, 함께 영화를 보자고 했을 때, 정말 말 그대로 밥만 먹고 영화만 보려고 만나려는 건 아니라는 것 정도는 경진도 잘 알고 있었다.

그래서 그 정신없는 와중에도 집에 들러 옷을 갈아입고 화장도 고쳤다. 향수도 뿌리고, 특별한 날에만 꺼내 신던 아끼는 구두도 신었다. 그 사람에게 잘 보이고 싶은 마음, 그 마음이 없었더라면 그런 짓을 할 리 없었다.

아니, 애초에 약속 같은 건 하지도 않았을 것이다. 어쩌면 그저 잘생긴 이웃 사람 정도로 생각하고 대화조차 나누지 않았을지도 모른다. 지금 이 순간을 맞이하게 된 건 분명 경진의 선택이었다.

변하고 싶다고 생각만 했지, 이렇게 마음 가는 대로 쉽게 움직일 줄은 경진 스스로도 예상하지 못했던 부분이었다. 그가 데이트라고 표현해서 낯간지럽고 부담스러운 게 아니라, 실은 자신에게 일어나고 있는 감정의 변화들이 낯간지럽고 부담스러웠던 것이다. 그렇기 때문에 경진은 데이트라고 말을 꺼낸 다비드에게 토를 달지 못했다.

"집에 있을 텐데."

"주소 찍어요."

차에 오른 그는 바로 시동을 걸었다. 하는 수 없이 경진은 내비

게이션에 주섬주섬 주소를 찍어 넣었다.

아까부터 느낀 거지만, 그는 운전도 참 그답게 했다. 정지선도 정확하게 지키고, 앞차와의 간격도 넉넉하게 유지하고, 단 한 번도 추월하지 않았고, 불필요하게 차선을 변경하지 않았다. 끼어들려는 차는 항상 끼워주고, 난폭한 운전자를 향해 욕을 한다거나 경쟁하듯 속도를 내지도 않았다. 그는 운전할 때도 여유롭고, 신사적이고, 배려가 넘쳤다.

서울 땅에 이렇게 운전하는 사람도 있었구나.

처음엔 같이 운전하는 입장에서 그런 그의 드라이빙이 답답하단 생각도 조금 들었지만, 다시 생각해 보니 그는 그저 기본에 충실한 것뿐이었다. 상대방을 위협하지 않고 안전하게 내 갈 길을 묵묵하게 가는, 기본 중의 기본을 지키며 차를 몰았다. 아슬아슬한 기교를 부리며 빠른 속도를 뽐내는 사람을 베스트 드라이버라고 생각했는데, 이제 보니 다비드 같은 사람이 진정한 베스트 드라이버였다.

"전 누나가 셋인데, 누나들끼린 나이 차이가 얼마 나지 않아서 어렸을 땐 매일 싸우고 울고 그랬어요. 전 그 난리통에서 자랐고요."

운전 참하게 잘한다는 생각을 하며 무방비 상태로 있던 경진은 다비드의 뜬금없는 이야기에 빙긋 웃었다.

"전 동생이랑 나이 차이가 제법 나서 싸우면서 자라진 않았어요. 일방적으로 혼내긴 많이 혼냈지만."

말해놓고 보니 정말 많이 혼냈다. 해진을 혼냈던 건 언제나 경진이었다.

이어서 말을 꺼내려던 경진은 잠시 망설였다. 그에게 굳이 이런 이야길 꺼내도 될까 싶어서였다. 하지만 경진은 그가 먼저 자연스레 이야길 꺼냈듯이 자신도 그러고 싶었다. 속상하기도 하고, 누군가 내 이야길 듣고 다독여 줬음 하는 마음이 가장 컸다. 다른 사람 말고 그가 내 편을 들어주면 아까처럼 사소한 말 한마디에도 큰 위로가 될 것 같았다. 그 맛을 한 번 보고 나니 잊을 수가 없어서 경진은 힘겹게 입술을 열었다.

"사실…… 제 동생은 업둥이거든요. 업둥이 알아요?"

그는 잘 모르는 듯 고개를 갸웃거렸다.

"입양이랑 비슷한 건데……."

그의 앞에서 입양이란 단어를 꺼내기가 너무도 미안하고 마음이 쓰려서 멈칫하게 되었다. 그러자 그는 담담하게 웃으며 괜찮다는 듯 고개를 끄덕였다.

"괜찮아요. 계속 말해봐요."

이왕 큰맘 먹고 시작한 이야기이니 오늘만 솔직하게 털어놓자 싶어, 경진은 입술 한 번 질끈 깨물고 말을 이었다.

"일부러 그랬던 건 아닌데, 결론적으로 보자면 동생이 너무 제멋대로 굴도록 뒀어요. 나이가 스물넷이나 됐는데 아직도 철이 없고, 세상 물정 모르고 좀…… 그래요. 막내라고 오냐오냐 키운 것도 있고, 그런 걸 의식하면 안 되는데 혹시나 사소한 행동이나 말에 그 아이가 상처를 받진 않을까 조심하게 되면서…… 결국 그 애를 그렇게 키운 건 가족들 책임이죠. 누굴 탓할 것도 없어요."

내 탓이오, 하면 마음만은 편해지는 듯하다. 해진이 철없이 구는 것도, 버릇없이 구는 것도, 나잇값 못하는 것도, 어린아이처럼 구는 것 모두 다 내 탓이라고 결론지어 버리면 그 아이를 조금은 덜 미워하게 되니까 그렇게 생각하는 수밖에 없었다.

"저 어렸을 때 이야기 해드릴까요?"

경진은 다비드를 향해 고개를 돌렸다. 그는 연하게 웃으며 마치 눈앞에 자신의 어린 시절이 보이는 사람처럼 행복한 표정을 지었다. 얼굴 가득 번지는 미소 때문에 경진은 시선을 옮기기가 쉽지 않았다.

"파티쉐인 아버지, 식당을 운영하는 어머니, 그리고 누나 셋이 제 가족이에요. 아버지는 굉장히 다정하신 분이지만, 동시에 엄격하신 분이었어요. 남에게 피해를 주거나 쓸데없이 고집부리는 걸 굉장히 싫어하셨죠. 말을 듣지 않으면 벌을 받는데 그게 무슨 벌이냐면, 하루 온종일 아버지 심부름을 하는 거예요. 제가 기억하는 건 다섯 살 때부터였는데, 나중에 어머니께 이야길 들어보니 말귀를 알아듣기 시작했을 무렵부터 별로 심부름을 했대요."

"어떤 심부름인데요?"

"아버지가 하는 모든 일을 돕는 거죠. 아버지는 새벽 4시 반에 가게를 오픈했는데 문을 열 때부터 문을 닫을 때까지 아버지와 함께해야 했어요. 덕분에 전 아버지가 어떻게 일을 하는지, 어떤 하루를 보내는지 아주 어렸을 때부터 알게 되었죠."

아주 작은 꼬마 사내아이가 뒤뚱거리며 아버지를 돕는 모습이 경진의 눈앞에도 선하게 그려졌다. 그리고 그 상상의 끝에 해진이의 어린 시절이 꼬리를 물었다. 하루 종일 아빠 뒤를 종종걸음으로 쫓아다니며 '아빠, 이건 뭐야?' 소리를 수백 번씩 하던 모습. 그리고 아빠의 등에 업혀 잠이 든 채 집에 오던 그 모습도 생생하게 떠올랐다.

"누나들은 그걸 너무너무 싫어했는데, 전 오히려 그게 재미있는 거예요. 조그만 꼬마가 심부름을 해봤자 얼마나 도움이 되겠어요. 거치적거렸겠죠. 그래도 아버진 제가 말썽을 부린 다음날엔 항상 가게에 데려가서 이것저것 시키셨어요."

"그래서 다비드 씨가 그렇게 솜씨가 좋으셨구나. 그럼 학교 다닐 땐 어떻게 했어요?"

"학교 가기 전이랑 학교 마치고 나서 했죠. 그래도 전 늘 1등 했어요."

그 틈을 놓치지 않고 그가 깨알같이 자랑을 하자 경진은 웃음을 참지 못했다.

"제 어머닌 모든 사람들과 대화하는 걸 무척 좋아하세요. 그래서 가족들이 거의 매일 다 같이 모여서 대화를 해야 했고, 가족들끼린 비밀이란 게 없었죠. 한창 비밀이 많을 사춘기 때는 그게 참 싫기도 했어요."

완벽하다고밖엔 표현할 길이 없는 이 남자의 인성이 만들어지는 과정에 가장 좋은 양분은 아무래도 그의 화목한 가정인 듯했다. 이렇게 반듯하게 자랄 수밖에 없었던 이유는 단연 가족이지 싶었다. 이야기로 듣고 상상만 해봐도, 그가 얼마나 가족들에게 많은 사랑을 받았을지 짐작되었다.

"지금 생각해 보면, 식당 일로 가족들과 함께 보내는 시간이 적어서 대화로나마 모자란 부분을 채우려고 하셨던 것 같아요. 어렸을 땐 거기까지 미처 생각하지 못하고 귀찮다고만 생각했죠."

의외였다. 다비드가 귀찮다는 생각을 할 줄 아는 사람이란 것이 말이다. 모든 일을 긍정적으로 받아들이는 사람이라고 생각했는데, 그도 사람은 사람인가 보다.

"부모님 중 어느 한 분도 저희에게 화를 내거나, 혼을 내거나, 소리를 친 적 없어요. 대단하신 분들이죠."

"그러게요."

말로만 듣던 보살님이 프랑스에 계셨네.

경진은 웃으며 머리를 절레절레 흔들었다.

"경진 씨는 어땠어요?"

"뭐가요?"

"아까 동생이랑 어땠냐구요. 화냈어요?"

"……네."

"그럼 이번엔 화내지 말고 대화를 해봐요."

"아까도 대화 한 거예요. ……화내면서."

자신감 떨어진 목소리로 웅얼거리자 다비드가 미소를 지었다.

"일단 차분하게 대화를 해보고 그래도 말 안 듣고 고집부리면, 우리 아버지처럼 하루 종일 심부름 시켜봐요."

"그건 좀…… 괜찮은 방법이긴 하네요."

경진이 어깨를 으쓱이자 다비드가 힘내라는 듯 주먹을 불끈 쥐어 보였다. 경진도 덩달아 주먹을 불끈 쥐었고, 아주 긴 한숨을 내쉬었다.

내비게이션이 목적지에 도착했음을 알렸다. 주말마다 꼬박꼬박 찾아온 길이 오늘따라 왜 이리 낯설게 느껴지는지, 경진은 어색하게 뒷목을 주무르며 안전벨트를 풀었다.

"자, 가서 복수하고 와요."

"에? 복수하러 가자고 한 건 다비드 씨였잖아요!"

뜬금없는 다비드의 말에 발끈한 경진은 저도 모르게 언성을 높이고 말았다. 그러나 그는 능청스럽게 어깨를 으쓱이며 헤드라이트를 끄고 시동도 마저 꺼버렸다.

경진은 눈을 질끈 감고 쓴웃음을 지었다.

"다비드 씨, 복수가 무슨 뜻인지 모르죠?"

그는 대답 없이 웃기만 했다.

"이봐요."

"복수가 그거 아닌가? 억울한 거 풀고 해결하는 거."

"어휴……."

공공재 같은 사람이 되겠다는 사람을 믿고 따라온 내가 잘못이지. 복수하러 가자기에 뭐 뾰족한 수라도 있는 줄 알았더니.

경진은 고개를 떨군 채 어깨를 들썩이며 실성한 사람처럼 계속 웃어댔다. 그는 복수가 가진 여러 가지의 의미 중 가장 순화된 의미만을 생각하며 복수하러 가자고 제안했던 모양이다. 다비드가 생각하는 복수의 의미도 그렇게 잘못된 해석만은 아니지만, 경진에게 복수란 앙갚음의 의미가 크기에 쉽게 동의할 수가 없었다.

"복수는요, 원한을 갚는 거예요. 고통이나 상처를 받았을 때 되돌려 갚아주는 거. 그걸 복수라고 한다고요."

이를 앙다물고 나지막한 목소리로 차분히 설명을 해주자, 그는 그제야 깨달음을 얻은 듯 커다란 두 눈을 끔벅이며 해맑게 고개를 끄덕였다. 웃는 얼굴에 대고 차마 뭐라고 말을 해야 할지, 경진은 말문이 막혔다.

"그래도 여기까지 왔는데 그냥 갈 순 없잖아요. 그럼, 약하게 복수해 줘요.”

경진을 두 손으로 얼굴을 감싸며 신음을 삼켰다.

안 그래도 해진이를 만나서 진지하게 이야길 나눠야겠다고 생각하긴 했지만, 그 순간이 이렇게 빨리 찾아올 거라곤 상상도 하지 못했다. 적어도, 언니가 무척 많이 화가 난 상태라는 걸 해진이가 충분히 느낀 후 직접 찾아오길 바랐는데 이렇게 몇 시간 만에 다시 돌아올 줄이야.

그래, 이왕 여기까지 온 거, 그가 생각하는 복수를 하고 가자. 시간을 죽이며 마음 쓰는 것보단 차라리 지금 다 해치우는 게 나을지도 모르니까.

결단을 내린 경진은 후 하고 짧게 한숨을 쉰 후 아랫입술을 질끈 깨물었다. 그리곤 막 차 문을 열고 내리려는데.

“아, 그전에 확실히 해야 할 게 있어요.”

“뭔데요?”

“아까 전에 영화 보고 밥 먹고 차 마신 건 없던 걸로 합시다.”

“그게, 무슨 말이에요?”

“첫 데이트…… 우리 아직 안 한 거예요. 그러니까 다시 해야 돼요. 무효예요, 무효.”

경진은 결국 터져 나온 웃음을 참지 못했다. 태연한 척하려 애썼지만, 가슴이 너무 심하게 두근거려서 손까지 파르르 떨렸다. 겨우 허벅지 아래와 시트 사이에 손을 넣고 간신히 감춘 경진은 차마 다비드와 눈을 마주 볼 수 없어서 엉뚱한 곳을 바라보았다.

“알았어요. 다시 해요, 그럼.”

“자! 그럼 복수 시작하죠. 휴대폰.”

그가 손을 내밀었고, 경진은 순순히 휴대폰을 꺼냈다.

"나오라고 해요. 만약에 또 경진 씨 속상하게 하면 제가 도울게
요."

어련하시려고. 복수의 의미도 모르는 분이.

하지만 왠지 모르게 든든했다. 아무런 도움이 되어주지 않더라
도, 지금처럼 뒤에서 지켜봐 주기만 해도 마음이 덜 허전할 것 같
았다.

경진은 용기를 얻어 해진에게 전화를 걸었다.

[여보세요?]

"나야. 나와봐."

통화를 끝낸 경진이 차에서 내리자 그도 뒤따라 차에서 내렸다.
대문 쪽으로 향해 걷다가 뒤를 돌아보니, 그는 어느새 조수석 쪽
으로 이동해 차 문에 등을 기대고 서서 자신을 지켜보고 있었다.
심각한 순간인데도 그를 보고 있자니 자꾸만 웃음이 났다.

이내 대문이 열렸고 해진이 걸어나왔다. 내내 울었는지 녀석의
얼굴은 퉁퉁 부어 있었고, 그 모습을 보니 가장 먼저 가슴이 아팠
다. 눈도 맞추지 못하고 고개를 떨구고 서 있는 해진의 모습에 순
간 울컥했지만, 경진은 무심한 척 참아보았다.

"고모오!"

"우와! 고모다!"

그런데 그 순간, 해진의 뒤를 이어 조카 삼 형제가 줄줄이 대문
을 빠져나왔다.

"모모!"

뒤뚱뒤뚱 걸어나오던 막내 조카가 경진의 다리를 끌어안았고,

전혀 예상치 못했던 전개에 당황한 경진은 저도 모르게 뒤를 바라보았다. 아이들의 등장에 환히 웃으며 지켜보고 서 있던 다비드를 향해 경진이 빙긋 웃으며 손짓을 하자, 다비드의 표정이 서서히 굳어졌다.

"미안한데, 5분만 애들이랑 놀아주면 안 될까요?"

"제가요?"

경진이 다비드를 향해 걸어가자, 그 뒤로 조카 삼 형제가 줄줄이 따라왔다.

"다비드 씨가 복수하자고 해서 온 거잖아요."

아이들의 얼굴을 한 명 한 명 바라보던 다비드는, 잠시 망설이더니 이내 고개를 끄덕였다.

"얘기 잘하고 와요. 빨리 오면 좋고요."

"조카가 일곱 명이나 되는 분이 세 명 정도는 일도 아니잖아요. 그죠?"

경진의 말에 다비드는 어색하게 웃었다.

"귀요미들. 고모 잠깐 작은고모랑 얘기하고 올 테니까 이 아저씨랑 놀면서 기다려."

"넵!"

그렇게 경진은 조카 삼 형제를 다비드에게 맡기고 다시 해진에게 다가갔다.

"저기 가서 잠깐 앉자."

근처 공원으로 향하는 길목에 서 있는 가로등 아래, 어렸을 땐 소꿉놀이를 했고 자라서는 연애 상담을 해주었던 그 벤치로 향했다. 나란히 앉은 자매는 한동안 누구도 먼저 입을 열지 않았고, 숨 막히는 침묵은 일 분 가까이 이어졌다.

그때, 해진이 먼저 입을 열었다.

"미안해, 언니. 내가 잘못했어."

해진의 말에 경진은 긴 한숨을 내쉬며 옆으로 돌아 앉아 해진과 눈을 맞추었다.

"잘못한 거 알긴 알아?"

"절대로 내 진심이 아니야. 나도 너무 속상해서 마음에도 없는 말이 머리도 안 거치고 그냥 막 나온 거야. 정말이야, 언니. …… 잘못했어."

눈물이 그렁그렁 매달린 눈망울을 보고 있으려니 가슴이 아려 코끝이 찡해졌다. 경진은 해진의 맺힌 눈물을 닦아주며 다시 한번 숨을 골랐다.

"그래. 일단 우리 대화를 해보자. 널 나무라거나 무조건 반대하려고 다시 얘기 꺼내는 거 아냐."

경진의 말에, 웬일로 해진이 말을 자르며 들어오지 않고 순순히 고개를 끄덕였다.

"언니가 하는 얘기 흘려듣지 말고 귀담아서 잘 들어봐. 이건 어디까지나 언니 생각이고, 네가 세운 계획도 들어보고 나서 절충안을 찾자. 어떻게 생각해?"

해진은 또 한 번 말없이 고개를 주억거렸다.

"언니 생각은, 일단 너 아이 낳고 어린이집 보낼 때까진 얌전히 살림 배웠으면 좋겠어. 그동안에는 원래 하기로 했던 대로 차 서방 취직할 때까진 아빠한테 생활비 받아서 쓰고, 그리고 나서 네가 아빠 사진관 양도받아서 딱 3년만 운영해 봐. 아빠한테 용돈 안 드려도 되니까 그때부턴 니들이 벌어서 니들 살림 꾸려. 완벽하게 독립해. 그렇게 해보고도 할 자신이 있으면 그때 강남에 스튜디오 차려. 단, 아빠 건물은 그대로 둬. 담보를 잡아서 대출을 받는 것도 안 되고, 니들이 자본금 30프로 마련하면 그때 가서 다시 생각해 보자. 이것보다 더 현실적인 계획 있으면 지금 말하고."

입을 꾹 다물고 있으니 녀석이 무슨 생각을 하고 있는 건지 짐작이 되지 않았지만, 경진은 해진에게 해주고 싶었던 말을 차분하게 꺼냈다. 욱하지 않고, 화내지 않고, 명령하지 않고, 최대한 대화를 나누는 것처럼 말이다.

"아빠가 평생을 일궈온 사진관이야. 아빠가 가진 유일한 재산, 그 건물에서 나오는 임대료가 아빠, 엄마의 유일한 노후자금이고. 나도 마음 같아서는 아빠, 엄마 돌아가실 때까지 생활비 넉넉히 드리고 싶어. 근데 현실적으로 힘들어. 만약 그 마지막 보루까지 사라지면 아빠, 엄마가 노후에 얼마나 마음이 불안하시겠어? 니들 눈엔 작고 허름해 보일지 모르겠지만, 그것들은 아빠의 인생이 담긴 모든 것이야."

해진은 고개를 끄덕이거나 눈을 끔벅이는 것 외에는 아무것도 하지 않고 가만히 듣기만 했다.

"네가 경험한 사회는 광고회사에서 인턴으로 일했던 3개월이 전부잖아. 좀 더 겪어봐. 너, 이제 겨우 스물넷이야. 좀 더 멀리, 좀 더 길게 보라고. 하다가 안 되면 가족들이 도와주겠지? 천만에. 네 세대주는 이제 차수완이야. 실패는 성공의 어머니? 그거 다 옛말이야. 실패는 또 다른 실패의 밑거름이야. 신중하게 생각해. 수천, 수만 번 더 생각하고, 경우의 수의 경우의 수까지 꼼꼼하게 계산해 봐. 그러고도 네가 확신이 선다면 그땐 내가 집 팔고 차 팔고 퇴직금까지 싹 다 털어서라도 너 밀어줄게. 그러니까, 아빠 사진관이랑 건물은 그냥 두자. 네가 물려받을 거 아니면 손댈 생각 하지 마."

입술을 굳게 다문 해진이 고개를 끄덕이며 경진의 눈을 바라보았다.

"언니 말 다 알아들었어."

경진은 해진의 어깨를 다독여 주었다.

"언니가 이런 말 해서 서운해?"

해진이 고개를 가로저었다.

"언닌…… 아까 너무 서운했어."

"언니……."

"됐어. 생각하기도 싫으니까 잘못했단 소리도 하지 마."

해진이 입술을 삐죽이자 경진은 그런 해진의 입술을 손가락으로 꾹 꼬집었다.

"가자."

먼저 일어선 경진이 손을 내밀자, 해진이 그 손을 잡고 일어섰다.

작고 통통했던 손이 언제 이렇게 자랐을까. 그러고 보니 키도 나보다 몇 센티나 더 크네.

마냥 응석이나 부리며 가족들 품에 있을 것 같았던 녀석이 덜컥 애를 가져 시집을 간다고 생각하니 괜히 또 가슴이 짠해졌다.

"근데 아까 그 남자, 지난번에 봤던 그 이웃 맞지?"

경진이 대답을 하지 않자 해진이 팔꿈치로 옆구리를 툭툭 건드렸다.

"뭐야, 얘기 안 해줄 거야? ……어! 사라졌다!"

해진의 말에 경진은 대문을 향해 빠르게 걸었다. 정말로 그가 보이지 않았다. 차는 아까 세워두었던 그 자리에 서 있기에 차로 가봤지만 그곳에도 없었다. 조카들도 함께 사라져 버렸다.

"애들이랑 어디 갔지?"

"안에 들어간 것 같은데?"

설마 하는 마음에 대문을 열고 들어가 보니, 다들 그곳에 있었다. 집 안으로 들어가자고 잡아끄는 아이들과 그럴 수 없다고 버티는 다비드가 실랑이를 벌이는 중이었다.

두 눈으로 보고도 믿을 수 없는 엄청난 광경에 놀란 경진이 난감해하는 다비드를 향해 어서 나오라고 손짓을 하던 그때.

"아빠! 언니 왔어!"

해진이가 큰 소리로 그렇게 외쳐 버렸다.

"야! 나, 이씨!"

그거로도 성에 차지 않았는지 해진이는 현관문을 활짝 열고 다시 한 번 외쳤다. 신이 난 아이들을 팔짝팔짝 뛰었고, 급기야 아빠가 안경을 고쳐 쓰며 현관 밖으로 나오셨다.

……망했다.

"왔으면 들어오지 않고……."

"아하하. 아빠."

"어? 손님이 계셨네?"

아빠의 뒤로 엄마, 오빠 내외, 할아버지, 할머니까지 온 식구들이 차례로 나오셨다.

……어떡하지.

순간 다비드와 시선이 닿은 경진은 머릿속이 하얘져 버려 이 난관을 어떻게 극복해야 좋을지 답을 찾을 수가 없었다.

"안녕하세요."

그렇게 경진이 정신 못 차리고 있는 사이, 인사성 바른 다비드는 허리를 숙여 꾸벅 인사부터 했고, 아빠는 그런 다비드를 향해 손을 내밀며 다가왔다.

"아이고, 반갑습니다. 이 시간에 경진이랑 집에 찾아올 정도면 둘이 어떤 사인지…… 안으로 들어가서 마저 이야기할까요?"

"자자! 들어갑시다! 경진이 너도 얼른 손님 모시고 안으로 들어와라!"

마치 오래전부터 이 순간만을 기다려 온 사람들처럼 가족들은 합심하여 물 흐르듯 자연스럽게 그를 집 안으로 끌어들였다. 예의 바른 다비드는 차마 거절하지도 못하고 엉겁결에 집 안으로 끌려 들어갔다.

다비드를 중심으로, 온 가족들이 소파에 삥 둘러앉았다. 당연히 시선은 다비드에게 집중되었다.

"지난번에 파이 잘 먹었어요. 아까 케이크도 직접 만드셨다고. 호호호. 어쩜 그렇게 솜씨가 좋아요?"

"어머! 그때 아가씨 집으로 파이 만들어다 주셨다던 분이 이분이에요? 오늘 아가씨가 가져온 케이크도 진짜 예뻤는데. 맛있게 잘 먹었어요!"

모두들 한껏 기분이 업돼 있었다. 이 상황에서 안절부절못하는 건 경진뿐이었고, 심지어 다비드까지 끊이지 않는 칭찬에 기분이 좋아진 듯 넉살 좋게 웃어댔다.

"아닙니다. 시간이 있었으면 더 잘 만들었을 텐데. 늦었지만 생신 축하드립니다."

"아이그, 고마워요. 이렇게 잘생긴 총각이 축하해 주니께 엄청 기분이 좋으네. 히힛."

가족들은 기쁨을 감추지 못했다. 낯선 사람을 이렇게까지 열렬하게 맞이하다니. 우리 가족이 원래 이렇게 오픈 마인드였던가?

"어, 처형, 오셨어요?"

뒤늦게 소식을 듣고 2층 해진이 방에서 차 서방까지 내려왔다. 낮에 있었던 소란 때문인지 차 서방은 그 어느 때보다도 더 정중하게 경진에게 인사를 했고, 경진은 그런 차 서방에게 손을 흔들어주었다.

"차 서방! 이리 와서 인사해. 이쪽은 다비드. 어쩜 이렇게 이름이랑 얼굴이랑 잘 어울리나 몰라."

엄마가 나서서 두 남자를 인사시켰다. 어색하게 인사를 나눈 차 서방이 어리둥절해하자 해진이가 귓속말로 뭐라고 설명을 해주었다.

"제부, 나랑 잠깐 얘기 좀 할까?"

"예, 처형."

일단 해진이와 이야길 나눴으니 다음은 차 서방 차례라고 생각한 경진은 차 서방을 데리고 2층 해진이 방으로 향했다. 잔뜩 긴장한 모습을 보고 있자니 마음이 좋지 않아 최대한 부드럽게 이야길 해야겠다고 마음먹었다.

"방금 해진이랑 얘기하고 왔는데, 제부한테도 얘길 해야 할 것 같아서."

"네, 말씀하세요."

차 서방은 맞은편에 공손한 자세로 앉아 초롱초롱하게 두 눈을 빛냈다.

"우선…… 미안해, 험한 꼴 보여서. 아깐 내가 너무 화가 나고 속이 상해서…… 그동안 한 번도 그런 적 없었는데……."

"아닙니다. 저희가 잘못했습니다. 처형 말씀 다 옳습니다. 그리고 그동안 해진이한테 처형에 대해서 수도 없이 들어왔기 때문에 잘 알고 있습니다. 다 해진이를 아끼고 사랑하기 때문에 그런 말씀을 해주실 수 있다고 생각합니다."

"그렇게 생각해 주면 고맙고. 어쨌든 미안해. 다신 그런 일 없을 거야."

"죄송합니다."

연신 고개를 꾸벅이는 차 서방의 어깨를 경진이 가볍게 토닥여 주었다. 이제 겨우 스물넷. 한 가정을 꾸려 나가야 하는 이 젊은이의 마음은 얼마나 무거울까 생각하니 경진의 마음도 덩달아 무거워졌다.

"다른 건 해진이한테 듣고, 내가 제부한테 하고 싶은 말은……."

"말씀하십시오."

"아빠가 제부 재능을 많이 아끼고 믿기 때문에 그런 결정을 내리셨을 거야. 물론 해진이도 졸랐겠지. 둘 다 아직 젊은 나이고, 집에서 그렇게 큰돈 덥석 내준다고 하니까 거절할 맘 안 드는 게 당연해. 나 같아도 엄청 신날 거야. 하지만 세상은 그렇게 만만하지가 않아. 학교나 군대처럼 온정이 넘치는 곳이 아니야. 그리고 해진이는 자네가 말렸어야지. 좀 더 이성적으로 굴었어야지. 해진이랑 똑같이 굴면 어떻게 해. 난 다른 사람은 몰라도 제부는 믿었어. 또래답지 않게 어른스럽고 현명하다고 생각했기 때문에, 사실 조금 실망했었어. 살다 보면 앞으로 이런 비슷한 일들이 또 일어나게 될 거야. 그땐 제부한테 실망하고 싶지 않아. 나, 제부 믿어도 되지?"

"네, 처형. 앞으로 해진이는 제가 책임지고 맡겠습니다."

"말이라도 고맙다. 이런 말 해서 제부가 좀 서운할 수도 있겠지만, 제부도 이제 우리 가족이니까 내가 편하게 얘기하는 거야. 그리고 알다시피 난 원래 돌려서 말 못해. 이번 일은 둘이 같이 실수한 거니까 내 말 너무 고깝게 듣지 말고."

"그렇지 않습니다. 처형 말씀이 맞습니다."

할 말 다 했으니 마음이 가벼워져야 하는데 이상하게도 오히려 마음은 더 무거워졌다. 경진은 차 서방의 등을 툭툭 두들기며 자리에서 일어섰다.

"둘이서 머리 맞대고 열심히 고민해 봐. 이제 스물넷인데 뭐든 못하겠어?"

그제야 차 서방이 환히 웃었고, 불편했던 경진의 마음도 조금이나마 나아졌다.

해진이의 방을 나선 경진은 서둘러 1층으로 향했다. 그가 걱정돼서 서둘러 이야기를 마치려고 노력했는데, 아무래도 그건 쓸데없는 노력인 듯했다. 경진의 두 눈에, 위화감 없이 가족들과 뒤섞여 깔깔대며 웃고 있는 다비드가 보였다. 늘 경진의 허벅지 위에 앉아 있던 막내 조카가 다비드에게 안겨 있었고, 둘째는 다비드의 등에, 첫째는 다비드의 옆자리를 차지하고 앉아 수박을 먹고 있었다.

계단에 서서 멍하니 그 모습을 지켜보던 경진은, 어쩌면 그가 불편함을 내색하지 못하고 있는 것일지도 모른다는 생각에 서둘러 다비드에게 다가갔다.

"가야죠."

"아, 그래야죠."

다비드가 일어나려 하자 가족들은 마치 토크쇼 방청객들처럼 동시에 아쉬워 죽겠다는 듯 감탄사를 쏟아냈다.

"벌써 가려고?"

"10시가 다 돼가는데 벌써라뇨. 가볼게요."

먼저 현관으로 향한 경진이 다비드를 향해 빨리 오라고 손짓을 했지만 다비드는 발길이 안 떨어지는지 주춤거리며 한 명 한 명 인사를 나누고 있었다.

"또 놀러 와요."

"초대해 주시면 꼭 오겠습니다."

"초대는 무슨. 아무 때나 와도 돼요."

경진이 엄마를 향해 눈치를 주었지만 엄마는 그런 경진의 눈치 따위는 상큼하게 무시하고 싱글벙글 웃었다.

"그럼 이만 가보겠습니다. 갑자기 들이닥쳐서 실례 많았습니다. 안녕히 계세요!"

다비드가 다시 한 번 허리를 숙여 인사하자 모두들 손을 흔들어주었고, 민망한 경진은 황급히 집을 빠져나왔다. 그리곤 빠른 걸음으로 대문을 벗어나 그의 차에 올라탔다.

"하아…… 이게 뭐야."

경진이 두 눈을 질끈 감고 고개를 좌우로 흔들어대자 뒤따라 운전석에 오른 다비드가 호탕하게 웃었다.

"아까 나 없을 때 식구들이랑 무슨 얘기 했어요? 혹시 불편하게 했다면 제가 대신 사과……."

"정식으로 허락받았어요."

"뭘 허락받아요?"

"우리 만나는 거요. 경진 씨랑 데이트해도 좋다고 아버님이 허락하셨어요."

헐.

경진은 쩍 벌어진 입을 다물지 못하고 다비드의 얼굴을 빤히 바라보았다.

"그걸 가족들한테 얘기했다고요?"

"네."

뭐가 그리 뿌듯한지 지나치게 해맑게 웃고 있는 다비드를 향해, 경진은 쉽게 말을 잇지 못했다.

"그 얘기만 했어요?"

"아, 할아버님이 저한테 귓속말하셨어요."

"무슨 말이요?"

"경진 씨 결혼시킬 돈은 할아버님이 모아두셨다고, 걱정하지 말라고 하시던데요?"

허얼.

다비드의 능청스러운 표정에 경진은 할 말을 잃어버렸다. 털썩 시트에 등을 기댄 경진은 창문 쪽으로 고개를 돌리곤 손을 휘휘 저었다.

"출발하시죠."

"넵."

일이 너무 커져 버렸다. 고인 물처럼 잔잔하기만 하던 일상이었는데, 오늘 하루 동안 너무도 많은 일이 일어나 혼이 쏙 빠져나간 듯했다. 마치 일 년 동안 겪을 일들을 하루에 다 겪은 기분이랄까.

경진은 스윽 고개를 돌려 그를 힐끔힐끔 훔쳐보았다.

이게 다 저 남자 때문이다. 복수하러 가잔 말에 따라나서지 말았어야 했는데.

생각해 보니 이 모든 게 모두 저 남자 때문이었다. 잘살고 있었는데 이웃이라며 불쑥 나타났을 때부터 데이트네 어쩌네 하는 말로 사람 마음을 괜히 싱숭생숭하게 만든 지금까지 모두 저 남자 때문에 이 사단이 난 것이었다.

변하고 싶단 생각을 하게 만든 것도 오 할은 저 남자 지분이다. 그냥 그렇고 그런 남자였다면 스쳐 지나가 버릴 수도 있었는데, 단 한 번도 본 적 없는 특이한 남자라서 자꾸만 눈이 가고 문득문득 생각이 났다. 무엇보다 저 남자의 마음 또한 지금의 내 마음과 다르지 않다는 것이, 자꾸만 마음을 들뜨게 만들었다.

"이제 기분 좀 좋아졌죠?"

경진이 고개를 끄덕이자 그는 만족스러운 듯 미소를 지었다.

어떻게 이런 남자가 내 눈 앞에 뚝 떨어진 걸까. 혹시, 내가 전생에 나라를 구한 걸까? 아님 이 남자가 전생에 나라를 팔아먹은 걸까?

앞으로 이 남자와 난 뭘 하면 되는 거지? 이 남자랑 정말……
연애를 하게 되는 건가?

……할 수 있을까? 누군가와 다시 연애란 걸 할 수 있을까?

긴 생각 끝에 정신을 차리고 보니 어느새 빌라 근처였다. 여기
까지 오는 내내, 롤러코스터라도 탄 듯 마음이 무거워졌다가 가벼
워졌다가, 설레었다가 두려웠다가 수십 번도 더 바뀌었다.

"다 왔습니다."

그가 주차를 하는 그 짧은 순간에도 경진의 마음은 이랬다가 저
랬다가 족히 다섯 번 이상은 바뀌었다. 하지만 내색하지 않았다.
경진은 다비드를 향해 환히 웃으며 살짝 고개를 숙여 인사했다.

"오늘 고마웠어요."

"별말씀을."

연일 기승을 부리던 열대야가 한풀 꺾이고 난 여름밤 바람은 약
간의 상쾌함마저 느껴졌다. 차에서 내린 경진은 뻐근한 뒷목을 말
아 쥔 주먹으로 톡톡 두들기며 하늘을 올려다보았다.

다비드의 말대로 명색이 '첫 데이트'라서 한껏 신경 쓰고 나왔
더니 옷차림도 불편하고 발도 불편하고 총체적 난국이 따로 없었
다. 편하지 않은 구두 때문에 발이 아팠지만, 크게 숨을 들이켜고
입으로 천천히 내쉬었더니 통증이 조금 줄었다.

"좀 걸을까요?"

그도 이대로 헤어지는 게 아쉬웠던 걸까.

다비드의 제안에 경진은 망설임 없이 고개를 끄덕였다. 발에 불
이 붙은 것처럼 아팠지만 거절할 수 없는 제안이었다.

이렇게 늦은 시간에 산책을 하는 건 처음 있는 일이었다. 거기다 이렇게 아픈 발로 산책을 하는 것도 처음이었다.

"화목해 보여서 좋았어요. 덕분에 프랑스에 있는 가족들이 보고 싶어졌고요."

고개를 돌려 그의 얼굴을 보니, 가족을 떠올리고 있는지 그의 눈빛에선 아련함이 가득 묻어났다.

"보여줄까요?"

경진이 고개를 끄덕이자 다비드는 주머니에서 휴대폰을 꺼내 사진첩을 열었다. 그의 가족들도 자신의 가족 못지않게 대가족이었다. 다비드와는 전혀 다른 생김새였지만, 함께 찍은 사진 속에서도 서로를 아끼고 사랑하는 가족의 사랑이 고스란히 전해졌다.

"해진 씨랑 친해지고 싶어요."

"네? 해진이요?"

의아하단 눈으로 바라보자 그가 희게 웃었다.

"내가 해줄 수 있는 얘기가 많을 것 같아서요."

경진은 그 자리에 우뚝 멈춰 섰다. 하지만 다비드는 경진이 멈춰 선 줄 모르고 계속해서 느릿느릿 걸었다.

경진은 그 자리에 서서 다비드의 뒷모습을 지켜보았다. 저 남자는 공공재로 남겨둘 게 아니라 세계문화유산으로 지정해야 할 듯했다. 정 안 되면 인간문화재로 지정해서 보호해 주든지.

따뜻한 사람, 좋은 사람, 착한 사람, 마음이 넓은 사람, 다정한 사람, 심지어 가끔씩 귀엽기까지 한 사람……. 그에겐 그 어떤 수식어를 가져다 붙여도 뭔가 부족했다. 이미 세상에 나온 단어들보다 한 단계 상위에 존재하는, 보다 깊고 보다 넓은 의미를 가진 그런 사람이었다.

"어?"

한참을 혼자서 걷던 다비드가 그제야 경진을 발견하고 달리듯 걸어 경진에게 다가왔다. 경진은 그런 다비드를 보며 저도 모르게 피식 웃고 말았다.

"발 아프죠?"

"아뇨."

"아픈 것 같은데."

"하나도 안 아파요."

그는 그 말을 믿지 않았다. 계속해서 자신의 발을 쳐다보았다. 티가 날 정도 붓진 않았는데, 걷는 품새가 예쁘지 않아서 아무래도 눈치를 챈 모양이다.

"산책 그만해야겠다."

"그래요."

"거봐. 발 아픈 거 맞네."

"아니라니까요."

일부러 고집을 부렸더니 그가 고개를 저으며 손을 내밀었다. 경진은 그 손을 빤히 바라보다가 그의 손을 덥석 잡았다.

"갑시다."

경진은 그와 맞잡은 손을 앞뒤로 힘차게 내저으며 걸었다. 그는 경진의 보폭에 맞춰 천천히 걸어주었고, 덕분에 터질 듯이 욱신거리던 발의 통증도 참을 만해졌다.

"오늘 경진 씨 이야기도 듣고, 가족들도 만나서 정말 재밌었어요. 복수가 뭔지도 제대로 배웠고."

"한국어 선생님 바꿔요. 학생은 똑똑한데 선생님이 엉터리야."

내심 그의 한국어 선생님이 마음에 들지 않았던 경진은 티 나지 않게 툭 하고 말을 던졌다.

"재미있을 거예요."

"뭐가요?"

"나랑 연애하면요."

다비드가 던진 직구에 놀란 경진이 눈썹을 치켜세우며 눈을 동그랗게 뜨자, 언제 그랬냐는 듯 아이처럼 맑게 웃었다.

"이 남자가 이제 대놓고 꼬시네?"

"어! 아직 안 넘어왔어요? 진작 넘어온 줄 알았는데."

"와아! 다비드 씨 장난 아니다!"

그는 어깨를 한 번 으쓱이곤 맞잡은 손을 들어 요리조리 살펴보더니, 손가락 마디마디에 자신의 손가락을 밀어 넣고 빈틈없이 깍지를 꼈다.

"실은 발 아프죠?"

"안 아프다구요."

오늘 경진은 다비드가 어떤 남자인지, 한 가지 사실을 더 알게 되었다.

그는 뭔가에 꽂히면 집요해지고, 몇 번이고 반복하는 끈기 있는 남자라는 걸.

09. Ready, Get Set, Go

어느 날부턴가, 경진은 거울 앞에 설 때마다 마음이 설레었다. 잠들기 전 거울 앞에 서서 부디 내일 아침에는 붓지 않길 간절히 바라며 잠이 들고, 새벽에 눈을 뜨자마자 거울 앞으로 가 쌍꺼풀이 없어지진 않았는지 볼이 많이 붓진 않았는지를 확인하는 매일이 즐거웠다.

매일 아침 그와 만나는 시간, 그 시간이 기다려지기 때문일지도 모른다.

이른 아침 5시 30분.

공동현관을 지나 도로로 향하던 경진은 항상 같은 자리에 서서 자신을 기다리고 있는 다비드를 발견했다. 잠에서 깨자마자 주섬주섬 트레이닝복을 꿰어 입고 잠이 덜 깬 강아지 다비드에게 옷을 입혀 나오는 자신과는 달리, 다비드는 언제나 하루를 시작할 만반의 준비를 다 하고 나왔고 표정마저 한결같이 여유롭고 환했다.

저 남자는 혼자 있을 때엔 저런 표정을 짓고 있구나. 무슨 생각을 하고 서 있는 걸까.

경진은 다비드의 곁으로 수줍게 다가섰고, 그런 경진을 발견한 다비드는 얼굴 가득 미소를 띤 채 반갑다며 손을 흔들었다.

"잘 잤어요?"

"네."

"난 잘 못 잤는데."

어느 날부턴가, 경진은 다비드가 소소하게 툭툭 던지는 말 한마디 한마디를 그냥 넘기지 못했다. 경진은 마음이 덜컹 내려앉아 다비드를 올려다보는데, 그는 언제 그런 말을 했냐는 듯 태연한 표정으로 강아지 다비드에게 손을 내밀었다.

"아지, 안녕!"

다비드의 인사에 강아지 다비드는 듣는 둥 마는 둥 했다.

당연하지. '아지'는 제 이름이 아니니까.

머쓱해진 건 경진이었다.

"발은 괜찮아요?"

"네."

"그럴 줄 알았어. 어제 발 아팠던 거 맞죠?"

순간 아차 싶었던 경진은 입술을 꾹 다물고 희게 웃었다.

"오늘 '네'만 말하기로 작정했어요?"

경진이 웃으며 고개를 가로저었다.

"이상해서 그러죠."

"뭐가 이상해요?"

정말 뭐가 이상하다는 건지 모르겠다는 듯 다비드가 초롱초롱한 두 눈을 빛내며 내려다보자 경진은 입술을 떼려다가 도로 입을 다물었다.

　그걸 또 내 입으로 콕 집어서 말하긴 좀 쑥스러운데.

　"적응하면 돼요."

　다비드가 경진의 어깨를 토닥여 주었고, 경진은 기가 막혀서 웃음이 터질 것만 같았다.

　외국에서 오래 산 것이 이런 데서 나오는 건가?

　항상 예의 바르고 똑 부러지기에 매사에 신중하고 조심스러울 줄 알았는데, 그는 의외의 부분에서 갑작스럽게 추진력을 과시하거나 사람의 마음을 무장해제 시켜 버리는 특유의 능청스러운 모습을 보이곤 했다. 그리고 이것저것 따질 틈 없이, 정신 차릴 수 없게 사람을 밀어붙여 놓고 늘 이렇게 해맑게 웃어버린다.

　만약 이 남자가 그렇게 나오지 않았더라면 경진은 그와 오다가다 마주치는 이웃으로밖에 남지 않았을 것이다.

　"퇴근하면 뭐 해요? 오늘도 공연 보러 갈 거예요?"

　"저녁에 미팅이 하나 있긴 한데, 왜요?"

　"알고 있으려고요."

　얌전히 따라 걷던 강아지 다비드가 정신 사납게 까불며 앞질러 가려고 발버둥을 치자, 그는 줄을 살짝 잡아당긴 후 눈을 맞추며 단번에 제압을 했다. 이런 모습마저 멋져 보이니 이거야 원…….

　"다비드 씨는 퇴근하면 뭐 해요?"

　"일주일에 두 번은 쿠킹 클래스에서 통역 겸 어시스트를 해주고, 두 번은 한국어 수업이 있고, 나머지 날에는 운동을 하거나 공부해요. 물어봐 줘서 고마워요."

그의 하루 일과는 산책 때 종종 들어와서 잘 알고 있었다. 아침 일찍 출근해서 점심을 먹고 나면 잠시 집에 들렀다가 밤에 매장 닫을 때쯤 나가 매니저들과 마무리를 하고, 바쁜 날에는 대표고 뭐고 없이 앞치마 두르고 같이 일을 하기도 한다던 그.

가끔씩 직원들과 공원 농구대에서 농구를 하고 주말마다 청계산을 오르는 그는, 술을 좋아하지만 같이 마셔줄 사람이 없어서 운동으로 스트레스를 푼다고 하는 남자다. 말로만 들어서는 재미없게 사는 사람 같지만 그는 건강하게 에너지를 소비하는 맑은 정신과 튼튼한 육체를 가진 진정한 세계문화유산 급의 남자였다.

작정하고 찾아보면 언젠가 발견하는 날이 오긴 하겠지만, 경진은 그를 볼 때마다 가끔씩 저 사람에게도 비인간적인 모습이나 빈틈 같은 것이 있긴 할까? 하는 의문이 들곤 했다. 한국말이 서툰 것도, 어찌 보면 그에겐 제2외국어나 마찬가지인데 이 정도 실력이면 현지인에 가까웠다.

과연 그에게도 흠이 있을까?

경진은 자신이 지금 오지랖 넓게 남의 사생활까지 걱정하고 있다는 사실이 당황스럽고 왠지 우습기도 했다.

"오늘은 쿠킹 클래스 하는 날이죠?"

"와. 기억하고 있었네?"

감격한 듯한 다비드의 표정에 뿌듯해진 경진이 어깨를 으쓱였다.

"경진 씨도 와서 배워볼래요?"

"됐어요. 사람 너무 많더라."

손사래를 치며 투덜거리자 그가 피식 웃었다.

"별로 안 좋아해요?"

"아뇨. 먹는 거 만드는 거 다 좋아해요."

"그거 말고. 사람 많은 거 안 좋아하냐고요."

경진은 작게 고개를 끄덕이며 다비드를 올려다보았다.

"그래도 전에 비하면 많이 나아진 거예요."

"다행이네요."

빙긋 웃으며 그가 손을 내밀었고, 경진은 그에게 손을 내주었다.

그에게 차마 꺼내지 못한 말들이 많았다. 망설여진다고 하기보단, 조금 더 시간을 갖고 싶었다. 아직은 아무것도 확실하지 않은, 이제 막 시작된 불완전한 마음이기에 휘둘리지 않을 만큼 좀 더 단단해지고 나면 그때 이야길 하고 싶었다.

그때쯤 되면 아무렇지 않다고, 완전히 극복했다고까지 말하지 못하더라도 분명 변하고 있다고 당당하게 말할 수 있지 않을까. 하루가 다르게 변하고 있고, 무엇보다 자신이 가장 많이 변화를 하고 싶어한다고, ……그러니 그런 나라도 괜찮겠냐고.

"아, 잠깐……."

그의 셔츠 깃에 붙은 짧은 머리카락이 눈에 들어왔다. 경진이 그것을 떼어주고 어색하게 웃자, 자신의 손을 잡은 그의 손에 좀 더 센 힘이 들어갔다.

이제 막 출발선에 선 기분.

한 걸음 뒤로 물러서서 숨 한 번 크게 몰아쉬고 다시 그 자리에 설지, 아니면 이대로 용기 내어 이 떨림을 극복하고 출발을 할지는 온전히 경진이 선택할 몫이었다.

READY.

GET SET.

GO.

⋯⋯그래.

못 먹어도 고!

무심코 지어 보였던 그의 수많은 표정들이 하루 온종일 머릿속을 바쁘게 스쳐 지났다.

늦바람이 무섭다고 했던가.

이래서 외근을 해야 하는 건데. 다른 생각 할 겨를 없이 정신 쏙 빠지게 바빠야 일을 할 수 있는데.

내년 상반기 공중파 방송 편성이 확정된 J미디어 제작 첫 번째 드라마의 캐스팅이 막바지 단계였고, 일을 거드느라 엊그제 두 번째 작품이 내년 상반기 5월에 공중파 편성이 확정되어 이제 막 윤곽을 그려가던 작품마저 서둘러 캐스팅 진행을 해야 했다. 이번 주 안으로 어느 정도 배우들을 추려 미팅을 시작해야 하는데, 그렇게 되면 다음 주부터는 그렇게 원하던 외근을 원 없이 하게 될 듯싶었다.

오늘은 그 두 번째 드라마의 감독, 작가와 미팅이 있었다. 어떤 것들을 고려해서 작업을 진행할지에 대해 이야기를 듣고, 그들이 원하는 배우들과 생각하는 이미지들을 종합해서 후보군을 만들 예정이다.

점심시간이 되어가니 직원들이 하나둘 자리를 떴다. 이 시간에 사무실에 있던 때가 거의 없기도 했고, 먼저 제안을 하더라도 거절하는 일이 대부분이었던지라 직원들은 섣불리 경진에게 점심 식사를 함께하자고 하지 않았다. 모두 자신이 자초한 일이기에 섭섭할 것도 없고, 서운할 것도 없었다. 경진은 홍주에게 연락을 해볼까 하고 휴대폰을 꺼내 들었다.

Rrrr.

그때, 아빠에게서 전화가 걸려왔다.

"어, 아빠!"

[경진아, 바쁘니?]

"아니. 근데 아빠, 웬일이야? 무슨 일 있어?"

[얘는. 아빠가 꼭 무슨 일이 있어야 전화를 하냐? 점심은?]

"아직. 이제 먹으려고. 아빠는?"

[잘됐다. 아빠 네 회사 근처에 있으니까 같이 점심이나 먹자.]

"오올! 우리 아빠가 어쩐 일이시지? 알았어요, 지금 나갑니다!"

통화를 마친 경진은 서둘러 가방을 챙겨 들고 사무실을 빠져나갔다.

한 번도 아빠가 회사에 찾아온 적은 없었다. 그래서인지 괜히 마음이 설레고 놀랍기도 하고 즐겁기도 했다. 마치, 비 오는 날 아빠가 우산을 들고 학교에 데리러 와준 것만큼이나 말이다.

건물을 벗어난 경진은 아빠를 발견하고 손을 흔들었다. 그러자 아빠도 수줍게 손을 흔들어주었다.

"에유, 천천히 오지 뭐가 그렇게 급하다고 달려와. 그러다 넘어지면 어쩌려고."

"아빠 기다릴까 봐 그랬지. 가자."

아빠의 팔에 팔짱을 낀 경진은 아빠와 눈이 마주치자 배시시 웃었다.

"우리 뭐 먹을까?"

"우리 딸 먹고 싶은 걸로 먹자."

"음, 그럼…… 삼계탕 어떠십니까?"

"좋지요!"

바깥에서 아빠와 단둘이 만나는 것이 너무 오랜만이라 그런지 경진은 마냥 기뻤다. 가족들의 모든 관심이 해진이에게 쏠린 요즘이라 더 그런 걸지도 모르겠다.

인근에서 가장 유명한 곳이라 그런지, 말복이 지났지만 식당 안은 여전히 손님들로 가득했다. 직원에게 안내를 받아 자리를 잡은 경진은 의자 위에 가방을 내려놓고 아빠의 맞은편에 앉았다.

이렇게 찾아와 주신 것도 의왼데, 점심을 먹자고 하시니 사실 경진은 조금 긴장했다. 뭐 때문에 그러시는 건지 짚이는 건 딱 두 가지. 해진이의 일과 어제 급습한 다비드의 일이었다.

주문을 하고 기다리고 있는데 아빠는 말없이 따뜻한 시선으로 바라보기만 했다.

"우리 아버지께서 무슨 말씀이 하고 싶으시기에 이렇게 뜨겁게 보실까."

그제야 아빠는 무릎 위에 마른 손을 쓱쓱 문지르며 옅게 웃었다.

"어제, 해진이 때문에 마음 많이 상했지?"

조심스럽게 건넨 나지막한 아버지의 목소리가 가슴에 닿아 울컥했지만, 경진은 아무렇지 않은 척 밝은 표정을 지었다.

"어제 다 털었어. 이제 괜찮아."

"괜찮을 리가 있나. 괜찮아질 거라고 네 스스로 설득하는 거겠지."

속을 훤히 꿰뚫어 본 아빠 때문에 경진은 차마 아니라고 거짓말을 하지 못했다.

"미안하다."

"아빠가 왜 미안해. 그런 말 하지 마요."

그사이, 고맙게도 적절한 타이밍에 삼계탕이 담긴 뚝배기가 상위에 놓였고, 경진은 수저를 챙겨 뚝배기 옆에 놓았다.

"얼른 드세요. 이 집 진짜 맛있는 집이야."

아빠가 숟가락을 들자 경진도 들었다. 뜨끈한 국물을 한입 먹고 다리를 뜯는데, 아빠가 다리 하나를 뜯어 경진의 그릇 안에 얹어 주었다.

"이거 먹고 가슴살은 아빠 줘."

"왜왜. 아냐. 아빠 먹어."

다시 돌려 드리려고 하자 아빠는 경진의 손을 밀쳤다.

"너 다리 좋아하잖아."

결국 그릇 안에 다시 다리를 내려놓았고, 그제야 아빠는 만족스러운 듯 미소를 지으며 식사를 시작하셨다.

"해진이, 아이 낳고 일 시작하겠다고 하더구나."

"무슨 일?"

"취직하겠대. 제가 인턴 했던 곳만큼 좋은 곳은 못 들어가겠지만, 그래도 해볼 거라고 하더라. 그러면서 아이는 우리보고 키워 달래."

"치."

하다못해 사진관 운영이라도 배워서 물려받겠거니 했는데 다행히 생각을 고쳐먹은 모양이다. 경진은 피식 웃고 말았다.

"진작 그랬어야지. 나이도 어린데 차근차근 갈 생각 안 하고……. 잘됐네."

"언니가 무섭긴 무서운가 보다, 그 고집이 꺾인 거 보면."

"내가 무서운 게 아니라 사회가 무서운 거지. 그동안은 가족들 울타리 안에서 하고 싶은 거 다 하고 살았지만, 이제부턴 지들이 꾸려가야 하잖아."

경진은 사실 그게 가장 걱정이었다. 마냥 넓고 따뜻하기만 했던 가정의 울타리를 벗어나 제 스스로 또 하나의 가정을 꾸려 살아가야 하는데, 그걸 잘해낼 수 있을지 말이다.

"아빤 도대체 걔들 뭘 믿고 건물까지 내준다고 한 거야?"

갑자기 경진이 발끈하자 아빠는 머쓱하셨는지 말아 쥔 주먹으로 입술을 막고 흠흠 군기침을 하셨다.

"너, 기억나니? 해진이가 모든 걸 알고 난 그 다음날 말야."

"기억나지. 어떻게 그걸 잊겠어? 괴나리봇짐 꾸려서 제 엄마 찾으러 가겠다고 사라졌잖아."

경진은 고개를 절레절레 흔들었다. 그때 생각만 하면 아직도 심장이 철렁 내려앉는 듯했다.

제가 아끼던 삐약이 운동화 두 짝 챙겨서 집을 나간 해진이를 찾기 위해 온 식구들이 울고 불며 온 동네를 싹 뒤졌다. 다행히도 그날 밤 경찰서에 해진이를 보호하고 있다는 연락이 왔고, 오빠가 세상모르고 깊은 잠에 빠진 해진이를 업고 집으로 돌아왔었다.

그 어린 나이에 제법 충격이었던 모양이다. 아마 나였어도 그랬을 것이다.

그날 이후 해진이는 정말 이상하단 생각이 들 정도로 더 이상 그 일에 대해 묻지 않았고, 그날부터 지금까지 불안한 평화는 계속되었다. 한 번쯤 뻥 하고 터질 것만 같았는데, 아직도 터지지 않고 있었다.

늘 발랄하고 쾌활한 해진이라서 지켜보고 있기가 더 안쓰러웠다. 속으로 얼마나 썩어 들어가고 있을지 가늠을 할 수가 없었지만, 따뜻하지 못한 경진의 성격 탓에 데리고 앉아 진지하게 이야기 꺼내지도 못했다. 혹시나 그 감정이 뻥 하고 터져 버릴까 봐, 그래서 오래전 그날처럼 어느 날 갑자기 사라져 버리기라도 할까 봐 전전긍긍하게 되었다. 해진이는 이 집에 왔던 그 순간부터 경진이의 유일한 동생이니까.

언젠가 아버지는 그런 말씀을 하셨다. 열 손가락 깨물어서 안 아픈 손가락은 없다고. 그중 가장 아픈 손가락은 해진이라고. 경진도 알고 있다. 경진 역시 해진이가 가장 아픈 손가락이기 때문이었다.

주변 사람들은 그럴수록 더욱 반듯하게 키워야 한다고 충고했지만, 직접 키워보지 않고서는 그런 말을 쉽게 할 수 없는 거라 생각했다. 그 부분만큼은 '이것이 옳은 것'이란 정답은 애초부터 없었던 것이다. 하물며 한배에서 난 새끼 강아지들도 성격과 모습이 다 다른데, 사람이라고 모두 같을까.

"해진이가 결혼하겠다고 차 서방 데리고 왔을 때 아빠 예전에 그날만큼이나 가슴이 철렁 내려앉았어. 혹시 해진이가 서둘러 결혼을 하려는 이유가 우리를 떠나려고 그런 건가 하고."

"아빠는……."

경진은 일부러 대수롭지 않다는 듯 굴며 깍두기 하나를 깨물었다.

사실, 경진도 그 생각을 안 했던 건 아니었다. 임신은 핑계고 혹시 해진이가 독립을 하고 싶어서, 집을 떠나고 싶어서 결혼을 서두른 건 아닐까 하는 생각 말이다. 이대로 떠나 버리면 영영 돌아오지 않을 것만 같은 근원을 알 수 없는 불안감 때문에 해진이를 좀 더 품 안에 붙잡아두고 싶었다.

"네 눈엔 아빠, 엄마가 답답하지?"

"아냐. ……이해해."

"어떻게든 우리 딸이 될 운명이었던 아이라 돌아서라도 우리에게 온 귀한 아이잖니. 그 아이 때문에 우리 가족이 얼마나 많이 웃고, 얼마나 행복했니. 그래서 아빤 항상 감사하게 생각하고 있어. 남들이 뭐라고 하든 아빠 맘은 그래."

경진은 아빠의 말에 조용히 고개를 끄덕였다.

"해진이도 그렇고, 우리 가족들의 비빌 언덕은 우리 가족뿐이잖아. 할아버지, 할머니한테 아빠가 받았던 만큼 나도 너희들한테 항상 보듬어주고, 안아주고, 힘들 땐 기댈 수 있는 언제나 든든한 아빠이고 싶다. 아빤 너희들을 위해서라면 뭐든 다 할 수 있어."

"아빤 너무 구식이야. 요즘 어떤 부모가 그렇게 살아. 난 우리 아빠, 엄마가 아낌없이 주는 나무 같은 거 안 했음 좋겠어. 돌아가실 때까지 재산 딱 쥐고 우리들 앞에 늘 당당하셨음 좋겠다고."

"그럼 우리 경진이는 아빠가 일찍감치 재산 분할해 주면 그거 안 받고 아빠 죽을 때까지 기다려 줄 거야?"

"음…… 그건 그때 가서 생각해 볼게."

"으이그, 녀석."

경진은 아직까지 부모 된 마음을 알지 못한다. 부모가 되어보지 않는 한 절대로 알 수 없는 자식을 향한 마음의 넓이와 깊이 때문에 해진을 대하는 아빠, 엄마의 모습 중 분명 경진이 이해하지 못하는 부분들이 존재한다.

"해진이는 내가 컨트롤할 테니까, 아빤 그런 걱정 하지 마. 걱정이 많으면 사람이 빨리 늙는다고. 우리 아부지 무병장수하셔야 하는데, 이거 봐. 주름이 자글자글하잖아. 요즘엔 육십 넘은 분들 얼마나 정정하신데! 아빠, 내가 보톡스 놔드릴까?"

"보톡스 맞으러 범이 그 녀석 병원에 데려가려고? 됐다, 녀석아."

"아빠, 범이가 강남에서 얼마나 잘나가는 성형외과 운영하는지 몰라?"

아빠가 손사래를 치자 경진이 웃으며 날개 하나를 뜯어 젓가락으로 살을 발랐다.

"그 다비드란 친구 꽤 괜찮은 것 같은데, 넌 어떠냐?"

"뭐…… 괜찮은 사람이지."

"쑥스러워하긴."

갑자기 수줍어진 경진의 모습에 아빠는 뭐가 그리도 즐거우신지 연신 허허 웃었다.

"한 번밖에 보진 못했지만, 좋은 사람 같더라. 잘해봐."

경진은 고개만 끄덕이고 말을 잇지 못했다.

"네가 그런 마음먹기까지 얼마나 오랜 시간이 걸렸는지 아빠다 아니까 부담 갖지 말고. 아빠 다 괜찮아."

이번에도 경진은 대답 대신 고개만 끄덕였다.

"그래도 솔직히 기분 좋더라. 우리 딸이 남자를 떡하니 집에 데려오니까. 허허."

아빠가 웃으니 경진도 기분이 좋았다. 날 지켜보는 것만으로도 함께 가슴 아파했던 분이 이렇게도 환히 웃으니 뭐라고 표현할 수 없을 만큼 가슴이 뻐근해졌다.

변해야겠단 작은 결심 한 방울이 오랜 시간 고여 있던 물 위에 떨어졌을 뿐인데 그 파문은 점점 더 넓게 퍼져 나가고 있었다.

예상보다 미팅이 길어져 10시가 넘어서야 집으로 돌아오게 된 경진의 발걸음은 한없이 무겁기만 했다. 이렇게 늦을 줄 알았으면 차를 가지고 가는 거였는데.

버스에서 내린 경진은 이어폰을 귀에 꽂고 휴대폰으로 음악을 재생시켰다. 마냥 듣기 좋다고만 생각했던 유재하의 음악이 이제 가슴에 와 닿는 나이가 되었음이 새삼스럽게 다가오는 여름밤이었다.

난 그저 매일을 살아갈 뿐인데, 언제 이렇게 시간이 흐른 걸까.

서른둘. 뭐 하나 번듯하게 이룬 것 없다는 생각에 불현듯 허망함이 밀려들었다. 평범하게 살고 싶었는데, 역시 평범한 것이 가장 비범한 것이란 말이 떠오를 뿐이었다.

"언니!"

"아, 깜짝이야!"

갑자기 뭔가가 불쑥 길을 가로막으며 나타나 기겁을 한 경진은
가슴을 움켜쥐며 주저앉았다. 다행히 범인은 해진이었다.

"뭐야, 갑자기."

"동생한테 뭐가 뭐냐?"

"왔으면 안에 들어가 있지 왜 나와 있어."

"안 그래도 집에서 기다리다 기다리다 잠깐 이거 사러 나왔는
데, 어디서 많이 보던 여자가 저기서 걸어오더라고. 헤헷."

까만 비닐봉투에 욕심껏 과자를 사 담은 해진이가 경진의 팔에
팔짱을 끼고 부축해서 일으켜 세웠고, 경진은 헛웃음을 지으며 함
께 걸었다.

"근데 왜 이렇게 늦게 와?"

"미팅이 길어져서. 근데 여긴 어쩐 일이야? 차 서방이랑 싸웠
어?"

"아니. 그냥 언니 보러 왔지."

"수상한데."

눈을 가늘게 뜨며 노려보자 해진이는 서운하다는 듯 입술을 삐
죽였다.

"나 오늘 언니 집에서 자고 갈 거야."

"왜?"

"그냥."

경진은 해진이의 옆얼굴에서 눈을 떼지 못했다.

"사고 친 거 아니지?"

"언니는. 내가 무슨 만날 사고만 치고 다니는 줄 알아?"

"그럼 아냐?"

"헤헤. 맞아."

공동현관을 지나 경진의 집까지 가는 동안에도 해진은 별다른 말을 하지 않았다. 정말 무슨 일이라도 생긴 건가 싶어 걱정스러웠지만, 경진은 더 이상 캐묻지 못했다.

집에 도착해서 현관문을 열고 안으로 들어서니, 오늘도 역시 강아지 다비드가 마중을 나왔다. 제가 가장 아끼는 곰인형을 입에 물고 짤막한 꼬리를 힘차게 흔드는 다비드의 이마에 입을 맞춘 경진은 기특한 다비드의 엉덩이를 토닥였다.

"다비드, 하루 종일 심심했지? 이리 와. 간식 줄게."

간식 소리 하나는 기가 막히게 알아듣는 다비드였기에 쏜살같이 쫓아왔다.

"어이구. 여기도 다비드 저기도 다비드, 아주 다비드 속에 파묻혀 사시는구만?"

해진이의 날카로운 지적에 경진은 싱긋 웃고 말았다.

"그 다비드 씨도 이 다비드의 존재를 아시나?"

"알지. 근데 다비드인 줄은 몰라."

"하긴, 키우는 강아지 이름이 자기 이름이면 기분이 묘하긴 하겠다."

소파에 털썩 주저앉은 해진은 아침에 경진이가 먹다가 두고 간 호두와 아몬드를 집어 먹으며 TV를 켰다.

"그렇겠지? 이름을 바꿀까 봐."

"이제 겨우 제 이름이 다비드인 걸 인지한 녀석인데 또 바꾸면 애가 머리 아프지 않을까? 스트레스 주면 안 돼."

그건 또 그렇네.

경진은 어깨를 한 번 으쓱인 후 다비드에게 간식을 주었다. 그러고 보니 간식이 사분의 일밖에 남질 않았다. 은근히 입맛이 까다로운 다비드라서 아무 간식이나 먹지 않고 수제 간식만 먹는 아이라 아무래도 내일은 간식을 사러 가야 할 듯했다.

"언니, 샤워 같이 하자!"

"싫어."

"왜애애애. 같이 하자. 응?"

어느새 옷을 훌떡 벗고 다가오는 해진을 피하려고 경진은 요리조리 움직였다.

"얘가 오늘 왜 이렇게 진상이야? 됐어!"

"이리 와, 언니!"

경진은 두 팔을 활짝 벌리고 다가오는 해진에게 순순히 잡혀주었다.

"알았어, 알았어. 하자."

"나 먼저 가 있을게. 얼른 와!"

해진이 먼저 욕실로 들어갔고, 경진은 옷 방으로 가 갈아입을 속옷 두 세트와 상하의 두 벌씩을 챙겨 욕실로 들어갔다.

아무리 생각해도, 오늘 해진이가 많이 이상했다.

양반다리를 하고 앉은 해진은 방울토마토를 가득 담은 그릇을 끌어안고 TV를 보고 있었고, 그 뒤에 앉은 경진은 그런 해진의 머리카락을 빗겨주었다. 허리까지 길게 내려온 머리카락을 빗겨주던 경진은, 엄마는 예쁘게 못 묶는다며 곧 죽어도 언니가 머리 묶어달라고 떼를 쓰던 어린 해진이가 떠올랐다. 그때 좀 더 살갑게 빗겨주지 못해서, 예쁘게 땋아달라고 했는데 빨리 학교 가야 한다고 핑계 대며 귀찮다고 아무렇게나 묶어줬던 게 이제 와 못내 미안했다. 그래도 언니가 묶어주는 게 좋다고 아침마다 그 전쟁을 치렀었는데…….

"언니."

"응?"

"……사랑해."

울컥했지만, 경진은 계속해서 머리를 빗었다.

"뜬금없긴……."

"뭐야. 오빤 내가 사랑한다니까 따뜻하게 안아줬는데. 치잇."

"징그러."

"그래서 연애는 제대로 하겠어?"

"요 쬐그만 게."

뒤통수를 콩 하고 쥐어박자 해진이가 뒤를 돌아보며 눈을 흘겼다.

"그 쬐그만 게 이제 곧 결혼도 하고 애도 낳거든요?"

"그러게. 참…… 신기하다."

어디로 멀리 가버리는 것도 아닌데 왜 이렇게 허전한 건지. 가슴 한쪽이 쑹덩 베어 나가는 것처럼 못 견디게 시렸다.

"고마워."

"애가 오늘 감수성 터지네."

"진심으로…… 고마워, 언니. 언니가 내 언니라서…… 진짜진짜 좋아."

코맹맹이 목소리가 났다. 마음 약한 녀석이 울고 있는 모양이다.

"뭐가 또 필요한데?"

"치이. 사람이 진지하게 말을 하면 진지하게 받아줘야지."

해진이가 나무라기까지 했지만 경진은 그저 웃을 뿐이었다.

"행복하게 잘살아. 언니가 항상 기도할게."

해진이가 뒤로 돌아 앉으며 꾹 다문 입술을 씰룩였다. 이미 두 볼은 눈물범벅이 되어 있었다.

"울긴 왜 울어. 요게 어린양만 늘어서!"

경진의 말에, 해진은 경진의 옆구리에 두 팔을 밀어 넣고 가슴 위에 얼굴을 묻으며 폭 안겼다. 등을 다독여 주자 서럽게 목 놓아 울기 시작했다. 경진은 눈을 빠르게 깜박이며 애써 눈물을 참았고, 떨리는 목소리를 고르기 위해 몇 번이나 숨을 다독였다.

"잊지 마. 넌 항상 사랑받고 있다는 거, 절대로 혼자가 아니라는 거, 너한테는 든든한 가족이 있다는 거 절대 잊지 마. 항상 당당하게, 어디 가서도 기죽지 말고 씩씩하게. ……알았지?"

해진이 고개를 끄덕였고 경진은 그런 해진을 두 팔로 꼭 끌어안았다. 그러자 곁에서 지켜보고 있던 다비드가 기어이 해진이와 경진이 사이의 틈을 비집고 들어와 끼어들었다. 그 모습에 해진이가 웃었고, 경진이도 웃으며 해진이의 눈물을 닦아주었다.

참 예뻤다. 내 동생이지만 참 예쁜 아이였다. 어디서 이렇게 예쁜 동생이 나왔을까 싶어 찬찬히 얼굴을 살펴보았다. 여덟 살의 나이 차 때문에 어려울 법도 한데 늘 살갑게 굴어주던 해진이라서 고마웠고, 내가 사랑해 준 만큼 녀석도 날 사랑해 주니 고마웠다.

"언니, 문자 온 것 같은데?"

잠시 생각에 잠겼던 경진은 해진의 말에 휴대폰을 보았다.

『첫 데이트 합시다. 내일 저녁 어때요?』

다비드였다.

몇 번이고 메시지를 반복해서 읽던 그때, 해진이가 냅다 휴대폰을 가로채 버렸다.

"야! 이리 내놔!"

"첫 데이트 합시다. 내일 저녁 어때요? 아으, 간지러! 둘이 진짜 연애하는 거였어?"

"달라니까!"

휴대폰을 손에 쥔 해진이 요리조리 피했고, 경진은 그것을 빼앗기 위해 사력을 다해 팔을 뻗었다. 그 뒤로 뭔지도 모르고 마냥 신이 난 다비드도 껑충거리며 귀를 펄럭였다.

퇴근 시간에 맞춰 회사 앞으로 데리러 오겠다는 다비드 때문에 경진은 외근을 하다가 퇴근 시간에 맞춰 사무실로 돌아왔다. 그리곤 옷매무새와 화장을 고친 후 정확히 그가 이곳에 오기로 한 시간에 맞춰 엘리베이터에 올랐다.

1층에 도착한 경진은 눈에 익은 직원들이 인사를 건네자 고개를 끄덕여 공손하게 받아주며 로비로 향했다. 그런데 오늘 유난히 로비에 사람들로 북적이는 듯했다. 곁을 지나치는 여직원들의 쑥덕거림과 호기심 가득한 시선이 뭔가 불편하다 싶었던 그때, 설마했던 그 생각이 정확하게 들어맞았다.

사람들의 시선을 한 몸에 받고 있는 낯익은 남자가 눈에 들어왔다. 소매를 접어 올린 하얀 셔츠와 청바지를 입고 있을 뿐인데도 빛이 났다. 물론 늘씬한 몸매가 고스란히 드러나는, 신체의 장점이 부각되는 스타일이긴 했지만 그가 착용한 아이템이라곤 손목에 채워진 갈색 가죽 시계뿐이었다.

무슨 남자가 저래.

슈트를 입은 것도 아니고, 명품으로 도배를 한 것도 아니고, 귀금속을 주렁주렁 매단 것도 아닌데 왜 저렇게 멋진 거지?

로비에 모인 사람들은 모두 대놓고 보진 않지만 그를 힐끔거리며 수군대기 바빴다. 심지어 몇몇 여직원들은 두 눈에서 하트를 쏟아내기도 했다. 경진은 저 남자를 데리고 어서 이곳을 빠져나가야겠단 결론을 짓고 주변을 경계하며 그에게 다가섰다. 그런데 그때, 경진을 발견한 다비드가 활짝 웃으며 손을 흔드는 바람에 모든 사람들의 시선이 동시에 경진에게 쏠렸다.

"길이 너무 막혀서 하마터면 늦을 뻔했어요. 휴우."

"퇴근 시간이잖아요. 그냥 지하철 타고 오지."

"첫 데이트니까. 갑시다."

그는 자연스레 손을 내밀었고, 잠시 망설이던 경진은 에라, 모르겠다 싶어 그 손을 잡고 말았다. 그러자 곁에서 수군대던 여직원들이 하늘이 무너진 듯한 표정을 지었고 부러움 가득한 시선으로 바라보는 바람에 경진은 어깨에 힘이 들었다.

"여기 있는 사람들 다 경진 씨 얼굴을 아나 봐요. 다 쳐다보네?"

"저 때문에 보는 것만은 아닐 거예요."

정말 모르는 건지, 아니면 모른 척을 하는 건지. 분명 자기가 잘

난 사람이란 걸 아는 것 같았는데.

그의 차 앞에 도착하자 그가 조수석 문을 열어주었고, 경진은 기다렸다가 차에 올랐다. 차 문을 닫아준 다비드는 보닛을 돌아 운전석 문을 열고 자리에 앉았는데, 그 순간 훅 하고 풍긴 그의 향수 냄새에 가슴이 두근거렸다. 나만큼이나 그도 오늘 약속 때문에 신경을 쓴 것 같아서였다.

"배고프지 않아요?"

"조금."

"레스토랑 예약해 뒀어요. 가본 중에 가장 맛있었던 곳으로. 괜찮죠?"

"네."

"그럼 출발합니다."

경진이 안전벨트를 채우자, 다비드가 천천히 차를 몰았다. 기어 레버를 살며시 쥐고 있는 그의 손등 위에 도드라진 핏줄과 힘줄 때문에 또 한 번 가슴이 두근거린 경진은 애써 차창 밖에 시선을 두고 라디오에서 흘러나오는 노래에 귀를 기울였다.

[사랑해라, 나를. 사랑해라, 나를. 멀리서 그대를 바라보며 혼자 하는 말.]

하아.

왜 하필 이런 순간 이런 노래가 흘러나오는 건지.

힐끔 곁눈질로 바라본 그의 얼굴에 슬며시 번진 미소 때문에 경진은 아랫입술을 꾸욱 깨물며 손가락을 꼼지락거렸다.

레스토랑에 도착한 순간부터 지금까지 경진은 감탄을 멈추지 못했다. 주문은 물론, 요리를 먹는 모습까지도 그는 정갈하고 젠틀했다.

그는 모든 포크와 컵의 용도와 사용법을 알고 있었다. 가정 시간에 배웠던 것 같긴 하지만 이미 까맣게 잊은 지 오래였는데, 그는 몸에 밴 듯 능숙했다. 그 모습마저도 굉장해 보였다.

어머니께서 식당을 하신다더니, 역시 남다르네.

"경진 씨는 어떻게 그 일을 시작했어요?"

"어렸을 때 엄마가 비디오 대여점을 했거든요. 비디오테이프 빌려주는 거."

"아, 알아요. 비디오 대여점."

물을 한 모금 마신 다비드는 쥐고 있던 포크도 내려두고 경진의 이야기에 귀를 기울였다.

"학교 끝나고 가끔씩 엄마 가게 일 도와주러 가다 보니까 자연스레 영화를 많이 보게 됐어요. 주말 같은 때는 제가 늘 있었는데, 심심하니까 계속 영화 보고…… 그러다 보니 영화가 좋아졌죠."

"오빠는 안 도와줬어요?"

"오빠는 공부를 잘했거든요. 그 시간에 공부했어요."

"아아."

이해했다는 듯 고개를 끄덕이며 웃자 경진도 덩달아 미소 지었다.

"그래서요?"

"그러다 대학교를 갔는데, 영화 동아리가 있더라고요. 그래서 냉큼 들어갔죠. 근데 거기가 영화를 보는 동아리인 줄 알고 들어갔는데, 알고 보니까 영화를 만드는 동아리였어요."

"경진 씨는 거기서 뭐 했는데요?"

"이것저것 가리지 않고 다 했죠. 그중 가장 꼼꼼해서 스크립터도 하고, 연출도 해보고, 급할 땐 엑스트라도 하고. 편집도 잘했는데."

경진은 빈틈을 놓치지 않고 자랑한 게 머쓱해서 피식 웃어버렸다.

"그래도 만들다 보니까 재밌었나 봐요? 지금까지 계속한 거 보면."

"의외로 잘 맞더라고요. 적성에 맞았어요."

졸업하기 전부터 방송국 입사가 목표였던 경진은 졸업하던 그해 GBS에 입사를 하게 되었고, 원하던 대로 드라마국에 자리를 잡았다. 캐스팅 디렉터로 확고하게 자리를 잡게 된 경진의 무기는 배우를 보는 눈만큼이나 중요한 정보력 덕분이었다. 황무지나 다름없던 분야에서 방대한 자료를 모아 직접 데이터베이스를 만들었고, 사적인 시간까지 모두 투자해서 새로운 배우들을 찾아냈다. 그 기본을 바탕으로 수년간의 경험으로 만들어진 인맥까지 더해져, 경진은 국내 굴지의 미디어 그룹인 J미디어의 수석 캐스팅 디렉터로 스카우트되기에 이르렀다. 일반적으로 방송국 소속의 캐스팅 디렉터들이 요청을 받고 가끔씩 외주 제작 작품에 참여하는 것과 달리, 경진은 J미디어에서 제작하는 모든 컨텐츠의 캐스팅을 총괄하고 신인배우 발굴까지 겸하고 있었다.

"다비드 씨는 어떻게 해서 여기까지 왔어요?"

"태경이 따라서요."

"태경 씨랑은 언제부터 알게 됐는데요?"

"음. 9년 전? 미국으로 공부하러 갔다가 만났어요. 누나 집에 얹혀살았는데, 그때 태경이가 누나네 앞집으로 이사를 왔거든요."

"그랬구나."

고개를 끄덕이던 경진은 문득 9년 전의 그는 어떠한 모습을 하고 있을지 궁금해져서 슬쩍 상상해 보았다.

"원래는 의사가 되고 싶었는데, 도중에 접었어요."

"와……. 다비드 씨 의사까지 됐으면 정말……."

"스무 살에 꿈꾸던 서른두 살의 모습은 아니지만, 그래도 좋아요. 엄청 행복해요."

물을 마시려고 잔을 들던 경진은 잔이 빈 것을 확인하고 좌우를 두리번거렸다. 그때, 다비드가 먼저 손을 들어 웨이터를 부르더니 물을 채워주었다.

이런 다정한 사람 같으니라고.

도무지 출구가 안 보이네.

"한국에 처음 온 소감은 어땠어요?"

"으. 정신없어."

솔직한 다비드의 감상에 경진이 웃음을 참지 못했다.

"한국에 오게 될 줄은 정말 몰랐는데, 벌써 일 년이나 지났어요. 태경이가 결혼하는 바람에 집에서 쫓겨나 이사하게 되고, 그러다 경진 씨를 만났고……."

쑥스러운 마음에 경진은 고개를 저으며 물 잔을 끝까지 비워 버렸다.

"재밌죠?"

"뭐가요?"

"나랑 연애하는 거요."

"음…… 아직은 잘 모르겠는데요?"

실망한 듯 눈썹을 씰룩이는 그의 모습에 경진은 애써 웃음을 삼키며 평온한 표정을 지었다.

"뭐, 이제 첫 데이트니까."

어설프게 자기 위로를 하던 다비드는 속이 허했는지 스테이크 한쪽을 크게 썰어 입에 넣고 우적우적 씹었다.

"다비드 씨는 한국에 있으면서 뭐 해보고 싶은 거 있었어요?"

"되게 많은데……."

고민을 하는 듯 그는 눈동자를 데구루루 굴리며 고개를 갸웃거렸다.

"아! 있어요. 동치미."

"동치미?"

"동치미 담고 싶어요."

"왜요?"

"군고구마랑 같이 먹으려고요."

결국 경진은 손등으로 입술을 막고 어깨를 들썩이며 큭큭댔다. 무슨 동치미에 얽힌 이야기라도 있나 싶었는데, 단지 군고구마랑 같이 먹고 싶어서라니.

"경진 씨 할 줄 알아요?"

"저는 잘 모르고 저희 할머니가 잘 담그시는데, 다음에 한 통 얻어올게요."

"아니에요! 그럼 제가 배우러 가면 돼요."

"어어! 어딜 또 간다고 그래요. 안 돼요."

"직접 배우고 싶은데⋯⋯."

그의 집요함이 다시 발휘되려고 할 무렵, 경진은 입술 위에 검지를 얹고 그에게 눈짓을 했다. 레스토랑 한가운데에 마련된 무대 위에서 블랙 슈트를 멋지게 차려입은 한 남자가 피아노 연주를 시작했기 때문이다.

"이쪽으로."

돌아앉아야만 무대가 보이는 자리라 고개를 돌리고 연주를 지켜보던 경진에게 다비드가 제 옆자리의 의자를 빼주며 이리 오라고 손을 내밀었다. 경진이 다비드가 내민 손을 잡고 그의 옆자리로 이동했지만, 그 후로도 다비드는 잡은 손을 놓아주지 않았다. 그에게 잡힌 손과 그의 얼굴을 번갈아가며 보던 경진은 두근대는 심장 소리가 그에게 들릴까 조바심이 나서 한껏 숨을 죽여야만 했다.

너무도 오랜만이라, 마치 처음과 같은 이 설렘. 떨림. 두근거림.

어떻게 받아들여야 좋을지 모를 만큼 난감하기만 한 감정들.

스무 살에 꿈꿨던 서른두 살의 자신의 모습과 지금의 모습이 많이 닮아 있어서 경진은 누군가에겐 미안했고 동시에 누군가에겐 고마웠다.

10. 사랑은 다비드 카페에서

아침에 출근하면서 강아지 다비드에게 주고 온 간식이 마지막이었던 것이 떠올라 경진은 퇴근길을 서둘렀다. 다비드가 가장 좋아하는 간식을 파는 곳이 인근에 단 한 곳뿐인데, 저녁 7시가 되면 칼같이 문을 닫기 때문이었다. 좋은 것만 먹이고 싶은 욕심에 경진이 길을 잘못 들였다.

"어서 오세요!"

애견 수제 간식 전문점 〈멍이까까〉의 여주인이 늘 그랬듯이 상냥하게 인사를 건넸고, 경진은 살짝 고개를 끄덕였다. 경진은 다비드가 좋아하는 말린 연어 큐브와 돼지 귀 껌을 챙겼다.

"다비드 벌써 다 먹었어요?"

"어찌나 잘 먹는지 말도 못해요. 연어 조각은 하루에 하나 주는데, 이놈이 안 먹은 척 시침 뚝 떼고 또 달라고 난리예요."

어떤 걸 먹여야 하는지 세심하게 챙겨주고, 전에 어떤 걸 사갔는지 어떤 걸 잘 먹는지 같은 사소한 것 하나하나 기억을 해줘서 경진은 이곳에 들를 때마다 기분이 좋았다.

"지난번에 사가셨던 소 힘줄 껌은 잘 먹던가요?"

"그럼요. 당연하죠."

카운터로 가서 고른 간식을 건네자 주인이 비닐봉투에 담아 건넸다.

"이거 오늘 구운 쿠킨데, 다비드 줘보세요. 당근이랑 단호박이랑 사과랑 넣고 구운 거예요."

"감사합니다. 다비드가 엄청 좋아할 거예요."

계산을 마치고 다비드의 간식을 두둑하게 챙긴 경진은 기쁜 마음을 안고 돌아서다가, 무척이나 낯이 익은 남자가 살찐 치와와를 안고 비스듬히 서서 자신을 빤히 바라보자 그 자리에 우뚝 멈춰 서고 말았다.

"어머! 팥쥐 왔네?"

헛것을 본 게 아니었다. 그는 분명 함태경이었고, 녀석은 팥쥐가 확실했다. 주인이 팥쥐에게 다가가 환히 웃으며 손을 흔들었지만 녀석은 무심한 얼굴로 커다란 눈만 끔벅였다.

들었을까? 들었겠지? 들었으니까 저런 표정을 하고 날 보는 거겠지?

어떡하지. 뭐라고 둘러대야 하지? 둘러댄다고 통할 것 같지 않은데.

경진은 이러지도 못하고 저러지도 못한 채 매장 한가운데에서 비닐봉투를 들고 우왕좌왕했다. 그러자 태경이 배시시 웃으며 다가왔고, 경진은 당황스러운 속내를 들키지 않으려고 최대한 태연한 척 굴었다.

"안녕하세요, 경진 씨."

"네, 안녕하세요."

태경이 지나치게 환히 웃자 경진도 덩달아 웃으며 무슨 말을 해야 할지 입술을 달막이며 시간을 벌었다.

"간식 사러 오셨어요?"

"네…… 헤헤."

"이름이 다비드…… 인가 봐요?"

"아, 하하, 하하하."

"다비드. 참 좋은 이름이죠."

대수롭지 않다는 듯 자연스레 대화를 나누던 그가 손끝으로 이마를 긁적이자, 경진은 드디어 올 것이 온 건가 싶어 눈을 질끈 감고 옅게 숨을 몰아쉬었다.

"그게 사실은……."

"뭐, 어때요. 찰스, 도로시, 루키, 코코, 테리 같은 개 이름도 모두 사람 이름이기도 하잖아요. 괜찮아요."

뭘까, 절대로 괜찮지 않을 것 같은 이 느낌은.

천연덕스러운 태경의 말에 경진은 계속해서 어색한 미소를 지었다.

"전 그냥, 다비드 씨처럼 멋진 개가 되라…… 아니, 그게…… 다비드 씨가 개 같다는 게 아니고."

"다비드를 닮은 강아지라. 되게 궁금한데요?"

"어흐……. 태경 씨."

한 손으로 이마를 감싸 쥔 경진이 앓는 소리를 하자 태경이 손사래를 치며 빙긋 웃었다.

"걱정 말아요. 안 이를게요."

"……고맙습니다. 저 먼저 가볼게요."

고개를 꾸벅 숙여 인사를 하고도 차마 눈을 맞출 자신이 없어 그 자세 그대로 가게를 빠져나가던 경진은 결국 울상이 되었다.

"조심해서 들어가요, 다비드 주인님!"

어떡하지.

만나면 냉큼 얘기할 것 같은데.

"후우!"

아무래도 솔직하게 고백을 할 때가 된 듯했다. 다비드를 본받았으면 하는 마음에 지은 이름이니 부디 열받지 말아달라고. 정말 좋은 의도로 지은 이름이고, 다비드 씨랑 이런 관계가 될 줄 모르고 지은 이름이라고 말이다.

우리 다비드, 이름 뭐로 바꿔줘야 하나.

경진은 가슴이 부풀도록 크게 숨을 들이쉬며 어깨를 세웠다가, 이내 자신감을 잃고 눈썹을 구기며 터덜터덜 걸었다.

"귀엽더라, 그 여자."

소파에 누워 쿠션을 끌어안고 TV를 보며 내내 뒹굴거리던 태경이 벌떡 일어나 앉더니 뜬금없는 소릴 했다.

"응? 그 여자, 누구?"

"이경진 씨. 아주 귀염귀염 열매를 나무째로 뽑아 먹었는지, 엄청 귀엽던데?"

냉면 위에 고명으로 올릴 오이를 채치고 있던 다비드가 칼질을 멈추고 그대로 얼어붙어 버렸다.

엄청 귀엽다고? 그걸 어떻게 알았지? 언제 봤다고?

"정색하지 마. 팥쥐 간식 사러 갔다가 우연히 본 거야."

순간순간 뭔가가 울컥하고 치밀었지만, 태경의 해명에 다비드는 다시 툭툭 칼질을 했다.

"경진 씨가 너한테 뭘 어쨌기에 귀엽다는 건데?"

"흐음……. 다비드에게 푹 빠진 것 같다고나 할까?"

감히 귀엽네 어쩌네 하는 소릴 들었을 땐 엉덩이를 걷어차서 집으로 돌려보내고 싶은 마음이 굴뚝같았지만, 뒷말 때문에 용서하기로 했다.

야근을 밥 먹듯이 하는 부인의 빈자리를 자신에게서 찾으려 드는 태경 때문에 오늘도 다비드는 태경과 함께 저녁 식사를 하게 되었다. 냉면이 먹고 싶다기에 소화가 편한 곤약으로 만든 면으로 냉면을 만든 참이다. 둥그런 냉면 그릇에 곤약 면을 담고, 그 위에 채친 오이를 올린 후 육수를 부어 완성한 다비드는 식탁 위에 던지듯 툭 하니 그릇을 내려놓고 젓가락도 툭툭 거칠게 내려놓았다. 그러자 태경은 웃겨 죽겠다며 배꼽을 잡고 큭큭거렸다.

"먹어."

"잘 먹겠습니다!"

태경이 젓가락을 들자, 다비드도 태경의 맞은편에 앉아 젓가락을 들고 면을 휘휘 풀었다.

"경진 씨가 키우는 강아지 이름이 뭔지 알아?"

"아직 이름을 못 지었다고 그냥 아지라고 부르던데. 왜?"

"아……. 아지. 무슨 이름을 그렇게 오래 고민하지?"

"뭐 그럴 수도 있지. 웬 관심이야?"

"물어도 못 봐? 까칠하긴……."

사소한 것에 발끈한 건 아닌가 싶어 곧바로 후회했지만, 태경이 웅얼거리며 물러서는 모습에 다비드는 괜히 웃음이 났다.

"그렇게 좋냐?"

"그래, 좋다."

"으으으윽! 이 인간이 미쳤나 봐!"

닭살이라도 돋았는지, 태경은 손바닥으로 팔뚝을 연신 문지르며 인상을 구겼다. 다비드는 그런 태경의 호들갑에도 그저 웃기만 했다.

좋은 걸 좋다고 하지 그럼 뭐라고 해. 그냥…… 좋은데.

"언제 정식으로 소개시켜 줄 건데?"

"물어보고 약속 잡을게."

"그럼 그날 우리 팥쥐랑 그 집 아지랑 다 같이 모이자."

의미심장한 태경의 미소가 조금 마음에 걸렸지만, 다비드는 고개를 끄덕여 대답을 대신하고 다시 식사를 이어갔다.

태경은 다비드에게 가장 가까운 사람이었다. 나이는 어리지만 친구 같고, 아주 드물게 형 같기도 한 그런 동생이었다. 그런 태경에게 소개시켜 줄 생각을 하니 벌써부터 마음이 두근거렸다.

내가 가장 아끼는 사람이니, 그녀도 그 사람들과 잘 지내줬으면 하는 바람.

지금 다비드의 머릿속엔 넷이 함께 한 테이블에 둘러앉아 이야기꽃을 피우며 식사를 하는 따뜻한 모습이 그려져 설레고 기대되었다.

그녀에게 조금 더 멋져 보이고 싶으면서도, 동시에 그런 것들이 자연스러워 보였으면 하는 마음에 그녀를 만나기 전 항상 거울 앞에 서서 제 모습을 비춰보며 연습을 하곤 한다. 지나치지 않고 모자라지도 않는 그 적정한 선을 찾는다는 것이 보통 일이 아니었다. 오랜만의 연애라 그런지 종종 서툰 모습을 보이는 것 같아 못내 마음이 쓰였다.

그런데 우습게도 그런 고민을 반복하는 매일매일이 즐거웠다. 하루 중에 그녀를 떠올리는 시간이 점점 늘어가고, 그녀와의 만남이 기다려져 조바심 내는 제 모습이 가끔은 한심해 보일 때도 있었지만 감정에 충실한 것뿐이라고 제 자신을 위로하곤 했다.

다른 곳도 아닌, 이 나라에서 인연을 만나게 될 거라곤 상상하지 못했다. 이 나라에서 태어났지만 다른 나라에서 자라야만 했던 이유를 알지 못하고, 낳아주신 부모님과 길러주신 부모님이 다른 이유도 알지 못하지만, 가족들은 그저 내게 그런 운명이 주어진 것뿐이라고, 그러니 그 어떤 것도 원망하거나 미워하는 일로 인생을 허비하지 말라고 가르쳐 주었다.

그래서 한국이란 나라, 사람, 문화, 소식 등을 굳이 피한 적도 없고 굳이 원한 적도 없다. 내가 태어난 나라, 태경이 나고 자란 나라 그 이상도 그 이하도 아니었다. 무의식 속에서 아무렇지 않게 받아들이려고 안간힘을 썼기 때문일지도 모르지만 다비드는 늘 초연했다. 그래 왔다고 제 자신은 믿고 있었다.

그런데 이 나라에 애착이 생기려고 한다. 온전히 그녀 때문이라고는 할 수 없지만, 그녀에 대한 호기심이 점점 자랄수록 영향을 받는 건 사실이었다. 반대로, 만약 지금 그녀와 연애를 하지 않았더라면 이 정도로 이 나라에 대해 깊이 생각할 일은 없었을 것이다. 태경의 제안을 받고 온 나라, 잠시 동안 머물 곳 정도의 의미만 남지 않았을까.

요즘 들어 종종 그런 생각이 들었다.

내가 이 나라에서 오랫동안 머물며 살아가게 된다면…….

혼자서 생각을 하고, 판단할 수 있게 될 만큼 나이가 든 후로 다비드는 가족들에게 늘 착한 아들이자 좋은 동생이고 싶었다. 가족들에게 칭찬받고 싶었고, 가족들의 자랑이 되고 싶었다. 완벽할 순 없지만, 완벽해지려고 끊임없이 노력했다. 시간이 흐를수록 그런 모습들이 진짜 내 모습이란 착각을 하게 되었고, 어느 순간부터는 정말로 그런 사람이 되어버렸다.

그런데 만약 이곳이라면, 그런 것들에서 좀 더 자유로워질 수 있지 않을까. 무언가를 새롭게 시작하기에 딱 좋은 시기이고, 좋은 사람들이 곁에 있고, 더 많은 것들을 알고 싶은 나라니까.

그래도…… 괜찮지 않을까?

오전 11시. 다비드에겐 가장 한가로운 시간이었다. 이른 아침 출근해서 오전 내내 정신없이 매장 구석구석을 찾아다니던 다비드는 테라스 테이블에 자리를 잡고 앉아 얼음을 동동 띄운 레몬녹차 한 잔을 마시며 숨을 골랐다.

사실 다비드는 지금부터가 본격적인 업무 시간이었다. 매장의 전반적인 운영을 총괄하는 다비드이기에 지금부터는 서류와 도표를 친구 삼아 일을 해야만 했다. 오늘 다비드가 봐야 할 문서들은 2/4 분기 매출전표와 세무 기록이었다. 이러한 것들이 모이고 모여 J그룹 식품 서비스 계열사인 푸드빌에서 새롭게 런칭한 카페 브랜드의 귀중한 자료들이 되어 운영에 큰 도움을 주게 될 것이다. 디저트 카페 〈다비드〉의 한량 사장이자 J그룹 전 계열사의 경영 컨설턴트를 하고 있는 태경이 한국에 돌아와 가장 큰 성과를 이루는 데 다비드는 본의 아니게 큰 기여를 하게 되었다.

한 시간쯤 노트북과 씨름을 하고 있으니 강렬한 햇볕 때문에 한쪽 팔이 익어가는 듯했다. 하는 수 없이 다비드는 서류와 노트북을 챙겨 안고 다른 한 손으로 컵을 들고 사무실로 향했다. 매장을 가로지르며 시선이 닿는 손님들에게 상냥하게 미소를 짓던 그때.

"어?"

눈썰미 좋은 다비드는 단번에 낯익은 두 사람을 발견하고 정체를 알아차렸다. 경진의 어머니와 할머니가 확실했다. 다비드는 서둘러 카운터 뒤편에 짐을 내려놓고 두 분에게 다가갔다. 그런데 다비드와 눈이 마주친 할머께서 휙 고개를 돌리시더니 종종걸음으로 멀어졌다.

"어딜 가시는 거지?"

거리를 두고 두 사람을 천천히 따라가던 다비드는 옥신각신하는 모습에 긴가민가하며 고개를 갸웃거렸다.

"안녕하세요!"

큰 소리로 인사를 했지만 두 분은 걸음을 멈추지도 않았고 뒤도 돌아보지 않았다.

"안녕하세요!"

다시 한 번 크게 인사를 드리자 그제야 할머님이 뒤를 돌아보셨다. 그리곤 미간을 구기며 긴 한숨을 내쉬었는데, 영문을 알지 못하는 다비드는 환히 웃으며 두 분께 다가섰다.

"여긴 어쩐 일이세요?"

"어, 어. 다비드 씨, 여기서 보네요? 여긴 어, 어쩐 일이에요?"

"아! 여긴 제 직장입니다. 모르셨구나. 하하."

다비드가 소리 내어 시원하게 웃자 두 분도 어색하게나마 미소를 지으셨다. 뭔가 조금 이상했다.

"우린 이 근처 지나다가 출출해서 잠시 들렀어요. 그쵸, 어머니?"

"응! 그려, 애미 말이 맞어. 잠깐 들른 겨."

조금 미심쩍었다. 아무래도 몰래 보고 가려다가 눈이 마주치는 바람에 들통이 나서 멋쩍어하시는 듯했다.

두 분께 속아드리기로 결심한 다비드는 어머니가 들고 계시던 트레이를 건네받았다.

"할머니, 어떤 빵 좋아하세요?"

"아휴, 난 뭐, 그냥 암꺼나 좋아."

"어머니는요?"

"나도 뭐. 호호호."

다비드는 트레이 위에 갓 나온 치즈 수플레를 담고 직원이 막 진열한 아시아베리를 가득 얹은 타르트를 담았다.

"2층으로 올라가시죠. 맛있는 차 드릴게요."

"바쁜 사람 시간 뺏으면 안 되죠. 우리 신경 쓰지 말고 가서 하던 일 계속 해요."

"그려. 우린 신경 쓰지 말어. 가서 일 봐. 으잉?"

다비드는 고개를 가로저으며 곁에 서 있던 직원에게 트레이를 건네준 후 두 분의 손을 양손으로 잡고 2층으로 향하는 계단 쪽으로 걸었다.

"저 보러 오신 거잖아요. 얼른 가요, 네?"

절대 거절하실 수 없게 일부러 꺼낸 그 말에, 어머니는 결국 웃음을 터뜨렸다.

"너 땜에 들킨 거 아녀."

"아니에요! 어머니가 먼저 눈 마주쳤다고 하셨잖아요."

정다운 투닥거림을 들으며 다비드는 두 분을 모시고 2층 카페로 향했다. 계단이 버거운 할머니께 한쪽 팔을 몽땅 내어드리고 부축하며 천천히 오르자 할머니는 미안하셨던지 연신 '난 괜찮은데.' 라고 말하셨다.

2층 카페에서 가장 명당이라고 손꼽히는 창가 자리로 두 분을 모시고 간 다비드는 의자를 빼서 할머니를 먼저 앉게 해드리고, 그 옆에 어머니 자리를 마련해 드렸다. 다비드는 두 분의 맞은편에 앉아 손을 들어 음료 담당 직원을 불렀다. 그사이, 트레이를 들고 뒤따라오던 직원이 덜어 먹을 접시와 포크, 나이프를 살뜰히 챙겨 세팅해 주었다.

"할머니, 어떤 차 드릴까요?"

"나는…… 커피를 마실까? 달게 한 잔 줘."

"어머니는요?"

"전 홍차 할게요."

주문을 받은 직원이 돌아가자, 다비드는 치즈 수플레와 타르트를 먹기 좋게 잘라 두 분 앞에 놓인 접시 위에 올려놓았다.

"맛있어요. 드셔보세요."

"아유, 참 다정하기도 해라."

흐뭇하게 웃으시던 할머니는 기특하다는 듯 다비드의 팔을 쓰다듬었다.

"내가 애미한티 졸랐어. 함 보러 가면 안 되냐고."

"잘 오셨어요."

"귀찮게 한 건 아니여?"

"아니에요. 이 시간엔 한가해요. 그런 걱정 마세요."

"다행이네."

그때 마침 주문한 음료도 테이블에 도착했다. 센스 있는 직원은 할머니를 위해 모카라떼를 내어왔고, 다비드는 직원에게 고맙다고 눈짓을 했다.

"미안해요. 잠깐 얼굴만 보고 가려고 했는데 이렇게 폐를 끼치네."

"아닙니다. 그런 말씀 마세요."

"우리가 이런다고 절대로 부담 갖지 말아요. 잘 만나라, 잘 부탁한다 그런 말 하려는 건 아니고, 그냥…… 순리대로 잘 흘러갔으면 해서……."

순리.

순리란 단어의 뜻을 제대로 알지 못하는 다비드라 잠시 멈칫했지만, 일단 문맥으로 봐서 대강 어떠한 뜻이 담긴 단어인지를 파악하고 옅게 웃었다.

"경진 씨랑 저, 아직까진 잘 맞고 다 좋습니다. 아무 걱정 안 하셔도 됩니다."

"애가 좀 더디더라도 마음의 여유를 갖고 기다려 주면 좋겠어요."

"네, 그렇게 하겠습니다."

그제야 마음이 놓이는지, 어머니는 홍차가 담긴 잔을 두 손으로 쥐고 조심스레 한 모금을 마셨다.

"말로는 부담 갖지 말라면서 그리 부담을 주믄 어째. 그치, 다비드?"

"아유, 아닙니다."

다비드가 고개를 절레절레 흔들자 할머니께선 만족스러운 듯 희게 웃으셨다.

"안 그래도 조만간 찾아뵈려고 했어요."

"잉? 왜?"

"경진 씨가 할머니께서 동치미를 아주 잘 담그신다고 하기에, 배우러 가려고요."

"오메! 동치미를 배우겠다고?"

"제가 요리가 관심이 많아서. 괜찮을까요?"

조심스레 묻자 할머니는 무릎을 손바닥으로 탁 치셨다.

"그럼그럼! 언제든 와! 아녀, 여기서 아예 날을 잡자고. 언제 올텨?"

"할머니만 괜찮으시면 다음 주에 가겠습니다."

"내가 주말에는 여그 집이 아니라 시골집에 가 있거든? 담 주에 글루 와. 경진이랑 함께. 알겠지?"

"네, 경진 씨랑 같이 갈게요."

할머니는 무척이나 신이 나신 듯해 보였는데, 대화를 가만히 듣고 계시던 어머니는 의아한 듯 고개를 갸웃거렸다.

"어머니, 시골집에 방이 두 개밖에……."

"쓰읍. 애미는 조용히 햐."

할머니가 팔꿈치로 어머니의 옆구리를 쿡 찔렀고, 이내 어머니도 웃으셨다. 다비드는 영문도 모른 채 따라 웃었고, 서로서로 웃는 모습을 보며 계속해서 웃어댔다.

동치미 배울 생각에 마음이 설레기도 하지만, 자신의 가족들과 무척이나 많이 닮아 있는 그녀의 가족들을 보니 새로운 가족이라도 생긴 것 같아 더더욱 마음이 설레고 즐거웠다.

아버지가 떠안긴 빚을 갚느라 그 좋은 시절 돈 버는 기계로 살아야 했던 범이가 3년 만에 드디어 모든 빚을 청산한 기념으로 범과 홍주, 재희와 경진이 삼청동 단골 통닭집에 옹기종기 모여 앉았다.

강남에서 제일 인기 많은 성형외과 의사 정도 되면, 그래도 아버진데 그 정도 빚 대신 갚아주는 거 당연한 거 아니냐고 사람들은 쉽게 말한다. 하지만 경진을 비롯한 친구들은 그동안 범이가 얼마나 고생을 했는지 제일 가까이에서 지켜봐 왔기 때문에 너무도 잘 알고 있었다. 그래서 눈물 나도록 기특하고, 대견하고, 마음 한구석이 짠했다.

경진을 제외한 세 사람은 생맥주를, 경진은 사이다를 비웠다. 모이면 대부분 영양가 없는 얘기를 주고받곤 하는데, 술이 들어가면 이야기는 달라진다. 인생, 사랑, 사회에 대한 심도 깊은 대화가 주를 이루게 되고, 온갖 철학적인 이야기와 얇은 지식을 총동원하여 토론을 하기도 한다. 그럴 때면 유일하게 정신이 말짱한 경진만 괴로웠다. 밑도 끝도 없는 이야길 맨 정신으로 들어주고 있노라면, 고문이 따로 없었다.

TV에서 중계되는 야구 경기를 보며 한 시간 넘게 야구 이야기를 하던 네 사람은 야구가 끝이 나자 입맛을 다시며 대화를 잠시 멈췄다. 네 사람은 응원하는 팀이 모두 달라 야구 이야기가 나올 때면 기가 훅 빨리곤 했다. 오늘은 홍주와 범이가 응원하는 팀의 경기였고, 그 덕에 경진은 아직도 귓가에 헛소리가 맴돌았다.

"경진이가 스타트 끊었으니까, 그다음엔 누가 연애할 거야?"

잠깐의 침묵 끝에 주제가 정해졌다. 범의 말에 다들 입술을 꾹 다물었고 경진만 피식 웃음을 터뜨리며 재희의 옆구리를 찔렀다.

"그다음은 얘일걸?"

"우왁! 정재희, 너도 호박씨야?"

재희는 어깨만 으쓱일 뿐 대답하지 않았다. 그러자 홍주의 응징이 이어졌다. 손가락을 쫙 펴서 얼굴을 확 훑어 내리자 재희는 미간을 구기며 협박했다.

"아오, 나 화장실 좀……."

"에이, 드럽게. 그런 건 조용히 혼자 다녀와!"

"이 시끼가 오늘 왜 이렇게 앵기지? 너 따라 나와."

"싫어."

"혼자 가기 무섭다고! 같이 좀 가자!"

야구를 보며 내내 투닥거리던 건 잊었는지 범이는 마지못해 홍주의 뒤를 따라 가게를 나섰다. 경진은 재희의 빈 잔을 채워주고 짭짤한 부대찌개 국물을 한입 떠먹었다.

"자연스러운 일이야. 고민하지도 말고, 망설이지도 마."

경진은 옅게 웃었다. 재희가 지금 무슨 말을 하고 싶은 건지 너무도 잘 이해가 되었기 때문이다. 무슨 말인지 알아들었다는 듯 고개를 끄덕이자, 재희가 단숨에 잔을 비웠다. 재희와 대화를 할 때마다 느끼는 거지만, 짧은 몇 마디 말에도 진심이 충분히 전해진다는 건 놀라운 일이었다.

"내 스스로도 이해가 안 될 만큼…… 지나치게 자연스럽게 받아들이고 있어."

"잘하고 있네."

재희와 시선이 닿은 경진은, 울컥하는 마음에 고개를 돌렸다.

"이젠 아예 입 밖으로도 안 꺼내려고."

"……그래."

"나 원망하지 마."

"안 해. 한 번도 한 적 없고, 앞으로도 평생 안 해."

재희의 단호한 대답에 경진은 마른세수를 하다가 괜히 손등으로 눈두덩을 비볐다.

"서운해하지 마."

"안 해."

"부서진다고 해서, 완전히 사라지는 건 아니니까……."

"언젠간 사라져. 이젠 네가 노력해 봐."

오히려 자신보다 더 많이 담담한 재희의 말과 표정에서 큰 힘을 얻게 되어 미안하고, 고마웠다. 경진은 사이다를 벌컥벌컥 들이켠 후 찡하게 울리는 코끝을 손등으로 비비며 두 눈을 질끈 감았다.

Rrrr.

"전화 온다."

재희의 말에 휴대폰을 들어 발신인을 확인한 경진은 슬쩍 재희를 보았다. 그러자 재희는 어서 받으라는 듯 턱짓을 했고, 경진은 슬쩍 옆으로 돌아 앉아 통화를 연결했다.

"여보세요?"

[어디예요?]

"친구들 만나서 같이 있어요."

[그렇구나. 나도 아직 가게에 있는데.]

"내가 그리 갈까요?"

[그럴래요?]

좋아서 냉큼 대답하는 다비드 때문에 경진은 웃음을 참지 못했다. 빈말이라도 괜찮다고 할 줄 알았는데.

"이따 갈게요."

[빨리 오면 더 좋고.]

"후훗. 끊어요."

통화를 마친 경진은 여전히 입가에 미소가 남아 있었다. 금세 지워지질 않았다. 다른 사람도 아닌 재희 앞에서 이런 표정 짓고 있는 게 마음에 걸렸지만, 재희는 아무렇지 않은 듯 TV를 보며 술잔을 기울였다.

"먼저 가."

"아냐. 더 있어도 돼."

"얼른 가. 애들한텐 내가 말할게."

"괜찮다니까."

"내가 안 괜찮아서 그래. 그 사람한테 가봐. 너 기다리고 있을 거 아냐."

일부러 냉정하게 군다는 걸 알면서도 이때가 기회다 싶어 서두르는 재희에게 조금은 서운하기도 했다.

이 지리멸렬한 감정의 찌꺼기들은 언제쯤 완전히 사라질까. 정말 재희 말대로, 부서진 기억들은 언젠가 사라지게 될까? 내가 노력하면 정말 모두 사라질까?

아니, 완전히 사라지는 건 바라지 않는다. 내게 가장 아름다웠던 시간들이 사라져 버리면 난 그 시간들을 그리워하게 될 테니까. 그저 마음 깊은 곳에 가라앉아 그 어떤 파도와 바람에도 끄떡없이 그 자리에 있어주길, 그래서 다신 헝클어지지 않길 바랄 뿐이었다.

매장의 불은 모두 꺼져 있었다. 그가 알려준 대로 사무실 전용 출입구를 이용해 건물 안으로 들어가 경진은 복도를 따라 불이 밝혀져 있는 그곳을 성큼성큼 걸어 그의 사무실로 향했다.

똑똑.

노크를 했지만 답이 없었다. 잠시 주저하던 경진은 그대로 문을 열고 사무실 안으로 들어섰다.

그는 보이지 않았다. 혹시나 해서 작업장에 가보니 그곳에도 없었다. 경진은 앉아서 기다리기로 마음먹고 소파 쪽으로 향하다가, 그의 책상 위를 힐끔 보았다. 지난번에 그의 사무실을 찾았을 땐 경황이 없어서 제대로 살펴보지 못했는데 지금 보니 여러 개의 액

자가 놓여 있고, 손바닥만 한 화분 안에 이름을 알지 못하는 다육
식물도 있었다. 호기심을 참을 수 없었던 경진은 그의 책상으로
가 본격적인 구경을 시작했다.

책상 위에 놓인 액자에는 그가 휴대폰으로 보여줬던 가족사진
도 있었고, 바가지 머리를 한 꼬마 다비드가 누나들과 바다에서
수영복을 입고 다정하게 찍은 사진도 있었다. 그리고 지금보단 앳
된 모습의 태경과 다비드가 농구대 앞에서 농구공을 들고 폼을 잡
고 서서 찍은 사진도 있었다. 내가 미처 경험하지 못했던 그의 과
거를 몰래 훔쳐본 기분.

조금은 간지러운 그 기분에 경진은 문이 열리는 소리도 듣지 못
하고 사진 속 그의 모습을 바라보았다.

"어? 왔어요?"

갑작스러운 인기척에 놀란 경진이 휙 돌아보자, 다비드는 그저
반가운 듯 미소를 지었다.

"어디 있었어요?"

"아, 잠깐 주방에 다녀왔어요. 앉아요."

경진은 소파에 털썩 앉아 옆자리에 가방을 내려놓고 두 팔을 머
리 위로 길게 뻗어 뻐근한 몸을 늘였다.

"피곤해 보이네요. 그냥 집으로 가라고 할걸."

"그럼 섭하죠."

경진이 툭 하고 던진 그 말이 의외였는지, 다비드는 한쪽 눈썹
을 치켜 올렸다.

"이 시간까지 집에 안 가고 뭐 했어요?"

"일을 다 못했거든요. 이제 다 했어요."

책상 위에 널브러진 종이를 한데 모아 정리하고 노트북을 닫은 그는, 스탠드를 끄고 경진의 대각선 방향에 앉았다.

"경진 씨, 요즘 회사 일 많이 바쁘죠?"

"쬐끔 더 바빠졌어요."

"오늘도 외근했어요?"

"아뇨. 오늘은 사무실에 있었어요. 첫 드라마 조연급 오디션 있었거든요. 오늘만 한 70명 봤나?"

이미 대중들에게 얼굴이 알려진 배우들부터 다른 무대에서 연기를 하고 있는 배우들, 그리고 이제 막 시작하는 배우들까지 단 세 개의 배역을 위해 오늘을 준비한 70여 명을 만나느라 경진은 진이 빠진 참이었다. 거기다 친구들까지 만나고 나니 집에 들어가자마자 쓰러질 것만 같았다.

"오디션이면, 경진 씨도 TV쇼에 나오는 것처럼 못하는 사람한테 막 뭐라고 하고 그래요?"

"어우, 절대 안 그러죠. 코멘트 안 할 때가 대부분이고, 한다 해도 뭐라고 막 하지 않아요. TV를 너무 많이 봤다."

오디션장에서 경진이 하는 말은 늘 똑같다. '수고하셨습니다.' 그 외의 말은 쉽게 할 수가 없었다. 직업이 캐스팅 디렉터이긴 하나, 그들의 연기를 평가할 수 있는 자격까지 주어진 건 아니니까. 그저 이 배우가 작품과 어울리는지, 작품에 필요한지를 판단하는 것이 그 자리에서 경진이 해야 할 일이었다.

"내가 하는 말이 누군가의 꿈을 이루게도 할 수 있고, 포기하게도 할 수 있기 때문에 항상 조심하고 있어요. 내 말 한마디로 인해 누군가의 하루에, 혹은 몇 년 동안까지도 영향을 줄 수 있으니까요."

고개를 끄덕이던 다비드가 불쑥 손을 내밀었다. 경진은 별다른 생각 없이 내민 그 손을 잡았고, 그는 엄지로 손등을 부드럽게 쓸 며 눈을 맞췄다. 무슨 생각을 하고 있는 건지 쉽게 읽을 수가 없어 서 경진은 그의 눈을 빤히 쳐다보았다.

"왜 그렇게 봐요?"

경진의 물음에도 다비드는 답을 하지 않았다. 머쓱해진 경진이 아랫입술을 질끈 깨물며 고개를 갸웃거리던 그 순간, 다비드가 아 주 천천히 고개를 숙이며 다가왔다. 경진은 두 눈을 말똥거리며 점점 더 가까워지는 다비드의 눈을 바라보았고, 거리가 좁혀질수 록 숨이 쉬어지질 않았다.

숨을 멎은 채 그대로 얼어붙은 자신을 끝까지 바라보던 다비드 가 서로의 코끝이 맞닿자 눈을 감고 그대로 입을 맞췄다. 하나의 단어로 표현되지 않은 오묘한 기분에 경진도 천천히 눈을 감았다. 입술 위에 얹어진 그의 부드러운 입술 때문에 정신 사납게 뛰어대 는 심장 소리가 그의 귀에 들어갈 것만 같아, 경진은 쑥스러운 마 음에 고개를 살짝 뒤로 뺐다. 그러자 그의 커다란 손이 경진의 목 을 따뜻하게 감싸며 조심스레 당겼고, 두 사람의 입술은 다시 한 번 맞닿았다.

심장이 쿵 하고 바닥에 떨어진 것만 같았다. 움켜쥔 주먹에 더 이상 힘이 들어갈 수 없을 만큼 억센 힘이 들어가 손바닥에 손톱 이 박힐 지경이었지만 경진은 그런 것을 신경 쓸 겨를이 없었다. 천천히 내쉬는 그의 숨결이 입술을 스칠 때마다 머리카락이 곤두 서는 것 같은 짜릿함이 가슴 언저리를 맴돌았다.

시간이 멈춰 버린 것만 같았던 순간이 지나고, 닿았던 입술이 떨어지고 난 후에도 울렁임은 한참 동안 계속되었다. 지금 무슨 정신으로 그의 눈을 빤히 바라보고 있는 건지 자각할 수 없었다. 그가 다정한 손길로 볼을 쓰다듬어 주는 동안에도 경진의 시선은 오직 다비드의 두 눈동자에 고정되어 있었다.

눈부처.

상대방의 눈동자에 비친 내 모습…… 그의 눈에 비친, 내가 아닌 것 같은 설렘 가득한 모습에서 눈을 떼지 못한 건지도 모르겠다.

11. 그가 참 좋다

자정에 가까운 늦은 밤.

두어 시간 전만 해도 더위를 피해 밤 산책을 나온 연인들이나 부부들이 종종 보였는데, 지금 길 위엔 다비드와 경진뿐이었다. 하루 종일 혼자서 집을 지키는 강아지 다비드를 위해 귀가를 서두르려 했지만 요즘 들어 귀가 시간이 부쩍 늦어졌다. 사람 다비드 때문이었다.

경진은 사무실에서 나와 집으로 걷는 내내 다비드의 눈을 마주치지 못하고 있었다. 잠깐이라도 스치듯 닿기라도 하면 쑥스러운 마음에 냉큼 시선을 돌렸다. 그러자 다비드는 그런 자신을 보며 재미있어했다. 여유로워 보이는 다비드와는 달리, 경진은 쉽사리 긴장감을 떨치지 못했다.

매사에 능숙한 그를 볼 때마다 처음 쿠킹 클래스에서 그를 보았던 날, 선수라고 단언했던 것이 영 틀린 것 같진 않았다. 약간의 의심은 마음속 깊숙한 곳에 아주 조금 남아 있었다.

이 남자는 어떤 사랑을 해봤을까. 어떠한 기억들과 추억을 갖고 있을까. 문득 그의 사랑이 궁금해졌다.

그때, 가방에 넣어둔 휴대폰이 메시지가 도착했음을 알렸고, 경진은 휴대폰을 꺼내 들었다.

『다비드 님에게 낼모레 결혼식에 꼭 왕림하시어 식장을 빛내달라고 간곡히 부탁드려 줘.』

무슨 사극 찍나, 웬 극존칭.

해진의 메시지에 경진은 피식 웃고 말았다.

『시간이 될지 모르겠지만 물어는 볼게.』

답장을 보내고 휴대폰을 도로 가방 안에 넣은 경진은 힐끔 다비드를 올려다보았다. 차마 말은 못하고 궁금해 죽겠다는 듯한 눈빛으로 자신을 내려다보고 있던 다비드와 눈이 딱 마주쳤다.

"동생이에요."

"안 물어봤는데."

"피이."

헛웃음이 터졌다. 경진은 고개를 절레절레 흔들며 다시 가방에서 휴대폰을 꺼내 메시지를 보여줬다.

"내일모레 결혼식이거든요. 다비드 씨 꼭 데려, 아니, 모시고 오라고······."

"갈게요. 몇 시부터예요?"

"5시예요. 근데 주말에 과외 있지 않아요?"

"경진 씨가 선생님 별로라고 그래서 관뒀어요."

"아······ 그랬구나. 농담이었는데."

빈말이란 걸 알아차렸는지 그가 빙긋 웃었다.

"제가 뭐 도울 건 없어요?"

"참석만으로도 충분해요. 과외 그만둬서 어떡해요? 다른 선생님 구했어요?"

"아직요. 좀 더 놀다가 여유 생기면 다시 시작하려고요. 사실 요즘 과외 시간 내기가 힘들었거든요."

"왜요?"

"연애하느라 바빠서."

"어으."

팔꿈치로 팔을 툭 치자 그는 잡고 있던 손을 놓고 긴 팔로 어깨를 둘러 감싸 안아주었다.

더운 건 죽어도 못 참던 이경진은 어디로 갔을까. 덥기는커녕 따뜻하네.

"한국 와서 결혼식 가보는 거 처음인가요?"

"태경이 결혼할 때 한 번 가봤어요. ······어? 그럼 그날 우리 만났겠다!"

"안타깝게도 전 그날 봉투만 하고 안 갔어요."

"왜 그랬어요. 그날 봤으면 좀 더 일찍 눈 맞았을 텐데."

진심으로 아쉬워하는 다비드의 표정에 한 번, 눈이 맞는다는 다비드의 표현에 또 한 번 경진은 웃어버렸다. 도대체 저런 표현은 어디서 배웠기에 알토란같이 적재적소에 써먹는 건지.

아쉬운 마음에 느리게 걸었는데도 어느새 빌라 앞이었다. 멈춰 선 경진은 다비드를 보며 배시시 웃었다.

"가서 푹 쉬어요."

"네, 얼른 들어가요."

손을 흔들며 뒷걸음질로 계단 한 칸을 올랐을 때, 손끝으로 이마를 긁적이던 그가 성큼성큼 다가오더니 팔을 어정쩡하게 벌린 채 이리저리 각도를 재다가 조심스레 안아주었다. 그리곤 경진의 어깨 위에 턱을 얹고서 커다란 손으로 등을 토닥여 주었다.

이것이 바로 선 뽀뽀, 후 포옹인가.

보기만 해도 설레는 사람과의 갑작스러운 스킨십은 사람의 마음을 송두리째 휘두르기에 부족함이 없었다. 살과 살이 닿을 때 느껴지는 그 오묘한 감정이 머리끝부터 발끝까지 전율케 만들었고, 마치 100m를 전속력을 다해 달리고 난 것처럼 숨이 차고 가슴이 뛰었다.

갈 곳을 잃고 헤매던 두 손으로 그의 허리를 살짝 안자 그가 고개를 뒤로 빼더니 얼굴을 마주 보았다. 한 뼘도 채 되지 않는 가까운 거리를 두고 마주 보던 경진은 입 안쪽 연한 살을 꾹꾹 깨물며 수줍게 웃었다.

어떡하지.

이 남자가…… 정말 좋다.

따뜻한 사람이라서, 다정한 사람이라서, 긍정적인 사람이라서, 무엇보다…… 외로움도 알고 슬픔도 아는 사람이라서 좋다.

그가 참 좋다.

❖

차에서 내린 다비드는 차창에 비친 제 모습을 다시 한 번 확인
했다. 넥타이는 바로 맸는지, 머리카락은 흐트러짐이 없는지, 슈
트 재킷에 뭐가 묻진 않았는지 몇 번이나 확인한 다비드는 어깨를
한 번 으쓱이곤 씩씩하게 걸어 웨딩홀로 들어섰다.

이미 도착해 있다는 경진이 알려준 대로 토파즈 홀을 찾아 2층
으로 향한 다비드는 연신 주위를 두리번거려야 했다. 사람들이 워
낙 많아서 경진을 찾기가 쉽지 않아서였다. 분명히 안내판에 그려
진 방향 표시를 보고 왔는데도 너무 낯설었다. 아는 사람이라곤
경진의 가족들뿐이니 그럴 수밖에 없지만, 태경의 결혼식 날도 오
늘처럼 굴어놓고 오늘도 또 이러고 있으니 정말로 내가 바보가 된
기분까지 들었다.

그 순간, 기적처럼 경진이 눈에 들어왔다. 베이지색의 하늘하늘
한 블라우스에 무릎이 드러난 까만 스커트를 입고 끝을 둥글게 만
단발머리를 찰랑거리며 손님들에게 웃으며 인사를 하고 있었다.
다비드는 길을 잃고 헤매던 아이가 엄마라도 찾은 것처럼 경진이
무척이나 반가웠다.

"경진 씨."

"어! 왔어요?"

만날 결혼식 했으면 좋겠단 생각을 했다. 반가워서 눈물이라도
날 것처럼 반갑게 맞아주니 가슴이 벅차도록 기분이 좋아졌다.

"예쁘네."

"에이, 후훗. 이쪽으로 와요."

정신이 없어서 그런지 경진은 망설임 없이 다비드의 손을 덥석 잡고 어딘가로 데려갔다.

이게 뭐라고…… 왜 이렇게 기분이 좋지.

"아이고! 우리 다비드 씨 왔네!"

"어우야, 이쪽이 신랑 같다! 하하하!"

"안녕하셨어요."

경진의 손에 이끌려 도착한 곳에 그녀의 부모님이 계셨다. 다비드는 경진의 부모님과 인사를 나누었고, 두 분께선 다비드의 손을 붙잡은 채 연신 쓰다듬었다.

"아고, 다비드 왔네?"

뒤편에 계셨는지, 할머니는 다비드의 등을 톡톡 두들기다가 시선이 닿자 박수를 치며 손을 와락 잡아당겼다. 다비드는 허리를 숙여 공손하게 인사를 드렸다.

"저어기! 여기가 우리 큰 손녀 남자친구여!"

어디서 그런 기운이 나는 건지 신기할 만큼 큰 소리로 할머니가 외치자 주변에 서성이던 사람들이 웅성거리며 다비드와 경진을 바라보았다. 경진이 부끄러운 듯 볼을 붉히며 웃었고, 다비드는 바빠졌다. 여기저기에서 경진의 일가친척들이 손을 내밀며 인사를 건넸기 때문이다. 이름과 호칭을 모두 외울 수 없을 만큼 정신이 없는 와중에도 다비드는 부지런히 인사를 했다.

"아니, 이렇게 멋진 애인이 있는데 왜 동생보다 늦게 간대?"

"한 해에 두 놈 다 시집보내면 애비, 애미가 너무 쓸쓸하잖아."

뭘 알면서 묻냐는 듯 할머니께서 눈짓을 하자 사람들은 깔깔대며 웃었다. 다비드는 그 혼란을 틈 타 태경이 알려준 대로 미리 준비해 온 봉투를 재킷 안주머니에서 꺼내 신부 측에 내고 돌아섰다.

"반가워요, 다비드 씨."

"어! 안녕하세요."

이번엔 경진의 오빠 영진이었다. 다비드는 먼저 악수를 청한 영진에게 손을 내밀었다.

"그때 고모랑 집에 왔던 아저씨다아아아!"

"와아아아아!"

그 뒤로, 어딘가에서 줄줄이 꼬마들이 등장했다. 쪼르르 줄지어 나타난 녀석들이 반가워서 한 녀석씩 머리카락을 흩트리자, 꼬마들은 사랑스러운 미소를 지었다.

"안녕? 잘 있었어?"

"네! 아저씨도 잘 있었어요?"

"그럼. 니들 나 안 보고 싶었어?"

"보고 싶었어요!"

둘째가 손을 번쩍 들며 깡충깡충 뛰자 나머지 두 녀석이 따라서 방방 뛰었다.

"잠시 후 신랑 차수완 군과 신부 이해진 양의 결혼식이 진행될 예정입니다. 내빈 여러분께서는 입장해 주시기 바랍니다."

안내방송이 흘러나오고, 예식이 진행될 홀 밖에서 서성이던 사람들이 삼삼오오 모여 홀 안으로 들어갔다.

"우리도 들어가죠."

"네."

영진의 내외와 조카들이 함께 들어가자고 손짓했지만 다비드는 경진을 찾기 위해 뒤를 돌아보았다. 그런데 다비드의 눈에 한 남자와 다정하게 이야기를 나누고 있는 경진의 모습이 들어왔다. 그냥 안으로 들어갈까, 경진에게 가볼까 잠시 머뭇거리는 사이 일행을 놓쳐 버린 다비드는 다시 경진이 있는 곳으로 걸어갔다.

가까워졌을 무렵, 다행히도 경진이 옆으로 고개를 돌리는 사이 시선이 닿았다. 경진은 아까처럼 환히 웃으며 제 쪽으로 오라며 손짓을 했다.

"인사해요. 여긴 내 친구 백범. 이쪽은 다비드 씨."

"반갑습니다."

친구였구나.

이곳까지 오는 동안 속 좁게 별생각을 다 했다는 사실에 자존심이 상했지만, 다비드는 엷게 웃으며 악수를 나눴다.

"그리고 여긴 최홍주."

"반가워요, 다비드 씨!"

경진에게 몇 번 들은 적이 있었던지라 왠지 낯설지가 않았다. 더할 나위 없이 활짝 웃던 홍주는 이 정도면 악수가 충분한 것 같은데도 놔줄 생각이 없는 듯했다.

"홍주야, 다비드 씨 좀 챙겨 드려."

"걱정 마! 그런 건 저어얼대로 걱정 말고 가서 일 봐. 가시죠? 다비드 씨."

잡고 있던 손을 잡아끌었지만, 다비드는 애타게 경진을 잡아 세웠다.

"경진 씨는요?"

"전 밖에서 뒤늦게 오시는 손님들께 인사드리고 안내해 드려야 해서요. 애들이랑 같이 들어가요."

결국 다비드는 마지못해 홍주의 손에 끌려가듯이 홀 안으로 들어섰다. 먼저 자리를 잡고 있던 영진 내외와 세 조카가 앙증맞게 모여 앉은 원형 테이블로 향한 다비드는 영진 부부의 무릎 위에 앉아서 끊임없이 종알거리는 귀여운 녀석들을 보며 잠시 잃었던 미소를 되찾았다.

"반가워요."

곱게 한복을 차려입은 경진의 새언니가 인사를 건네자, 다비드도 고개를 끄덕이며 인사를 했다. 뭔가 쑥스럽기도 하고, 긴장도 되고, 결혼은 경진의 동생이 하는데 자신이 왜 이러는 건지 도통 알 수가 없었다.

"지금부터 신랑 차수완 군과 신부 이해진 양의 결혼식을 시작하겠습니다."

사회자의 시작 멘트에 양가 어머니가 단상 위에 놓인 두 개의 초에 불을 붙였고, 본격적인 결혼식이 시작되었다.

하지만 다비드의 시선은 계속해서 홀 밖을 향해 있었다. 손님들을 향해 상냥히 인사를 건네고 식권을 챙겨주며 안내하는 모습에서도 동생을 위하는 마음이 느껴졌다. 한국말로 '시집을 보낸다.'에서 '보낸다.'라는 말이 제대로 이해되는 순간이었다. 지금 이 순간 경진의 마음이 어떨지 느낌이 전해지는 듯했다.

다비드는 결국 자리에서 일어났다. 홍주가 어딜 가냐고 잡아끌었지만 다비드는 경진에게로 향했다.

"왜 나왔어요?"

"심심할까 봐 같이 있어주려고요."

마침 신랑 입장 순서가 되었고, 다비드는 경진과 함께 뒤에서 그 모습을 지켜보았다. 그 뒤로 경진의 아버지와 해진이 손을 잡고 입장을 준비했는데, 경진이 해진의 이름을 부르자 뒤를 돌아보더니 다비드에게 손을 흔들었다. 금방이라도 울음이 터질 듯 해진이 입술을 삐죽이자, 경진이 잽싸게 달려가 도우미가 들고 있던 휴지로 눈물을 꾹꾹 눌러 닦아준 후 다시 곁으로 돌아왔다.

"울보네, 울보."

본인은 더 울보면서.

눈시울 가득 차오른 눈물이 아슬아슬하게 걸려 있었다. 다비드는 그런 경진의 손을 꼭 잡아주었고, 휴지로 눈물을 찍어내던 경진은 붉게 부푼 입술을 입안으로 말아 넣고 애써 눈물을 삼켰다.

우리 가족이 세상에서 가장 행복한 가족인 줄 알았는데, 이 나라에 한 가족이 더 있었다. 서로를 무척이나 사랑하고 뜨겁게 아끼는 가족.

곁에서 지켜보기만 해도 제 마음까지 훈훈해지는 좋은 사람들이 경진의 가족이었다.

누군가 그런 말을 했었다. 해진이 시집보내고 나면 무척이나 시원섭섭하겠다고.

식구들 누구 하나 입 밖으로 꺼내진 않았지만, 모두 다 같은 생각을 하고 있을 것이다.

허전해. 시원섭섭은커녕, 왜 이렇게 마음이 허전하지?

큰 행사를 치르고 녹초가 된 경진의 가족들은 집 안 곳곳에 자리를 잡고 멍하니 앉아 있었다.

신혼여행으로 일주일간 제주도 자유 여행을 떠난 해진에게서 잘 도착했다고 진즉에 연락을 받아놓고도 다들 손을 놓은 채 아무 것도 하지 못했다. 결혼식 내내 너무 많이 울어서 아빠가 눈치를 주기도 했던 엄마는 먼저 주무시겠다며 방에 들어가셨고, 엄마를 그렇게 타박해 놓고 결국 차 서방이 절을 하자 조용히 손등으로 눈물을 훔쳤던 아빠는 슬금슬금 해진의 방으로 올라가셨다.

차 서방의 동기들이 결혼식 중간중간 재미난 이벤트도 하고 멋지게 축가도 불렀지만, 경진의 머릿속엔 아빠의 손을 잡고 입장하던 해진의 뒷모습만 박혀 버렸다. 결혼식 내내 밖에서 손님 대접하느라 결혼식도 제대로 보지 못한 건 조금 아쉬웠지만, 그래도 언니가 돼서 동생 결혼식에 언니 몫을 해줄 수 있어서 참 다행이라고 생각했다.

유격훈련이라도 받은 것처럼 온몸이 쑤시고 아팠지만, 친구들과 함께 있는 다비드에게 가봐야 했기에 경진은 무거운 몸을 힘겹게 일으켜 세웠다.

"저 갈게요!"

다들 인사할 기운도 남아 있지 않은 듯 고개만 끄덕였고, 경진은 그런 가족들에게 손을 흔들어주고 현관을 빠져나왔다.

경진의 두 친구, 홍주와 범과 함께 삼청동의 아담한 치킨집에 들른 다비드는 그들과 마주 보고 앉아 연신 어색한 미소만 지으며 경진을 기다리고 있었다. 사람들과 금방 친해지곤 하는 사교적인 성격이지만, 경진의 친구임을 알고 나서인지 왠지 모르게 조심스러워 말 한마디를 하더라도 실례가 되는 말은 아닌지 두 번 이상 생각을 하고 꺼냈다.

"저 다비드 쿠킹 클래스 한 번도 안 빠지고 다 갔는데."

"안 그래도 경진 씨한테 얘기 들었어요. 배운 대로 만들어보셨어요?"

"어우, 그럼요. 제가 아주 요리, 베이킹 이쪽으로는 천부적으로 타고났거든요. 호호홍."

범과 홍주 중 다비드에게 좀 더 마음을 열어준 사람은 홍주였다. 결혼식을 마치고 피로연장에서 식사를 할 때도, 이 치킨집으로 이동을 할 때도 계속해서 말을 걸어주고 다정하게 대해줘서 고마웠다.

하지만 범이라는 남자는 뭔가가 못마땅한 듯 굳게 다문 입을 좀처럼 열지 않았다.

혹시, 내가 마음에 들지 않는 걸까?

"오늘 재희까지 왔으면 딱 좋았을 텐데. 경진이한테 재희 얘기도 들었어요?"

"네. 항상 만나는 네 명의 친구 중 한 명인데 계모임 계주? 대주? 그런 거 하신다고. 절대로 도망가면 안 된다고요."

"크흐흑! 맞아요! 걔 도망가면 큰일 나요."

홍주가 다비드의 어깨를 손바닥으로 툭툭 치며 배꼽을 잡고 웃자, 범의 표정이 점점 더 굳어졌다.

"경진이가 정작 중요한 얘긴 안 했나 보네요."

"네?"

"재희에 대해서요."

다비드가 고개를 갸우뚱하자 깔깔거리며 웃던 홍주가 갑자기 정색을 하며 범에게 인상을 찌푸렸다. 그러자 그는 하던 말을 끝까지 잇지 않고 무척이나 목이 탔는지 단숨에 맥주를 비웠다.

"쟤 말 신경 쓸 거 없어요. 하하하! 우리 모두 경진이의 연애를 무척이나 애타게 기원해 왔답니다. 다비드 씨는 정말이지, 우리에겐 구원 그 자체예요."

"그건 저도 동감입니다."

홍주의 말에 범이 툭 하고 말을 더했고, 덕분에 어색해졌던 분위기가 조금 부드러워졌다. 다비드는 범의 빈 잔을 가득 채워주고 건배를 제안했다.

"다비드 씨! 술 좀 합니까?"

"적당히 합니다."

"어디 한번 봅시다. 경진이를 믿고 맡길 수 있는 남잔지! 남자는 남자가 봐야 정확한 거 아니겠습니까?"

범의 도발에 다비드는 부드러운 미소로 응했다. 술 많이 마시는 게 어디 가서 자랑할 거리는 아니지만, 직원들과 회식 자리에서 늘 마지막까지 직원들을 챙겨 집에 보내곤 했기에 범의 호기로운 도전을 가볍게 받아들일 수 있었다.

쨍 소리와 함께 시작을 알렸고, 두 남자 모두 단숨에 잔을 비웠다.

"이모! 여기 국그릇 두 개 주세요! 홍주 넌 가서 소주 꺼내와."

"잘 마시지도 못하……."

"어허! 가져오라면 가져올 것이지 뭔 말이 그렇게 많아!"

범의 호통에 홍주는 마지못해 냉장고에서 소주 두 병을 들고 돌아왔다. 그리곤 소주와 맥주의 환상적인 비율 같은 건 무시한 채 무지막지하게 섞어버렸다. 그런 범의 모습을 눈썹을 찡그린 채 지켜보던 다비드는 손목에 채워진 시계를 보며 경진이가 언제쯤 올까 하고 잠시 딴생각을 했다.

경진 씨, 아무래도 당신 친구가 좀 이상한 것 같아요.

"거봐! 술도 못 마시는 게 어디 감히 다비드 씨한테 들이대! 이 진상아!"

"야아아! 이거 놔아아아! 나 혼자 충분히 걸을 수 있쉬어어어!"

눈을 감은 채 휘청거리는 범이는 홍주에게 맡기고 우린 갈 길 가자고 했지만, 다정한 다비드는 그럴 수 없다며 택시를 잡기 위해 고군분투를 하고 있었다.

에휴. 저런 것들한테 다비드 씨를 부탁한 내가 멍청이지.

세 사람이 모여 있다는 단골 통닭집의 문을 열고 들어서자마자 경진은 벌어진 입을 다물지 못하고 한참 동안 그들을 바라보았다.

이미 인사불성이 된 범이는 소파를 이불 삼아 널브러져 있었고, 홍주는 그런 범의 뺨을 후려치며 술을 깨우고 있었다. 한껏 취해 볼이 발그레해진 다비드는 고개를 떨군 채 꾸벅꾸벅 졸고 있었고, 주인아주머니는 그 광경을 보시며 혀를 끌끌 차고 계셨다.

부랴부랴 계산을 하고 진상들을 데리고 길거리로 나온 경진은 범이는 홍주에게 부탁을 하고 그냥 다비드만 데려갈 생각이었다. 범이가 저렇게 잔뜩 취한 것처럼 보이긴 해도, 홍주의 얘길 들어보니 소주 반병을 마셨다고 했다. 평소 소주 석 잔이면 기절을 하는 녀석인데 그 정도면 오늘은 그래도 꽤 오래 버틴 것이다.

그렇다면, 테이블 위에 반듯하게 줄을 세워놓았던 여섯 개의 소주병은 과연 누가 비운 것인가.

기어이 홍주와 범이를 택시에 태워 보내놓고 휘적휘적 걸어오는 다비드를 보며 경진은 또 한 번 기함했다.

"아으. 어지러워."

비틀거리던 다비드가 경진의 어깨를 손으로 짚더니 그 위에 이마를 기댄 채 어지럽다, 머리 아프다, 죽을 것 같다, 속이 울렁거린다며 계속해서 웅얼거렸다.

설마, 지금 이 남자, 나한테 술주정하는 건가?

웃음을 참을 수 없었던 경진은 고개를 가로저으며 있는 힘껏 다비드를 부축하고 주차장으로 향했다.

"맥주 한잔하면서 얘기하고 있으랬지 누가 이 지경이 되도록 마시라고 했어요?"

간신히 조수석에 다비드를 구겨 넣은 경진은 안전벨트를 채워주고 등받이를 뒤로 눕혀주었다.

"백범 씨는 내가…… 마음에…… 안 드나 봐……. 흐음……."

그는 왼쪽으로 몸을 돌아누우며 팔짱을 낀 채 길어서 불편한 다리를 이리저리 구부렸다.

"범이가 뭐라고 했어요?"

그새 잠이 들었는지 그는 대꾸하지 않았다. 차 문을 닫은 경진은 운전석에 올라 시동을 켜고 차를 출발시켰다.

"나도 뭐…… 백범 씨가…… 마음에 든 건…… 아닌데……."

잠꼬대를 하듯이 웅얼대는 모습에 경진은 자꾸만 다비드를 힐

끔거리게 되었다. 발그레한 두 볼과 씰룩이는 입술, 이렇게까지
긴 줄 몰랐던 속눈썹까지 좀처럼 시선을 뗄 수가 없었다.

잠시 신호가 걸린 틈에 경진은 조심스레 그의 눈썹을 만져 보았
다. 보들보들한 눈썹이 손끝에 닿는 순간 무언가가 가슴을 콕콕
찌르는 것 같았다.

초록불이 되자 경진은 아쉬운 마음을 안은 채로 다시 핸들을 쥐
었다. 고맙게도 신호가 한 번 걸리기 시작하니 매 신호등마다 걸
리게 되었고, 경진은 다시 다비드의 얼굴을 향해 검은 손을 수줍
게 뻗었다.

인중 끝, 입술이 시작되는 오목하게 파인 부분이었다. 조각칼로
도려낸 듯 또렷하게 시작되는 그의 입술을 톡 하고 건드려 본 경
진은 냉큼 손을 거두고 다시 정면을 응시했다. 하지만 자꾸 시선
은 다비드에게 향했고, 조금 더 용기를 내어 도톰한 아랫입술을
검지로 슬쩍 쓸어보았다.

아, 이거 나쁜 짓인가. 왜 이렇게 떨리지.

다시 신호가 바뀌자 경진은 떨리는 마음을 안고 다시 차를 몰았
다. 그다음 신호가 어서 나오길 간절히 바라면서 말이다.

신호등 관리를 시의 어느 부서에서 하시는지는 모르겠지만, 적
절한 타이밍에 자꾸 바꿔주시니 하여튼 감사합니다.

경진의 이번 목표는 이야길 나눌 때마다 항상 눈에 띄던 매끈매
끈한 그의 귓바퀴였다. 귀는 예민한 부분이라 전보다 좀 더 긴장
한 경진은 아주 조심스레 그의 귓바퀴를 스윽 만져 보았다. 그가
잠시 어깨를 움츠리며 미간을 구겼지만, 다행히 잠에서 완전히 깨
진 않았다.

뭐지, 변태가 된 것 같은 기분은.

이제 그만해야겠다고 다짐하며 차를 출발했지만 다음 신호에서는 어김없이 이 망할 손이 먼저 그의 얼굴을 향해 뻗어가고 있었다.

안 돼, 이러지 마. 자고 있는 사람한테 뭐 하는 짓이야.

괜찮아. 뭘 어떻게 하는 것도 아니고 그냥 살짝, 아주 살짝 터치만 해보는 거잖아.

치열한 고뇌 끝에 경진은 마른 입술을 혀로 슬쩍 쓸며 다비드의 목울대를 목표 지점으로 정하고 천천히 손을 뻗었다.

그때.

"헙!"

다비드가 눈을 번쩍 뜨더니 경진의 못된 손을 딱 낚아채는 게 아닌가!

설마, 계속 깨어 있었던 건 아니겠지!

"경진 씨…… 이상해……."

"아니, 난 그게 아니라……."

난 그런 여자가 아니에요.

새하얀 소프트 아이스크림을 보면 한입 먹어보고 싶고, 예쁜 꽃을 보면 향기를 맡아보고 싶고, 드라마에서 멋진 남자 배우가 상대 여배우에게 사랑을 고백하면 잠들기 전 다시 그 장면을 떠올리며 그 여배우에게 빙의를 해보는 것과 비슷한 여자의 본능이라고나 할까요.

"술 마실 때마다…… 경진 씨 보고…… 데리러 오라고…… 해야겠다……."

결국 다비드는 무거운 눈꺼풀을 이기지 못하고 다시 스르륵 눈을 감았다. 안도의 한숨을 쉰 경진은 건강하고 밝은 생각을 하며 운전에 집중했다. 간신히 이성으로 본능을 억누르면서 말이다.

12. 언제 찾아올지 모를
기회에 대비해 미리 준비하라

며칠 전, 꼭 소개시켜 줄 사람이 있다고 하기에 혹시나 했는데 역시나였다. 소개시켜 줄 만큼 가까운 사람이라면…… 떠오르는 사람은 단 한 사람이었다.

가는 길이 왠지 모르게 익숙하다 싶었는데, 아니나 다를까, 함태경 대표와 이해리 본부장의 신혼집이었다. 집들이 때 한 번 와 본 적 있는 빌라 앞에 나란히 선 경진은 두 다비드를 번갈아가며 바라보았다.

"우리 아지 정말 데려가도 괜찮을까요? 완전 민폐일 것 같은데."

"워낙 동물을 좋아하는 친구라 괜찮아요. 조련 솜씨도 좋아서 어쩌면 오늘 아지가 새롭게 태어날지도 몰라요."

도대체 무슨 꿍꿍이인지는 모르겠지만, 태경이 강아지 다비드까지 동시에 초대를 했다고 한다. 아직도 그날만 생각하면 가슴이 두근거리는데……. 적당한 타이밍을 기다리느라 아직 다비드에게 사실을 고하지 못했던 경진이라서 마음이 여간 불편한 게 아니었다.

공동현관 앞에 선 경진은 자동문 유리에 비친 제 모습을 재점검했다. 다비드는 본인의 친구 집이라 그런지 청바지에 하얀색 셔츠 차림으로 편하게 입었지만, 경진은 혹시나 흠 잡힐까 옷장 안에서 가장 좋으면서도, 좋은 게 티가 나지 않고 자연스러운 옷을 꺼내 입었다.

호수를 누르고 호출을 하자 이내 자동문이 열렸고, 다비드는 잡고 있던 손을 이끌어 한 걸음쯤 먼저 앞장섰다. 경진은 다비드의 품에 안긴 다비드를 보며 제발 오늘 사고만 치지 말아다오, 하고 간절히 빌었다.

전에도 본 적 있는, '태경♡해리 LOVE HOUSE'라고 적힌 핑크색의 낯간지러운 문패 때문에 경진은 피식 웃고 말았다. 문 밖에까지도 그들의 서로를 향한 애정이 고스란히 묻어난 듯해서 귀엽기도 했고, 조금은 부럽기도 했다.

그때, 현관문이 스윽 열리더니 해리가 고개를 빼꼼 내밀며 환히 웃었다.

"경진 씨 왔어요?"

"안녕하세요."

"얼른 들어와요."

현관 안으로 들어가자마자 맛있는 냄새가 진동을 했다. 앙증맞은 프릴이 달린 에이프런을 매고 자연스레 주방으로 향하는 그녀의 모습은 회사에서 늘 보던 이해리 본부장의 모습과는 전혀 딴판이었다.

어서 내려달라고 아등바등거리는 다비드를 바라보며 제발 가만히 있으라는 염원을 담아 눈짓을 하던 그때, 저쪽에서부터 어슬렁어슬렁거리며 걸어나오는 한 남자가 눈에 들어왔다.

"안녕하세요."

"어서 와요, 경진 씨."

악수를 청하며 환히 웃으니 괜히 기분이 더 이상했다. 그는 마치 아무런 걱정 할 것 없다는 듯 두 눈을 찡긋거리며 고개를 끄덕였다.

그런 모습 때문에 더 안심이 안 되는 이유는 뭘까.

"팥쥐야, 네 친구 왔다. 아니, 친구가 아니라 연하남이다."

다비드를 안고 있던 다비드가 바닥에 녀석을 내려놓자, 녀석은 바닥에 발이 닿기가 무섭게 귀를 펄럭이며 온 집 안을 누볐다. 당황한 경진이 이쪽으로 오라고 애타게 손짓했지만, 무슨 장난을 치고 놀까 하고 온종일 궁리하는 녀석의 눈에 그런 주인이 보일 리가 없었다.

"다, 아지야! 이리 와!"

"괜찮아요. 뛰어놀게 내버려 두세요."

"그래도……."

경진이 머뭇거리자 다비드가 괜찮다는 듯 옅게 웃었다.

"아, 그리고 이거."

"이게 뭐예요?"

"그래도 초대 받고 왔는데 빈손으로 오기가 뭐해서요."

경진은 현관문 쪽에 내려놓았던 커다란 박스를 들고 종종걸음으로 걸어가 태경에게 내밀었다. 그러자 해리와 태경 내외는 진심으로 기뻐하며 하던 일을 멈추고 와서 박스부터 냉큼 풀어보았다.

"장스탠드인데, 이게 신혼집 필수품이라고 해서……."

경진의 부가 설명에 대충 호응을 한 두 사람은 머리를 맞대고 앉아 요리조리 돌리고 조이고 끼우며 조립을 했다. 경진은 그런 두 사람에게 고맙기도 하고, 그 모습이 무척이나 보기 좋아서 흐뭇한 미소를 지으며 그들을 바라보았다.

"거실엔 이미 해두셨을 것 같아서 바깥 테라스에 둘 만한 걸로 골랐어요. 마음에 드실지 모르겠네요."

장스탠드를 선물하면 어떻겠냐고 제안했던 건 경진이었지만, 디자인을 고른 건 다비드였다. 닥나무 한지로 봉긋한 꽃송이를 만들어 그 안에 은은한 빛을 내는 전구를 넣고, 꽃송이를 받치고 바닥까지 지지하고 있는 가느다란 철제 다리는 자연스레 엉킨 듯 세 가닥으로 길게 뻗어 있어서 독특하면서도 고혹적이었다.

조립을 마친 태경이 콘센트에 플러그를 꽂고 엄지를 치켜세웠다.

"경진 씨, 정말 고마워요. 진짜 예쁘다."

"거실에 있는 걸 테라스로 내놓고 이걸 거실에 둬야겠네."

부부의 뜨거운 반응이 그저 고맙기만 한 경진은 내내 미소를 지었다. 워낙에 잘사는 사람들이라 이런 선물이 눈에나 들까 하고 아주 잠시 고민했던 것이 머쓱할 정도였다.

"두 분 잠깐 앉아 계세요. 식사 준비는 거의 다 됐어요."

"제가 좀 도와드릴까요?"

"괜찮아요. 얼른 가서 앉아 있어요."

해리는 두 손을 저으며 냉큼 주방으로 향했고, 경진은 다비드와 자연스레 손을 잡고 거실로 향했다. 그때, 그 모습을 지켜보고 있던 태경이 순간 뭐가 못마땅해졌는지 미간을 꿈틀거리며 노려보았다.

"두 사람 손이 딱 붙어 있고만?"

쑥스러운 마음에 손을 빼려고 하자, 다비드는 경진의 손을 더욱 꽉 잡았다. 덕분에 경진의 얼굴은 붉게 달아올라 버렸다.

"아, 아지는 어디 갔지?"

괜히 사방을 둘러보는데, 녀석이 어디로 사라진 건지 보이질 않았다. 지나치게 조용한 것이, 분명 이 집 어딘가에서 사고를 저지르고 있을 것만 같은 예감이 들었다.

"다비드!"

태경의 갑작스러운 외침에 다비드보다 더 놀란 경진이 눈을 동그랗게 뜨고 태경을 바라보다가 어색하게 배시시 웃었다.

"왜?"

"지난번에 돈가스 보내준 거 잘 먹었다고. 나 말고 저분이."

다비드는 웃었지만 경진은 웃을 수 없었다. 바짝 마른 입술을 입안에 말아 넣고 티 나지 않게 좌우를 살피는데, 반대쪽 복도에서 귀를 펄럭이며 정신없이 달려오는 강아지 다비드가 보였다.

그렇게 말귀 못 알아듣고 말도 안 듣던 녀석이 오늘은 웬일로 이렇게 말귀를 잘 알아듣고 난리래!

경진은 슬쩍 소파 등받이 뒤로 손을 뻗어 다비드를 향해 휘이휘이 손을 저어 쫓았다.

"가…… 가……."

아주 작은 목소리로 입을 뻥긋거리니 녀석이 알아들을 리가 만무했다. 녀석은 자기랑 놀자는 줄 알고 손등을 핥으며 제자리에서 두 발을 들고 콩콩 뛰었다.

"저분이 홈쇼핑을 무지 좋아하시거든요. 아세요?"

"아…… 정말요? 몰랐네요."

태경의 말에 대답하랴, 다비드 보랴 혼이 쏙 나갈 지경이었다. 문득 가방에 다비드의 간식을 챙겨 온 것이 떠오른 경진은 가방 안에서 다비드가 가장 좋아하는 구운 연어 큐브 하나를 꺼내 멀찌감치 던져 주었다. 그러자 다비드는 그곳으로 냉큼 달려갔고, 태경은 여유로운 미소를 지으며 힐끔힐끔 그 광경을 지켜보았다.

그제야 한숨 돌린 경진은 입술을 아주 살짝 열어 천천히, 조심스레 숨을 몰아쉬었다.

"아직 모르시는구나. 다비드가 홈쇼핑을 얼마나 좋아하는데요."

그런데 그때.

일부러 다비드 이름 석 자에 힘을 주어 말한 태경 때문에 또 한 번의 위기가 닥쳤다. 경진이 태경을 보며 눈썹을 구긴 채 애처로운 시선을 보냈지만 그는 그저 개구지게 웃기만 했다.

어김없이 녀석은 전속력으로 달려왔다. 경진은 녀석에게 제발 저쪽으로 가라고 손짓을 하며 쫓았다.

"그래도 아무거나 막 다 사거나 그러진 않아요."

믿어달라는 듯 초롱초롱한 눈으로 자신을 바라보는 다비드에게 경진은 간신히 미소를 지어 보였다. 그사이, 경진은 몰래 연어 큐브 하나를 더 던져 주었다.

아, 땀난다.

"다 됐습니다! 이쪽으로 오세요!"

감사하게도 적절한 타이밍에 해리가 호출을 해주었다.

"자, 가시죠."

"네."

자리를 털고 일어난 세 사람 중 다비드가 가장 먼저 주방으로 앞장섰고, 그 뒤로 태경과 경진이 따랐다. 경진은 그 틈을 놓치지 않고 냉큼 다가가 태경의 소맷자락을 잡았다.

"정말 이러기예요?"

복화술을 하듯이 이를 악다문 채 최대한 입술을 움직이지 않고 나지막한 목소리로 말하자 태경은 능청스러운 표정으로 어깨를 으쓱였다.

"다비드를 다비드라고 부르지 못하고, 저 다비드도 다비드라고 부르지 못하고, 그럼 전 어쩌란 말입니까."

아! 얄미워!

주먹을 불끈 쥔 경진이 눈을 꾹 감고 한숨을 쉬는 사이 태경은 잽싸게 식탁 의자에 자리를 차지하고 앉았다.

"둘이 무슨 얘길 그렇게 다정하게 하시나?"

해리가 식탁 한가운데에 전골 냄비를 내려놓으며 빙긋 웃었다.

"공통 주제는 딱 하나잖아. 다…….."

"……태경 씨."

다시 한 번 이를 악다물고 나지막이 속삭이며 미소를 짓자 태경도 덩달아 따라 웃었다.

"이경진 씨 남자친구 얘기지."

안도의 한숨을 쉰 경진은 만약의 사태에 대비하기 위해 태경과 마주 보고 앉는 자리를 선택했다. 급하면 발이라도 꽉 밟아줄까 싶어서 말이다.

"이걸 혼자서 다 하셨어요?"

"간만에 솜씨 발휘 했죠. 이 사람 때문에 우리 집 음식 간이 다 싱거워요. 이해해 줘요, 경진 씨."

식탁 위에는 진수성찬이 차려져 있었는데, 그러고 보니 맵고 짠 음식은 거의 없었다. 담백한 음식들이 대부분이었다.

"태경 씨가 자극적인 걸 안 좋아하시나 봐요."

"제 위가 요만하거든요."

막 숟가락으로 밥을 한술 뜨려던 태경이 손에 쥔 숟가락을 들어 보이며 웃었다. 무슨 소린가 싶어 다비드를 보자, 그는 옅게 웃으며 어깨를 으쓱였다.

"아! 다비…… 아니, 이경진 씨 남자친구 분이 아직 얘기 안 해 줬구나."

"무슨……?"

"제가 오래전에 위암 투병을 했거든요. 그때 위 절제수술을 받아서 위가 사분의 일밖에 남지 않았어요. 가능하면 그런 음식들은 피하는 편이죠."

"그러셨군요. 죄송해요, 그것도 모르고."

"아닙니다! 경진 씨가 죄송할 건 없죠."

태경이 시원스레 웃었지만 경진의 마음은 가벼워지질 않았다. 마른 체형이라고 생각하긴 했지만 워낙 요즘 남자들의 체형이 슬림하다 보니 그 역시 그래서인 줄로만 알았다.

"미국에서 지내는 내내 경진 씨 남자친구 분이 케어해 줬어요."

"정말요?"

"저분이 한때는 의사의 길을 가려고 준비했던 분이거든요. 저 만나서 인생 꼬였죠."

언젠가 의사가 되길 꿈꿨다는 이야길 들은 적이 있었지만, 그 꿈을 포기하게 된 직접적인 이유가 자신에게 있다고 말하는 태경 때문에 경진은 괜히 마음이 아렸다. 다비드는 그런 게 아니라며 고개를 저었지만, 태경의 표정은 단호했다.

"제 얘기 듣고 나니까 남자친구가 더 멋있어 보이지 않아요?"

경진이 설핏 웃으며 고개를 끄덕이자, 다비드가 이제 그만하라 는 듯 눈총을 주었다. 그러나 태경은 멈출 생각이 없어 보였다.

"두 분 미국에서 처음 만났단 얘긴 들었는데, 이 얘긴 처음 들었 어요."

다비드는 이런 이야길 나누는 게 무척이나 쑥스러운지 묵묵히 밥을 먹었다.

"우리 집에 자주 놀러 오시면 제가 남자친구 분의 지난 과거에 대해 몽땅 말해줄 수 있는데."

무척 은밀한 제안이라도 하는 듯 고개까지 비스듬히 기울이며 말을 건네자, 지켜보던 해리와 다비드는 기가 막혔는지 태경을 노 려보았다.

"전 최근에 과거보단 미래를 보고 살기로 결심을 한지라……
죄송하지만 그 제안은 별로 매력적이질 않네요."

그에게 듣지 못했던 그의 이야기.

그가 어떤 아이였고, 어떤 학생이었고, 어떤 남자였는지…… 그
때도 지금처럼 다정하고 따뜻한 사람이었는지, 늘 한결같았는지
궁금한 것투성이었지만 경진은 태경의 손아귀에서 놀아나고 싶은
마음이 없었다. 그래서 일부러 속마음과 달리 도도하게 말했고,
해리와 다비드는 속 시원한 듯 소리 내어 웃었지만 머쓱해진 태경
은 흠흠 군기침만 해댔다.

화기애애하면서도 동시에 아슬아슬했던 식사가 계속되는 동안,
오기 때문인지 태경은 이제 안 해줘도 된다는데도 계속 다비드의
옛날이야기를 꺼냈다. 태경에게 듣는 다비드의 이야기가 재미있
었지만 경진의 속마음은 너무도 불안했다. 언제 마음이 뒤틀려 다
비드란 이름을 크게 외칠지 모르기 때문이었다. 경진은 이제 더
이상 태경의 심사를 건드리지 말아야겠다고 생각하며 정신을 똑
바로 차리기 위해 커다란 두 눈을 말똥거렸다.

식사가 끝난 후, 테라스로 나가 테이블에 마주 앉은 다비드와
태경은 머리를 맞대고 오목을 두고 있었다. 오목 귀신 다비드가
한 판 두 판 태경을 이길 때마다 목이 바짝바짝 마르는 태경은 얼
음을 띄운 레몬녹차를 벌컥벌컥 들이키며 화를 다스리고 있었다.

"네가 보기엔 어때?"

"경진 씨?"

"아니, 나랑 경진 씨."

다비드의 말에 태경이 눈썹을 씰룩이며 빙긋 웃었다.

"정말 몰라서 묻는 거야? 아님 이미 듣고 싶은 답이 있는 거
야?"

"둘 다."

"뭐야."

태경은 정색을 하더니 짜증스럽게 검은 돌을 탁 내려놓았다.

"좋아 보여. 잘 어울리고."

다비드가 감정을 숨기지 못하고 웃자 태경은 절레절레 고개를 흔들었다.

"뭐랄까…… 연애 초기의 설렘 같아 보이기도 하고, 뭔가 하나씩 뒤로 숨기고 있어서 언제 꺼내 보여줄까 때를 기다리느라 서로 조심하고 있는 것 같아 보이기도 하고."

"난 다 오픈했는데?"

"원래 여자들은 비밀이 많은 법이야."

"……시간이 해결해 주겠지."

태경이 뭔가를 알고 있는 기색을 보였지만 다비드는 그렇게 선을 그었다. 만약 듣게 되더라도 그녀에게 직접 듣고 싶었다. 그런 다비드의 마음을 알아챈 태경도 더는 그것에 대해서 말을 잇지 않았다.

"그럼…… 경진 씨랑 잘해볼 생각도 있는 거지?"

평소 태경답지 않은 진지한 물음에 의외라고 생각하던 다비드는 태경의 질문을 다시 한 번 곰곰이 되새기다가 고개를 끄덕였다.

"안 그래도 생각을 해봤는데…… 한국에서 자리를 잡아야 할지, 프랑스로 돌아갈지……."

"여기서 자리 잡을 생각이 있긴 한 거야?"

일 년 전 한국에 들어올 때의 계획은, 디저트 카페 〈다비드〉가 어느 정도 자리를 잡고 태경도 이것을 기반으로 제자리를 찾게 되면 적당할 때 가족들이 있는 프랑스로 돌아가려고 했었다. 그곳으로 돌아가 새로운 무언가를 하고 싶다는 막연한 꿈을 꾸었는데, 막상 이곳에서 〈다비드〉가 자리를 잘 잡아가니 좀 더 지금의 평안한 삶을 누리고 싶은 마음도 커졌다.

새로운 무언가를 시작할 때마다 늘 따라다니는 불안감이 핑계라면 핑계일 수도 있고, 한국이란 나라에서 살아보는 것도 그리 나쁘지 않을 것 같다는 생각이 들어서이기도 했다. 조금 더 지금의 행복을 누리고 싶었다.

"만약 경진 씨랑 정말 잘돼서 결혼을 하게 된다면, 아무래도 경진 씨 일도 그렇고 가족들도 그렇고…… 경진 씨가 이 나라를 떠나는 건 쉽지 않잖아. 나 혼자만 마음먹으면 간단해지는데."

솔직히 프랑스로 돌아가서 살고 싶은 마음 반, 이곳에 남고 싶은 마음 반이 한데 뒤섞여 있었다. 하지만 만약 프랑스로 가게 된다면 경진은 가족들과 멀리 떨어져 지내야 하고, 어쩌면 원하는 일을 하지 못할 수도 있었다. 다른 언어를 배워야 하고, 그곳 문화에 적응을 해야 하는데 그러한 과정들은 자신이 이미 겪어봤기에 누구보다도 그 고통을 잘 알고 있었다.

바꿔 생각하면, 내가 이곳에 남으면 간단해지는 일이었다. 언어와 문화도 어느 정도 익혔고 일도 자리를 잡았으니, 경진이 움직이는 것보단 자신이 이곳에 남는 편이 효율적이라고 생각했다.

물론, 경진과 아주아주 행복한 결말을 맺게 되었을 때를 가정해서 말이다.

"그래도 난 형 마음이 가장 중요하다고 생각해."

이게 얼마 만에 들어보는 형 소린지.

다비드는 다른 무엇보다도 그 생각이 먼저 들어서 웃음이 났다.

태경이 마음을 쓰는 부분이 무엇인지 다비드도 잘 알고 있었다.
이 나라에서 태어나기만 했을 뿐, 오히려 상처로 기억될 수도 있
는 이 나라에 태경만 아니었어도 와볼 생각조차 하지 않았을 것이
다. 그랬던 자신이 한 여자 때문에 이 나라에 자리를 잡을 생각까
지 하니, 태경의 입장에선 걱정을 할 만했다.

"상대방을 배려하는 마음의 십분의 일만이라도 자신을 생각하
라고. 정말 괜찮겠어?"

"난 괜찮아."

다비드가 어깨를 으쓱이며 웃자, 태경의 표정은 점점 더 굳어졌
다.

"그만큼 좋아?"

태경이 다시 한 번 되물었고, 다비드는 진심을 담아 고개를 끄
덕였다.

"다 좋아. 경진 씨 가족들도 좋고, 너도 가까이 있고, 카페 일도
편하고. 하지만 내가 프랑스로 가겠다고 하면 나만 좋아져. 어쩌
면 경진 씨는 가지 않겠다고 할지도 몰라. 그건 싫어. 그럴 거면
여기 남을래."

"흐음. 쉽게 결정하지 말고 깊게 생각 많이 해보고 천천히 결정
해. 지금이야 엄청 좋지. 이제 막 연애 시작했는데 오죽 좋겠어?"

"알았어. 고민해 볼게."

"나한테 항상 검토받고."

한때는 한국에서 인연을 만나게 될 거라곤 상상도 하지 못했는

데, 어느 순간부터 자연스레 경진과 함께하게 될 미래를 꿈꾸고 있었다. 경진과 좀 더 많은 시간을 보내고 싶고, 좀 더 가까운 사이가 되고 싶고, 좀 더 열렬히 연애도 하고 싶었다. 그리고 시간이 흘러 좋은 때가 되면 그녀와 함께 가정을 이루면 어떤 일들이 벌어질까에 대해 상상하기도 했다. 구체적인 계획 같은 것 없이 그저 상상에 불과하지만, 그 상상만으로도 다비드는 행복했다.

그 상상들이 과연 현실이 될 수 있을까?

그녀도 나와 같은 생각을 하고 있을까?

일단 다비드는 태경의 말대로 다른 사람 말고 나를 위해서 어떠한 결정이 가장 좋을지에 대한 부분부터 다시 한 번 생각해 보기로 결정했다. 혼자서 너무 앞서 가는 것 아닐까 싶기도 하지만, 언제 불쑥 나타날지 모를 기회가 내게 찾아왔을 때 아무런 대비가 되지 않아 놓쳐 버리지 않으려면 미리미리 준비를 해야 한다는 아버지의 가르침을 받들기로 했다.

선물로 사온 장스탠드를 기어이 식탁 옆에 놓고 앉은 해리는 이제야 분위기가 조성되었다며 와인 한잔하지 않겠냐고 제안했다. 술이 약해서 잘 마시지 않는 경진이었지만, 차마 단칼에 거절할 수가 없어서 잔을 받아 들었다.

"두 사람, 형제 같지 않아요?"

"어떨 때 보면 형제 같기도 하더라고요."

"모습은 좀 닮았죠? 근데 성격은 많이 달라요."

해리의 말에 공감을 하며 경진은 해리에게 와인 병을 건네받고 그녀의 잔에 와인을 따라주었다.

"서로 많이 의지하면서 지냈다고 하더라고요. 다비드 씨 가족 이야기…… 알고 있어요?"

"자세히는 모르지만, 어느 정도 들어서 알고 있어요."

천천히 고개를 끄덕이던 해리가 잔을 기울이며 빙그르르 돌렸다.

"경진 씨, 회사에서 가장 친해지기 어려운 사람으로 꼽히는 거 알죠?"

"네, 알고 있어요."

경진이 머쓱하게 웃자 해리도 희게 웃었다.

"오래전에…… 사고로 잃었다는 이야긴 얼핏 들었는데, 그래서 그랬던 거예요?"

"꼭 그래서는 아니고요…… 지금 생각해 보면 그게 편해서였던 것 같아요."

"사람들과 거리 두는 게요?"

"누군가 내게 관심을 갖는 것 자체가 싫었어요. 사람들 상대할 때도 그냥 그 순간 동안만 상냥하게 굴고 친절하게 대하는 게 편하더라고요."

그땐 내가 감당해야 할 아픔의 무게가 너무도 무거워서 주변을 둘러볼 여력이 없었다. 아니, 여력이 있다 해도 둘러보고 싶지 않았다. 사람이라면 그 어느 누구도 피해갈 수 없는 죽음이지만, 정해진 그 끝만 보고 살아가는 사람은 없을 것이다. 그렇기에 그에 대한 대비책도, 조금 덜 힘들 수 있게 단단한 마음도 갖고 있지 않았다. 그래서 많이 힘겨웠고, 슬펐고, 그 후로 오랫동안 그리웠다. 그를 사랑했던 내 마음, 그가 주었던 사랑, 모두 전하지 못했던 내 마음, 그가 아끼던 내 모습 모두가 못 견디게 그리웠고…… 그때부터 마음의 문을 닫았던 것 같다.

언제까지나 그렇게 살 수 없다는 걸 아무리 주위에서 각인시켜 주려 노력해도, 스스로 자각하지 않는 이상 변화를 시도하지 않는다. 미련하게도 망상에 사로잡혀서, 만약 내가 변한다면 함께했던 시간과 마음들이 모두 사라져 버릴 것만 같고, 그렇게 되면 그가 서운해할지도 모른다는 궤변을 늘어놓으며 자신의 선택을 정당하다고 여겼다.

"지금 이렇게 본부장님하고 이런 얘기 나누는 것도…… 얼마 전까지만 해도 상상도 할 수 없는 일이었어요."

그러나 자각을 하고 난 후에는 모든 것이 쉬워졌다. 변화를 두려워하고 겁내던 것이 모두 우스워질 만큼, 변하고 싶다는 강렬한 욕구에 사로잡혀 뭐든 해보려고 안간힘을 썼다. 그를 기억하는 시간이 점점 줄어갔고, 그렇게 얼굴마저 잊어버렸을 때쯤 늘 가슴에 끌어안고 있던 죄책감이나 미안함을 조금씩 떨쳐 냈다.

'내가 이렇게 하면 그는 이렇게 생각할 거야' 같은 망상 속에서 빠져나온 후부터 진짜 내 인생을 되찾았다. 이제 더 이상 떠난 사람을 그리워하는 일에 시간을 허비하지 않고, 내가 숨 쉬고 살아가고 있는 지금 이 세상의 사람들 중 하나이며, 보통의 사람처럼 살아가고 싶은 새로운 꿈을 꾸고 있는 진짜 이경진으로 새로운 출발점에 선 것이다.

"변하고 싶단 생각은 늘 해왔는데…… 다비드 씨가 계기가 되어준 것 같아요."

"생각에서만 머물지 않고 행동으로 이어갈 수 있게 말이죠?"

"네. ……은인이죠. 아주 조금 변했을 뿐인데, 다들 좋아해요. 가족들도, 친구들도."

그 출발선을 그어준 사람이 바로 다비드였다. 그리곤 앞뒤 잴 것 없이 무작정 발부터 한 걸음 내딛게 만들더니, 망설이는 내게 손을 내밀며 이거 별거 아니라는 듯 여유롭게 웃어주었다.

"참 다행이네요, 두 분이 만나서."

"그런가요?"

"다비드 씨가 이경진 씨를 만난 것도 다행이고, 이경진 씨가 다비드를 만난 것도 다행이고…… 정말 다행이네요."

늘 경진의 연애를 바라왔던 경진의 가족들이나 친구들이 아닌, 다른 사람에게 받는 우리 연애에 대한 평가가 이렇게까지 마음을 기쁘게 할 줄은 몰랐다.

잘 어울린단 말보다…… 보고 있으면 부럽단 말보다…… 서로를 만난 게 참 다행이라는 그 말이 왜 그렇게 마음을 울리는 건지, 경진은 끝내 그 이유를 알지 못했다.

집에 돌아와 샤워를 마치고 나오니, 웬일로 다비드가 먼저 잠이 들어 있었다. 인기척에도 괘념치 않고 잠에서 깨지 않는 걸 보니, 아까 태경의 집에서 팥쥐와 심하게 놀아 많이 피곤했던 모양이다.

젖은 머리카락을 마른 수건으로 꾹꾹 짜며 침대에 걸터앉은 경진은 집에 돌아오는 내내 머릿속을 맴돌던, 서로를 만나서 참 다행이라던 해리의 말을 떠올리며 빙긋 웃었다.

그러고 보니, 다비드 때문에 내 일상에 많은 변화가 생겼다. 하루 중에 웃고 있는 시간이 점점 늘었고, 그를 생각하느라 남이 자신의 이름을 부르는 걸 제때 못 알아듣는 경우도 늘었고, 거울 앞에 앉아 화장을 고치는 시간도, 옷을 고르는 시간도 늘었다. 만약을 대비해 늘 양치질도 더욱더 꼼꼼히 하고, 손잡는 걸 좋아하는 그 때문에 비싸고 좋은 핸드크림도 사서 꾸준히 발랐다.

고맙단 말에 다 담을 수 없는 진심이 너무도 안타까웠다. 고작 그런 말로밖에는 표현할 수 없는 자신의 어휘력이 개탄스러웠다.

띵동.

그때, 메시지가 도착했다. 수건을 내려놓고 휴대폰을 집어 든 경진은 발신자를 확인한 후 마치 휴대폰이 발신자라도 되는 양 휴대폰을 바라보며 흐뭇한 미소를 지었다.

「자요?」
「아뇨.」

답장을 보낸 경진은 샤워가운을 벗고 서둘러 옷을 챙겨 입었다.

「거기서 우리 집 보이죠?」

다비드의 메시지에 테라스로 나가 창틀에 기대 손을 흔들고 있는 그를 향해 경진도 손을 흔들어주었다.

「스토커.」

보낸 답장을 보았는지 그는 두 팔로 엑스 자를 만들더니 격렬하게 거부했다.

『피곤할 텐데 얼른 안 자고 뭐 해요?』
『이제 막 자려고 했는데.』

경진은 테라스에 놓인 흔들의자에 양반다리를 하고 자리를 잡았다.

『딱 십 분만 이렇게 있으면 안 될까요?』
『좋아요.』

그가 창틀에 팔을 얹고 그 위에 턱을 괴는 모습이 또렷하게 보였다. 이목구비까지 또렷하게 보이면 더할 나위 없이 행복하겠지만, 그래도 이게 어디야.

『이번 주 목요일에 직원 체육대회가 있는데 올 수 있어요?』
『그날 매장 놀아요?』
『아뇨. 밤에 해요. 두 시간 일찍 문 닫고.』
『밤이면 퇴근하고 갈게요. 체육대회에서 뭐뭐 하는데요?』
『농구도 하고, 릴레이 달리기도 하고, 배드민턴, 족구, 단체 줄넘기, 줄다리기 그런 거 해요. 팀별로.』

농구하는 모습을 지난번에 제대로 보지 못해 안 그래도 아쉬웠는데, 무려 체육대회라니! 다 볼 수 있겠구나!

그날의 아쉬움을 한 방에 달래줄 만한 행사에 경진은 내심 기뻤
지만 들뜨지 않게 차분히 메시지를 작성했다.

『재밌겠다. 다비드 씨는 무슨 팀인데요?』
『난 서비스팀. 전 종목 다 나가야 해요.』

여자 직원들이 대부분인 팀이라 경기 편성이 그렇게 된 모양이
다. 경진은 눈 호강할 생각에 기분이 좋아져 만족스러운 미소를
지었다.

『그러다 몸 부서지겠다. 1등 팀 혜택은?』
『1등한 팀은 보너스. 2등 팀은 회식비.』
『와. 그럼 정말 몸이 부서져라 뛰어야겠네요. 내가 응원하러 가면 더
잘하려나?』
『당연하죠. 파워 업!』

다비드의 반응에 경진은 괜히 기분이 좋아졌다. 말도 어쩜 이렇
게 예쁘게 하는지. 사람 마음 들뜨게 하는 데는 일등이었다.

『끝나고 바로 회식 있는데 괜찮아요?』
『또 술 많이 드시겠네.』
『지난번처럼 집에 데려다 주면 엄청 고마울 것 같은데.』
『그 정도 봉사는 해주죠 뭐.』

그날 밤이 떠올라 수줍어진 경진은 두 손으로 양 볼을 감싸며 배시시 웃었다. 아직도 손끝에 남아 있는 것 같은 그날의 촉감들이 생생하게 떠올랐다.

『아! 근데 생각해 보니까 몸이 부서져라 뛰면 안 될 것 같아요.』
『응? 왜요?』
『주말에 동치미 담가야 하거든요.』

이 남자 요리에 정말 관심이 많구나.
곱상한 외모와는 달리 그의 입맛은 굉장히 한국적이었다.

『동치미도 담글 줄 알아요?』
『시골 가서 배우기로 했어요.』
『시골 어디?』
『경진 씨 할머니 댁.』

헐.
지금 이 남자가 말하는 경진 씨가 나인 건가?
그렇다면, 우리 할머니 댁이 있는 그 시골을 가겠다고?

『에? 우리 할머니요?』
『넵. 가르쳐 주신다고 약속하셨어요.』
『거기 어딘지 알아요?』
『몰라요. 하지만 경진 씨랑 같이 가면 되니까 걱정 없어요.』

데려다 달란 말을 왜 이렇게 당당하게 하는 거지?

메시지를 읽으니 한껏 들뜬 그의 기분도 덩달아 읽히는 것 같았다. 경진은 벌어진 입을 좀처럼 다물지 못했고 뭐라고 답장을 보낼지 썼다가 지웠다가를 반복했다.

연애의 기본은 밀당이라고 했으니, 약속 있다고 해버릴까? 그럼 같이 가달라고 매달리겠지?

아냐. 저 남자라면 충분히 이해한다면서 매달리기는커녕 혼자서 찾아갈 남자다.

배려가 몸에 밴 남자와 감히 밀당을 꿈꾸다니…….

『알았습니다. 쇤네가 직접 모시고 가지요.』

『쇤네?』

아, 깜박했네. 아직까지 모르는 말들이 많은 사람인데.

워낙에 한국어 실력이 뛰어나다 보니 백 마디 중 한두 마디만 걸릴 뿐 대화할 때 머뭇거리는 법이 없었다. 이중적 의미가 담긴 단어나 한자어가 아닌 이상은 대부분 능숙하게 듣고 말하기가 가능했기에, 가능하면 이해하기 쉬운 단어를 선택해서 말을 하던 경진도 어떨 땐 스스럼없이 고민하지 않고 툭툭 말을 하곤 했다.

『상대방한테 날 낮춰서 말할 때 쓰는 말이에요. 사극 드라마 보면 종종 나오는데. 쇤네.』

『그렇구나! 하나 배웠다. 쇤네.』

잘생긴 그 입술로 쉰네라고 혼잣말을 하고 있을 그의 모습이 눈에 훤히 그려졌다. 경진은 내일 아침부터 일찍 출근해야 하는 그를 위해, 덜 부은 얼굴로 그런 그와 아침 산책길에서 만나야 할 자신을 위해 잠자리에 들 준비를 해야 했다. 자리를 털고 일어난 경진은 다비드를 향해 손을 흔들어주곤 방 안으로 들어왔다.

『이제 잡시다. 잘 자요.』

『경진 씨도 잘 자요. 내일 봅시다.』

불을 모두 끄고 침대 위에 벌렁 드러누운 경진은 콘솔 위에 휴대폰을 내려두고 얇은 이불을 머리끝까지 뒤집어썼다.

아, 간질거려. 왜 이렇게 간지러운 거지.

"흐흣!"

경진은 발을 동동 구르며 덮고 있던 이불을 둘둘 말아 다리 사이에 끼우고 설렌 가슴을 애써 다독이며 잠을 청했다.

디저트 카페 〈다비드〉의 달빛운동회가 한창 진행 중인 인근 고등학교 운동장에 도착한 경진은 차 뒷좌석에서 싣고 온 짐을 꺼내기 위해 낑낑대고 있었다. 퇴근하자마자 부랴부랴 달려왔지만 이미 운동회는 시작되었고, 첫 번째 경기인 족구 경기가 한창이었다. 네 개의 팀이 두 곳으로 나눠 각각 예선전을 치르는 듯했다.

경진은 혹시나 다비드가 경기 중인가 싶어 발꿈치를 세우고 고개
를 쭉 내민 채 경기가 한창인 두 곳을 매의 눈으로 살폈다.

전 경기에 출전해야 한다더니 역시나 그는 경기 중이었다. 그가
어느 곳에 있는지 확인을 마친 경진은 다시 한 번 기운을 내, 짐을
안아 들고 직원들이 옹기종기 모여 앉아 있는 조회대로 향했다.

"안녕하세요."

수줍게 인사를 하자 낯이 익은 직원 몇몇이 환한 미소로 반겨주
었다. 경진은 들고 온 짐을 내려놓고 주섬주섬 매듭을 풀었다.

"이거 별건 아닌데요, 간식으로 드시라고 챙겨왔어요."

경진이 싸 짊어지고 온 간식은 다름 아닌 통닭과 캔맥주였다.
경진의 단골 통닭집에 특별히 부탁해서 공수한 통닭 30마리와 캔
맥주 두 짝이 세상에 공개되자 직원들은 환호성과 함께 뜨거운 박
수를 보내주었다.

그 소란 탓에, 한창 경기 중이던 선수들도 이 같은 소식을 접하
고 불꽃 같은 속도로 경기를 진행시켰다. 덕분에 경진은 땀범벅이
되어서도 빛이 나는 다비드를 가까이에서 볼 수 있었다.

"언제 왔어요?"

"지금 막 왔어요. 덥죠?"

다비드에게 마른 수건을 건네주려는데, 그가 얼굴을 쭉 내밀더
니 닦아달라는 듯 고개를 끄덕였다. 주위 눈치를 보던 경진은 하
는 수 없이 땀을 톡톡 닦아주었고, 사방에서는 부러움 섞인 괴성
이 터져 나왔다. 여직원들의 질투 어린 시선에 맞대응하고픈 욕구
에 경진은 유치하긴 하지만 좀 더 다정하게 굴었다.

"이기고 있는 거예요?"

"경진 씨 왔으니까 파워 업해서 다 이겨 버려야죠."

경진이 두 주먹을 불끈 쥐며 흔들자, 웃고 있던 다비드가 경진의 작은 어깨를 한 손으로 꼬옥 쥐었다.

"자! 다시 시작합시다!"

다비드의 말에 잠시 휴식을 취하던 직원들이 운동장으로 뛰어내려갔다. 경진은 슬금슬금 서비스팀 응원석으로 가 빈 생수병 두 개를 두들기며 팀의 승리를 위해 목청을 높였고, 다비드는 그런 경진의 성원에 보답이라도 하려는 듯 땀을 비 오듯 흘리면서도 최선을 다해 뛰었다.

땀 흘리며 운동하는 남자는 지나치게 매력적이야.

여자친구가 직접 와서 눈을 시퍼렇게 뜨고 지켜보고 있는데도 다비드를 황홀한 눈빛으로 바라보는 여직원들에게 위기의식을 느낀 경진은, 젖 먹던 힘까지 쥐어짜서 응원에 열을 올렸다.

딱 한 잔만 하겠다던 다비드가 소주 한 병을 비웠을 무렵, 그것도 맥주 두 병까지 섞어 마셔 버린 그때, 다행히도 다비드는 먼저 일어나겠다고 말하며 점장에게 법인카드를 건넸다. 한껏 흥이 오른 직원들은 다비드의 귀가에도 그다지 아쉬워하지 않으나, 몇몇 여직원들만이 대표님 3차까지만 같이 가자고 떼를 썼다.

경진은 적절한 타이밍에 치고 들어가 그런 다비드의 손을 잡고 식당을 빠져나왔다. 분위기에 취해 경진도 덩달아 맥주 한 잔을 해버려 운전을 할 수 없게 되었고, 거리도 가까운데 그냥 걸어가자 싶어 손을 맞잡고 앞뒤로 신나게 흔들며 걸었다.

"이경진 씨."

"네?"

"이경진 씨?"

"왜 자꾸 불러요."

가볍게 톡 쏘아붙이자 다비드가 배시시 웃었다. 확실히 지금 기분이 좋은 것 같았다.

"나도 경진아, 하고 불러봐도 돼요?"

다비드가 '경진아'라고 잠시나마 말을 툭 놓던 그 순간, 경진은 움찔하고 말았다.

"뭐, 동갑이니까."

대수롭지 않다는 듯 굴었지만, 실은 떨렸다.

"백범 씨가 경진아, 하고 부르는 거 보고 나도 한번 불러보고 싶었어요."

"여러 번 불러봐도 돼요."

경진의 허락이 무척 만족스러웠는지 다비드가 해맑게 웃으며 어깨를 으쓱였다.

"경진아?"

"네?"

"흐훗. 이경진."

경진이 눈을 맞추자, 그는 커다란 한 손으로 한쪽 얼굴을 가리며 어린아이처럼 키득거렸다. 이번이 두 번째 보는 거지만, 이 남자 술 마시니까 정말 매력적이네. 이것만큼은 절대로 다른 여자들과 공유해선 안 될 것 같았다.

발그레 달아오른 볼이 비단 술 때문인지, 아까 운동을 해서인지는 모르겠지만 살살 눈웃음까지 치니 다비드에게서 도저히 눈을 뗄 수가 없었다.

문득 그런 생각이 들었다. 이런 남자를 남자친구로 만날 확률이 더 클까, 아니면 이런 남자를 아들로 둘 확률이 더 클까.

나도 나지만, 이 남자 어머니도 정말 복 받은 분이네. 그분이야 말로 이생에 이런 아들을 두신 걸 보면 전생에 은하계 정도는 구하신 분이겠지?

한참을 웃던 그가 아무 일도 없었다는 듯 정면을 보며 걸을 때도 경진은 다비드를 올려다보고 있었다. 순간 마음의 갈등이 일어났는데, 결정을 내린 경진은 망설임 없이 발꿈치를 세워 그의 볼에 뽀뽀를 한 후 두 팔을 내저어가며 힘차게 달렸다.

갑작스러운 경진의 행동에 놀란 그가 잠시 멈칫했는지 뒤따르는 발소리가 들리지 않았다. 잠시 방심하던 그 순간, 갑자기 뒤에서 엄청난 속도로 달려오는 발소리가 들려 경진은 뒤도 돌아보지 않고 무작정 달렸다.

왠지 붙잡히면 큰일 날 것 같은 예감에…… 잡히지 않으려면 전력질주를 할 수밖에 없었다.

13. Healing

　김에 싼 밥에, 동치미 국물 한 숟갈이면 금세 한 그릇 뚝딱 밥을
해치우는 조카 녀석들 때문에 매해 김장할 때 즈음 말고도 할머니
께선 자주 동치미를 담그셨다. 단지 군고구마와 함께 먹고 싶다는
이유로 동치미 담는 걸 배우겠다는 다비드의 열정이 익아차기도
하지만, 동치미 없이는 밥도 잘 안 먹는 조카들과 같은 눈높이로
생각해 보니 조금은 이해가 가기도 했다.

　그는 어젯밤부터 설레서 잠도 제대로 이루지 못했다고 했다. 오
전에도 몇 번이나 몇 시에 갈 거냐고 재촉을 했고, 할머니께서 저
녁때쯤 와도 된다 했다고 해도 그는 보챘다. 경진은 하는 수 없이
점심식사가 채 소화되기도 전에 〈다비드〉 매장으로 직접 다비드
를 픽업하러 나갔다.

　"히익! 이게 다 뭐예요?"

"레슨비."

그는 양손 가득 종이 쇼핑백을 들고 나타났다. 슬쩍 열어보니 할머니와 할아버지가 좋아하실 만한 빵이 가득했고, 특별 생산 된다는 호두두유도 두 박스나 담겨 있었다. 경진이 운전석에 앉아 기다리는 동안, 다비드는 차 뒷좌석에 동치미 레슨비를 싣고 조수석에 올라탔다.

"아, 기대된다."

"그렇게 좋아요?"

한껏 기대에 부푼 다비드의 표정에 웃음이 터질 것 같았지만, 진지한 그 앞에서 차마 그럴 수 없었다.

"출발합시다!"

경진은 고개를 가로저으며 차를 출발했다. 다비드는 무척이나 기분이 좋은지 흘러나오는 노래에 맞춰 콧노래를 흥얼거리다가 갑자기 무릎을 탁 치며 안타까운 한숨을 내쉬었다.

"아! 고구마도 챙겨올걸."

"집에 있을 거예요."

"직화냄비에 구워야 맛있는데."

진심으로 무척이나 아쉬운 듯 다비드가 울상을 지었고, 경진은 그런 그의 모습이 참 귀엽다고 생각하며 피식 웃었다.

"피곤하겠다. 가는 동안 눈 좀 붙여요."

경진의 말에 다비드가 단호한 표정을 지으며 고개를 절레절레 흔들었다.

"왜? 불안해서요? 나 운전 그럭저럭 하는데."

지레 찔렸던 경진이 근 일주일 만에 운전대를 잡은 자신을 불안해하는 건가 싶어 슬쩍 떠보았지만 다비드는 손사래를 쳤다.

"가는 길 외워두려고요. 그래야 다음엔 내가 운전해서 가죠."

아무래도 자신이 운전을 하고 가는 게 미안했던 모양이다.

이런 다정한 남자 같으니라고.

"근데…… 음악이 너무 졸리다."

아무 말 없이 노래를 듣고 있던 다비드는 얼마 지나지 않아 눈꺼풀을 느리게 끔벅이며 졸지 않으려고 안간힘을 썼다. 애꿎은 노래 핑계를 대며 다음 노래로 넘겨보았지만, 계속해서 잔잔한 음악들만 나오자 포기한 듯 등받이에 털썩 기대고 앉아 손등으로 눈두덩을 비벼댔다.

"다음엔 다비드 씨가 내비게이션 주소 찍고 가면 되니까, 오늘은 그냥 자요."

"그럼……."

결국 잠을 이길 수 없었던 그는 못 이기는 척 배시시 웃더니 경진을 향해 옆으로 돌아누웠다. 아직까지 잠이 들지 않은 다비드의 시선 때문에 볼이 타들어갈 것만 같아 어서 빨리 잠들어라, 하고 속으로 빌고 또 빌었다.

더는 차가 들어갈 수 없는 좁은 흙길이라 할아버지 댁 진입로에 우두커니 선 정자나무 아래 차를 세워두고 시동을 껐다.

"다 왔습니다!"

경진은 다비드를 흔들어 깨우곤 먼저 차에서 내려, 두 팔을 머리 위로 쭉 뻗으며 몸을 길게 늘였다. 그사이 차에서 내린 다비드도 웅크리고 자느라 뻐근해진 몸을 쭉 펴 스트레칭을 하곤 뒷좌석에 잔뜩 싣고 온 레슨비 명목의 뇌물을 챙겨 들었다.

"하아. 풀 냄새 정말 좋다."

호기심 가득한 눈으로 사방을 두리번거리는 다비드의 표정을 보니 무척 기분이 좋은 듯했다. 샛길 옆으로 넓게 펼쳐진 초록빛 논에 기웃거리기도 하고, 논두렁 위를 나는 잠자리와 땅거미가 내려앉길 기다리며 쌕쌕 소리로 울어대는 이름 모를 풀벌레를 신기한 듯 바라보았다.

경진은 오랫만에 맡아보는 싱그러운 풀 향기에 세상 물에 찌들어 있던 못난 마음이 정화되는 것 같았다. 향기의 신기한 능력 중 하나, 향기를 떠올리면 저절로 머릿속에 떠오르는 기억들이 경진을 미소 짓게 만들었다. 갓 캔 감자에서 나는 흙냄새를 맡으면 세 남매가 옹기종기 모여 앉아 군불에 구운 감자를 손에 들고 후후 불던 옛 기억이 떠오르고, 가을걷이 때쯤 깨 터는 냄새가 온 마당에 진동을 하면 할아버지가 두들겨 대던 제 키만 한 도리깨를 들고 휘청대던 해진이를 보며 배꼽 쥐고 웃던 때도 떠오르고, 콩 터는 소리를 자장가 삼아 마루에서 낮잠을 자다가 이제 집에 가자는 아빠, 엄마의 부름에 하루만 더 있다가 가겠다고 떼를 쓰며 울던 그날도 떠올랐다. 못생겼어도 맛은 좋은 빨간 방울토마토를 빨간 소쿠리에 잔뜩 따서 봉지 가득 담아 서울로 올라오는 내내 먹어대던 그날도 떠오르고…… 왠지 모를 아련한 기억들이 하나둘 봇물 터지듯 와르르 쏟아져 나왔다.

밭과 논이 대부분인 이 시골마을은 본래 할머니의 고향 동네였다. 서울 생활을 답답해하시던 할아버지와 할머니는 이곳에 집을 사두고 본가를 오가셨는데, 해진의 결혼을 준비하는 동안에는 거의 서울에 계시다가 지난 주말을 기점으로 이곳에 완전히 내려오다시피 하셨다. 힘들지 않은 선에서 텃밭을 가꾸겠다고 하시고는 콩, 깨, 고추, 고구마, 감자, 옥수수, 가지, 방울토마토, 상추, 부추, 배추, 무, 쪽파, 생각, 땅콩 등 없는 게 없을 정도로 손수 재배를 하고 계셨다. 소일거리치고는 일이 너무 많은 게 아닐까 싶은데도, 두 분은 이거 다 해봐야 얼마 되지도 않는다며 걱정 말라는 말씀만 되풀이하셨다.

흙길을 조금 더 걸어 올라가면 양옆으로 할아버지, 할머니가 가꾸는 텃밭이 나오고, 이내 할아버지 댁이 나온다. 울타리는 있지만 대문은 없는 전형적인 시골집인데, 그 어떤 시골집보다 마당은 넓은 집이었다. 마당 안에는 두 그루의 감나무와 앵두나무, 보리수나무가 각각 한 그루씩 자라고 있고, 그 옆으론 크기별로 줄 맞춰 늘어선 수십 개의 장독들이 마당을 가득 채우고 있었다.

"할아버지!"

"어이구! 애들 왔네!"

경진이 달려가자 마루 위에 다정히 서로를 마주 보고 앉아 생강 껍질을 벗기고 계시던 할아버지, 할머니가 하던 일을 멈추고 허겁지겁 신발을 찾아 신으시며 마루에서 내려오셨다.

"아그! 우리 다비드 왔네?"

"안녕하셨어요?"

할머니의 눈에는 다비드가 가장 먼저 보였던 모양이다. 다비드는 그런 할머니의 손을 덥석 잡으며 허리를 숙여 공손히 인사를 건넸다.

"간식거리 좀 가져왔습니다."

"뭐 이런 걸 다 가져왔어. 여기 먹을 게 오만 군데 다 널렸는
디."

말은 그렇게 하셨지만, 할머니는 무척이나 신이 나신 듯 다비드
에게 종이가방을 건네받자마자 내용물을 확인하고 마루 위에 고
이 모셔두었다.

"저 뭐부터 할까요?"

"아주 그냥 일할 자세가 딱 됐구만 그래! 아이구, 이뻐."

지금 당장에라도 일을 시작할 자세가 되어 있는 다비드가 기특
했는지 할머니는 다비드의 엉덩이를 손바닥으로 토닥였다. 전혀
예상치 못했던 할머니의 스킨십에 깜짝 놀란 다비드의 눈이 휘둥
그레지자 경진은 다비드와 눈을 맞추며 고개를 끄덕여 안심시켰
고, 그러자 다비드도 활짝 웃었다.

"다비드는 저 가서 무부터 싹싹 닦어. 대가리는 톡 끊구. 경진이
너는 찹쌀풀 맹글고."

"어? 찹쌀풀? 그거 넣지 말라고 그랬는데."

지시를 내리고 다시 마루 위로 오르려던 할머니는 다비드의 말
에 멈칫해 돌아섰다.

"오미! 누가 그려?"

"블로그에서 봤는……."

"겨울에 맹그는 거랑 지금 맹그는 거랑 다르제. 겨울에 두고 먹
는 건 안 넣어도 여름에 해 먹는 건 넣는 겨. 무르지 말라고 겨울
건 토막 안 치고 통으로 담그고 지금 건 얼른 익혀서 먹어야 하니
께 토막 다 내고 하고, 하여간 좀 달러. 에잉, 그럼 그거 보고 맹글
든가."

할머니가 휙 돌아서는 시늉을 하며 손사래를 치자, 놀란 다비드가 냉큼 달려가 할머니의 손목을 붙잡았다.

"아니에요, 할머니! 전 할머니의 레시피를 전수받고 싶습니다."

"레수, 뭐?"

"레시피요."

지나치게 훌륭한 발음의 다비드 덕분에 할머니가 고개를 갸우뚱거리자 그 모습을 보고 있던 경진이 풉 하고 웃음을 터뜨렸다.

"알았어, 알았어. 알았응께 가서 무 닦어잉."

"넵!"

씩씩하게 대답한 다비드는 달랑무가 한가득 담긴 초대형 스테인리스 대야를 번쩍 들어 장독대 옆 자그만 수돗가로 가져갔다. 그리곤 할머니께서 미리 가져다 놓은 나지막한 목욕탕 의자를 깔고 앉아 도마와 칼을 세팅해 두고 본격적으로 무 닦기를 시작했다.

무청을 싹둑 잘라 한곳에 차곡차곡 쌓아가며 흙이 묻은 무를 박박 닦던 다비드는 능숙한 솜씨로 무의 수염과 지저분한 뿌리들을 깨끗이 깎아냈다. 할머니는 돈 주고도 쉽게 볼 수 없는 귀한 구경을 놓칠 수가 없어, 뒷짐을 지고 슬쩍 곁에 다가가 그 모습을 구경하셨다.

한참을 구경하시던 할머니는 다비드가 열과 성을 다해 닦은 무를 하나 집어 도마 위에 놓고 손가락만 한 길이와 두께로 토막 내라고 알려주었다. 그러자 무 닦기를 모두 마친 다비드는 이번에도 역시 빈틈없는 솜씨로 무를 토막 내기 시작했다. 찹쌀풀을 다 쑨 경진도 다비드 구경에 동참했고, 다비드는 이미 경진의 존재를 잊은 듯 칼과 혼연일체가 되어 무를 토막 내고 있었다.

뭐 하나에 꽂히면 집요해지는 남자라는 걸 알고 있었지만, 저렇게까지 동치미를 집중해서 담을 줄이야.

"워매, 어째 남자 손이 이렇게 야물어?"

"야물어요?"

"응. 엄청 야무네. 칼질을 좀 해봤나 본디?"

"헤헤. 요리에 관심도 많고, 이것저것 만들어보는 걸 좋아하다 보니 늘었나 봐요."

할머니는 마치 한 상궁 마마님이 장금이를 보듯이 무척이나 흐뭇한 표정으로 다비드를 바라보셨다. 왠지 끼어들어선 안 될 것 같은 분위기였지만, 나름 요리에는 자신 있다고 자부하는 경진이었기에 의기양양하게 목욕탕 의자를 들고 다비드의 옆에 가 자리를 잡고 앉아 칼자루를 손에 쥐었다. 그리곤 여봐란 듯이 무를 토막 내기 시작했다.

썩둑썩둑 무 썰리는 소리가 이렇게나 경쾌한 소리인 줄은 오늘 처음 알게 되었다. 늘 할머니가 담아주신 동치미 얻어먹을 줄만 알았지 직접 함께 담아보는 건 경진도 처음이었다. 다비드 덕에 동치미도 다 담가보고……. 경진은 지금 다비드와 함께 시골에 내려와 동치미를 담그고 있는 것 자체가 왠지 모르게 자꾸 웃음이 났다.

손 큰 할머니 덕에 본가와 다비드가 실컷 나눠 먹고도 남을 만큼의 양을 담기 위해 한 시간 넘게 무를 토막 내고 나니 어깨와 등이 뻐근했다. 경진과 다비드는 쥐고 있던 칼을 내려놓고 어깨 관절을 휘휘 돌리며 뭉친 근육을 풀었다.

"이제 뭐 할까요?"

"이, 보자."

할머니가 주변을 두리번거리며 뭔가를 찾자, 마루에 앉아 지켜보고 계시던 할아버지께서 자리를 털고 일어나 하얀 자루를 들고 다가오셨다. 다비드는 젖은 손을 마른행주로 냉큼 닦고 할아버지가 들고 계신 자루를 받아 들었다.

"이건 천일염인디, 요걸 무 위에 솔솔 뿌려봐. 요렇게."

하얀 자루 안에 손을 넣어 소금을 한 줌 쥐어 꺼낸 할머니가 대야에 가득 쌓인 무 위에 휘휘 뿌리자, 곁에서 지켜보고 있던 다비드도 따라 했다.

"소금 얼마나 뿌려야 돼요?"

"요마아안큼."

할머니는 한 번 더 소금을 무 위에 뿌리며 턱짓을 했고, 다비드는 양을 감 잡을 수가 없어서인지 고개를 갸우뚱거렸다.

"고러고 서 있지 말고 싸게 가서 물 받어와."

"얼마만큼 받아올까요?"

"무가 자박자박 잠기도록 부어야 하니께 알아서 받어와."

다비드는 고개를 끄덕이며 커다란 대야를 들고 주방으로 뛰어갔다.

"경진아, 저녁에 자고 갈 거냐?"

"바로 가야죠. 방도 없는……."

순간, 경진은 분명 할머니의 입가에 걸린 미소를 보았다. 경진이 다시 한 번 할머니의 표정을 확인하려는데, 할머니는 일부러 고개를 푹 숙이며 옆으로 고개를 돌렸다.

"할머니, 설마……."

"왜! 그럼 안 되냐?"

"할머니이!"

너무도 당당한 할머니의 말에 경진의 얼굴이 빨갛게 달아올랐다. 할머니는 소금을 뿌려둔 무를 한 번 뒤적이곤 다시 마루 위로 올라가셨다.

"할머님! 이만큼 떠왔어요!"

커다란 대야에 물을 담아 나온 다비드가 낑낑대며 조심스레 걸어왔다.

"거다 무부터 옮겨 담어."

할머니의 턱짓에, 다비드는 물이 담긴 대야를 내려두고 허리 높이 정도 오는 항아리에 토막 낸 무를 옮겨 담았다. 그리곤 물을 채웠는데 양 조절이 애매한지 고개를 갸웃거리며 항아리와 할머니를 번갈아가며 보았다. 그러자 할머니는 무릎을 짚으며 다시 마당으로 내려오셨다.

"쬐금 더 떠와야 쓰겠네."

"넵!"

할머니의 말에 다비드는 또 씩씩하게 대답을 하며 잽싸게 안으로 달려갔다.

"저희 아직…… 아흐…… 그런 사이 아니에요."

무슨 사이라고 표현하면 좋을까.

이제 막 연애를 시작한 풋풋한 사이라고 하기엔 알 것 모를 것 다 아는 나이들이고, 제법 진지한 마음을 가지고 만나고 있지만 아직 결정적인 한 걸음을 내딛지 못한 순수한 사이라고나 할까.

이러지도 저러지도 못하고 뭐 마려운 강아지마냥 안절부절못하고 있는 손녀가 귀여웠는지, 할머니는 너의 마음 충분히 이해한다는 듯한 눈빛으로 자애롭게 고개를 끄덕이셨다.

"그럼 그런 사이 되믄 되지 뭘 걱정이여."

무심하게 뱉은 할머니의 그 말씀이 순간 굉장한 설득력을 가진 것 같아 저도 모르게 수긍할 뻔했다.

"잡소리 말고 부엌 가서 생강이랑 마늘 갖구 와. 할미가 다 손질해 놨어."

"네에."

입술을 쭉 내민 경진이 풀이 죽어서 터덜터덜 주방으로 가는 반면, 다비드는 신이 나서 종종걸음을 걸으며 곁을 스쳐 지났다.

왜 저렇게 해맑아, 저 남자.

주방에 들어간 경진은 이미 할머니께서 손질을 다 해두신 채소를 보며 쭉 빼물고 있던 입을 원상복귀시켰다. 아픈 무릎을 짚고 양파, 대파, 마늘, 생강을 다듬어 소쿠리에 담아두셨을 할머니 생각에 코끝이 찡해진 것이다. 경진은 그것들을 한곳에 담을 천주머니를 챙겨 소쿠리 위에 얹고 마당으로 들고 나갔다.

그때, 경진은 속닥속닥 이야기를 나누며 환히 웃고 있는 할머니와 다비드를 발견했다. 무슨 얘길 그렇게 재밌게 나누나 싶어 발소리를 죽여 살금살금 걸어가는데, 경진과 눈이 마주친 할머니는 화들짝 놀라시며 슬쩍 돌아앉았고 다비드의 볼은 발그레하게 달아올라 있었다.

설마⋯⋯.

"무슨 얘기 했어요?"

잽싸게 달려가 다비드의 옆에 앉은 경진이 옆구리를 쿡 찌르며 물었지만 다비드는 어깨만 으쓱일 뿐 대답이 없었다. 경진은 의심의 눈초리로 다비드를 쏘아보며, 천주머니 안에 할머니가 손질해 둔 채소들을 담아 항아리 안에 띄웠다.

"아이고! 다비드랑 같이 하니께 금방 끝났네! 올 겨울 김장 때도 다비드가 와야 쓰겄다."

"그럴까요?"

할머니와 다비드는 은근히 쿵짝이 잘 맞았다. 자기만 모르는 은밀한 음모가 꾸며지고 있는 건 아닐까 하는 망상에 사로잡힌 경진은 입술을 씰룩이며 두 사람을 유심히 관찰했다.

"응달에다 딱 사흘 뒀다가 먹으믄 돼. 간이 삼삼하다, 싶음 소금물 더 개어서 느믄 되구. 뭔 말인지 알겄어?"

"넵!"

할머니는 항아리의 뚜껑을 닫고 마른행주로 뚜껑 위를 정성스레 닦았다.

"동치민 그때까진 참고, 대신 지금 열무가 딱 맛들은 놈이 있어."

"열무김치요?"

"응. 저녁에 고거 국수 말어서 먹자고. 국수 좋아햐?"

"그럼요. 그럼 저랑 경진 씨랑 여기 정리하고 저녁 할 테니까 할머닌 들어가서 쉬세요."

할머니가 기다렸다는 듯 마루에 올라가셨고, 다비드는 사용한 대야를 한곳에 모아 설거지를 시작했다.

"경진아! 다비드랑 저녁 채릴 수 있지?"

"네. 제가 찾아서 할게요."

"아까 낮에 배추 넣고 된장국 끓여논 것두 있어. 고거도 데워서 갖고 오고, 할아버지는 밥으로 드시게 밥두 챙겨 내오고."

"넵. 걱정 말고 들어가 계세요."

할머니는 할아버지와 함께 방 안으로 들어가셨다. 그 모습을 지켜보고 있던 다비드와 경진은 서로를 마주 보며 피식 웃었고 본격적으로 뒷정리를 시작했다.

주말 저녁에 이게 웬 날벼락인가.

주말이면 영화도 보고, 맛있는 음식 사 먹으며 데이트를 즐기는 평범한 연인들과 달리 우린 동치미를 담았다. 숟가락을 들 힘이 남아 있는 한, 동치미를 먹을 때마다 오늘이 기억나지 않을까.

"쇤네가 여기 정리할 테니까 경진 씨도 들어가요."

"그럼 내가 국수 삶아놓을까요?"

"그것도 쇤네가 할게요."

쇤네를 알려줬더니 다비드는 자꾸만 그 단어를 써먹었다. 몇 번은 그냥 웃고 넘겼는데 이젠 조금 미안한 마음이 들었다.

"쇤네 소리 그만해요. 자꾸 부려먹는 것 같잖아."

"난 좋은데. 쇤네. 그 말 발음이 되게 귀여워요."

하다하다 쇤네가 귀엽다는 사람은 또 처음 보네.

하긴, 입에 유난히 착 붙는 단어가 있긴 하지.

"그럼 같이 하고 같이 들어가요."

경진은 긴 다리를 접고 쪼그려 앉아 대야를 물로 헹구는 다비드를 보며 빙긋 웃었다. 소기의 목적을 달성한 듯 다비드는 내내 기분이 좋아 보였다. 동치미를 얼마나 좋아하면 저렇게도 행복한 표정을 짓는 걸까.

이미 해가 진 지 오래였지만 하늘은 여전히 밝았다. 새털구름 사이로 간간히 보이는 파스텔 톤의 푸른 하늘이 평범한 여름 하늘과 다르지 않았다. 이젠 제법 선선한 저녁 바람이 부는 시간. 고무 장갑을 끼고, 볼품없는 옷을 입고 쪼그려 앉아 일을 하고 있지만 경진은 행복했다. 경진이 가장 좋아하는 곳에, 좋아하는 사람들과 함께할 수 있어서…….

여름 끝 무렵이라 그런지 몰라도 한여름보단 해가 부쩍 짧아졌다. 시골의 밤이라 더 빨리 찾아온 건지도 모르겠지만.

둥그런 밥상 위에 저녁 식사가 차려졌다. 반찬은 오이소박이가 전부였고, 잘 익은 열무김치를 잘라 넣고 자작하게 국물을 부어 만든 열무김치 국수와 배추 된장국이 놓인 소박한 저녁상이지만 시장이 반찬이라고 모두 다 맛있게 해치우고 있었다. 매운 것도 잘 먹는다던 다비드는 열무김치 국수가 입맛에 딱 맞았는지 경진의 국수를 더 덜어다 먹었다.

"이것도 먹어봐."

할아버지는 하얀 밥에 고추장과 참기름, 계란 프라이와 부순 김을 넣고 열무김치를 잘라 넣어 비빈 밥을 빈 접시에 덜어 다비드에게 건네주었다.

"감사합니다."

냉큼 접시를 받아 든 다비드는 숟가락으로 한술 크게 떠서 입안에 밀어 넣곤 우적우적 씹더니 금세 두 눈이 휘둥그레졌다.

"우와! 진짜 맛있다!"

"그려? 입맛에 맞으믄 한 그릇 비벼 묵어. 경진아, 가서 더 갖구 와라."

할머니의 재촉에 경진은 웃으며 주방으로 향했다. 다시 프라이 팬을 달궈 계란 하나를 깨뜨려 올리고, 커다란 사발에 밥 한 주걱 을 크게 퍼 담고 부순 김과 고추장, 참기름, 열무김치를 담았다. 그사이 잘 익은 계란프라이를 담아 다시 마루로 나간 경진은 다비 드의 국수 그릇 옆에 그것을 놓아주었다. 그러자 그는 부지런히 비벼 입에 넣고 연신 탄성을 쏟아냈다.

그런 그의 모습을 보고 있자니, 괜히 고맙다는 생각이 들었다. 평소에도 특별히 가리는 음식 없이 뭐든 잘 먹는 사람이란 걸 알 고 있었지만, 보고만 있어도 배가 부른 듯 흐뭇한 표정으로 그런 다비드를 바라보는 할머니와 할아버지의 표정을 보고 있으니 이 렇게 맛있게 먹는 모습을 보여줘서 고마웠다. 다른 사람도 아닌 내 가족들에게 예쁨 받는 사람이라서 참 고마웠다.

"아이구, 우리 다비드는 어쩜 이렇게 밥도 복스럽게 먹을까잉."

할머니의 칭찬에 다비드의 얼굴 가득 미소가 번졌다. 경진은 혹 시라도 체할까 싶어 된장국이 담긴 그릇을 밀어주었고, 다비드는 한입 떠먹곤 눈썹을 치켜세웠다.

"된장국…… 어떻게 이렇게 맛있어요?"

"히힝. 된장도 한 사발 퍼줘야겠네. 된장국 끓일 줄 알어?"

"네! 근데 이렇게 맛있는 된장국은 처음이에요! 그동안 식당에 서 먹었던 거랑은 차원이 달라요!"

"당연하제. 요건 집된장인디. 내가 직접 띄운 겨."

서른두 해를 살면서 할머니가 늘 직접 담근 된장과 고추장, 간장을 먹을 때도 이렇게까지 감사함을 느끼지 못했는데, 다비드의 반응을 보니 당연하다고 여겼던 것들이 무척 귀한 것이었다는 것이 새삼스럽게도 가슴에 확 와 닿았다. 모든 것이 신기한 듯 두 눈을 초롱초롱 빛내는 다비드가 오늘 여러모로 고마웠다.

"그리구 말여, 내 자랑은 아니지만 우리 경진이가 날 닮아가지고 그으렇게 음식 솜씨가 좋아."

막 국수 면발을 입안에 넣고 후루룩 빨아 당기던 경진은 할머니의 낯간지러운 노골적인 일타이피 칭찬에 사레가 들고 말았다. 그걸 또 진지하게 듣는 이 남자 때문에 웃음을 참을 수가 없었다.

"그런 것 같았어요. 예전에 잡채를 만들어다 준 적 있었는데 정말 맛있더라고요."

"히히. 얘가 맘먹고 하믄 나만큼이나 잘혀. 그리구 성격이 꼼꼼해 가지구 살림도 잘햐. 돈 헤프게 안 쓰구, 어른 위할 줄 알구, 무엇보다 똑 부러지구. 내 손녀라서 하는 말이 아니라 백 점짜리 신부랑께?"

경진은 일부러 더 식사에 열중했다. 다비드가 경청하고 있는 모습이 보였지만 낯이 뜨거워서 도무지 고개를 들 수가 없었다. 그렇다고 굳이 끼어들어서 아니라고 할 생각은 없었다. 뭐…… 개중에 맞는 말도 있는 것 같기도 해서…….

방학이 되면 이곳에 내려와 피부가 새까맣게 그을리도록 시골 구석구석을 쫓아다니며 뛰어놀다가 툇마루 위에 세 남매가 옹기종기 누워 낮잠을 잘 때면, 커다란 부채 하나를 휘휘 저으며 단잠을 돕던 할머니. 그리고 녀석들 하나라도 더 챙겨 먹이고 싶은 마음에 옥수수며, 감자며, 땀으로 일군 밭에서 거둔 것들을 시도 때도 없이 내주셨던 할아버지.

이 맛에 시골에서 농사짓고 사는 거 아니겠냐며 소탈하게 웃으시던 할아버지와 할머니는 그때나 지금이나 한결같아서…… 마음이 아팠다. 나는 이렇게나 많이 자랐는데, 이렇게나 변했는데……. 이젠 머리 좀 컸다고 옛날처럼 덥석 안겨 입을 맞춰 드리지도 않고, 할머니랑 같이 자겠다고 떼를 쓰지도 않고, 할아버지의 등에 먼저 업히겠다고 싸우지도 않는데, 그런데도 두 분은 늘 한결같이 보듬어주고 아껴주셨다.

밥상을 물린 자리에 이번엔 수박과 찐 옥수수가 올라왔다. 밤이 되자 더욱더 우렁차게 울어대는 풀벌레 소리가 사방에서 들려오고, 별이 반짝이는 까만 밤하늘이 마치 시간을 이십 년 전으로 돌려놓은 것만 같았다.

지금과 그때가 다른 건 단 하나. 이 툇마루 위에 우리 가족뿐 아니라 다비드도 함께 앉아 있다는 것.

"자네 가족 관계는 어떻게 되나?"

언젠가는 이야길 해드려야 하는 순간이 올 거라곤 생각하고 있었다. 다비드는 어떨지 모르겠지만, 할아버지와 할머니께서 다비드의 가정사를 어떻게 받아들이실지 몰라 경진은 살짝 긴장이 되었다.

"부모님 계시고, 위로 누나가 두 명 있습니다. 원래는 세 명이었는데, 큰누나가 오래전에 병으로 하늘로 떠났습니다."

"그래, 부모님은 뭐 하시고?"

"부모님은 프랑스에 계십니다. 아버지는 파티쉐…… 그러니까 저처럼 빵집을 운영하시고요, 어머니는 식당하십니다."

"프랑스로 이민을 간 건가?"

"아닙니다. 두 분은 프랑스 분들이십니다."

할아버지는 잠시 동안 말없이 눈을 깜박이다가 이해를 한 듯 고개를 끄덕였다.

"가만있어 봐. 프랑스 사람이믄, 다비드도 프랑스 사람인 겨?"

"백일 즈음 돼서…… 입양됐습니다."

할머니의 물음에 다비드는 돌려 말하지 않고 숨김없이 털어놓았다. 잠시 동안 정적이 흘렀지만, 다비드의 표정은 조금 홀가분해 보였다.

"……그려. 자식은 부모를 선택할 수 없응게……."

천천히 입술을 연 할머니는 빙긋 웃으시며 다비드의 등을 토닥여 주었다.

"죄송합니다."

"아녀! 죄송할 일 아녀. 자네가 왜 죄송해."

"제가 입양아라는 게 흠이 되는 부분이란 거 알고 있습니다. 하지만…… 방금 할머님 말씀처럼 제가 선택할 수 없었습니다."

그의 음성이 조금 떨리고 있었다. 처음이었다. 늘 그 부분에 있어서는 담담하게 굴었던 그였는데, 이렇게 솔직한 감정을 고스란히 드러낸 건 경진으로서도 놀랍지만 동시에 반가운 일이었다.

그때, 다비드의 맞은편에 앉아 계시던 할아버지께서 갑자기 다비드의 손을 덥석 잡았다. 고개를 떨구고 있던 다비드가 조심스레 고개를 들자 할아버지는 희게 웃으며 잡은 손을 따스하게 쓰다듬어 주셨다.

"참…… 잘 컸네. 기특하게도…… 잘 컸어. 아주 씩씩해."

그 순간, 다비드의 눈시울이 붉어졌다.

"이렇게 잘난 아들을 두셨으니, 길러주신 부모님이 얼마나 자랑스러우실꼬."

결국…… 다비드의 커다란 두 눈에서 눈물이 후드득 떨어졌다. 경진은 어찌할 바를 모르고 애꿎은 입술만 물어뜯었다.

"……감사합니다."

"애를 낳기만 한다고 자동으로 부모 자격이 주어지는 건 아녀. 그러니 자네 부모는 자네를 이렇게 훌륭히 키워낸 그 두 분이여."

할아버지는 거친 손끝으로 다비드의 눈물을 닦아주었고, 다비드는 다부지게 고개를 끄덕였다.

"한국에 온 지는 얼마나 됐어?"

"이제 1년 됐습니다."

"어이구, 그런디 이렇게 한국말도 잘해? 똑똑하기까지 하구만."

할아버지의 칭찬에 다비드가 피식 웃었고, 그제야 경진도 긴장을 풀었다.

"그럼…… 앞으로 한국에서 살 거여?"

할머니의 물음에 잠시 고민하는 듯 다비드가 입술을 꾹 닫고 가만히 눈만 끔벅이자 경진은 순간 가슴이 덜컹 내려앉는 것만 같았다.

사실, 경진도 가장 궁금한 부분이었다. 그가 간다고 하면 붙잡고 싶어져 버린 지금, 그가 계속 이곳에 머물 예정인지 아니면 언젠간 이 나라를 떠날 생각인지 진심으로 궁금했다.

"사실 고민 중입니다. 경진 씨를 만나지 않았더라면 일이 년 안에 프랑스로 돌아갈 계획이었거든요."

그의 입으로 처음 듣는 이야기에 경진의 심장이 빠르게 뛰었다.

"하지만 경진 씨랑 연애도 좀 더 하고 싶고, 허락만 해주신다면 그보다 더 먼 미래도 꿈꾸고 있기 때문에……."

더 먼 미래라면…….

경진이 고개를 돌려 다비드를 바라보자, 그는 흔들림 없는 시선으로 할아버지를 바라보며 자신에게 손을 내밀어주었다. 경진은 다비드가 내민 그 손을 힘을 주어 꼭 잡았다.

"그거 참말인가? 우리가 허락만 하믄, 경진이랑 연애 말고 다른 거 해볼 생각도 있는 거여?"

할머니가 확답이라도 받듯 다시 한 번 되물었다.

"네."

씩씩하게 대답을 하고 다비드가 옅게 웃자 경진은 그대로 얼어붙어 버렸다.

"그럼 경진이 니 생각은 어떤디?"

세 사람의 시선이 동시에 경진에게 닿았지만 경진은 쉽게 말을 잇지 못했다.

"나 혼자 상상만 해본 거니까 부담 갖지 말아요."

다비드는 그런 경진의 마음속 부담을 덜어주려는 듯 일부러 더 환히 웃어 보였다. 그럴수록 경진의 머릿속은 더욱 복잡해졌다.

그런 상상 안 해본 건 아니었다. 내게 벅찰 만큼 좋은 사람이라서 솔직히 욕심이 나면서도 미안했다. 처음으로…… 이 남자라면 미래를 꿈꿀 수 있을 것 같단 생각이 들었고, 내 생에 마지막 사랑이지 않을까 하는 생각도 했었다. 이젠 다른 사람은 상상조차 할수 없을 만큼 내 일상 깊숙이, 내 마음 깊숙이 파고든 사람이었다.

그래서 노력했다. 그와 정말 잘해보고 싶어서 벗어나려고, 달라지려고 노력하고 있었다. 연애의 즐거움과 결혼의 현실은 분명 다르겠지만 이 사람이라면 함께해 보고 싶었다. 무엇보다, 그가 꿈꾸는 미래에 내가 존재한다는 사실만으로도 기뻤다.

그러나 떠난 그에게 죄책감 갖지 않겠다고, 미안해하지 않을 거라고 수도 없이 다짐했지만 마음속 깊은 구석에 존재하는 모질지 못한 미련함이 여전히 존재감을 드러내고 있었다. 완벽하게 털어낼 수 없다는 것도 알고 있고, 앞으로 내내 마음에 담고 가야 한다는 것도 알고 있었다. 하지만 사람의 욕심이란 게 한도 끝도 없어서…… 좀 더 완전한 마음으로 다비드를 안고 싶었다.

"내일부턴 좀 더…… 진지하게 연애해 보고요."

좀 더 구체적이고 확실한 대답이었다면 좋았겠지만, 그런 경진의 소극적인 대답에도 할아버지와 할머니, 다비드는 따뜻한 미소를 지었다.

"둘 다 나이도 있응게 그냥 만나지 말고 결혼도 진중하게 생각해 봐. 안 맞는 부분은 양보해 가며 잘 맞춰보고, 이 남자가 어떤 남잔가 이 여자가 어떤 여잔가 알아가면서. 잉?"

"네."

"둘 다 나랑 약속한 거다?"

이렇게 해서 결혼을 전제로 한 연애가 새롭게 시작되는 건가.

동치미 담그러 와서 도대체 무슨 일이 벌어지고 있는 건지, 정신이 쏙 빠져 버린 것 같았다. 경진은 마루 끝에 걸터앉아 팔을 뒤로 뻗어 상체를 받치고 하늘을 올려다보았다. 이대로 오늘 밤이 끝나지 않았으면 좋겠다는, 조금은 유치한 생각을 하면서 말이다.

"저 사실, 고민이 한 가지 있습니다."

그때, 다비드가 뜬금없이 고민이 있다는 말을 꺼냈다.

나에게도 꺼내지 않았던 고민이 도대체 뭘까.

"뭔디?"

"제가 한국 이름이 있는데요, 정수원이라고…… 좋은 뜻으로 지어진 이름은 아니지만, 한국에서 계속 지내게 되면 그 이름을 써야 하나 아니면 제 이름을 써야 하나 고민 중입니다."

너무도 아픈 이야기가 담긴 그 이름, 차마 불러줄 자신이 없었던 그 이름을 다비드는 여전히 마음에 담아두고 만지작거리고 있었던 모양이다. 싫든 좋든 자신에게 주어졌던 그 이름에서 벗어나지 못하는 건지, 아니면 아주 작은 희망을 꿈꾸는 건지, 정수원이란 이름에 갖고 있는 다비드의 진심이 애증인지 애정인지 경진은 정확히 알 수 없었다.

"그람…… 그 이름을 할애비가 좋은 뜻으로 바꿔주면 되잖어?"

고개를 끄덕이며 다비드의 이야길 듣고 계시던 할아버지는 오래 고민하지 않으시고 그리 어려운 일이 아니라는 듯 툭 말을 던졌다.

"그게…… 가능한 겁니까?"

"그럼! 사흘 후에 동치미 가지러 올 때까정 이 할애비가 아주 좋은 뜻으로 바꿔놓을 테니께 기둘려 봐."

할아버지의 호언장담에 다비드의 얼굴엔 설렘 가득한 표정이 어렸다. 감정 표현에 솔직한 다비드는 기쁨을 감추지 못했고, 그런 다비드의 모습에 경진도 덩달아 기뻤다. 얼마나 오랜 시간 동안 그 이름을 움켜쥐고 고민을 거듭했는지는 모르겠지만, 아픈 과거로부터 도망치지 않고 극복하려 노력하는 모습이 그 어떤 모습보다도 당차고 멋져 보였다.

"흐흠! 늦었는디, 어떻게 자고 갈텨?"

"올라가야죠! 그쵸?"

할머니의 꿍꿍이에 경진이 다비드를 보며 말을 건넸지만, 다비드는 능청스럽게 시선을 피하며 갑자기 열심히 옥수수를 뜯어 먹었다.

"다비드 씨."

이를 악물고 최대한 작게 그를 불러보았지만 그는 눈도 끔쩍 하지 않았다.

"저녁 내내 일하구, 밥도 많이 먹구 해서 졸릴 건디……."

할머니의 말에 맞춰 그는 억지로 하품까지 해댔다.

느낌이 쌔한 게, 흘러가는 분위기가 예사롭지 않았다.

"다비드 씨는 얼른 가서 쉬었다가 내일 새벽에 또 출근해야 돼요."

"구럼 잠깐만 눈붙였다가 새벽 일찍 올라가믄 되겠구만."

고민에 빠진 듯, 다비드는 할머니와 경진의 얼굴을 번갈아가며 보았다.

"잠깐 화장실 좀…… 너무 많이 먹었나?"

저녁을 그렇게 많이 먹어놓고도 수박과 옥수수를 엄청나게 먹어대더니 결국 다비드는 배를 쓰다듬으며 화장실로 향했다.

경진은 챙겨 들었던 가방을 내려놓고 다시 털썩 앉았다. 그러자 할머니는 의미심장한 미소를 입가에 띤 채 손가락으로 아랫방을 지목했다.

"빈방 싹 치워놨으. 가봐."

어쩌면 할머니의 말씀이 옳은지도 모른다. 이 밤에 두 시간 넘게 운전을 하는 것도 피곤한 일이고, 차라리 한숨 자고 새벽에 일찍 출발하는 것이 더 효율적일지도.

결국 경진은 못 이기는 척 고개를 끄덕이며 가방을 들고 일어섰다.

"새벽에 일찍 가게 되면 인사 못 드릴지도 몰라요."

"어유, 그런 건 일절 신경 쓰지 말고 얼른 건너가서 쉬어."

"안녕히 주무세요."

경진은 할아버지와 할머니께 고개를 꾸벅 숙여 인사를 드리고 마루 끝에 걸린 아랫방으로 향했다.

혹시나 하고 강아지 다비드를 친구 홍주에게 하루 맡겨두었는데, 나에게 예지력이라도 있었던 걸까.

힐끔 뒤를 돌아보니 두 분은 만족스러운 듯 웃고 계셨고, 경진은 절레절레 머리를 흔들며 방문을 열고 방 안으로 들어갔다. 사실 몸이 많이 피곤해서 갈 때 어떻게 운전을 하나 고민하긴 했었다. 그렇다고 저녁 내내 무거운 거 옮기느라 힘쓰고, 거기다 내일 새벽에 일찍 출근까지 해야 하는 사람에게 운전을 해달라고 하기도 좀 그랬는데 어찌 보면 잘된 건가 싶기도 한 게…… 잘 판단이 서질 않았다.

경진은 벽에 등을 기대고 앉아 괜히 휴대폰을 뒤적였다. 언제 다비드가 문을 벌컥 열고 들어올지 몰라 초조한 마음에 점점 입안이 바짝바짝 말라갔지만 애써 태연한 표정을 짓고 있었다.

이불이라도 미리 깔아놓을까? 아니지. 깔아놓으면 다비드가 이상한 오해를 하면 어쩌지?

이불 귀퉁이를 만지작거리며 고민하고 있던 그때, 다비드가 문을 열고 방 안으로 들어왔다. 시선이 맞닿는 그 순간부터 어색한 기운이 방 안을 가득 메웠고, 서로 흠흠 군기침을 하며 눈치만 보았다.

"이불 펼까요?"

최대한 아무런 감정 없이 정말 이불만 펴겠다는 뜻을 담아 용기 있게 말을 꺼내자 그는 고개를 끄덕였다. 경진은 두 개의 요를 나란히 깔아두고 소심하게 한 뼘쯤 떨어뜨려 놓았다.

"침대가 아니라서 불편할 거예요."

"괜찮아요."

베개를 툭 던져 주자 그는 베개를 베고 이불 위에 얌전히 누웠다. 그 옆 이불에 누우려던 경진은 덮을 이불을 찾으려고 방 안을 살폈지만 그 어느 곳에도 이불은 없었다. 혹시나 하는 마음에 자신이 깔고 누우려던 이불을 슬쩍 들춰보던 경진은 다비드에게 들리지 않도록 나지막이 한숨을 쉬며 주섬주섬 자리에 누웠다.

"하나는 덮는 건가 봐요."

다비드도 그 사실을 알아차린 모양이다.

모른 척한 건데 저 남자가 눈치 없이 굳이 왜 말하고 난리지.

경진은 어색하게 웃으며 이불 끄트머리에 누워 귀퉁이를 잡고 반을 몸을 덮었다.

"이, 이렇게 덮으면 되는데."

몸소 시범을 보여주자 그 모습이 우스웠는지 다비드가 키득거리며 웃어댔다.

"피곤할 텐데 얼른 자요. 내일 일찍 일어나야 하는데."

"잠이 오려나 모르겠네."

다비드도 경진을 따라 이불을 반으로 접어 몸을 감싸고 누웠다. 문제는 마주 보고 누웠다는 거. 정적만 흐르는 방 안에서 경진은 몸을 움직이기는커녕 침도 제대로 삼킬 수가 없었다. 숨소리가 너무 크면 괜히 이상하게 생각할까 싶어 숨도 반씩 나누어서 천천히 쉬고 있는 중이었다.

"아…… 난 자야겠다."

경진은 최대한 자연스럽게 돌아누우며 이불 안으로 얼굴을 감추었다. 그런데 이 자세의 문제점은 뒷모습, 그러니까 엉덩이 쪽을 다비드에 보여주고 있다는 것이다. 신경이 쓰여서 잠을 이룰 수 없었던 경진은 이불을 억지로 끌어당겨 엉덩이 쪽을 감췄다.

"그러지 말고 여기 누워요."

이게 무슨 소린가 싶어 깜짝 놀란 경진이 고개를 휙 하고 돌려 뒤를 보니, 이불을 편편하게 깐 다비드가 그 위에 앉아 이불 위를 손바닥으로 톡톡 치며 이리 오라고 말한 것이었다.

그렇다면…… 같이 눕자는…….

"괜찮아요."

"불편하잖아요. 여기 누워서 그거 덮고 자요. 난 저기서 잘게요."

그가 손으로 가리킨 곳은 벽이었다. 그는 정말 그곳에서 자기로 마음먹었는지 베개를 끌어안고 이불 위에서 일어났다.

"잠깐만요!"

그 순간, 경진은 저도 모르게 다비드의 손목을 덥석 잡아채고 말았다.

"오!"

잡힌 사람보다 잡은 사람이 더 놀라 잽싸게 손을 떼자 다비드는 손등으로 입술을 막고 웃어버렸다.

"그냥…… 나란히 누워서 자면 안 되나?"

불가능한 일만은 아닌 것 같아서 건넨 경진의 제안에 다비드는 애매한 표정을 지었다.

"그게 되나?"

오묘한 질문이었다. 나에게 묻는 것 같기도 하고 자기 자신에게 묻는 것 같기도 하고.

경진은 고개를 갸우뚱하며 눈동자를 데굴데굴 굴렸다.

"아, 안 돼요?"

"어려울 것 같은데……."

두 사람이 충분히 눕고도 남을 사이즈였기에 경진은 자신이 누워 있던 이불을 들고 다비드가 누웠던 이불 위에 올라가 누워보았다.

"누워봐요. 될 것 같은데?"

옆자리를 손으로 탁탁 치자, 잠시 망설이던 다비드는 경진의 옆에 베개를 놓고 반듯하게 누워보았다. 그러다 갑자기 벌떡 일어나 앉더니 거칠게 고개를 가로저었다.

"안 될 것 같아요."

"왜요? 자리 넓은데."

입술을 야무지게 앙다문 다비드가 도로 이불 위에 눕더니 옆으로 돌아누워 또다시 얼굴을 마주 보았다. 이젠 정말 숨을 쉴 자신이 없었다.

"괜찮겠어요?"

"어, 어렵겠네요."

경진이 어색하게 웃으며 자연스레 돌아누웠고, 덮고 있던 이불을 머리끝까지 폭 뒤집어썼다. 숨을 죽인 경진은 혹시나 다비드가 돌발행동을 하진 않을까 가슴 졸이며 귀를 쫑긋 세우고 대기했다.

하지만 십 분이 넘어가도록 다행인지 불행인지 소리는커녕 움직임조차 없었다. 이마와 코끝에 땀이 맺힐 무렵, 경진은 천천히 이불을 걷어내고 고개를 돌려보았다.

다비드는 아까 그 자세 그대로 잠이 들어 있었다. 많이 피곤했던 모양이다. 하긴, 그 많은 무를 닦고 토막 내고 물을 퍼다 날랐으니.

다비드를 향해 완전히 돌아누운 경진은 본격적으로 잠든 다비드 관찰을 시작했다. 조심스레 손을 뻗어 그의 뺨 아래 눌린 그의 손가락도 만져 보고, 푸릇한 수염이 자라나기 시작한 턱도 만져 보고, 우묵하게 패인 천돌에 찍힌 점도 만져 보고…….

이렇게 변태가 되는 거구나.

잠든 다비드 몰래 만지기에 중독된 경진은 자신의 못된 손을 꾸짖으면서도 만지기는 멈추지 못했다. 경진은 아주 느리게 꿈틀거리며 고르게 내쉬는 숨소리가 귀에 닿을 만큼 좀 더 가까이 다가갔다. 그와 나의 마음만큼이나 가까워진 거리 때문에 심장이 정신없이 뛰어댔지만 경진의 호기심은 좀처럼 사그라지지 않았다.

뭐든 처음이 어려운 법이라더니, 한 번 시작하니 거칠 것이 없어졌다. 내가 이리도 용감한 여자였던가. 날이 갈수록 과감해지니 감당이 안 될 지경이었다.

이 세상 어디에도 없을 이 남자 때문에 매일이 즐거웠다. 내 인생도 이렇게나 달달해질 수 있다는 걸 알게 해준 고마운 사람. 점점 변해가는 내 일상이 무척이나 반가웠고, 자고 나면 꿈일까 두려울 만큼 행복했다.

경진은 보드라운 다비드의 머리칼을 매만지는 것을 끝으로 이쯤에서 만족하자고 마음을 설득하며 천천히 돌아누웠다. 잠을 청하려고 눈을 감았지만 잠이 오질 않았다. 11시만 되면 잠자리에 들던 경진이었지만, 옆에 누워 세상모르고 잠든 남자 때문에 도무지 잠을 잘 수가 없었다.

그때.

등 뒤에 무언가가 닿았다.

숨을 흡 하고 들이켠 경진은 등 뒤에 닿은 것이 그의 가슴이란 사실을 알고 난 후 숨을 내 쉴 수가 없어 한동안 그대로 얼어붙어 있었다. 어깨를 감싼 그의 손은 둘째치고, 목덜미에 닿는 그의 숨결 때문에 머릿속이 아득해졌다. 그 순간 어깨를 감싸고 있던 그의 손이 팔을 타고 내려와 배를 덮고 있던 제 손등 위에 닿았고 경진은 결국 두 눈을 질끈 감아버렸다.

"……잘 자요."

그리곤 다시 고요해졌다. 움직임도 없었다.

어떻게 잘 잘 수가 있겠습니까! 그런 맥은 잠이 오십니까?

아무래도 내일 온몸에 담이 들 것 같다.

퇴근 후 관계자 미팅 때문에 시간을 낼 수 없는 경진 때문에 동치미를 찾으러 가는 길은 다비드 혼자였다. 전에 왔을 때 경진이 차를 세워두었던 정자나무 아래 차를 댄 다비드는 할아버지 댁으로 향하는 흙길을 걸으며 텃밭을 구경했다. 많은 양은 아니지만 여러 가지 종을 두 개의 텃밭에 골고루 재배하고 계셨다.

"어! 다비드 왔어?"

다비드를 먼저 발견한 할아버지가 손을 흔들어주었다. 밀짚모자를 쓴 할아버지는 낫으로 옥수숫대를 베고 계셨고, 할머니는 그 옆 고추밭에서 고추를 따고 계셨다.

"안녕하셨어요!"

"모기 물려! 들어오지 말고 거기 있어!"

다비드가 허리를 숙여 인사를 하고 밭으로 들어가려 하자, 할아버지는 극구 말리시며 성큼성큼 밭에서 걸어나오셨다.

"동치미가 아주 기가 막히게 맛이 들었어. 이루 와봐."

뒤따라 밭을 빠져나온 할머니의 손에 이끌려, 다비드는 장독대가 늘어선 마당으로 향했다. 드디어 처마 아래 그늘에서 사흘간 숙성된 동치미 항아리 뚜껑이 열렸고, 할머니는 손바닥만 한 국그릇으로 동치미를 떠 담았다.

"일단 무 하나 집어 먹어보고 국물도 마셔봐."

할머니의 말대로 무를 먹고 국물을 마신 다비드는 톡 쏘면서도 새콤달콤, 아삭아삭한 동치미의 맛에 감격하고 말았다. 한식당에서 흔히 먹어보았던 사이다 맛 나는 동치미와 감히 견줄 수 없는 맛에, 뭐라고 표현해야 좋을지 선뜻 단어가 떠오르지 않아 너무도 답답했다.

"와! 진짜 맛있어요!"

그저 맛있다는 말밖에는 표현할 방법이 없다는 게 안타까웠다. 다비드는 엄지를 치켜세웠다.

"그제? 헤헤. 저 짝에 큰 통으로 하나는 집에 갖다주고, 작은 통 두 개는 다비드랑 경진이 꺼여. 한 통씩 갖다 묵어."

"네! 감사합니다!"

다비드의 씩씩한 인사에 할머니는 소녀처럼 해사한 미소를 지으셨다.

"이짝으로 와봐."

마루 위에 앉아 돋보기를 쓰신 할아버지가 다비드에게 올라오라고 손짓하셨고, 다비드는 냉큼 마루 위로 올라가 앉았다. 읽을 수 없는 한자가 가득 적힌 종이를 미간을 구기며 보시던 할아버지는 안경을 벗어 내려놓고 빙긋 웃으셨다.

"이게 자네 이름이여."

할아버지가 건네준 것은 한자가 적힌 네모난 종이였다.

"그거 때문이 사흘 내내 옥편만 붙잡고 계셨어."

할머니의 부가 설명에도 한자를 읽을 수 없는 다비드는 할아버지 얼굴만 보며 눈을 깜박였다.

"순수할 수(粹)에 물 흐를 원(湲). 정수원. 어떤가?"

순수할 수, 물 흐를 원, 수원…….

뜻풀이를 듣고 나서도 잠시 멍해 있던 다비드는 한참을 그러고 있다가 힘겹게 입술을 달막였다.

"정수원······."

"자네를 처음 봤을 때, 흐르는 맑은 물처럼 순수한 사람인 것 같다구 생각했었어."

"······감사합니다."

할아버지께 고개를 꾸벅 숙여 다시 한 번 인사를 한 다비드는 이름이 적힌 종이를 두 손으로 꼭 쥐고 종이를 빤히 바라보았다.

"이제 정수원은 좋은 이름이여. 그 어떤 아픈 기억도 담고 있지 않은, 좋은 이름. 맑고 깨끗한 이름."

한자로 적힌 그 이름을 마음속에 새기려는 듯 다비드는 종이에서 눈을 떼지 못했다. 뭐라고 표현하기 힘든 감정들이 가슴속에 차올랐다.

맑은 뜻이 담겨 있었다. 기억조차 없는 이름이었지만, 아프기만 했던 그 이름이 전혀 다름 이름이 되어 돌아왔다. 이젠, 다비드에게 소중한 이름이 되어주었다.

14. 좋아해요? ……좋아해요

제작진 미팅을 마친 경진은 내일 있을 주·조연급 배우 미팅 준
비를 어느 정도 마치고 퇴근을 하려 사무실에 다시 돌아왔다. 4부
까지 대본이 나온 상황. 세부 캐스팅을 마무리 짓는 대로 보도자
료를 내고, 대본 리딩도 해야 하고, 다음달 말부터 차질 없이 첫
촬영에 들어가야 했기에 경진과 제작감독은 지금보다도 더 부지
런히 서둘러야 했다.

경진은 자신의 책상 위에 산더미처럼 수북하게 쌓인 프로필 파
일을 넘겨보며 시원한 레몬녹차를 한 모금 들이켰다. 다비드가 즐
겨 마시는 레몬녹차. 이젠 경진도 그것이 좋아졌다. 그렇게 하나
둘 그가 좋아하는 걸 자신도 좋아하게 되었고, 내가 좋아하는 것
들을 그도 점점 좋아하고 있었다. 그는 내가 좋아하는 음악을 듣
고, 내가 추천해 준 책을 읽고, 난 그가 좋아하는 음식을 만들어

먹고, 그가 좋아하는 축구 선수의 경기 하이라이트를 찾아보기도
한다.

그렇게 진지한 연애는 시작되었다. 물론 하루아침에 많은 변화
가 생기진 않았고 거창할 것도 없었다. 먼 미래를 꿈꾸고 있다는
그에 대한 고마움과 좀 더 완전하게 그를 마음에 담고 싶은 욕심
에 덜컥 내 건 공약이었지만 경진은 나름 최선을 다하고 있었다.

그 시작을 다짐함과 동시에, 경진의 가슴속 한구석에 고이 묻어
놓은 이야기를 꺼내야 할 순간도 찾아왔다. 좋은 얘기도 아닌데
그냥 말하지 말까, 하고 잠시 고민하기도 했었지만 만약 그에게
얘기해 주지 않는다면 미안한 마음이 들 것만 같았다. 그 이야길
다비드에게 모두 해줘야만, 내 모든 걸 모두 오픈한다는 의미가
될 것 같았다.

싱숭생숭한 마음 때문에 파일을 내려놓고 창가로 다가선 경진
은 창틀에 한쪽 어깨를 기대고 하늘을 올려다보았다. 한때는 저
아래를 내려다보는 것이 습관이었는데 어느 순간부터 하늘을 보
게 되었다. 저 하늘이 얼마나 맑은지, 바라보고 있으면 얼마나 마
음이 편안해지는지 알게 된 것이다. 경진의 마음속에도 조금씩 여
유가 생기고 있었다.

Rrrr.

예상대로 발신인은 다비드였다. 세 시간 전에 지금 출발할 거라
고, 도착해서 다시 전화하겠다더니 이제야 집에 도착한 모양이다.

"여보세요?"

[어디예요? 난 지금 막 집에 도착했는데.]

"잠깐 회사 들렀어요. 곧 집으로 갈 거예요."

다비드의 전화를 받고 나니 일할 마음이 싹 가신 경진은 가방을 주섬주섬 챙겼다.

[오는 길에 아예 경진 씨 집에 들러서 내려놓고 왔어요. 어머님이 심부름했다고 저녁도 주셨어요.]

지금 기분이 얼마나 좋은지가 고스란히 담긴 다비드의 목소리 톤에 경진은 큭큭대며 웃고 말았다. 왠지 칭찬받은 아이처럼 신이 나 사람들에게 자랑하는 것 같아서였다.

"좋았겠다. 난 아직 저녁 못 먹었는데."

[정말요? 어떡하지…….]

일부러 퉁퉁거렸더니 그는 정말로 무척이나 걱정되는 음성으로 작게 한숨까지 내쉬었다.

"조카들이 다비드 씨 또 괴롭히진 않았어요?"

[괴롭히긴요. 음…… 막내가 요즘 책 보는 거 좋아한다고…… 삼십 분 동안 읽어주고 오긴 했어요.]

그 모습이 두 눈에 훤히 그려져서 경진은 손등으로 입을 막고 또 한 번 웃었다.

"그래도 소꿉놀이 세 시간 안 한 게 어디예요."

소꿉놀이를 무척 좋아하는 조카들 때문에 세 시간 내내 소꿉놀이를 해주느라 탈진할 뻔했다는 이야길 언젠가 들었던 것이 떠올랐다. 세상 모든 사람에게 다정한 그 남자 다비드. 경진은 그런 그가 진심으로 고마웠다. 그리고 그런 다비드를 진심으로 반겨주는 가족들도 참 많이 고마웠다.

좀처럼 떠난 사람을 놓지 못하고 벗어나지도 못했던 자신을 오랫동안 지켜보며, 그 누구보다 함께 힘들어했던 가족들이란 걸 알기에 더더욱 고마웠다. 가족들에게 다비드가 얼마나 반가운 사람일지, 얼마나 감사한 사람일지, 입장을 바꿔놓고 생각해 보면 모두 이해가 되었다. 그래서 차마 그러지 말라고, 그를 부담스럽게 하지 말라며 말릴 수가 없었다.

[아참! 이제부터 정수원이라고 불러도 돼요. 할아버님이 좋은 뜻으로 바꿔주셨어요.]

"그래요?"

[순수할 수에 물 흐를 원. 흐르는 물처럼 맑고 순수하라는 뜻이래요.]

연세가 들면서 점점 더 소녀 감성이 되어가는 할아버지께서 다비드에게 아주 좋은 선물을 해주신 듯했다.

"마음에 들어요?"

[당연하죠! 아주 잠시 동안 가졌던 이름이긴 했지만 내 이름이잖아요. 근데 차마 그 이름으로 불릴 자신이 없었어요. 이름 자체가…… '넌 버려진 아이다' 라고 말하는 것 같아서…….]

굳이 설명해 주지 않더라도, 다비드가 그 이름을 생각할 때마다 가졌던 마음을 알 것 같아서…… 그래서 전혀 다른 뜻을 가진 그 이름이 얼마나 반가울지 조금이나마 짐작할 수 있어서, 경진은 가슴이 뭉클했다.

"이젠 좋은 이름이니까 자주 불러야겠다."

[불러봐요.]

의기양양한 다비드의 목소리에 경진은 흠흠 군기침을 하며 목청을 가다듬었다.

"수원…… 씨?"

대답이 건너오지 않자, 경진은 다시 한 번 목소리를 골랐다.

"수원 씨."

[후훗. 좋네. 쉰네보다 발음이 더 귀여운데요?]

만족스러운 듯 소리 내어 웃는 다비드 때문에 경진도 배시시 웃었다.

[정수원이란 이름 넣어서 명함도 새로 만들려고요.]

"우리 수원 씨 완전히 신나셨네."

사무실을 소등하고 나선 경진은 히죽대는 그의 웃는 소리가 듣기 좋아서 휴대폰을 좀 더 바짝 귀에 대었다.

[데리러 갈까요?]

"괜찮아요. 지하철 타면 금방인데요. 피곤할 텐데 나오지 마요."

[그럼 도착할 때쯤 전화해요, 역으로 배웅 나가게.]

"배웅 말고 마중 나오세요."

[아아……. 넵!]

통화를 마친 경진은 서둘러 엘리베이터에 올랐다. 급한 마음 탓에 평소엔 누르지 않던 닫힘 버튼도 누르고, 초조하게 손가락을 까닥거리며 어서 1층에 도착하기만을 기다렸다.

10분 안에 도착한다는 경진의 메시지를 받고 지하철역으로 향하는 다비드의 발걸음이 무척이나 가벼웠다.

"정수원."

그 이름을 몇 번이나 불렀는지 모른다. 수도 없이 부르고 있었다. 새 신을 신은 아이처럼 신이 나서 연신 웃고 다녔다. 알릴 수 있는 모든 곳에 알렸고, 터져 나갈 정도로 많은 축하를 받았다. 마치 새로운 출발선에 선 것처럼 설레고 가슴이 뛰었다.

누군가는 이름 하나 가지고 호들갑 떤다고 할 수도 있겠지만, 다비드에게 정수원이란 이름의 의미는 언젠간 극복해야 할 장애물임과 동시에, 완벽하게 내 것으로 갖고 싶지만 가질 수 없었던 형벌 같은 선물이기도 했다. 때론 떠올리기만 해도 아픔이었고, 고통이었고, 슬픔이었다.

하지만 이제 더 이상 정수원이란 이름은 아픔도, 고통도, 슬픔도 아니다. 정수원이란 이름은 가슴을 따뜻하게 만들어준 최고의 선물로 평생 동안 기억될 것이다.

지하철역에 도착한 다비드는 경진이 나올 출입구 앞에 서서 손목에 채워진 시계를 보았다. 꽤 늦은 저녁 시간이지만 길거리에는 데이트를 하는 젊은 연인들이 눈에 많이 띄었다. 어쩌면 지금 다비드의 눈에는 그런 사람들만 보이는 것일지도 모른다. 예전이었다면 시선조차 주지 않았을 모습들을 이젠 눈을 떼지 못하고 바라보게 되었다.

다른 사람들 눈에도 우린 저렇게 예뻐 보일까? 다정하게 보일까? 부러워 보일까?

……그랬으면 좋겠다. 부러울 만큼, 샘이 날 만큼 잘 어울려 보였으면 좋겠다.

"어? 진짜 마중 나왔네."

귀에 익은 목소리에 뒤를 돌아보니 사람들 틈에서도 단연 눈에 띄는 한 여자가 종종걸음으로 계단을 오르며 손을 흔들고 있었다. 다비드는 그런 경진이 반가워서 어서 오라고 손을 내밀었고, 경진은 냉큼 그 손을 잡았다.

"갑시다!"

손가락 사이사이에 자신의 손가락을 밀어 넣고 단단히 깍지를 낀 다비드는 맞잡은 손과 경진의 얼굴을 번갈아가며 바라보았다.

"배고파요?"

"쬐끔 고프긴 한데, 참을래요."

"간단한 거라도 먹지."

"안 돼요."

"설마…… 다이어트?"

경진이 시무룩해진 얼굴로 입술을 꾹 다물고 고개를 끄덕였다.

"다이어트는 여자들의 평생 동반자예요. 어쩔 수 없어요……."

한숨 섞인 그 말이 어찌나 귀여운지, 다비드는 보들보들한 경진의 손등을 엄지로 문지르다가 깍지를 풀고 팔 안에 경진의 자그만 어깨를 품었다.

"나 아이스크림 먹고 싶은데."

"먹어요. 난 구경할 테니까."

편의점 앞에 선 다비드가 다시 한 번 꼬드겼지만 경진은 단호하게 고개를 가로저었다. 하는 수 없이 다비드는 경진은 그 자리에 두고 잽싸게 편의점 안으로 들어가 아이스크림 두 개를 사가지고 나왔다. 경진이 가장 좋아하는 귤 맛 아이스크림을 내밀자, 경진은 땅이 꺼져라 한숨을 쉬더니 못 이기는 척 아이스크림을 받아 들었다.

다비드와 경진은 빌라촌 근처에 위치한 공원으로 향했다. 산책 나온 사람 몇몇이 전부인 한적한 공원은 두 사람에겐 최적의 장소

좋아해요? ……좋아해요 347

였다. 데이트는 자주 못해도, 매일 저녁 만나 이곳을 거닐며 하루 종일 있었던 이야기를 나누며 서로를 알아가고 마음을 키워갔다. 오늘도 역시 늘 앉던 벤치에 나란히 앉은 두 사람은 말없이 아이스크림을 먹으며 둥근 달이 덩그러니 떠 있는 까만 하늘을 올려다보았다.

경진과는 아무런 말을 하고 있지 않아도 어색함이 없었다. 다비드는 그게 참 신기했다. 오히려 곁에 있다는 사실만으로도 마음이 편안했다. 오늘 만나면 무슨 얘길 할까, 어딜 갈까, 뭘 먹을까 같은 고민은 없었다. 그저 경진을 만날 생각에 가슴이 설렐 뿐이었다.

"동치미는 맛있게 잘됐죠?"

고개를 끄덕여 대답하자 경진은 당연하다는 듯 덩달아 고개를 끄덕였다.

"아무래도 경진 씨 할머님한테 요리 전수를 받아야 할 것 같아요."

"나 말고 다비드 씨가 배운다고 하면 할머니 엄청 좋아하실걸요?"

"그러실까요?"

"그건 제가 장담합니다."

확신에 찬 경진의 모습에 다비드가 옅게 웃었다.

"알죠? 우리 가족들이 다비드 씨를 얼마나 좋아하는지."

다비드는 또 한 번 고개를 끄덕였다. 누군가는 흠이라고 손가락질하는 자신의 상황을 따뜻한 시선으로 바라봐 주시고 끌어안아 주시는 고마운 분들. 그런 분들이 경진의 가족들이라서 감사했고,

그들을 떠올리면 프랑스의 가족들을 떠올릴 때만큼이나 뭉클했다.

"그럼 경진 씨는요?"

"······에?"

질문의 의도를 알아챈 게 분명한데도 경진은 볼을 붉히며 고개를 돌렸다. 귀여웠다. 누가 이 여자를 서른둘의 어른으로 볼까.

"저도······ 뭐······ 좋죠."

일부러 말을 뭉개며 웅얼대는 모습이 꽉 안아주고 싶을 만큼 사랑스러웠다. 다비드는 다 먹은 아이스크림의 나무 막대를 쓰레기통에 툭 던져 넣고 무심한 얼굴로 허공을 보았다.

"기왕 말해주는 거 시원하게 말해주면 좋은데."

"그런 건 기대하지 마세요. 시공간이 오그라드는 것 같으니까."

다비드가 바라보자 경진은 손을 오그리며 어깨까지 떨었다. 다비드는 그런 경진은 한동안 빤히 보았고, 경진은 애써 시선을 피했다. 수줍은 모양이다.

"그럼 다비드 씨는······ 어떤데요?"

경진은 입술을 삐죽 내밀며 물었고, 다비드는 좌우를 살핀 후 경진의 얼굴 가까이 제 얼굴을 가져갔다.

"알면서 묻는 거죠?"

경진이 어깨를 으쓱이자 다비드는 좀 더 거리를 좁혔다. 어쩔 줄 몰라 하던 경진의 시선이 흔들렸고, 다비드는 노골적으로 경진의 입술을 바라보았다. 경진이 입술을 입안으로 말아 넣고 나름의 방어를 했으나 이미 퓨즈가 나가 버린 다비드 앞에선 무용지물이었다. 다비드는 흘러내린 머리카락을 귀 뒤로 넘겨주곤 엄지로 뺨을 쓸었다. 긴장한 듯 빠르게 눈을 깜박이던 경진은 시선이 닿자 흠칫 놀라며 어깨를 움츠렸고, 조금 더 가까이 다가가니 결국 눈을 꾹 감아버렸다. 그 모습을 지켜보던 다비드는 경진의 입술 위에 자신의 입술을 포갠 채 빙긋 웃었다.

"아직은 내가 더 많이 좋아하는 것 같은데요?"

입술을 맞댄 채 말을 하니 찌릿찌릿한 전율이 머리끝부터 발끝까지 관통했다. 닿아 있던 입술을 떼고 코끝을 맞대자, 경진은 속눈썹을 파르르 떨며 천천히 눈을 떴다.

"꼭…… 그렇진 않을걸요?"

따뜻하게 바라봐 주는 그 시선에 더는 참을 수가 없어서, 다비드는 다시 경진에게 입을 맞췄다. 달큰한 숨결을 모조리 빨아들이기로 작정을 한 듯 살짝 고개를 틀어 빈틈을 주지 않았다. 동그란 어깨 위에 얹어져 있던 손은 등을 지나 허리를 감싸 안은 지 오래고, 그 무렵 경진의 작고 부드러운 손이 다비드의 무릎을 짚었다. 누르는 힘이 세질수록 다비드의 가슴 속에서는 폭풍 같은 일렁임이 정신을 혼미하게 만들었다.

하마터면 이곳이 공원 한복판이란 것을 잊을 뻔했지만, 다행히 이성을 되찾은 다비드는 서른두 해를 살며 축적해 온 인내심을 모두 끌어 모아 힘겹게 경진을 놓아주었다. 눈을 동그랗게 뜨고 빤히 올려다보는 경진 때문에 본능적으로 먹었던 나쁜 마음을 겨우 달래고 두 팔로 경진을 품 안에 꼭 끌어안았다. 너무 꽉 끌어안는 바람에 경진이 힘겹게 숨을 쉬었고, 그 숨결이 귓가를 간질이며 자꾸만 도발을 해왔지만 다비드는 욕실 문턱에 발가락을 찧어 무척이나 아팠던 때를 떠올리며 참고 또 참았다.

문제는, 언제까지 참을 수 있을지······ 알 수 없다는 것······.

　제주도로 신혼여행을 떠났던 해진의 부부가 집에 왔다는 소식
에 경진은 퇴근을 서둘러 본가로 향했다. 대문 밖에서부터 들려오
는 시끌벅적한 소리에 경진은 저도 모르게 피식 웃고 말았다.
　"저 왔어요!"
　현관문을 열고 들어서자마자 경진의 눈에 들어온 건 한 상 떡
벌어지게 차려놓고 둘러앉은 가족들의 모습이었다.
　"왜 이렇게 늦게 왔어! 기다리다가 우리 먼저 먹고 있었다."
　경진이 구두를 벗고 집 안으로 들어가 소파 위에 가방을 내려놓
았지만, 식구들은 마치 다른 누군가를 기다린 듯 고개를 쭉 빼고
계속 현관 쪽을 보았다.
　"너 혼자 왔냐?"
　"그럼 누구랑 와요?"
　"다비드는 워쩌고 너 혼자여? 델꼬 오지 그렸어."
　역시 목적은 내가 아니었어.
　다들 아쉬워하자 경진은 웃으며 고개를 절레절레 저었다.
　"언니이이!"
　그때 마침 해진이가 2층에서 내려왔다. 해진은 두 팔을 활짝 벌
리며 달려오더니 안아달라고 껑충껑충 뛰어댔고, 경진은 그런 해
진을 와락 끌어안고 등을 토닥여 주었다.
　"애 놀라겠다. 조심해! 신혼여행 재밌었어?"

"응. 근데 왜 언니 혼자 왔어? 형부는 같이 안 왔어?"

애 좀 보게.

"뭐? 형부?"

해진의 뻔뻔함에 경진은 혀를 내두를 수밖에 없었다. 만족스러운 듯 키득거리는 가족들을 못 본 체하려 했지만 볼이 붉어지는 것만은 어쩌지 못했다.

"나 할머니한테 다 들었거든? 시골집에서 둘이 하룻밤 자고 갔다며!"

이를 악물고 나지막이 꺼낸 해진의 말에 경진이 눈을 동그랗게 치켜뜨자 해진은 이해한다는 듯 너그러운 미소를 지으며 고개를 끄덕였다.

"하하. 얼른 식사들 하세요."

경진은 해진을 뒤로하고 최대한 멀찌감치 떨어져 앉았다. 그러자 조카 세 놈이 우르르 몰려와 경진의 무릎과 등 뒤, 옆을 차례로 차지했다.

"니들 이리 와, 고모 밥 먹게."

"괜찮아요."

하루이틀도 아닌데 뭐, 이 정도 가지고.

경진은 아이들을 어르고 달래 옆에 주르륵 나란히 앉혀두고 차례로 김에 밥을 싸서 입에 넣어주었다. 숟가락으로 동치미 국물을 떠서 입에 넣어주다가 문득 그 사람이 떠올랐고, 이어 그날 밤이 떠올랐다. 몸서리치게 떨리고 숨 막혔던 그날 밤…….

"고모, 왜 웃어?"

"응? 아냐, 아무것도."

아이들 앞에서 불경한 생각을 했다는 것에 창피해진 경진은 묵묵히 김에 밥을 싸서 아이들 입에 차례로 넣어주었다. 밥을 입에 넣어주는 건지 코에 넣어주는 건지 정신이 없었다.

먼저 식사를 끝낸 식구들은 새언니가 내온 과일을 먹으며 도란도란 이야기를 나누었고, 아이들 먼저 밥 먹이느라 뒤늦게 식사를 시작한 경진과 엄마만이 상을 두고 마주 보고 앉아 있었다.

"얘기 들었다."

"무슨 얘기?"

"다비드 씨 얘기. 아까 네 할머니한테 들었어."

"아…… 그랬어?"

할머니께서 엄마에게 그의 가정사를 미리 이야기하신 모양이다. 경진은 묵묵히 밥을 떠먹으며 말을 아꼈다.

"진지하게 만나볼 거라는 말, 믿어도 되는 거지? 정말이지?"

의외였다. 사실, 엄마가 그의 가정사에 대해 먼저 물을 거라고 생각했는데 지금 엄마에게 중요한 건 그의 가정사가 아닌 내 의지였던 것이다. 순간 마음이 쿵 하고 바닥에 내려앉는 것 같았다.

경진은 고개를 끄덕이며 장조림에 든 메추리알을 입안에 쏙 넣고 우물거렸다.

"엄만…… 괜찮아?"

"다비드 씨를 보면, 키워주신 부모님이 어떤 분일지가 보여. 자식은 부모의 거울이니까. 너만 좋다면…… 엄만 아무래도 좋아. 가장 중요한 건 네 마음이잖니. 다른 사람도 아닌 내가 그런 이유로 다비드 씨를 반대할 순 없지. 반대할 이유도 없고."

분명한 건, 체념이 아닌 이해였다. 내 딸을 사랑해 준다면 그 어떤 조건이라도 상관없다는 체념에서 나온 허락이 아니라 그럼에도 불구하고 바르게 자란 그를 이해하고 존중해 주는 것, 업둥이로 해진을 받아들이고 가족으로 지내온 세월 때문에 그의 가족들의 심정 역시 이해하기에 좋은 게 좋은 거다 하고 대충 넘어가는 것이 아니라는 것. ……그래서 감사했다.

"그럼, 다비드 씨도 너에 대해 다 알고 있니?"

어떤 부분에 대해 다 알고 있냐는 질문인지 경진은 알고 있었다. 그래서 경진은 고개를 끄덕이지 못했다.

"너 설마, 아직도……."

"아냐. 그래서 그런 거 아냐."

아직까지 다비드에게 떠난 그 사람의 이야길 꺼내지 못했던 것이, 여전히 그가 그립다거나 미련이 남아서가 아니었기에 경진은 엄마의 생각을 바로잡았다.

"그럼 왜 아직 말하지 않았는데?"

"언제 이야기해 줘야 하나 고민하고 있었어. 사실…… 꼭 해야 하는 건가 하는 생각도 들었고."

경진이 젓가락을 내려놓자, 엄마는 단호한 표정으로 경진의 손을 꼭 잡았다.

"다 말하고 나면 좀 더 가벼운 마음으로 마주 볼 수 있을 거야. 모두 비우고 마주 볼 생각 하지 말고 일단 털어놔. 그게 먼저야. 그게 상대방을 존중해 주는 거야."

엄마의 말에 경진은 고개를 끄덕였다. 구구절절 옳은 말이었기 때문이다.

타이밍을 못 잡았다는 그럴듯한 핑계로 질질 끌어온 게 사실이다. 그렇다고 해서 대뜸 옛 이야기를 털어놓을 수도 없는 일이었다. 언젠간 이야길 해야지 하다가도 돌아서면 하지 않아도 되지 않을까 하고 흔들렸다.

미적거리게 된 이유가 어쩌면…… 그의 표정을 짐작할 수 없어 그것에 대한 불안한 마음을 갖고 있기 때문일지도 모른다. 그가 어떠한 반응을 보일지, 난 그런 그의 반응에 어떻게 대처를 해야 할지, 어떻게 해야 그가 오해하지 않고 내 이야길 사실 그대로 이해해 줄지 고민하다 보면 자꾸만 마음이 나약해졌다.

"다 지난 일이니까…… 이해해 주겠지? 나 그동안 많이 노력했는데, 엄마가 보기엔 어때? 나 많이 변한 것 같아?"

경진의 물음에 엄마는 고개를 끄덕이며 싱긋 웃었다. 용기를 불어 넣어준 그 미소 덕에 경진은 조금 힘이 났다.

어느 날부턴가 생각했던 것보다 많이 그를 좋아하게 되었고, 다비드와 함께 그 어떤 연인들보다도 진지한 연애를 하고 싶었다. 그러기 위해선, 더는 미루거나 피할 수 없었다.

다시 젓가락을 든 경진은 입안 가득 밥을 꾸역꾸역 밀어 넣고 우적우적 씹어 삼켰다. 진지한 연애로 향하는 가장 크고 높은 장벽 앞에서 비겁하게 돌아가지 않고 지치지 않으려면 뱃속이 든든해야 한다는 생각이 들어서였다.

경진의 두 손에는 가족들이 다비드에게 갖다주라고 챙겨준 음식 보따리가 들려 있었다. 혼자 살아서 많이 먹지 못한다고 해도 밑반찬이며, 직접 삶은 수육이며, 식혜까지 기어이 바리바리 싸주셨다.

공동현관을 지나 그의 집 현관 앞에 선 경진은 짐을 든 채로 팔꿈치로 벨을 눌렀다. 채 3초도 안 돼서 현관문이 열렸고, 경진은 두 팔을 쭉 내밀어 다비드에게 보따리부터 건넸다.

"왜 다비드 씨 안 데려왔냐고 귀에 딱지가 앉도록 잔소리 들었어요."

"그러게 나도 가면 안 되냐고 아까 전에 물어봤잖아요."

"난 다비드 씨 피곤할까 봐 그랬죠."

다비드의 뒤를 따라 집 안으로 들어간 경진은 두 팔을 축 늘이고 터덜터덜 걸었다. 식탁 위에 보따리를 올려놓고 하나둘 풀어보던 다비드가 입을 쭉 빼물고 삐죽이자 경진은 다비드의 곁에 다가가 슬쩍 허리를 꼬집었다.

"감기 걸렸다면서요."

"이 정도는 끄떡없거든요?"

겉으로는 멀쩡해 보였지만 그의 두 눈은 붉게 충혈되어 있었다. 경진은 다비드의 말을 믿을 수가 없어서 이마 위에 손을 얹었다. 뜨끈뜨끈한 게 아무래도 가벼운 미열은 아닌 듯싶었다.

"약은?"

"먹고 한숨 잤어요."

"밥 안 먹었죠?"

다비드가 고개를 주억거리자 경진은 주방에서 다비드를 소파로 몰아냈다.

"밥 먹고 약 한 번 더 먹고 자요. 밥 해논 거 있어요?"

"냉장고 안에."

다비드의 말을 듣고 냉장고를 열어보니 한 번 먹을 양의 밥을 담아둔 밀폐용기가 차곡차곡 쌓여 있었다. 경진은 하나를 꺼내 식탁 위에 두고 냄비에 정수기 물을 받아 팔팔 끓인 후, 그 안에 다시 밥을 넣고 불을 줄여 끓였다. 그리곤 엄마가 싸준 소고기 장조림을 조그만 접시에 담고, 지난번 시골에서 맛있게 잘 먹던 열무김치도 담았다. 따뜻할 때 먹이고픈 마음에 수육도 조금 챙겨 식탁 위에 차린 경진은 커다란 국그릇에 죽을 옮겨 담고 수저를 챙겼다.

　"갖다줄까요?"

　경진이 고개를 빼꼼 내밀어 소파에 누워 있던 다비드에게 말하자 다비드는 벌떡 자리를 털고 일어나 주방으로 걸어왔다.

　"죽이에요?"

　"뭐, 별거 들어간 건 아니고 밥 끓인 거예요. 아플 땐 이게 최고거든요."

　다비드가 자리에 앉아 맞은편에 앉은 경진은 김이 모락모락 피어오르는 죽 그릇 안을 숟가락으로 휘휘 저어 식힌 후 다비드의 손에 숟가락을 쥐어주었다. 그리곤 젓가락으로 장조림 하나를 집어 들고 그가 죽 한입을 떠먹을 때까지 얌전히 기다리다가 냉큼 입안에 넣어주었다.

　"맛있다."

　내심 그 말이 듣고 싶었는데, 막상 그 말을 듣고 나니 어깨가 으쓱해질 만큼 기분이 좋았다. 고작 물 넣고 끓인 죽이 맛있어 봤자 얼마나 맛이 있었을까 싶었지만, 그래도 뿌듯했다.

　"이거 먹고 한숨 푹 자요. 근데 감기는 왜 걸렸지? 요즘 무리했어요?"

"으음. 그런 거 아니에요. 원래, 여름에서 가을 넘어갈 때 꼭 한 번씩 아파요."

그는 대수롭지 않다는 듯 웃어넘겼고, 경진은 정수기에서 미지근한 물을 한 컵 받아 식탁에 놓았다.

"환절기라 그런가?"

"어머니가 아마 이 무렵에 제가 태어났을 거라고 하셨어요. 그래서 그런 건가 봐요."

예상치 못했던 다비드의 담담한 말에, 경진은 순간 멈칫할 수밖에 없었다. 숟가락으로 죽을 푹푹 찌르고 있던 다비드는 다시 부지런히 먹기 시작했다. 경진은 들고 있던 젓가락을 내려놓고 다비드의 옆으로 자리를 옮겨 앉았다.

"나…… 다비드 씨한테 할 말 있는데."

"뭔데요?"

쉽게 입을 떼지 못하던 경진은 한참을 달막이다가 다시 젓가락을 집어 들고 다비드의 입안에 장조림을 넣어주었다.

"이거 다 먹고요."

다비드는 아직 반 정도 남은 죽을 바라보며 순순히 고개를 끄덕였다.

그가 어떻게 받아들일지 여전히 걱정스러웠고, 마음이 무거웠다. 하지만 이야기하기로 마음먹은 이상 다신 타이밍을 핑계로 미루고 싶지 않았다. 떠난 사람에게 갖고 있던 내 오래된 마음보다, 지금 내 눈앞에 앉아 있는 이 사람의 마음을 더 많이 존중하기 때문이다.

다짐과는 달리 쉽게 입술이 떨어지질 않아 예능 프로그램 하나를 끝까지 다 보고, 자야 할 시간이 거의 임박했을 무렵 경진은 다시 한 번 마음을 바로잡았다. 고맙게도, 그는 보채거나 서두르지 않고 차분히 기다려 주었다. 이 세상에 완벽한 타이밍이란 것은 없다는 걸 잘 알면서도 그때를 기다리며 미루고 또 미루어 왔던 경진은 감기기운 가득한 다비드의 살집 없는 푹 꺼진 눈두덩을 보면서 또 한 번 갈등을 했다. 꼭 이런 날 이야길 해야 하나……

경진은 제 허벅지를 베고 옆으로 누워 TV를 보고 있는 다비드의 머리카락을 가만히 쓰다듬었다. 그가 자라온 환경이 한몫을 한 건지, 그의 머리칼은 완전히 까만색은 아니었고 약간 밤색 빛이 돌았다. 길지도 짧지도 않은 단정한 머리칼을 손가락으로 배배 꼬기도 하고, 거꾸로 쓸어 올리기도 하며 한참을 망설이던 경진은 나지막이 한숨을 쉬곤 꺼낼 말을 머릿속으로 정리했다.

그러자 다비드는 어떤 예감이라도 든 듯 TV를 끄고 반듯하게 누워 경진의 눈을 빤히 올려다보았다.

"무슨 얘기기에."

경진이 대답 대신 옅게 웃자 다비드는 일어나 앉더니 소파 등받이에 등을 한껏 기대고 고개를 젖혀 천장을 올려다보았다. 준비할 시간이 필요한 사람 같아 보였다.

경진은 주먹을 폈다가 오므렸다가 한참을 반복하다가 다비드의 커다란 손 위에 자신의 손을 포갰다. 그러자 다비드가 고개를 돌려 시선을 맞추었고, 경진은 천천히 입술을 열었다.

"아주 오래전에…… 사랑하던 사람을 잃었어요."

오랫동안 뜸 들이다 꺼낸 그 말에, 다비드는 아무런 표정 변화 없이 그다음 말을 기다려 주었다. 경진은 가슴이 부풀 정도로 크게 숨을 들이켜고 천천히 내쉬며 정신 사납게 두근거리는 마음을 다독였다.

"다들 끝났다고 했지만, 난 멈췄다고 우겼어요. 너무 갑작스러웠고 아무런 준비가 되어 있지 않았거든요. ……그래서 꽤 오랫동안 떠난 사람 마음 붙잡고 미련하게 굴었어요. 절대로 그 사람 잊을 수 없다고, 아무리 시간이 지나도 마음속에 남아 있을 거라면서……."

완전히 끝나지 못해 경진의 가슴에만 남게 된 그 마음들은, 꽤 오랫동안 존재감을 과시하며 경진을 무겁게 만들었다. 떠난 그 사람의 가족들까지 이제 그만 놓아도 된다 말해도 경진은 붙들고 있었다.

"날 사랑해 주던 그 사람 마음, 그리고 내가 사랑했던 그 마음들 모두 잊게 되면 무척 미안할 것 같았어요. 너무 쉽게 잊었다고 날 원망할 것 같았고, 시간이 지날수록 점점 흐려져 가는데…… 그럴수록 죄책감도 들었고요."

무슨 말이라도 해줬으면 싶었지만, 그는 아무런 말도 꺼내지 않았다. 무슨 생각을 하고 있는지 읽을 수 없는 무표정한 얼굴로 자신을 바라보기만 했다.

"한심하게도, 얼마 전에서야 저 때문에 지친 주변 사람들이 눈에 들어오더라고요. 그래서 할 수 있는 것부터 해보기로 했어요. 느리더라도 조금씩 털어내려고……."

고인 물처럼 그때 그 시간 속에 갇혀 사는 동안에는 보이지 않았던 것들이 어느 순간부터 눈에 들어오기 시작했다. 변해 버린 날 지켜보며 더 가슴 아파했던…… 화를 내기도 하고, 타이르기도 하면서 끝까지 내게 손을 내밀어주던 사람들.

"변하고 싶었어요. 죄책감이나 미안한 마음 같은 거 갖지 않고, 누군가를 보면서 마음껏 설레어하고 좋아해 보고 싶었어요."

말도 안 되는 상상이지만, 경진은 다비드를 보며 문득 그런 생각을 한 적이 있었다. 너 어디 한번 마음껏 사랑해 보고 욕심껏 사랑받아 보라고, 떠난 그 사람이 보내준 건 아닐까 하는 생각 말이다. 우습긴 하지만, 마치 짠 듯이 완벽한 타이밍에 툭 하고 나타나 사람 마음을 사정없이 휘저어 버린 남자라 그런 생각이 안 들 수가 없었다.

"다른 사람들보다 경진 씨가 제일 많이 지쳤었나 보다."

한동안 말이 없던 다비드는 옅게 웃으며 혼잣말하듯 툭 하고 던졌다.

"깨끗하게 잊을 수 있단 거짓말, 난 못해요."

경진의 말에 다비드가 고개를 돌려 시선을 맞추곤 빤히 보았다.

"하지만 두 번 다시 꺼내 보진 않을 거예요."

잠시 생각에 빠져 있던 다비드는 경진의 동그란 뒤통수를 쓰다듬어 주다가, 천천히 고개를 주억거렸다.

"억지로 그럴 거 없어요. 떠난 사람과 달리 산 사람에겐 시간이란 게 있잖아요. 시간에 맡겨봅시다."

애초부터 명쾌한 해답 같은 건 없었다. 가장 최선의 방법을 선택해서 노력해 보고, 안 되면 그다음 방법을, 그래도 안 되면 그다음 방법을 선택하는 것밖에는…….

"이젠 다 추억이 된 거잖아요. 지금 이경진 씨랑 연애를 하고 있는 건 나니까…… 그럼 된 거예요. 괜찮아요."

고맙고…… 미안하고…….

심란한 마음에 코끝이 찡해졌고, 결국 눈가에 눈물이 고였다. 입술을 굳게 다문 경진이 눈물을 삼키며 고개를 끄덕이자, 다비드가 두 팔을 넓게 벌리곤 어서 안기라는 듯 고갯짓을 했다. 경진은 주저하지 않고 다비드의 품에 안겨 두 손으로 그의 어깨를 꽉 감싸 안았고, 등을 다독여 주던 그의 손은 경진의 허리를 단단히 끌어안았다.

모두 이야기하고 나면 홀가분해질 줄 알았는데, 꼭 그렇지만은 않았다. 정확히 무엇 때문인지 딱 집어낼 순 없지만, 어느 정도는 짐작할 수 있었다.

"아! 그리고 하나 더 있는데."

"뭔데요?"

경진은 부러 환히 웃으며 다비드의 품에서 떨어져 나와 커다란 그의 두 손을 꼭 쥐었다. 가볍게 이야기하려던 생각과는 달리 긴장이 되었고, 경진은 입술을 질끈 깨물며 망설였다.

"실은……."

지금 털어놓을 이야기야말로 경진이 내내 고민하고 걱정했던 고백이었다. 매의 눈으로 타이밍을 노렸지만 매번 실패했고, 아무래도 오늘이 마지막 기회일 것 같아 놓칠 수가 없었다.

"우리 아직 이름…… 아직가 아니에요."

갑자기 무슨 소린가 싶었는지, 다비드가 고개를 갸웃거리며 눈을 동그랗게 떴다.

"우리 아지 이름은…… 다비드예요."

"에?"

"그게…… 충동적으로……."

한참을 눈을 끔벅이던 그는 벌어진 입을 다물지 못하고 한동안 그렇게 있다가 풋 하고 웃음을 터뜨렸다.

"와. 이게 더 충격적이네요."

"절대로 나쁜 의도는 아니었어요. 다비드 씨를 롤모델로, 아니, 그렇다고 해서 다비드 씨가 강아지 같단 소린 아니고요. 그게……."

"알았어요. 대충 무슨 소린지 알겠어요."

조리 있게 설명해 주고 싶었던 경진은 제 생각과 달리 횡설수설해 버린 자신이 한심스러워 울상을 지었고, 그러자 다비드는 또 한 번 경진을 품에 안았다.

"미안해요. 속이려던 건 아니었어요. 차마 말을 할 수가 없……."

"난 괜찮으니까 계속 다비드 해요. 나 좋은 이름 하나 더 있잖아요."

"그래도……."

"다비드로 사는 인생이 어떤지 한번 겪어보게 해봐요. 제가 다비드로 삼십이 년 살아보니까…… 정말 좋더라고요."

경진이 고개를 들어 올려다보니, 다비드가 슬쩍 입맛을 다시곤 경진을 더욱 세게 끌어안았다. 숨이 막혀 다비드의 등을 두들겨 보았지만 다비드는 끄떡도 하지 않고 점점 더 세게 경진을 안아버렸다.

배려의 아이콘 다비드가 평소답지 않게 오늘 왜 이러지?

안간힘을 써서 품을 빠져나온 경진이 동그란 두 눈을 끔벅이며 다비드를 다시 올려다보자 이번엔 두 눈을 질끈 감고 한숨을 푹 쉬며 도로 끌어안아 버렸다.

"얌전히 있어요."

"……왜요?"

"그냥…… 얌전히 있어주면 좋겠네요."

"넵."

경진은 다비드의 나지막한 경고를 순순히 따르기로 하고 얌전히 안겨 있었다.

시간이 얼마나 흘렀을까.

멀뚱멀뚱 벽을 보던 경진은 도대체 언제까지 이러고 있을 건지 감이 오질 않아 슬쩍 밀어내보았지만 다비드가 도로 꽉 안아버렸다. 약 기운이 돌 때가 되었으니 이제 좀 쉬어야 감기가 싹 나을 텐데, 도무지 놔줄 생각이 없는 모양이다.

이대로 있다가는 석고상이라도 될 것만 같아 아까보다 더 힘을 주어 밀어내 보았지만, 결국 떨어뜨리는 데는 실패하고 말았다.

"계속 이러고 있을 거예요?"

"5분만."

웬일로 고집도 부리고…….

경진은 새어 나오려는 웃음을 삼키곤 아까와는 달리 적극적으로 다비드에게 찰싹 달라붙어 안겼다.

'고객님이 만족하실 때까지'를 모토로.

15. 고맙다는 말로는 부족한

부지런히 걷던 경진은 무심결에 슬쩍 고개를 돌렸다가 쇼윈도 안에 선 마네킹에게 마음을 빼앗기고 말았다. 붉은 기가 도는 체크무늬 셔츠 위에 머스타드 색 라운드 니트를 덧대 입고 핏이 예쁜 청바지 차림의 마네킹을 보는 순간 문득 누군가가 떠올랐고, 그와 무척 잘 어울릴 것 같다는 생각이 그 뒤를 이었다. 옷을 보며 한참 동안 고개를 갸웃거리던 경진은 유리에 비친 제 모습에 피식 웃음이 나서 다시 걸음을 재촉했다.

카디건을 좋아하는 경진이 가장 사랑하는 계절, 가을이 돌아왔다. 올해는 웬일로 여름이 질척거리지 않고 썩 물러나 주었고, 그 덕에 너무 늦지 않게 가을을 맞이할 수 있었다.

길 위에 쌓인 낙엽도 좋고, 가을 특유의 서늘한 향기도 좋았다. 구름 한 점 없이 높은 하늘과 옷깃을 파고드는 상쾌한 바람도 좋앉다. 그것들을 구경하기 위해 경진은 오늘도 버스를 타고 한 정거장 먼저 내려 십오 분을 더 걸었다. 온갖 서류가 가득 담겨 꽤 묵직한 가방을 짊어지고도 경진은 실없는 사람처럼 배시시 웃으며 가을을 만끽했다.

이젠 제법 해가 짧아져 겨우 6시가 지났을 뿐인데도 땅거미가 내려앉아 일찌감치 가로등이 켜졌다. 가로등불이 아른거리는 이른 저녁, 보기만 해도 절로 흐뭇해지는 젊은 연인들이 사이좋게 팔짱을 끼고 곁을 지나쳤다. 흥얼흥얼 콧노래를 부르던 경진은 카디건 주머니에서 휴대폰을 꺼내 홀더를 풀고 배경화면을 띄웠다.

그와의 연애 두 달째.

경진의 일상엔 많은 변화가 생겼다. 여느 연인들과 다를 것 없는 평범한 날들이지만, 경진에겐 무척 큰 변화였다.

이른 새벽 그의 출근길에 만나 산책을 하는 것으로 하루를 열고, 경진의 퇴근길에 인근 공원에 들러 이야길 나누는 것으로 하루를 마무리한다. 주말이 되면 혼자가 아닌 그와 함께 영화나 연극 등의 공연을 보러 가고, 맛있는 음식점이나 분위기 좋은 카페, 혹은 둘이 가면 좋은 곳들을 찾아다니기 시작했다. 같은 기억을 공유하고, 같은 추억을 쌓아가며 그렇게 연애를 하고 있었다.

그리고 그에 대해 더 많은 것들을 알아가고 있었다. 앞으로 알아가야 할 것들이 여전히 많긴 하지만, 미처 생각하지 못했던 그의 모습까지도 하나둘 알아가게 되면서 경진은 매일이 즐거웠다. 그가 어떤 사람인지, 어떤 생각을 하고, 어떤 하루를 보내고, 어떤 꿈을 꾸는지에 대한 모든 것들을 알아갈수록…… 점점 더 그가 좋아졌다.

그는 생각했던 것보다 더 홈쇼핑을 좋아하는 남자였고, 보기보단 순진한 구석이 있어서 태경에게 당할 때가 더 많았다. 화가 날 때면 땀에 흠뻑 젖을 때까지 농구를 하고, 청계산을 날다람쥐처럼 오르는 남자. 밤새 EPL을 보기도 하고, 통쾌한 할리우드 액션 영화를 좋아하며, 그림 쪽에는 영 소질이 없는 남자. 요리는 상상을 초월할 만큼 수준급이고 한국어는 조금 어설프지만 불어와 영어는 매우 훌륭한 사람. 뿌듯하고 자랑스러울 만큼 지혜롭고 현명한 사람이 바로 다비드, 혹은 정수원이란 남자였다.

물론 모든 부분에서 취향이 같지는 않다. 하지만 그런 것마저 충분히 커버를 하고도 남는 매력적인 남자, 그런 남자가 나의 연인이라는 사실이 때로는 세상 여자들에게 미안한 마음이 들기도 했다.

Rrrr.

태경의 집에서 태경의 부모님과 함께 저녁 식사가 있다며, 퇴근 길을 함께하지 못하는 걸 무척이나 안타까워했던 다비드로부터 전화가 걸려왔다.

[퇴근하셨습니까?]

"넵."

씩씩한 대답에 그의 웃음소리가 건너왔다.

[밥은?]

"가서 먹어야죠. 식사 다 했어요?"

[응. 다 먹고 태경이 부모님 방금 가셔서 나도 이제 집으로 갈 건데, 그러지 말고 조금 기다려요. 혼자 먹는 것보단 내가 구경하고 있는 게 더 낫잖아.]

횡단보도 앞에 멈춰 선 경진은 싱긋 웃으며 마치 눈앞에 다비드
라도 서 있는 듯 고개를 끄덕였다.

"그래요, 그럼. 대신 너무 서두르지 말고 천천히 와요."

통화를 마치자마자 고맙게도 초록불로 신호가 바뀌었고, 경진
은 두 팔을 앞뒤로 내 저어가며 달리기 시작했다. 그가 집에 도착
하기 전에 집 청소를 해야 했기 때문이다.

바로 앞집에 사는 사이치고, 집에 자주 드나드는 편은 아니었
다. 일이 많아져서 퇴근이 늦어지다 보니 늦은 시간에 여자 혼자
사는 집에 드나드는 게 모양새가 좋지 않을까 봐 그런 것인지, 아
니면 나름의 방법으로 자제를 해보는 건지 잘은 모르겠지만, 워낙
에 배려의 아이콘으로 통하는 분이니 충분히 그럴 수도 있겠다 싶
었다.

왜 갑자기 혼자서 밥 먹는 게 안쓰러워 친히 구경을 하러 오신
다는 건지 그 의중을 정확히 파악할 순 없지만, 나이가 나이인지
라…… 경진은 괜한 기대감에 마음이 설레었다.

경진과 통화를 마친 다비드는 휴대폰 배경화면에 띄워놓은 경
진과 자신이 함께 찍은 사진을 한참 동안 바라보며 빙긋 웃고 있
었다. 지난 주말 대학로에서 연극을 한 편 보고 인사동의 한 전통
찻집에 들러 팥죽 한 그릇을 나눠 먹으며 찍은 사진. 조그만 나무
숟가락을 입에 물고 귀엽게 웃고 있는 경진과 그런 경진의 볼에
입을 맞춘 자신의 모습이 담긴 그 사진에서 좀처럼 눈을 떼지 못

하던 다비드는 몸서리치게 경진이 보고 싶어져 푸욱 한숨을 내쉬며 돌아섰다.

"아, 깜짝이야!"

소리도 없이 언제 온 건지, 태경은 테라스 테이블에 비스듬히 기대서서 눈매를 가늘게 하고 노려보았다. 괜히 머쓱해진 다비드가 아무 일도 없었다는 듯 태경의 곁을 지나려는데, 갑자기 태경이 그 자리에 쪼그려 앉으며 다비드의 길을 가로막았다. 그러자 어딘가에 있던 팥쥐까지 나타나 태경의 앞에 웅크리고 앉았다. 둘이 하는 짓이 너무 똑같아서 헛웃음이 난 다비드는 고개를 절레절레 저으며 손끝으로 턱을 쓸었다.

"아주 신나셨어. 좋아 죽는구만?"

"……왜."

"설마…… 이경진 씨 혼자 사는 집에 가겠다는 거야?"

마치 나쁜 일이라도 저지른 사람을 보듯이, 태경은 두 눈을 동그랗게 뜨고 순수한 눈빛으로 바라보았다. 다비드는 어이가 없다는 듯 웃으며 비키라고 훠이훠이 손을 내저었다.

"빨리 비키기나 해."

"안 돼. 다비드마저 그렇고 그런 남자가 되도록 둘 수 없어! 다비드라면 보통의 남자와 달라야 한다고!"

아니, 내가 뭘 어쨌다고 보통의 남자 타령이지?

"가서 밥 먹을 동안만 있을 건데 왜 난리야."

그러자 태경이 능청스러운 본래의 표정을 지으며 씨익 웃었다.

"이 양반이 여자를 너무 모르네. 아주 기본이 안 돼 있어!"

태경은 혀를 끌끌 차며 노골적으로 다비드의 전신을 훑었고, 다비드는 그런 태경의 이마를 손가락으로 꾹 눌러 뒤로 넘어지게 만들었다.

"함태경 씨나 잘하세요."

"다비드 변했어!"

"제수씨, 저 갑니다!"

다비드는 태경의 뒷말과 해리의 인사도 끝까지 듣지 못한 채 서둘러 집을 빠져나왔다.

태경에게 연애 코치를 받느니, 차라리 포털사이트 지식인에 물어보고 말지.

들어보면 잠깐 그럴듯하게 들리지만, 곰곰이 생각해 보면 밑도 끝도 없고 근거도 없는 어디서 주워 들은 풍월이 대부분이었다. 그렇게 잘 아는 사람이 제 연애는 그 지경으로 했을까.

차에 오른 다비드는 안전벨트를 채우고 시동을 걸었다. 그리곤 다시 한 번 휴대폰 배경화면을 띄워 보고 나서 차를 출발시켰다.

경진을 만나러 가는 길은 언제나 설레었다. 잠들기 전, 내일 아침이면 볼 수 있는 그녀 때문에 설레었고, 그녀의 퇴근길에 마중을 나갈 때면 발에 날개라도 달린 듯 가벼워졌다. 마주 보고 있기만 해도 행복한, 거창할 것 없는 소소한 연애의 재미에 푹 빠져 버렸다.

사랑하는 사람이 생기고 난 후 땅으로부터 한 뼘 정도 떨어져 둥둥 떠다니는 기분이 들었다. 매 순간이 설레고, 사소한 것에 기분이 좋아지고, 눈에 필터라도 끼운 듯 세상이 좀 더 예뻐 보였다.

할 수만 있다면, 이 모든 감정들을 오랫동안 간직하고 싶었다. 내가 지금 그녀를 얼마나 많이 사랑하는지, 그녀를 떠올릴 때면 내 마음이 어떤지, 하루 중에 얼마나 오랜 시간을 그녀 생각으로 가득 채우는지……. 하지만 변화란 것이 본래 자연스럽게, 가랑비에 옷 젖듯 자신도 모르는 사이 서서히 진행되는 것이기에 언젠간 지금의 설렘이 시간이 지나면 또 다른 이름으로 그 자리를 대신하겠지만, 그 모든 것들이 모두 완전히 사라져 버리는 것은 아니기에 조금이나마 위안이 되었다.

먼 훗날, 가끔씩 지금을 추억하며 그리워할 날이 오겠지? 그때쯤이면…… 우린 어떤 모습일까? 그때도 지금처럼 서로를 많이 아끼며 사랑하고 있을까?

라디오에서 흘러나오는 음악에 맞춰 손가락을 까닥이며 핸들을 두들기던 다비드는 자신이 꿈꾸던 아주 먼 미래 속에도 경진의 자리가 있음을 깨닫고 옅게 웃었다. 자신의 생활 속 깊숙이 파고든 걸로도 모자라, 막연하기만 한 미래 그 어딘가에도 경진이 있었다.

부랴부랴 청소를 하고 소파 위에 벌렁 드러누운 경진은 나지막한 소리로 신음을 뱉으며 말아 쥔 주먹으로 어깨를 두들겼다. 그러자 청소기 소리에 놀라 방 안 어딘가에 숨어 있던 강아지 다비드가 냉큼 달려와 소파 위에 올라오더니 경진의 손등을 핥아댔다. 손가락도 까딱하기 싫었던 경진이 등 뒤로 손을 숨기자, 다비드는 앞발로 경진의 옆구리를 박박 긁으며 손을 다시 달라고 난리를 부렸다. 경진은 그런 다비드를 쓰러뜨리고 말랑말랑한 배 위에 입술을 댄 후 치욕의 배방구를 선사해 주었다. 그러자 겁 많은 다비드는 기겁을 하며 다시 옷 방으로 달려가 버렸다.

그동안 혼자서 어떻게 살았는지가 잘 떠오르지 않을 만큼, 경진은 강아지 다비드와도 익숙해졌다. 이젠 다비드가 없으면 허전해서 하루도 못 견딜 것 같았다. 혼자 노는 다비드를 보며 바보처럼 웃기도 하고, 살갑게 살을 비벼댈 때면 온몸이 으스러지도록 꼭 안아주기도 하면서 녀석이 자라는 동안 경진도 함께 자랐다. 가끔씩 말썽을 부리기도 하지만, 그래도 주인이라고 퇴근하면 제가 가장 아끼는 인형을 물고 마중 나오는 것까지 예쁘지 않은 구석이 없었다.

띵동.

드디어 기다리던 소리가 들렸다. 도망갔던 다비드는 반가운 소리에 귀를 펄럭이며 달려와 현관 앞에서 팔짝팔짝 뛰며 짧은 꼬리를 정신없이 흔들었다. 경진이 현관으로 가 문을 열어주자 그 작은 틈새를 놓치지 않고 머리부터 내밀어 그를 반겼다.

"다비드 안녕."

언제 들어도 웃음이 나는 두 다비드의 인사에 경진은 오늘도 손등으로 입술을 틀어막았다. 그는 다비드의 두 다리를 꾹꾹 주물러주며 이마 한가운데 입을 맞춰주고 나서야 집 안으로 들어왔다.

"많이 기다렸죠?"

"아니에요."

손사래를 치자, 그는 재킷을 벗어 소파 위에 올려두고 자연스레 주방으로 향하며 소매를 걷어 올렸다.

"뭐 해 먹으려고 했어요?"

"고등어랑 무 넣고 지지려고요."

"지지?"

"조림이요. 우리 할머니는 지져 먹는다고 하거든요."

"아."

그는 입을 다물지 못한 채 고개를 끄덕였다. 경진은 그런 다비드 곁에 다가가 냄비 안에 손질해 둔 무와 고등어를 담고 그 위에 양파와 양념을 얹어 인덕션 위에 냄비를 올렸다. 뒤에 서서 고개를 쭉 빼고 기웃대며 구경하는 모습이 어찌나 귀여운지, 경진은 자꾸만 새어 나오는 웃음을 참지 못했다.

"저녁에 뭐 먹었어요?"

"찜닭이랑 순두부찌개. 맵게 안 해도 맛있던데요?"

냉장고 안에서 동치미와 호두멸치볶음, 콩잎 장아찌를 꺼내 건네자 다비드가 그것을 받아 식탁 위에 올려놓았다.

"우와. 맛있었겠다."

경진이 입술을 씰룩이며 밥그릇에 밥을 퍼 담자 어느새 뒤에 바짝 다가온 다비드가 경진의 허리를 두 팔로 끌어안았다.

혼자서 먹다 보면 이렇게 제대로 한 상 차려 먹는 날이 많지 않았다. 그나마 누가 집에 오면 차리는 시늉이라도 하는데, 그래서 오늘 다비드의 방문이 반가웠다. 쓸쓸하지도 않고, 후딱 먹고 빨리 치울 생각을 하지 않아도 되니까.

고등어조림이 완성될 때까지 기다려야 했기에, 다비드와 경진은 식탁에 마주 보고 앉아 바닥에서 깡충거리며 뛰는 강아지 다비드와 놀아주고 있었다.

"아까 백화점 유아용품 매장 가봤는데, 예쁜 거 정말 많더라고요. 다 사오고 싶었어요."

은근슬쩍 성별을 알려준 담당의 덕분에 해진의 아이가 딸임을 알게 된 후로 경진의 눈에는 오로지 여자아이의 옷만 들어왔다. 오빠의 세 아들에겐 조금 미안한 얘기지만, 확실히 남자아이 옷보다는 여자아이 옷이 예뻐서 자꾸만 사들이게 되었다. 하나같이 어쩜 그렇게도 아기자기한지, 농담이 아니라 정말로 다 사오고 싶었다.

"또 샀구나."

"에헤. 어떻게 알았지."

예리한 다비드의 말에, 경진은 옷 방으로 달려가 종이가방을 들고 나왔다.

"근데 아마 다비드 씨가 봤어도 사자고 했을 거예요. 진짜 말도 못하게 예뻐요."

종이가방에서 상자를 꺼낸 경진은 조심조심 뚜껑을 열어 아까 백화점에서 사온 옷을 꺼냈다. 혹시나 그 짧은 사이 먼지라도 붙을까 봐 잔뜩 긴장한 경진은 다비드가 구경을 마칠 때까지 기다렸다가 잽싸게 다시 상자를 닫았다.

"예쁘다."

"그죠? 이걸 딱 보는 순간 이건 꼭 사야만 하는 거다! 하는 생각이 번쩍 들었다니까요."

열어본 적 없었다는 듯 꼼꼼히 포장을 한 경진은 다시 옷 방에 종이가방을 가져다 놓고, 그사이 다비드는 인덕션 위에 올려둔 냄비의 뚜껑을 열어 상태를 확인하곤 도로 닫았다. 그리곤 식탁 한가운데에 냄비 받침대를 두고 그 위에 냄비를 올려놓았다.

"맛있게 먹어요. 내가 한 건 아니지만."

다비드의 말에, 경진은 젓가락을 쥐며 어깨를 으쓱였다.

"한번 먹어봐요. 맛있나, 맛없나."

경진이 다비드 쪽으로 냄비를 쓱 밀자, 그는 빙긋 웃으며 젓가락을 챙겨 들었다. 경진은 다비드의 평가를 기다리며 구운 생김에 밥과 콩잎 장아찌를 올리고 돌돌 말아 입에 넣었다.

"김치 넣고 조린 건 먹어봤는데, 무가 훨씬 맛있는 것 같다."

"그쵸? 맛있죠? 헤헤. 전 무 넣고 지진 걸 더 좋아하거든요."

아무래도, 조금 수다스러워진 것 같다. 하루 동안 있었던 일들은 물론이고, 아주 어렸을 적 이야기부터 지금에 이르기까지, 장장 삼십이 년 동안 일어난 모든 이야기들을 그에게 하다 보니 느는 건 말수와 콧소리였다. 자제하려고 해도 자꾸만 하고 싶어졌다. 한번 봇물이 터져 버리니 쉽게 제어가 되지 않았다.

그는 무슨 이야기든 잘 들어주었다. 가끔은 귀찮을 법도 한데, 그는 매번 호기심 가득한 눈으로 초롱초롱 빛을 내며 귀 기울여 줬다.

자주하는 생각이지만, 그는 고맙다는 말로는 표현이 부족한…… 그런 사람이었다.

술이 조금 늘었다. 혼자 먹기 심심해하는 그에게 술친구가 되어 주고 싶은 욕심에 한 잔, 두 잔 거듭다 보니 어느새 맥주 한 병까지 주량이 늘었다. 이십대 초반, 술이 무슨 맛인지도 모르고 들이 부었을 때와 달리 이젠 술의 맛을 알고 마시게 되었다. 오랜 시간을 두고 많은 대화를 나누며 천천히 나눠 마시니 훅 갈 정도로 취하지도 않고 딱이었다.

가벼운 와인과 맥주를 위주로 마시는데, 오늘은 맥주로 정했다. 술이 들어가면 자연스레 말도 짧아지고, 요즘 들어서는 거의 반말로 대화를 하기도 했다. 두 다리를 쭉 뻗고 소파를 등받이 삼아 바닥에 앉은 두 사람은, 케이블 채널에서 재방송으로 보여주는 예능 프로그램을 보며 키득거리고 있었다.

"다음 주에 토, 일요일 이틀 시간 줄 수 있어요?"

"음, 아직 아무 계획이 없긴 한데…… 왜요?"

"다음 주 금요일에 우리 부모님 한국에 오시거든요. 주말에 모시고 가까운 데 구경시켜 드리려는데 경진 씨랑 같이 가고 싶어서."

부모님이라니! 프랑스에 계신 그 부모님?

순간 놀란 경진이 쉽게 대답을 하지 못하고 눈을 깜박이자 다비드는 의아한 듯 눈썹을 치켜세웠다.

"……싫어요?"

"아뇨, 아뇨."

경진이 손사래를 치자, 그제야 다비드도 옅게 웃었다.

"경진 씨 부담스러울까? 난 우리 부모님께 빨리 소개시켜 주고 싶어서……."

티 내지 않으려 최대한 노력한 것 같지만 표정에는 서운한 기색이 역력했다. 경진은 다비드의 손등 위에 제 손을 얹고 토닥였다.

"안 부담스러워요. 다비드 씨 부모님 하루라도 빨리 뵙고 싶어요. 어떤 분들일지 정말 많이 궁금했거든요."

점점 부드러워지기 시작한 다비드의 표정에 경진이 환하게 웃었다.

"다행이다."

안도의 한숨을 쉬는 다비드를 보며, 경진은 다비드의 어깨에 머리를 기댔다. 발끝을 까닥이자 그가 발등으로 툭 밀었고, 경진은 지지 않고 다비드의 발목 위에 제 발을 포갰다. 그러자 다비드가 경진의 어깨를 감싸 안고 경진의 머리 위에 자신의 머리를 아주 살짝 얹었다.

"다 물어봐야지. 다비드 씨 어렸을 때 어떤 아이였는지……. 무슨 말썽을 부렸는지, 얼마나 말 안 들었는지, 다 물어볼 거예요."

슬쩍 올려다보니 그는 연신 웃고 있었다. 경진은 다비드의 손을 꼭 움켜쥐다가 손가락 사이에 자신의 손가락을 빈틈없이 밀어 넣어 깍지를 꼈다. 맞잡은 손을 반대쪽으로 틀어 그의 손등을 본 경진은 만족스러운 미소를 짓고 말았다. 힘줄과 핏줄이 고르게 분포되어 남자 느낌 물씬 나는 멋진 손이 마음에 쏙 들어 엄지로 살살 쓰다듬어 보았다.

그 순간, 다비드의 얼굴이 가까워지더니 입술이 맞닿았다. 어느 정도 예상하고 있던 순간에 시작된 키스에 별로 놀라지 않았던 경진은 별 기대하지 않았던 의외의 스킨십에 머리카락이 쭈뼛 서는 듯한 묘한 기분을 느꼈다.

다비드의 커다란 손이 경진의 가슴 위에 얹어졌다. 차마 움켜쥐지 못하고 얹어만 둔 다비드의 손이 답답하다고 느껴질 무렵, 경진은 다비드의 아랫입술을 슬쩍 깨물었고 그 순간 따뜻한 숨결이 입안으로 넘어왔다. 경진은 다비드의 허벅지 위에 올라가 앉아 다비드의 목을 두 팔로 감으며 거리를 좁혔다. 적극적인 경진의 행동에도 그는 크게 당황하지 않았고, 어깨와 등을 부드럽게 쓸어주던 그의 손이 허리를 강하게 끌어당기며 가슴을 맞닿게 만들었다. 얼마 지나지 않아 그의 손이 셔츠 안으로 들어와 숨을 흡 들이마시던 그때…….

툭.

옆 방에서 인형을 집어 던지고 물어뜯으며 혼자서 잘 놀던 강아지 다비드가 한 몸처럼 엉켜 있는 두 사람에게 인형을 물고 와 던졌다. 같이 놀자는 뜻인 것 같았다.

경진과 다비드는 거의 동시에 긴 한숨을 내쉬었다. 아쉬운 마음에 자잘한 입맞춤을 끝내지 못하던 다비드는 경진을 두 팔로 꼭 끌어안으며 신음을 삼켰다.

"하아…… 죽겠다."

다비드는 강아지 다비드가 물고 온 인형을 저만치 툭 던져 주고 경진의 어깨 위에 얼굴을 묻었다. 주인의 애정사 따위에는 눈곱만큼도 관심 없는 녀석은 신나게 달려가 인형을 물고 돌아왔고, 이번엔 경진이 힘껏 인형을 던졌다.

녀석 없이는 허전해서 하루도 못 견딜 것 같다는 말은…… 아무래도 다시 한 번 생각해 봐야 할 듯했다.

경진과 재희, 홍주와 범의 정기 계모임이 한창인 단골 닭갈비집은 한창 손님들로 북적일 시간이라 데시벨이 높았다. 경진을 제외한 나머지 세 사람은 초반부터 흥이 올라 정신없이 술을 마셔댔고, 그 덕에 그들은 붉은 얼굴을 얻었다.

"그러다 정말 경진이 그 남자랑 결혼하는 거 아냐?"

오늘 모임의 단연 화제는 경진의 연애였다. 홍주가 앞장서서 꼬치꼬치 캐물어댔지만, 경진은 그저 어깨만 으쓱이며 시원하게 대답해 주지 않았다. 처음엔 다비드를 떨떠름하며 남자는 남자가 봐야 정확하다고 나불대던 범이는 다비드와 딱 한 번 술자리를 가진 후부터 입을 꾹 다물었지만, 홍주는 얄미워 죽겠다며 노골적으로 배가 아프다고 난리를 피웠다.

"재희도 그분 봤으면 좋았을걸."

"나야 뭐…… 나중에 볼 일 있겠지."

반면 해진의 결혼식에 참석하지 못해 아직까지 다비드를 만나보지 못했던 재희만 심드렁한 표정으로 잔을 기울이고 있었다. 경진은 자꾸만 그런 재희의 눈치를 살피게 되었고, 내심 걱정스럽기도 했다. 과연 재희가 자신의 연애를 어떻게 받아들일지, 조금 두렵기도 했다.

"너 자꾸 힐끔거릴래?"

툭 하고 던진 재희의 말에 흠칫 놀란 경진은 이내 아무 일 없었다는 듯 깻잎 위에 닭갈비 한 점을 싸서 입안에 넣고 우물거렸다.

"우리 올 12월 정기 모임 때는 커플 모임으로 하자!"

"못할 거 없지!"

북 치고 장구 치는 홍주와 범을 보며 동시에 웃음이 터진 경진과 재희는 눈이 마주치자 또다시 흠흠 대며 눈치를 살폈다.

"잠깐 나 좀 봐."

단숨에 술잔을 비운 재희가 자리에서 벌떡 일어나며 경진을 불

렀다. 경진은 주섬주섬 일어나 재희의 뒤를 따랐고, 식당 입구 화
단에 걸터앉은 재희가 담배를 입에 물고 불을 붙일 때까지 아무
말 하지 않고 묵묵히 기다려 주었다. 후우 하고 긴 숨을 내뱉자 하
얀 담배 연기가 허공을 갈랐다. 경진은 조금 더 재희의 곁에 다가
서서 발끝으로 죄 없는 바닥을 툭툭 찼다.

"무슨 말이 하고 싶은데?"

경진의 물음에 재희는 물고 있던 담배를 손가락 사이에 끼워둔
채 한참 동안 하늘을 올려다보다가 경진과 눈을 맞췄다.

"그 사람이랑 결혼해라."

뜬금없는 재희의 말에 경진은 저도 모르게 픕 하고 웃어버렸다.

"뭔 소리야."

재희가 무슨 의미를 담아 그런 말을 건넸는지 충분히 알아들었
지만, 경진은 고개를 가로저었다.

"사귄 지 얼마나 됐다고……."

"그 사람을 안 봐도 널 보면 알아. 네가 지금 얼마나 행복한
지…… 다 보여. 예감이 좋아."

정말일까? 요즘 내 모습이 행복해 보인다는 말, 그 말 정말일
까? 내가 지금 얼마나 행복한지 사람들 눈에도 정말 보이는 걸까?

담담한 재희의 말에 괜히 울컥해진 경진은 일부러 입술을 쭉 내
밀고 뾰로통한 표정을 지었다.

"무슨 결혼을 예감으로 하냐?"

"또 퉁퉁거리네."

미안한 마음에, 자꾸만 재희에게 투정을 부리고 있었다. 그런
못난 경진을 누구보다도 잘 아는 재희는 밉다 하지 않고 묵묵히

받아주었다.

"한 번, 만나볼래?"

힐끔 재희를 올려다보니, 두 눈 가득 생각이 차올라 있었다. 어떤 기분일지, 무슨 생각을 하고 있는 건지 살펴줄 순 없었지만, 왠지 그 마음만큼은 굳이 말로 하지 않아도 귀에 들리는 것 같았다.

"……나중에."

벽돌 위에 담배를 비벼 끈 재희는 긴 한숨을 내쉬곤 그대로 먼저 식당 안에 들어가 버렸다. 개운해하면서도 동시에 심란해하는 듯한 재희의 표정에서, 차마 말로 꺼내지 못한 재희의 진심이 보였다.

왜 이런 마음이 드는 건지 모르겠지만…… 먼저 간 사람보다, 재희에게 오히려 더 미안했다. 그 미안함이라는 것이 태희가 아닌 다른 남자와 연애를 해서가 아니라, 마음속 깊숙한 곳에 묻어두고 다신 열어보지 않기로 한 그 다짐 때문이었다.

기어이 호텔에 짐을 푼 부모님 때문에 다비드는 서둘러 호텔로 향하고 있었다. 무려 일 년 동안이나 뵙지 못한 탓에 운전하는 내내 마음이 울렁일 정도로 몹시 설레었다. 성인이 된 후 미국으로 떠나 부모님의 품 안을 벗어난 지도 꽤 됐지만 다비드는 두 분이 늘 그립고, 늘 보고 싶고, 늘 생각이 났다. 떨어져 지낸 시간만큼 애틋함은 더해졌다.

호텔 입구에 도착한 다비드는 주차요원에게 주차를 부탁하고 서둘러 라운지로 향했다.

10월이 되면 어머니는 늘 한 달간 식당 문을 닫고 아버지와 함께 세계 곳곳을 여행하곤 하신다. 1년 내내 수고한 쉐프들에게 휴식 주고 새 메뉴 개발에 필요한 충분한 여유를 주면서, 쉐프들의 창의성을 존중해 주는 방법으로 일의 능률을 높이는 것이다.

어머니가 운영하는 식당은 외할아버지에 이어 2대째 내려오고 있었는데, 막내 누나가 일을 배우고 있고, 아버지가 운영하시는 제과점 역시 3대째 내려오고 있었는데, 둘째 누나와 매형이 일을 배우며 돕고 있었다. 누나들 모두 가업을 이어받는다는 것을 무척 이나 자랑스러워하며, 부모님에게 물려받은 남다른 손재주와 감각, 성실함으로 3대, 4대를 이어가려고 부단히 노력 중이었다.

「다비드!」

귀에 익은 음성에 다비드가 고개를 뒤로 휙 돌렸다. 그곳에 두 팔을 활짝 벌리고 웃고 계신 아버지가 서 계셨다. 다비드는 빠른 걸음으로 다가가 자신과는 비교도 할 수 없을 만큼 넓고 따뜻한 아버지의 품에 아이처럼 덥석 안겨 버렸다.

60대 초반의 연세라곤 믿기 힘들 만큼 아버지는 건장한 체격을 과시하셨다. 늘 그랬다. 아버진 언제나 집 앞 정원에 우뚝 선 아름 드리나무처럼 바라만 봐도 가슴이 따뜻해지고 마음이 든든한 그런 존재였다. 다비드가 가장 존경하고, 인생의 롤모델이라 여기는 분.

청바지에 티셔츠가 전부였지만 아버지에게선 젊은 남자에게선 볼 수 없는 특유의 중후한 매력이 물씬 풍겼다. 갈색 뿔테안경을 콧등에 얹은 아버지의 얼굴엔 은회색과 검은색이 뒤섞인 수염이 뒤덮여 있어, 마치 배우를 보고 있는 것 같은 느낌마저 들었다.

「잘생긴 우리 아들 얼굴 좀 보자.」

아버지의 맞은편에 앉아 계시던 어머니는 다비드의 양쪽 뺨에 차례로 입을 맞추는 비쥬로 인사를 나누었다. 맞잡은 손을 쉽게 놓지 못하던 어머니가 눈시울이 점점 붉어지자, 다비드는 일부러 더 환하게 웃어 보였다.

어머니는 항상 웃는 얼굴이었다. 그 모습 그대로 패인 주름마저도 다비드는 사랑했다. 하늘거리는 연갈색 블라우스와 베이지색 바지를 입고, 구불구불한 빨간 머리를 대충 묶어 올린 그 모습이 마치 집에서 늘 보던 어머니의 모습 같아서 다비드는 괜히 코끝이 찡해졌다.

「일단 앉아라. 너 쳐다보느라 네 엄마 고개 부러지겠다.」

아버지의 제안에 1년 만에 상봉한 가족은 겨우 진정하고 자리에 앉을 수 있었다. 어머니는 여전히 안쓰러운 눈빛으로 다비드를 바라보고 계셨다.

「집으로 오시지 왜 호텔에서 묵겠다고 그러세요.」

「너도 너지만, 우린 여기가 훨씬 편해.」

어머니의 말에 아버지는 동의하는 듯 고개를 끄덕였다.

「다비드, 엄만 지금 그게 중요한 게 아니야. 네 여자친구 언제 보여줄 거니?」

서론 같은 건 필요 없고 바로 본론으로 들어가 버린 어머니 때문에 다비드는 웃음이 터져 버렸다. 역시 화끈하신 우리 엄마.

「조금 이따가 집으로 오기로 했어요. 조금만 기다리세요.」

「아, 궁금해. 우리 아들이 사랑하는 여자는 어떤 사람일까?」

궁금해서 못 견디겠다는 듯한 어머니의 솔직한 표정에 다비드는 또 한 번 웃어버렸다. 한국에 오시면 꼭 소개시켜 드리고픈 여자가 있다고 운을 띄우며 경진에 대해 이야기를 해드렸더니 부모님은 진심으로 기뻐하셨다.

「너 연애한다는 얘기 듣고 난 후부터 네 엄마 늘 저 상태다. 저러다가 아예 너 결혼하는 거 보고 돌아간다고 할지도 몰라.」

「어머! 그거 정말 괜찮은 생각인데요?」

아버지의 농담에 어머니가 한술 더 뜨자 다비드는 어깨를 으쓱였다.

「조금 더 연애하고요.」

「그렇게 미적거릴 시간이 어디 있니? 이 여자다 싶으면 냉큼 낚아채야지! 안 그래요, 여보?」

낭만적인 기분파인 어머니는 예상대로 적극적으로 나오셨고, 아버지는 두 번 고민할 것도 없이 어머니의 의견에 동의했다. 수적으로 밀려 이대론 안 되겠다 싶었던 다비드는 정신을 똑바로 차리고 다른 대화 주제를 찾으려 머리를 굴렸다.

「가족들은 다 잘 지내죠?」

「그럼! 소피랑 에바도 잘 있고, 꼬맹이들도 다 잘 있어.」

「올겨울에는 꼭 보러 가야겠어요.」

「네가 워낙 바쁘니까 어쩔 수 없었지. 올겨울에는 와서 꼬맹이들이랑 놀아주고, 좀 쉬었다 가.」

가족들이 있는 나의 집. 눈을 감지 않아도 눈앞에 또렷이 그려지는 집이 다비드는 무척이나 그리웠다. 힘들고 지칠 때면 가장 먼저 떠올리는 그곳. 마음이 평안해지고 저도 모르게 웃음부터 나는 그곳. 내가 기억하는 내 인생의 시작이 담긴 곳.

「네 여자친구도 함께 오면 더 좋고.」

겨우 대화 주제를 돌렸다고 생각했는데 결국 제자리로 돌아와버렸다. 한편으론 쑥스럽기도 하고, 부모님이 저렇게 좋아해 주시니 좋기도 하고, 도대체 이 마음의 정체가 뭔지 다비드는 헷갈렸다.

「자! 그럼 이제 다비드 집으로 가보자.」

「혼자서 어떻게 해놓고 사는지 내가 한번 봐야지. 앞장서라, 다비드.」

어머니의 재촉에 다비드가 앞장서서 걸었다. 호텔 로비를 지나며 힐끔 뒤를 돌아보니 아버지와 어머니는 무슨 이야길 그리 재미있게 나누시는지 서로의 귀에 속닥속닥 하고 계셨다.

기분이 쌔한데.

다비드는 의식하지 않으려 애쓰며 걸었지만 두 분의 모습이 자꾸만 마음에 걸렸다. 아무래도 경진이 오면 정신 바짝 차리고 있어야 할 듯했다.

「지금 출발할 거니까 경진 씨도 출발해요.」

찬합에 차곡차곡 반찬을 담던 경진은 다비드가 보낸 메시지를 확인하고 젓가락을 든 채 우왕좌왕했다.

"어! 지금 호텔에서 출발한대요."

"서둘러야겠네."

경진의 손에서 젓가락을 빼앗은 엄마는 차분하게 찬합 뚜껑을 닫고 커다란 보자기에 찬합을 담아 꽁꽁 묶었다. 그의 부모님에게 맛보여 드리려고 할머니께서 직접 요리한 음식들이었다. 입맛에 맞을지 장담할 순 없지만, 경진은 자신이 할 수 있는 최고의 선물이자 대접이라고 생각했다.

"빠진 거 없이 잘 챙긴 거?"

"네, 할머니. 잘 먹겠습니다! 감사해요."

"에잉, 쓰잘데기없는 소리 말고 얼른 가봐. 그러다 늦겠어."

경진은 할머니에게 허리를 숙여 인사를 하고 엄마가 바리바리 싸준 보따리를 양손에 꼭 쥐었다.

"아빠, 저 가요!"

"응, 그래. 조심해서 가라!"

"네!"

정신없이 인사를 드리고 현관을 나서는데 엄마가 그 뒤를 따라 나왔다.

"뭐가 이렇게 허전하지. 뭔가 빠뜨린 것 같은 기분인데."

"괜찮아, 엄마. 이걸로도 충분해. 아니, 넘쳐, 넘쳐. 걱정 말고 들어가세요."

바닥에 잠시 짐을 내려놓은 경진은 엄마와 가볍게 포옹을 했고, 엄마는 여전히 눈동자를 요리조리 굴리며 뭐가 빠진 건지, 덜 챙긴 건 아닌지 생각하셨다.

"조신하게 굴어. 무슨 말씀하시면 못 알아들어도 환하게 웃고."

"그냥 뵙고 저녁식사 같이 하는 거데 뭘."

"그게 아니야, 이것아. 다비드 부모님들이 널 얼마나 궁금해하고 계시겠어? 그렇게 잘난 아들을 두셨는데……."

엄마의 얼굴엔 걱정이 한가득이었다.

"물론 다비드 씨가 보통 잘난 게 아니긴 하지만, 황인희 여사님 딸내미도 어디 가서 빠지고 그런 건 아니거든요?"

경진이 어깨를 으쓱이며 눈썹을 씰룩이자 엄마는 그제야 마음이 놓이는 듯 가볍게 웃었다.

"갈게."

손을 흔들어주는 엄마를 뒤로하고 씩씩하게 걷던 경진은 대
문을 여느라 들고 있던 짐을 내려놓고 힐끔 뒤를 돌아보다, 앞
치마 주머니에 손을 쿡 찔러 넣고 한숨을 쉬고 계신 엄마를 보
았다. 물가에 내놓은 어린아이마냥 걱정이 될 거란 거 잘 알고
있었다. 그동안 못난 딸 걱정에 수도 없이 밤을 하얗게 지새우
셨다는 것도 알고, 지켜보기 답답하고 한심해도 꾹 참아주셨다
는 것도 알고 있다. 경진은 그런 엄마를 위해 달라진 자신의 모
습을 자랑하고 싶었다. 자존감 도둑에게 갉아 먹혔던 자신감을
회복해서 언제나 당차고 용감했던 본래 이경진의 모습을 보여
주고 싶었다.

경진은 다부지게 대문을 나섰다. 떨리긴 떨리지만, 이건 분명
기분 좋은 떨림이었다. 너무도 만나뵙고 싶었던 분들이니까. 좋아
해 주실지 모르겠다는 걱정 같은 건 넣어두고, 분명 날 예뻐해 주
실 거라고 스스로를 믿기로 했다.

차 뒷좌석에 한가득 먹을거리를 싣고 운전석에 오른 경진은 심
호흡을 한 번 하곤 그대로 차를 출발시켰다.

공동현관 앞에 서서 유리에 비친 자신의 모습을 몇 번이나 확인
한 경진은 그제야 호출을 눌렀다. 이내 문이 열렸고, 양손에 보따
리 하나씩을 쥔 채 씩씩하게 안으로 들어섰다.

2층으로 향하던 경진은 오늘따라 계단이 유독 폭이 좁고 높아
보이는 것 같아서 걸음이 자꾸 느려졌다.

"짐 있다고 말을 하지. 내려가게."

그 순간, 다비드가 성큼성큼 계단을 딛고 내려와 경진이 들고

있던 짐을 건네받았다. 가뿐해진 건 두 손인데, 덩달아 걸음도 가벼워졌다. 사랑을 하면 행복은 배가 되고 짐은 절반이 된다던 진리가 뼛속까지 와 닿는 순간이었다.

"부모님 오신다고 할머니가 이것저것 싸주셨어요. 입맛에 맞으실지 모르겠지만."

"어휴, 감사해서 어떡하지. 일단 들어가요."

현관문 앞에 선 경진이 손끝으로 이마를 긁적이며 주저하자 다비드가 의아한 듯 고개를 갸웃거렸다.

"왜요?"

"아니…… 그냥 좀, 떨려서."

"내가 있는데 뭐가 떨려요."

"그냥 좀…….."

"기다리고 계세요. 얼른 들어가요."

짧게 숨을 몰아쉰 경진은 용기를 내어 현관 문턱을 넘었다. 구두를 벗고 안으로 들어간 경진은 고개를 빼꼼 내밀어 주변 동태부터 살폈다.

「어? 왔네?」

"아! 안녕하세요!"

막 한 걸음 더 디디려던 순간 어머니와 시선이 딱 마주쳐 버렸다. 경진은 저도 모르게 허리를 숙여 공손하게 인사를 드렸고, 어머니는 두 팔을 활짝 벌리며 다가오더니 마치 영화에서처럼 경진을 덥석 안고 뺨을 맞댔다.

「으음! 정말 많이 보고 싶었어요! 반가워요!」

"아하하, 네. 네."

어떤 말인지 느낌만으로도 충분히 전해지니, 참 놀라운 일이었다.

"어머니가 경진 씨 정말 보고 싶었다고, 반갑다고 하셨어요."

"저도 너무 뵙고 싶었다고 전해주세요."

다비드가 말을 전해주자, 그 말이 끝나기가 무섭게 어머니는 또 한 번 경진은 안아주었다. 그 뒤로 다음 순서를 기다리고 있는 그의 아버지가 눈에 들어왔다.

「와줘서 고마워요. 난 다비드 아빠.」

고전 영화에서나 볼법한 배우 뺨치는 외모에 경진은 숨이 막힐 지경이었다. 가벼운 포옹 뒤에 이어진 다독임이 긴장감을 단숨에 녹여 버렸다. 따뜻한 환영 인사에 벌써부터 얼굴이 발그레해진 경진은 쑥스러운 마음에 손바닥으로 목을 문지르며 최대한 환하게 웃었다.

「안녕하세요. 저는 이경진입니다.」

하마터면 열심히 다비드에게 배워둔 불어 인사를 까먹고 지나칠 뻔했다. 무사히 인사를 마친 경진이 기특했는지, 두 분은 열렬한 박수까지 보내주셨다.

「세상에, 이렇게 예쁜 아가씨는 처음 보네. 아하하! 프랑스에 돌아가자마자 친척들한테 자랑해야겠어. 지금도 엄청나게 궁금해하고 있거든. 다비드가 저 나이 되도록 연애 한 번 안 해봤을 리 없지만, 그동안 단 한 번도 가족들한테 여자친구를 보여주기는커녕 이야기조차 꺼내본 적이 없는 앤데 사랑하는 여자가 생겼다기에 우리 모두 깜짝 놀랐지 뭐야! 아하하!」

어머니가 순식간에 너무도 많은 말이 속사포처럼 빠르게 쏟아내서 당황한 경진은 엄마의 신신당부를 떠올리며 연한 미소를 머금은 채 알아들은 척 고개를 끄덕였다. 그러자 곁에 있던 다비드가 부지런히 통역을 해주었다.

「여보, 일단 앉아서 이야기하지 그래?」

「어머! 내 정신 좀 봐! 우리 다 앉자. 아하하!」

다비드에게 들었던 대로 어머니는 굉장히 유쾌하셨고 아버지는 다정한 분이었다. 마주 앉은 경진은 자꾸만 새어 나오는 웃음을 참지 못하고 연신 웃고 있었다. 다비드 부모님과의 첫 만남을 수도 없이 상상해 왔지만 이건 전혀 생각지 못했던 그림이었다. 고풍스러운 분위기의 카페에 앉아 홍차와 비스킷을 먹으며 차분하게 대화를 나눌 가능성이 가장 크다고 봤기에 지금의 편안한 분위기가 재미있으면서도 동시에 감사했다. 분위기를 풀어주려고 노력해 주시는 것 같아서 더더욱 그랬다.

「저녁 식사하셔야죠?」

「어머나! 아가씨 프랑스어도 할 줄 알아?」

「조금요. 급하게 몇 가지만 배웠어요.」

「어머! 사랑스럽다! 그렇지 않아요, 여보?」

어머니의 두 눈에서 금방이라도 하트가 쏟아져 나올 것 같아 경진은 몸둘 바를 몰랐다.

「경진 씨 할머니께서 요리를 굉장히 잘하세요. 오늘 부모님 오신다고 음식을 이만큼이나 싸주셨어요.」

다비드의 말에 어머니는 자리를 박차고 일어나 보따리를 그 자리에서 풀어버렸다. 찬합 뚜껑을 하나씩 열 때마다 감탄사를 연발하며 기쁨을 감추지 못했다.

「그래, 이거야! 바로 이거라고! 내가 맛보고 싶었던 한국 요리들은 바로 이런 거였어!」

마치 유레카라도 외칠 기세로 기뻐해 주시니 경진도 덩달아 기
분이 좋았다. 다비드가 젓가락을 챙겨다 드리자, 어머니는 왼손으
로 어설프게나마 젓가락질을 해 용감히 김치 한 점을 집어 들었
다. 경진이 맵다고 말리려던 그 순간, 어머니는 덥석 입안에 김치
를 넣어버렸다.

「외국인 입맛에 맞게 변형하지 않은 본연 그대로의 김치예요.」

「환상적이야!」

다비드의 부가 설명에 어머니는 눈을 감고 진심으로 행복해하
는 표정을 지었다. 영화에서 흔히 보던 외국인 특유의 시원시원한
제스처였다.

「이건?」

「이건 초절임한 무에 깻잎, 무순, 오이, 파프리카, 불고기를 넣
고 돌돌 만 거예요.」

「불고기? 내가 좋아하는 그 한국식 소고기 요리 말이니?」

호기심 가득한 눈으로 다음 타깃을 정한 어머니는 다비드가 직
접 무쌈을 소스에 찍어 입에 넣어주자 또 한 번 감탄사를 연발했
다. 이번에는 옆에서 가만히 지켜보기만 하시던 아버지도 그 맛이
궁금했는지 달라고 하시더니 하나를 입에 넣고 가만히 고개를 끄
덕이셨다.

「경진이 할머님을 당장 프랑스로 모셔가고 싶은데?」

어머니의 말을 다비드가 통역해 주자 경진은 손으로 입을 가리
고 조신하게 웃었다.

「안 되겠다. 일단 우리 식사부터 하자고.」

맛을 보는 것으로는 만족할 수 없으셨는지 어머니는 본격적인 식사를 제안했다.

다비드가 알지 못하는 부분은 경진이 부연 설명을 하며 마치 탐구하는 듯한 식사가 시작되었다.

식사 내내 활기찬 건 그의 집이나 우리 집이나 다를 것이 없었다. 분명 입에 맞지 않는 음식들이 있었을 텐데도, 그의 부모님은 모든 음식을 깨끗이 비우고 최고라며 연신 찬사를 쏟아내셨다. 프랑스로 돌아가기 전 반드시 할머니를 뵙고 돌아가겠다고 다짐을 하기도 하셨다.

폭풍 같았던 식사가 끝났지만 아무도 식탁을 떠나지 않았다. 안주라곤 경진표 삶은 땅콩이 전부였지만 두 분은 그 삶은 땅콩에도 감명을 받으신 듯 연신 캔맥주를 비우셨다. 다비드의 주량은 아무래도 두 분에게 골고루 물려받은 모양이다.

"다비드 씬 어떤 아이였는지 물어봐 줘요."

경진의 말에 다비드는 살짝 망설이며 어머니에게 말을 전했다. 그러자 어머니는 무척이나 반가운 듯한 표정을 지으며 열정적으로 이야기를 쏟아내셨다.

"빨리 말해줘요! 어머니가 뭐라고 말씀하신 거예요?"

다비드는 고개를 가로저으며 통역 의사를 완강히 거부했다.

"어허! 토씨 하나 빼놓지 말고 그대로 말해요!"

되도 않는 엄포를 놓자, 그는 마지못해 한숨을 쉬며 우울한 표정을 지었다.

"고집을 부리거나 욕심이 많거나 하진 않았지만, 거의 매일 장래희망이 바뀌었던 호기심 많은 사고뭉치였대요. 그래서 가족들은 제가 천재 아니면 바보일 거라고 생각했대요. 미용사가 될 거라고 누나 머리카락을 반쪽만 싹둑 잘라놓기도 하고, 과학자가 될 거라고 시계나 자전거 사주면 다 분해해 버리고, 농구선수가 될 거라고 누나를 꼬드겨서 나무를 주워다가 농구 골대를 만들어 연습하기도 하고. 뭐…… 그랬어요."

전혀 예상하지 못했던 다비드의 흑역사에 경진은 웃음을 참을 수가 없었다. 이 사실을 자신의 입으로 직접 말하려니 쑥스러웠던 모양이다.

"말도 안 돼. 전혀 상상이 안 되는데요?"

경진이 의아한 듯 되묻자 그는 의미심장한 미소를 지으며 어깨를 으쓱였다. 경진의 반응을 어머니에게 그대로 통역해 드리자, 어머니는 기함을 하며 손사래를 치셨다. 곁에 계신 아버지는 어린 시절 말썽쟁이 다비드의 모습이 떠올랐는지 어깨를 부르르 떨기까지 하셨다.

가만히 생각해 보니, 말썽을 부릴 때마다 아버지의 일을 도왔다던 그 말이 이해가 되었다.

"그랬구나. 그래서 다비드 씨가 베이킹을 그렇게 잘하는 거였구나? 거의 매일 아버지 일을 도와서? 푸흡!"

「그래도 앞집에 사는 브래들리 씨는 우리 다비드를 무척이나 귀여워했지. 그분이 의사였는데, 그분 때문에 다비드도 의사가 되겠다고 했어. 그 후로 많이 차분해졌고, 책도 많이 읽고 공부도 열심히 했는데……. 매일 장래희망이 바뀌었던 것에 비하면 의사란 꿈은 꽤 오랫동안 꾸긴 했지.」

어머니는 아련한 시선으로 다비드를 바라보았고, 다비드는 어머니의 말을 조근조근 경진에게 전해주었다.

「다비드가 워낙에 동물을 좋아해서 조련사가 될지도 모른다고 생각했는데, 결국은 한국 땅에 와서 디저트 샵을 연 거 보면 사람의 앞일은 전혀 예상할 수 없다니까?」

「솔직히 다비드 베이킹 실력이나 요리 실력은 봐줄 만한 정도지 훌륭하진 않잖아요?」

아무래도 두 분의 매력에서 빠져나올 수가 없을 것 같았다. 자식에게도 날카로운 부모님이라니! 다비드는 고개를 절레절레 흔들었다.

"다비드 씨 고향 가보고 싶다. 부모님 뵙고 얘기 들으니까 점점 더 궁금해졌어요."

다비드가 빙긋 웃더니 경진의 손을 꼭 잡아주었다. 부끄러운 마음에 경진이 잡힌 손을 빼자 두 분은 흐뭇하게 웃으셨다.

「꼬마 다비드는 어떤 아이였을지 궁금하지? 우리 집에 가면 다비드 애기 때부터 찍은 사진이랑 비디오테이프가 벽장 가득 있어. 보고 싶으면 언제든지 와.」

「다비드 아빠가 취미로 사진을 찍거든. 아주 잘 찍어.」

다비드에게 말을 전해 듣고 있는데, 그의 아버지가 가방 안에서 커다란 카메라를 꺼냈다.

"와, 신기하다."

경진이 웃자, 다비드는 부모님께 경진의 아빠가 사진관을 운영하시고 여동생도 사진을 전공했단 사실을 알려주었다. 그러자 그의 아버지가 무척이나 반가워했다.

「내가 두 사람 사진 찍어줄게. 고향에 있는 가족들이 꼭 찍어오라고 했어.」

아버지의 제안을 흔쾌히 수락한 경진이 다비드에게 좀 더 바짝 다가가 앉았지만 그의 아버지는 그 포즈가 마음에 들지 않았는지 고개를 좀 더 가까이 붙이라고 했다. 경진이 다비드의 어깨 쪽으로 고개를 슬쩍 기울였고, 그의 아버지는 연사로 수도 없이 찍어버렸다. 웃음을 참기가 힘들었다.

「이번엔 우리 다 같이 찍어볼까?」

어머니의 말에, 다비드는 부랴부랴 삼각대를 찾으러 방으로 향했고, 그사이 작가님의 지도하에 거실 소파로 장소를 옮겼다. 삼각대를 찾아온 다비드가 적당한 위치에 그것을 놓자 아버지는 카메라를 설치하고 구도를 확인 한 후 타이머를 설정하고 잽싸게 곁으로 달려오셨다. 다비드, 경진, 어머니, 아버지순으로 나란히 앉아 환히 웃으며 눈에 힘을 주고 기다렸다.

찰칵.

그의 아버지는 다시 카메라로 달려가 사진을 확인하고 만족스러운 표정을 지으며 한 장 더 찍자고 하셨다. 다시 타이머를 설정하고 자리에 앉은 아버지는 그 찰나의 사이에 어머니의 볼에 입을 맞추었고 다비드도 때를 놓치지 않고 경진의 볼에 뽀뽀를 했다.

찰칵.

경진은 다비드의 손을 꼭 잡고 조물조물거렸다. 이렇게 다정한 부모님 아래에서 사람을 담뿍 받고 자란 사람이었다는 게 참 좋았다. 사랑이 무엇인 지 아는 사람. 따뜻함이 무엇인지, 배려가 무엇인지 아는 사람.

그는 참…… 눈물 나게 아름다운 사람이었다.

하룻밤 묵고 가라고 다비드가 그렇게 매달렸는데도, 그의 부모
님은 피곤하다며 얼른 가서 호텔에서 쉬고 내일 카페로 찾아가겠
단 약속을 남긴 채 홀연히 떠나 버렸다. 빡빡한 일정 탓에 아들 만
날 시간도 오늘과 내일 단 이틀뿐이라던 두 분은, 아무래도 경진
과 다비드가 오붓한 시간을 보내길 바라는 마음에 일찌감치 자리
를 떠난 듯했다.

택시기사에게 몇 번이나 당부를 하고 나서도 떠난 택시를 바라
보던 두 사람은, 차가 골목을 빠져나간 후에도 쉽게 걸음을 옮기
지 못했다.

"아, 부럽다."

혼잣말로 한다는 게 무심결에 입 밖으로 튀어나와 버렸고, 그
말을 들은 다비드는 무슨 소린가 싶었는지 경진을 바라보았다.

"정말 멋져요. 본받고 싶은 부부의 모습이랄까."

다비드가 웃으며 경진의 어깨를 감싸 안았다.

"나도 우리 부모님 볼 때마다 그런 생각 했어요. 나도 나중에 결
혼을 하게 되면 우리 아버지 같은 남편이 되어야지, 하고요."

자식에게 존경받는 부모님, 부모님을 존경할 줄 아는 자식. 정
말 멋진 관계였다. 이런 사람이 내 애인이란 게 고마울 만큼 기특
했다. 경진은 그의 단단한 팔에 머리를 기댄 채 한 걸음 한 걸음
천천히 내딛었다.

"불어하는 거 완전 멋졌어요."

다비드는 쑥스러웠는지 웃기만 했다.

"태경이는 간지럽다던데."

"아니에요. 섹시했어요."

그는 결국 풉 하고 터져 버렸다.

진짠데.

"나한테 그런 것도 있었나?"

이 남자, 자기 자신을 몰라도 너무 모르는 거 아니야?

"겸손이 지나치시네요."

정곡을 찔린 듯 눈썹을 씰룩이며 웃는 걸로 보아선 영 모르진 않는 것 같기도 하고.

경진은 다비드의 허리를 감싸 안으며 딱딱 발을 맞춰 걸었다.

아득히 멀게만 느껴졌던 먼 미래의 모습을 조금은 엿본 기분이랄까.

망상에 지날지도 모르겠지만, 다비드 역시 나와 같은 꿈을 꾼다는 사실만으로도 경진은 행복했다. 내가 그려본 상상 속에 그가 있고, 그가 그리는 상상 속에 내가 있고. 어떤 모습으로 함께할지 같은 생각을 하고 있으니…… 이보다 더 좋을 순 없었다.

하루 종일 본가에서 조카들과 크리스마스트리를 만들고, 케이크를 만들며 놀아주느라 녹초가 되어버린 두 사람에게 드디어 둘만의 크리스마스이브가 찾아왔다.

아쉽게도, 저녁이 되어서야 비로소 시작된 크리스마스이브 데이트에 허락된 시간은 길지 않았다. 일 년 중 가장 손님이 많은 디저트 카페 〈다비드〉였기에 다비드는 저녁을 먹고 다시 매장에 가 봐야 했다. 다비드는 진심으로 미안해했지만 경진은 괜찮았다. 내일은 하루 종일 같이 있기로 했으니까. 남의 나라 명절인데 그 정도야 뭐.

눈 소식이 있긴 했지만 소식뿐인지 하늘을 맑고 쾌청했다. 대신 차가운 칼바람이 옷깃을 파고들었지만 길거리로 쏟아져 나오는 연인들을 막을 순 없었다.

경진과 다비드는 목도리를 둘둘 말고 완전무장한 상태로 나온 참이다. 이런 날 차 가지고 나오면 고생하고 싸움나기 일쑤이기에 대중교통을 이용했다. 물론 대중교통 역시 이용객이 넘쳐 나 고생을 하긴 했지만, 이런 날은 원래 이런 맛으로 돌아다니는 거니까.

두 사람이 향한 곳은 경진의 단골 닭갈비집이었다. 크리스마스이브 저녁 식사에, 그것도 연애 5개월차 연인에게 부적절한 듯하지만 꼭 한 번 와보고 싶다는 다비드 때문에 어쩔 수 없이 이곳에 들렀다.

무엇보다 이곳을 찾은 가장 큰 이유는, 오늘 이 자리에서 재희를 소개시켜 주기로 했기 때문이다. 분위기 좋은 고급 레스토랑에서 와인을 마시고 스테이크를 썰며 만나기엔 낯간지러워 견딜 수가 없으므로 일부러 시끌벅적한 곳을 골랐다. 단골집이라 일단 마음이 편하고, 맛이 보장되었으니 더할 나위 없는 장소였다.

미리 주문을 해두고 기다리는 동안, 다비드는 벽에 등을 기대고 앉아 느리게 눈을 끔벅였다. 말은 안 해도 엄청나게 피곤한 모양이다. 유별나기론 동네에서 손꼽히는 세 녀석을 데리고 여섯 시간 넘게 고생했으니 피곤하지 않을 수가 없었다. 미안한 마음에 경진이 다비드의 손을 꼭 잡아주자, 그는 옅게 웃으며 다시 똘망똘망한 눈으로 경진을 보았다.

"많이 피곤하죠? 가서 또 일해야 하는데 어떡해."

"하나도 안 피곤해요."

그는 씩씩한 척 허리를 곧추세웠다.

"소주 한잔할래요? 이럴 땐 소주 한 잔 딱 하면 힘이 쫙 솟는다던데."

그가 고개를 끄덕이자, 경진은 잽싸게 일어나 소주 한 병과 잔두 개를 들고 왔다. 이 바쁜 와중에도 수시로 왔다 갔다 하며 닭갈비를 뒤적여 주는 직원에게 경진은 여긴 괜찮으니 다른 곳 봐도된다 말해주고, 다비드의 앞 접시에 먼저 익은 고구마와 떡사리, 양배추를 담아주었다.

"먹어봐요. 닭갈비는 이 집이 끝판왕이에요. 자신 있게 권합니다!"

다비드의 잔에 술을 채워주자, 다비드는 한 잔을 단숨에 마셔버리곤 안주 삼아 젓가락을 집어 들어 양배추를 집어 먹었다. 다행히 입맛에 맞았는지 고개를 끄덕였고 경진도 덩달아 고개를 끄덕였다.

"고기도 익었다. 이리 줘요."

경진은 다비드의 앞 접시에 잘 익은 닭고기를 가득 담아주었다. 그 모습을 흐뭇하게 웃으며 지켜보던 다비드는 자신의 잔을 채우고 경진의 잔도 채웠다.

"경진 씨도 한잔해요."

"넵."

경진은 상추 위에 배추김치와 콩나물 무침, 닭고기를 차례로 올려 쌈을 싸놓고 기다렸다가 다비드가 두 번째 잔을 비우자 쌈을 잽싸게 입에 넣어주었다. 먹는 모습도 어찌나 예쁜지, 보기만 해도 흐뭇했다.

"어? 왔다."

다비드의 말에 뒤를 돌아보니 정말 재희가 식당 안으로 들어오고 있었다. 그 곁엔 김다정도 함께 있었는데, 아마도 데이트를 하다가 오는 길인 듯했다.

"빨리빨리 좀 다녀라."

경진이 채근했지만 재희는 느긋했고 다정은 어리둥절해 보였다. 아직까지 소식을 못 들은 모양이었다.

다정과 다비드가 다정히 인사를 주고받는 사이, 재희는 소리도 없이 스윽 곁에 다가와 경진의 어깨를 툭툭 치더니 이 상황을 설명해 보라는 듯 턱짓을 했다. 다비드를 소개시켜 줄 테니 나오라고 하면 곱게 안 나올 것 같아서 다비드 이름만 쏙 빼고 소개시켜 줄 사람이 있다고 했던 참이다. 경진은 그런 재희에게서 능글맞게 시선을 피하며 젓가락으로 샐러드를 뒤적였다.

다비드가 경진의 옆으로 자리를 옮기고, 재희와 다정이 그 맞은편에 나란히 앉았다. 직원이 물수건과 물컵을 챙겨다 주자 다정이 수저를 챙겨놓았다. 보기 좋은 광경이었다.

"인사해. 이쪽은 다비드 씨이자 정수원 씨. 그리고 이쪽은 제 친구 정재희예요."

"안녕하세요. 이름은…… 부르기 편한 쪽으로 부르세요."

다비드가 벌떡 일어나 악수를 청하곤 재킷 안주머니에서 명함을 꺼내 건넸다. 그러자 재희는 예리한 시선으로 다비드의 전신을 스캔하더니 명함을 받아 들었다. 그 모습이 무척이나 아니꼬웠지만, 경진은 일단 말을 아꼈다.

"전 드릴 게 없네요. 정재휩니다. 반갑습니다."

악수와 함께 통성명을 끝낸 두 사람이 다시 자리에 앉았고, 경진은 재희 앞에 잔을 놓았다.

"이경진."

"뭐."

일부러 퉁명스럽게 대답을 하자 그제야 재희가 표정을 풀고 피식 웃었다. 경진은 웃음을 참으며 다비드와 재희의 잔을 채웠고, 센스 넘치는 다정이 잔을 하나 더 가져와 경진의 자리에 놓아주었다.

"잘 부탁드려요. 애가 워낙 모난 구석이 많아서 다루기 힘드실 테지만, 쉽게 포기하지 마시고요."

친구란 놈이 말하는 거 하곤…….

재희의 말에, 경진은 기분이 묘해졌다. 고집도 세고 자존심도 세서 어디 가서 아쉬운 소리 한 번 한 적 없는 저 녀석이 부탁이라며 공손히 말을 건네는 걸 보니 웃음도 나고, 어색하기도 하고, 낯간지럽기도 했다.

"크으."

단숨에 잔을 비운 경진은 목구멍이 타들어가는 듯한 알싸함에 미간을 구긴 채 고개를 절레절레 흔들었다. 참으로 오랜만에, 술이 달았다.

둘이 할 얘기가 많다며 경진은 다정과 함께 남겠다고 했다. 다시 매장에 가봐야 하는 다비드는 하는 수 없이 경진을 다정에게 부탁하고 나왔고, 재희 역시 스케줄이 있다며 식당을 나왔다.

먼저 식당을 나섰던 재희가 담배를 입에 물고 불을 붙이고 있었다. 다비드는 그런 재희의 곁에 천천히 다가갔다.

"오늘은 서로 바쁘니까, 다음에 우리 따로 만나서 술 한잔하죠."

"좋습니다."

다비드는 재희의 제안이 반가웠다. 재희는 아까 건넨 자신의 명함을 보곤 휴대폰을 들어 번호를 입력했고, 이내 다비드의 휴대폰으로 전화가 걸려왔다. 다비드는 그 번호를 저장했다.

"경진이…… 잘 부탁해요. 얘기로만 들었을 때도 왠지 모르게 마음이 놓였는데, 이렇게 직접 뵈니까 정말 맘이 놓이네요. …… 우습게도."

한숨 섞인 그 말에 다비드는 쉽게 말을 잇지 못했다.

"말도 몇 마디 안 나눴는데…… 참 신기하네."

혼잣말 같기도 한 그 말은 다비드의 가슴에 남았다. 내가 보지 못했던, 내가 알지 못했던 그녀의 모습을 모두 보고, 모두 알고 있을 오래된 친구의 걱정…… 충분히 이해할 수 있었다. 그래서 어설픈 질투나 불편한 마음 같은 건 갖지 않았다. 진심으로 그녀를 아끼기에 그가 이런 마음을 갖는 거란 걸 알기 때문이었다.

"나이도 있는데, 연애하느라 시간 때우지 말고 결혼해요. 빨리 데려갈수록 더 좋고요."

다비드가 웃자 재희도 덩달아 옅게 웃었다.

"결혼은 그 사람 아니면 안 될 것 같아서 하는 게 아니라, 그 사람이라면 좋을 것 같아서 하는 거래요. 어느 드라마에서 그럽디다."

같은 뜻 같으면서도 어딘가 미묘하게 다른 말이었다. 좀 더 긍정적이고 희망적인 말 같다고나 할까.

"저 먼저 갑니다!"

담배 한 대를 다 피우고 난 재희가 가볍게 고개를 숙여 인사를 건넸고, 다비드도 인사를 했다.

다비드는 멀어져 가는 재희의 뒷모습을 보며 한동안 그 자리를 벗어나지 못했다.

띠리리리링.

알람소리에 잠에서 깬 강아지 다비드가 배 위로 슬금슬금 올라오더니 볼을 마구잡이로 핥았다. 경진은 무거운 머리를 양손으로 감싸 쥔 채 시계를 확인했다.

"아……."

오늘이 크리스마스, 즉 휴일이란 걸 깜박하고 알람을 맞춰놓은 것이다. 경진은 다비드를 품에 끌어안고 다시 쓰러지듯 침대에 누웠다.

똑똑.

초인종 소리가 아니라, 누군가 현관문을 두들겼다. 다비드는 경진의 품을 빠져나가 쏜살같이 현관으로 달려나갔고, 경진은 끙 소리를 뱉으며 힘겹게 일어나 머리를 좌우로 흔들었다.

숙취였다. 많이 마시진 않았지만, 어제 다정과 치킨집에 가서 2

404 요조신사

차까지 달렸더니 온몸이 쑤시고 무거웠다. 씻고 바로 자버린 탓에 머리카락은 사방으로 뻗쳐 있었고, 경진은 손가락으로 머리카락을 쓱쓱 빗으며 뭐에 홀린 사람처럼 비몽사몽 거실로 향했다.

커튼을 쳐 바깥을 바라보니, 하얀 눈이 온 세상을 뒤덮어 버린 고요한 크리스마스 새벽이 들어왔다.

똑똑.

다시 한 번 노크 소리가 들리고 나서야 방을 나선 이유가 떠올랐다. 경진은 저벅저벅 걸어 현관으로 향했고, 다비드는 문 열어 달라고 껑충껑충 뛰며 설쳤다.

"저로 가."

손으로 휘휘 저어 다비드를 쫓고 난 후 현관문을 연 경진은 부어서 잘 떨어지지 않는 한쪽 눈을 간신히 뜨고 바깥을 살폈다. 훅하고 파고드는 칼바람에 저절로 온몸이 부르르 떨렸다.

"메리 크리스마스."

뭐지.

귀에 익은 목소린데.

한 번, 두 번, 세 번.

가만히 눈을 끔벅이던 경진은 고개를 들어 낯익은 얼굴을 바라보았다.

오 마이 갓.

잠이 싹 달아나고 정신이 번쩍 들었다. 경진은 현관문을 닫고 냅다 욕실로 뛰어갔다.

"헐!"

이 몰골을 그에게 보여주다니!

거울에 비친 여자의 모습에 경진은 울상을 짓고 말았다. 다시 문을 열어달라고 난리법석을 피우는 강아지 다비드는 안중에도 없고, 경진은 서둘러 세수부터 했다.

"어쩌지? 어쩌지?"

이 산발한 머리카락을 어찌하면 좋을까.

경진은 어쩔 수 없이 한데 모아 틀어 올린 머리칼을 수건으로 감싸고 가글을 하면서 동시에 얼굴에 미스트를 싹 뿌린 후 다시 현관 앞에 섰다. 그리곤 천천히 심호흡을 하며 문을 열었다.

"이 시간에 어쩐 일이에요?"

"선물 주려고요."

"에?"

"크리스마스니까."

그는 정말로 선물을 주려는 듯 상자를 꺼내 내밀었다. 우체국 택배 상자 2호 사이즈였다. 경진은 고개를 갸웃거리며 일단은 다비드를 집 안으로 들어오게 했다.

"잠깐만 기다려요. 나 옷부터 갈아입고."

황급히 옷 방으로 달려간 경진은 입고 있던 옷을 홀떡 벗어 던지고 니트 원피스에 레깅스를 챙겨 입었다. 그리곤 화장대로 가서 수분크림을 듬뿍 찍어 얼굴에 바른 후 착착 소리가 나도록 뺨을 때렸다. 지금 막 잠에서 깨어나 내가 지금 뭔 소리를 한 건지, 들은 건지도 모를 지경이었다. 머리카락을 한데로 모아 머리끈으로 묶고, 마지막으로 생기 있어 보이려 틴트를 입술에 바른 후 거울 한 번 보고 옷 방을 나섰다.

갑작스러운 다비드의 방문에 신난 건 또 다른 다비드뿐이었다.

경진은 거실과 주방의 조명을 밝히고 그에게 다가갔다.

"크리스마스 선물은 새벽에 몰래 두고 가는 거 아니에요?"

"새벽에 올 수 없었으니까."

그건 그러네.

듣고 보니 일리 있는 말이라서, 경진은 입술을 삐죽 내밀며 건네받은 박스를 이리저리 살폈다.

"어떡하지? 난 선물 준비 못했는데."

"음…… 괜찮아요."

"정말?"

경진이 되묻자 그는 단호하게 고개를 끄덕였다. 경진은 바닥에 주저앉아 본격적으로 선물을 풀었다. 리본을 풀고 포장지를 벗기니 박스가 나왔고, 뚜껑을 여니 그 안에 또 다른 상자가 있었다. 다비드를 찌릿 노려보자 그는 능청스럽게 웃으며 강아지와 장난을 쳤고, 경진은 또다시 박스를 풀었다. 하지만 또 박스가 나왔다. 입술을 질끈 깨문 경진은 다시 한 번 박스를 풀었다.

"드라마를 너무 많이 봤다."

다비드는 경진의 투정에 아랑곳하지 않았다. 세 개의 박스를 풀고 나니 결국 그의 주먹만 한 크기의 상자가 나왔다. 그 순간 머릿속엔 이건 분명 반지가 아니면 목걸이가 분명하다는 추측이 들어찼다.

혹시…… 프러포즈?

설마!

그럴 리가 없다고 단정 짓기엔 며칠 전부터 낌새가 이상하긴 했다. 그 정도도 눈치채지 못할 만큼 둔한 여자가 아니니까. 자꾸만 유심히 손을 보며 만지작거리기도 했고, 마치 무슨 할 말이 있는 사람처럼 얼굴을 빤히 보기도 했었다.

그렇다면, 오늘이 바로 그날인 건가?

어떤 표정을 지어야 하나. 놀라는 건 너무 상투적인가? 그렇다고 무덤덤해하면 이 남자가 실망할 텐데.

경진은 다비드의 얼굴을 한 번 본 후 조심스레 뚜껑을 열었다.

……이건 뭐지?

상자 안에 들어 있던 건, 손가락 굵기의 돌돌 만 종이였다. 상자를 내려놓은 경진은 조심스레 종이를 펼쳐 보았다. 손바닥만 한 종이 위에는 비뚤비뚤하게 적은 프랑스어가 빼곡하게 적혀 있다.

"이게 뭐예요?"

"어머니가 제 방 정리하다가 발견하셨다고 우편으로 보내주신 거예요."

줘도 읽을 수가 없으니 답답한 건 경진이나 다비드나 마찬가지였다. 경진이 종이를 건네자 다비드는 쑥스러운 듯 피식 웃었다.

"읽어줄까요?"

경진이 고개를 끄덕이자, 그는 흠흠 목소리를 골랐다.

"이곳엔 나와 닮은 사람이 없다. 그래서 외롭다."

그 종이는 일기였던 모양이다.

어린 나이에 얼마나 힘든 시간들을 보냈을까. 받아들이기 쉽지 않은 현실에도 이렇게 반듯하게 자란 걸 보면 내가 다 기특할 지경이었다. 경진은 잠시나마 실망했던 제 자신을 꾸짖으며 그의 손을 잡았다.

"결혼하고 싶다. 날 닮은 아이를 갖고 싶다. 검은 머리카락을 가진 아이를. ……1988년 12월 24일."

여덟 살짜리 아이의 일기치곤, 굉장히 되바라진 내용이었다. 경진이 옅게 웃으며 다비드와 눈을 맞추자, 그는 경진의 입술에 살며시 입을 맞추곤 천천히 물러섰다.

"한마디면 되는데."

"응?"

"여덟 살 다비드 소원이 이뤄지는 데, 딱 한 마디면 된다고요."

그제야 무슨 뜻인지 정확하게 이해가 되었고, 경진의 얼굴에도 점점 더 환한 미소가 걸렸다.

"뭐야. 이건 다비드 씨가 나한테 선물을 주는 게 아니라, 내가 선물을 주는 거잖아요."

어깨를 으쓱이던 다비드는 재킷 안주머니를 뒤지며 한쪽 무릎을 꿇고 앉았다. 그러자 근처에서 인형을 물어뜯고 놀고 있던 강아지 다비드도 덩달아 그의 곁에 앉더니 꼬리를 살랑살랑 흔들었다. 웃음을 참을 수가 없었다.

"내 소원, 이뤄줄 거죠?"

그가 재킷 안 주머니에서 꺼낸 건 한눈에 보아도 반지가 들어 있는 주얼리 케이스였다. 그의 가느다란 손가락이 케이스를 열자, 눈부시게 빛나는 반지가 모습을 드러냈다.

자다가 새벽에 이게 웬 난리람.

예쁜 옷도 입지 못했고, 화장도 하지 못했는데 이런 법이 어디 있어.

이런 날은…… 세상에서 가장 예쁘게 보이고 싶었는데. 영원히 잊을 수 없을 만큼 아름답고 싶었는데, 다 망했어…….

경진은 다비드와 눈높이를 맞추며 두 팔을 활짝 벌려 그를 안았다. 어깨 위에 턱을 올리고 등을 가만히 토닥이던 경진은 떨리는 숨을 감추지 못하고 아주 작게 한숨을 쉬었다.

눈물이 쏟아질 것 같았다. 지금 이 상황이 너무 우습고 황당한 건 둘째 치고, 내 꼬락서니가 엉망진창인 건 셋째 치고, 과거로부터 온 그의 간절한 소원이 자꾸만 마음을 울컥하게 만들었다. 먼 길을 돌아 내 앞에 나타나 준 이 고마운 사람에게 내가 해줄 수 있는 거라곤 한마디의 대답뿐이라는 게 미안하고…… 고마웠다.

"그거 뭐 어려운 일이라고."

경진의 대답이 떨어지기가 무섭게, 다비드는 케이스 안에서 반지를 꺼내 경진의 손가락에 끼워주었다. 그리곤 경진을 번쩍 안아 들고 단 한 번도 들어가 본 적 없는 경진의 침실로 향했다.

또 다른 다비드의 방해 공작을 원천적으로 차단하기 위해 문을 꼭 걸어 잠그는 건 필수.

다비드를 사랑한다는 건, 인류의 미래를 위해 다비드 같은 남자를 대량 생산해서 보급해야 하는 의무를 가진 것이라던 홍주의 말이 문득 떠올랐다.

그래, 이 한 몸 바쳐서 인류의 미래를 구원하자. 그러면 다음 생에서도 이런 남자에게 사랑을 받을 수 있지 않을까?

에 필 로 그

완연한 봄 날씨였다. 꽃은 만개하고 햇살은 따사로운, 눈부시게 아름다운 봄의 정중앙이었다. 테라스 테이블에 앉아 시원한 레몬 녹차를 마시던 다비드는 봄 풍경에 시선을 빼앗겨 일은 뒷전으로 미룬 지 오래였다. 노트북은 이미 절전모드로 전환되었고, 테이블에 쌓아둔 회계 자료들은 거들떠 보지도 않은 처음 상태 그대로였다.

하염없이 걷고 싶은 그런 날이었다. 이젠 제법 의젓해진 강아지 다비드와 누굴 닮아 그리 고집이 센지 절대로 유모차를 타지 않으려 하는 딸 이안이를 목마 태우고, 그 사람의 손을 꼭 맞잡고 이 좋은 날 마음껏 걸어보고 싶었다.

기쁠 이 고울 안. 할아버님이 지어주신 그 고운 이름 덕에 이안이는 날이 갈수록 더 고와지고 예뻐졌다. 청혼한 그다음 해 봄 결혼식을 올린 다비드와 경진은 그해 10월, 결혼 6개월 만에 이안이를 출산하는 기염을 토했고, 이안이의 첫돌이 되기도 전에 둘째를 가지게 되어 결국 오늘, 둘째 의진이의 첫 돌잔치가 열린다.

서두르려고 일부러 그랬던 건 아닌데, 본의 아니게 지난 몇 년간 경진은 임신과 출산, 육아를 반복하는 중이었다. 일을 그만둬야 하는 상황이 되자 그녀의 상사인 해리는 다비드를 노골적으로 미워했으나 방법이 없었다. 내겐 우리 가정이 제일 소중하니까.

"뭐 해?"

귀에 익은 음성에 뒤를 돌아보니 태경이 다가오고 있었다. 다비드는 빙긋 웃으며 그를 반겼고, 태경은 못마땅한 얼굴로 의자에 앉았다.

"일이 손에 안 잡혀서 바깥 구경하고 있어."

"팔자 좋으시네. 대표님이 이래서 되겠어?"

뜬금없는 타박에 다비드는 눈썹을 구기며 노려보았고, 태경은 능청스럽게 다비드의 레몬녹차를 빼앗아 마셨다.

삼 년 전 J그룹 식품서비스 계열사인 푸드빌에서 〈다비드〉를 벤치마킹하여 카페 브랜드를 성공적으로 런칭한 후 태경은 〈다비드〉에서 완전히 손을 떼고 경영 컨설턴트 일에 집중했다. 그 바람에 다비드는 이곳을 홀로 운영하게 되었고, 최근에는 강남에 프리미엄 디저트 카페를 새롭게 오픈하여 두 배 더 바빠졌다. 여기저기 난립한 프랜차이즈들과 전혀 다른 차별화 전략으로 가파른 수익을 내고 있지만 다비드는 마냥 기쁘지만은 않았다. 일 때문에 가족들과 함께하는 시간이 많이 줄어들었기 때문이다.

"나도 너처럼 집에서 일하고 싶다."

"집에서 해. 누가 말려?"

사정 뻔히 알면서 쉽게 말하는 태경이 너무도 얄미웠지만, 다비드는 내색하지 않고 등받이에 털썩 기댔다.

"아무래도 일을 줄여야겠어. 아이들이랑 함께 보낼 시간이 부족해."

"아이구, 누가 들으면 일에 치여서 애들 얼굴도 제대로 못 보는 그런 아빤 줄 알겠네. 그 이상 더 어떻게 아이들이랑 시간을 보내?"

태경은 이해할 수 없다는 듯 혀를 끌끌 찼지만 다비드의 귀엔 태경의 잔소리가 들리지 않았다. 물론 결혼한 후부터는 오전 9시 출근, 오후 3시 퇴근으로 업무 패턴을 완전히 바꾸긴 했다. 덕분에 인건비는 좀 더 지출이 되긴 하지만 그렇다고 아이와 함께 보내는 시간을 포기할 순 없었다. 그 덕에 첫째 이안이의 첫 뒤집기도, 첫 걸음마도 함께할 수 있었지만 처음으로 '아빠' 하던 그 순간을 놓쳐서 다비드는 아직도 그때를 떠올리면 너무도 속이 상했다. 둘째 의진이만큼은 절대로 놓칠 수 없다는 각오로 일을 줄이고, 또 줄이는 중이지만 여전히 마음에 차지 않았다.

"오늘 의진이 돌잔치는 처갓집에서 하는 거야?"

"어. 그냥 가족들이랑 식사나 하면서 보내려고."

"그럼 이번 주 주말 비워둬. 우리 집에서도 다 같이 식사해야지."

"그러자."

아마도 이 약속을 하려고 태경이 직접 찾아온 모양이다. 자리에서 일어난 태경이 테라스를 빠져나가자 다비드도 주섬주섬 서류와 노트북을 챙겨 일어섰다. 눈에 들어오지도 않는 일은 잠시 미뤄두고, 의진이를 위한 케이크를 먼저 만들어야겠다고 결심한 다비드는 손님들로 가득한 매장을 가로질러 자신의 사무실로 향했다.

　오랜만에 지붕이 들썩일 정도로 본가가 시끌벅적했다. 의진이까지 해서 사내 아이 네 녀석이 둥그렇게 모여 앉아 레고를 조립했고, 이안이는 해진이의 딸이자 한 살 많은 사촌 언니 서림이와 인형놀이가 한창이었다. 가벼운 말다툼을 하다가 울고불고 싸우기도 하고, 서로 달래고 어르며 어른 흉내를 내기도 하다가 다시 또 사이좋게 깔깔대며 웃기도 하는 녀석들을 지켜보며 온 식구들이 흐뭇한 미소를 감추지 못했다.

　언제 이렇게들 컸을까 싶다. 고모라면 환장을 하고 껌딱지처럼 몸에 찰싹 달라붙어 떨어질 줄 모르던 녀석들이 이젠 본숭만숭하고 지들끼리 모여 놀기 바빴다. 그런 녀석들을 볼 때면 기특하기도 하고, 동시에 조금은 서운하기도 했다. 영진, 경진, 해진 남매가 그러했듯이, 그다음 세대들도 우리 집안의 상징인 우애와 화목을 잘 지켜 나가고 있는 듯했다. 물론 다 큰 성인이 되어봐야 정확하게 판단할 수 있지만 말이다.

　다비드와 차 서방, 두 사위가 가장 큰 상 두 개를 이어붙이고 경진과 해진이 주방에서 음식들을 날랐다. 상 한가운데는 다비드가 직접 만든 케이크가 놓였고, 아이들은 벌써부터 군침을 삼키며 케이크 위에 박힌 초콜릿을 저가 먼저 먹겠다고 찜을 하며 탐을 냈다. 상 위에 수저가 놓이고, 밥과 국까지 모두 놓인 후 드디어 식사가 시작되었다.

"오늘 주인공 워디 있댜?"

할머니가 두리번거리며 의진이를 찾았고, 누나 이안이가 의젓하게 의진이를 찾아 할머니에게 데려다 주었다.

"오늘은 우리 정수원이 이경진이 아들, 정의진이 첫 번째 생일날이제. 이르케 온 식구들이 한데 모이니께 기분이 참말로 좋네. 낭중에 영감이랑 내 제삿날에도 이르케 다들 모여주면 고맙겄네. 헤헷."

할머니는 웃자고 한 소리였지만 아빠 엄마를 비롯한 경진의 세 남매는 웃지 못했다. 상상하고 싶지도 않고, 미리부터 준비하고 싶지도 않은 이야기에 괜히 마음이 쓰인 탓이다.

"자자! 일단 초에 불부터 붙여봐."

할아버지의 지시에 차 서방이 잽싸게 초에 불을 붙였다. 풍성한 생크림 2단 케이크에 꽂은 단 하나의 초에 불이 켜지자 해진은 거실 불을 꺼버렸다.

"우리 의진이, 생일 축하해. 항상 건강해라."

"더도 말고 덜도 말고 네 아빠처럼만 자라다오."

"사랑한다, 의진아!"

"생일 축하해!"

"우리 애기, 생일 축하혀!"

"모쪼록 건강하게만 자라라잉?"

덕담을 알아들은 건지 어쩐 건지는 모르겠지만, 할머니의 다리 위에 얌전히 앉아 있던 의진이가 배실배실 웃더니 상을 두 손으로 집고 일어나 둥가둥가 엉덩이를 흔들었다.

"후, 불어봐, 아가. 후우."

할머니가 초를 향해 후 하고 부는 시늉을 하자, 가만히 지켜보던 의진이가 똑같이 흉내를 내며 후 하고 입술을 동그랗게 모았다. 그 모습을 지켜보던 모든 가족들의 입술도 의진이와 똑같았다.

"와아아!"

의진이가 성공적으로 불을 끄자, 온 가족들이 박수를 치며 축하해 주었고 덩달아 신이 난 의진이는 또 한 번 바운스를 타며 엉덩이춤을 추었다. 경진은 의진이의 자그만 머리통에 쪽 소리가 나도록 입을 맞추었다. 다비드 미니미 정의진. 인류 번영을 위한 막중한 책임감을 가지고 태어난 녀석. 물론 그 사실을 아는 사람은 경진뿐이었다.

경진에게 욕심이 있다면, 이 아이를 반드시 다비드 같은 남자로 자라게 하고 싶었다. 태어나 보니 무려 아빠가 다비드…… 이 정도 환경이면 충분히 가능성이 있지 않을까 하고, 기대를 하는 중이었다.

"우리 다 같이 사진 먼저 찍을까요?"

아빠의 말에 가장 신이 난 건 도토리 같은 녀석들이었다. 어른 열에 어린이 여섯, 엄청난 대가족이 한데 모여 가족사진을 찍으려니 보통의 사진작가가 아니고서는 통제하기 어려운 상황이었다. 하지만 경력 40년 차의 사진작가는 차분하게 사람들을 통솔했고 완벽한 구도를 만들어냈다. 몸이 근질거려 도통 가만히 있지 않으려는 손주들을 어르며 렌즈를 만지던 아버지는 타이머를 설정하고 잽싸게 자리를 잡았다.

"하나, 둘, 셋."

찰칵.

촬영이 끝나자마자 결과물이 궁금했던 가족들이 우르르 카메라로 달려갔다. 가장 먼저 확인한 아빠는 밝은 표정으로 엄지를 치켜들었고 뒤이어 해진이와 차 서방도 엄지를 치켜세우며 아빠 최고라고 떡 벌어진 입을 다물지 못했다.

우리 가족의 모든 역사를 기록하고 계신 아빠. 오늘의 이 화목함이 고스란히 담겨진 그 사진은 우리 가족에게 절대로 잊을 수 없는 또 하나의 선물이 되어주었다.

몇 달 만의 자유인지 모르겠다. 손가락을 꼽으며 기억을 되짚어가던 경진은 이내 포기하고 다비드와 맞잡은 손을 위아래로 힘차게 흔들었다.

매일 새벽, 참 많이도 함께 걸었던 그 길을 오늘도 함께 걷고 있었다. 새벽에 그를 만날 생각에 잠들기 전부터 설레어하던 지난날이 생생하게 떠올랐다. 강아지 다비드를 핑계로 말 한마디 더 섞어보려고 밤새 에피소드를 짜던 새벽, 다정한 그가 별다른 의미 없이 건넨 말을 붙잡고 가슴 떨려 하던 하루, 퇴근길에 마중 나온 그와 한적한 공원을 거닐던 밤……. 그 모든 것들이 사라지지 않고 가슴속에 남아 있었다.

연애 초기에 여자는 애인을 사랑하고, 그다음에는 사랑을 사랑한다던 어느 모럴리스트의 말이 떠올랐다. 그를 사랑하는 마음에는 변함이 없지만, 날 사랑해 주는 그의 마음과 내가 그를 사랑하고 있는 그 마음들을, 경진은 더 많이 사랑하고 있었다.

"날씨가 정말 좋다."

하늘을 올려다보며 크게 숨을 들이쉬자, 다비드는 그런 경진의 허리에 팔을 감으며 좀 더 몸을 바짝 당겼다.

"고마워."

"뭐가?"

"날 닮은 아이들을 낳아줘서."

그의 말대로 두 아이 모두 아빠인 다비드를 쏙 빼닮았다. 경진과 닮은 곳을 찾자면, 까만 머리칼과 발톱 모양 정도? 어떤 사람은 너무 아빠만 닮아서 서운하진 않냐고 묻곤 하지만, 경진은 서운하지 않았다. 오히려 기뻤다. 그의 분신처럼 쏙 빼닮은 모습을 볼 때마다 세상에 다비드란 사람이 하나둘 늘어가는 기분이라 더할 나위 없이 행복했다. 그런 귀한 아이들의 엄마라서, 경진은 눈물 나게 행복했다.

"그래서 말인데…… 다음엔 당신 꼭 닮은 딸 어때?"

"이보세요, 다비드 님!"

은근슬쩍 떠보는 다비드의 말에 발끈한 경진이 찌릿 노려보자, 다비드는 아무 일도 없었던 것처럼 태연하게 시선을 옮겼다.

결혼 전 다비드는 자신의 자녀 계획을 솔직하게 밝혔다. 최소 세 명. 처음엔 경진도 동의했지만 몇 년째 임신과 출산을 끊임없이 반복하고 나니 쉬고 싶은 마음이 간절했다. 세 형제를 키우고 있는 새언니 말에 의하면, 기왕 낳을 거 키울 때 한꺼번에 낳아 기르는 게 낫다고는 하지만 경진은 점점 자신이 없어졌다.

"너무한 거 아냐? 연애는 일 년도 못해보고 결혼해서, 결혼하자마자 아이 낳고 또 임신하고 또 낳고."

입술을 쭉 빼물고 삐죽거리자, 말없이 지켜보던 다비드가 쪽 소리가 나도록 순식간에 입을 맞추고 떨어졌다.

"그럼 우리, 지금부터 일 년 동안 다시 연애할까?"

"……연애?"

"대신, 우리가 연애할 땐 못해봤던…… 좀 더 대담하고 야릇한 연애."

"어으!"

매너가 몸에 밴 배려의 아이콘인 줄 알았지만, 그도 남자였다. 잠시나마 그의 제안에 혹했던 미련한 자신을 탓하며 경진은 다비드의 옆구리를 팔꿈치로 쿡 찔렀다. 그러자 다비드는 경진을 아까보다 더 꽉 안아주었고, 경진도 다비드의 허리를 팔로 감았다.

"나 고구마 먹고 싶은데."

"그래? 내가 가서 직화냄비에 구워줄게."

"아까 케이크를 그렇게 많이 먹었는데도 또 배가 고프네."

어깨를 으쓱이며 고개를 갸웃거리자, 잠시 생각에 잠긴 듯 다비드의 눈매가 기늘어졌다.

"자기, 혹시……."

"뭐?"

대수롭지 않게 되물었지만, 다비드의 표정은 심상치가 않았다. 연애할 때 단 한 번도 본 적 없는 음흉한 미소를 지으며 경진을 끈적하게 바라보았다.

"왜 이래?"

"설마……."

말없이 눈을 깜박이던 경진은 그가 무슨 말이 하고 싶은 건지 눈치를 채고 아랫입술을 꾹 깨물었다.

"아냐! 그럴 리 없어."

단언을 하긴 했지만, 순간 등골이 서늘해졌다. 두 달 전 그의 생일 날 두 아이를 친정에 맡겨두고 강릉으로 바다를 보러 갔던 그날이 떠올랐기 때문이다. 갑자기 불이 붙는 바람에 피임을 제대로 하지 못하긴 했지만, 그래도 가임기는 아니었던 걸로 기억하는데…….

"흠. 그래?"

다비드가 조금 아쉬운 듯 짧게 한숨을 내쉬며 고개를 끄덕였고, 경진은 여전히 단호하게 고개를 가로저었다.

"일을 좀 더 줄이려고."

"더 줄인다고?"

"응. 〈다비드〉는 완전히 체계가 잡혀 있어서 내가 굳이 매일 출근하지 않아도 될 것 같아. 점장이 워낙에 잘 운영하고 있기도 하고. 상의해 보고 일주일에 두 번 정도만 출근하려고."

"나랑 애들은 좋지만, 정말 그래도 돼?"

다비드는 믿음직하게 미소를 지었다. 가정이라면 세상에 두 쪽나도 최우선으로 생각하는 다정한 남편이자 든든한 아버지인 그가 경진은 무척이나 자랑스럽고 뿌듯했다.

"경진 씨, 우리 오랜만에 내일 새벽 산책이나 할까요?"

"간지럽게 경진 씨는 무슨……. 그래요."

마지못해 따라가는 척 말끝을 흐리자 다비드가 옅게 웃으며 경진의 이마 위에 입을 살짝 맞췄다.

연애라…….

결혼 후의 연애가, 그것도 아이를 둘이나 낳고 난 후에 연애가 가능할 거라고 생각하진 않지만, 경진은 늘 그랬듯이 그를 믿어보기로 했다. 지금도 더할 나위 없이 행복하지만, 현실을 살아가며 조금은 그리워하기도 했던 그와의 연애가 무척이나 기대됐다.

이른 새벽 한적한 이 길을 손잡고 거닐며 서로에게 조심스레 마음을 열었던 그날의 시간이, 내일 새벽이면 다시 한 번 경진과 다비드에게 찾아올 것이다.

아! 강아지 다비드에게도.

작가 후기

　연재하는 동안 가장 많이 들었던 이야기는 정말 저런 남자가 있을까? 였어요. 전 있다고 생각합니다. 다만 이미 다른 여자의 남자가 되었거나, 제가 만나기엔 너무 멀리 떨어진 나라에 살고 있거나, 나이가 너무 많거나 혹은 나이가 너무 어려서 아직 제가 만나지 못했을 뿐이라고 생각합니다. 언젠간 만날 수 있다는 희망을 버리지 않으면서 말이죠.

　모든 사람에게 예의 바르게 굴고 배려를 한다는 게 결코 쉽지 않다는 걸 알고 있습니다. 제가 사람을 상대하는 일을 하고 있다 보니, 그것에 대한 어려움을 잘 알고 있어요. 물론 잠시 잠깐은 가능하지만, '늘' 은 굉장히 힘든 일이더군요. 비약을 하자면 타고난 성품이 아니곤 불가능하다고까지 생각을 합니다.

　그래서인지 몰라도, 전 예의 바른 사람에 대한 애정도가 무척 높은 편입니다. 상냥함, 다정함을 갖춘 남자 주인공들을 유난히 아끼는 이유도 그래서일 겁니다. 어디 가서도 인사 잘하고, 예의 바르게 굴고, 어른들께 예쁨 받는 남자가 좋더라고요.

그런 면에서는 다비드가 압도적이지 싶습니다. 제가 그려왔던 남자 주인공들 가운데 말이죠. 다비드, 그는 참 좋은 사람입니다. 누구보다 많은 사랑을 받았던 사람이라서 누군가를 제대로 사랑할 줄 아는 사람이었고, 품 또한 넉넉해서 포근히 안아줄 줄 아는, 다정하고 따뜻한 사람이었죠. 그런 다비드였기에 경진의 마음을 열고 다시 사랑할 수 있게 만들지 않았을까 싶네요.

많은 분들이 그러하듯이, 저 역시 주로 제 주변에서 일어나는 소소한 일상들, 그리고 제 주변 사람들의 가족 이야기, 사람 이야기들을 소재로 가져오곤 합니다. 경진의 가족들도 그러했고, 다비드의 가족들도 그러했습니다. 그래서인지 제가 지은 이야기 속에 등장하는 모든 인물들에게 많은 애정을 갖고 있어요. 그들 모두 해피엔딩을 위해 하루하루 열심히 살아가고 있고, 그 안에서 그들만의 역사를 만들어가고 있습니다. 그렇기에 다비드와 경진도, 어딘가에서 행복하게 살아가고 있을 겁니다.

연재 내내 많은 사랑과 관심 보여주셨던 독자님들과 이 책의 마지막 장까지 함께해 주신 독자님들께 감사의 인사를 전합니다.

연재 때부터 출간 준비까지 함께 고생해 주신 유경화 님과 대표
님께도 감사의 인사를 전합니다. 수고 많으셨어요.

언제나 힘을 주고 잘하고 있다고 칭찬해 주는 주변 지인들과 가
족들, 친구들 모두모두 고맙고 늘 감사합니다.

유난히 춥고 눈 많이 오는 올겨울, 모두에게 따뜻한 사랑이 깃들
길 바랄게요.

지은이 김선민.